哲学者カフカ入門講義

仲正昌樹

Introductory Lectures on Philosopher Franz Kafka

作品社

〔はじめに〕

哲学的な作家――世界を見る時、自分の視線の動きを変調させる、そのやり方

フランス・イタリア系の現代思想で最も頻繁に参照される、哲学的な作家はプルーストとカフカだろう。プルーストが注目される理由ははっきりしている。ほとんどの論者が同じようなポイントに注目し、大体同じようなコメントをする。カフカの場合、何で注目されるのか、その方面の通がみな納得してくれそうな理由を挙げるのは難しい。寓意、疎外、マイノリティ、ユダヤ性、動物、官僚制批判、「法」、狂気、父との葛藤、マジック・リアリズム……いろんな要素を挙げることができるが、これらを一つにまとめようとすると、「何か違う」という感じが残るのだ。

現代思想通のような人たちの間での〝評価〟がやたらと高い反面、一般の文学好きの間では、名前だけは広く知られているものの、個々の作品はさほど読まれていない。『変身』だけが例外だ。さほど長くなく、(アニメにもありそうな) タイトル通りの事件が起こる『変身』が読まれるのは、ある意味当然だろう。あるいは、政治・経済思想の本で、『審判』や『城』で、高度に組織化された官僚制が陥る矛盾を描いた作家として紹介されることもある。

『変身』のモチーフ (らしきもの) と、官僚制批判というワードを結び付けると、〝今読まれるべき作家カフカ〟という陳腐なイメージが出来上がるが、それは全然魅力的ではない。そういう〝政治的なこと〟を言いたいのであれば、あんな奇妙な寓意か妄想か分からない表現を連発しないで、社会主義リアリズムのように、あっさり現実を写せばいい。

カフカは確かに、流れからはじき出されてしまう存在、あるいは流れに追いまくられて疲弊し、消えていく存在を印象的に描き出すのが得意だが、それは、特定の社会的現実を告発するためではないだろう。「疎外」という側面から捉えられる社会・経済的な現象が、特定の社会システムのみに起因するものではなく、「人間」が「人間」であり続けるための条件ゆえに不可避的に生じてくること、「人間」であること自体が矛盾に満ちていることを、日常の風景やコミュニケーションの〝ちょっとした歪み〟を起点に描写することを試み続けた作家である。『変身』のメインテーマのように見える〝大きな変化〟にだけ注目すると、カフカら

しい書き方がどういうものかかえって摑みにくくなる。

　したがって、本書の元になった講義では、カフカは○○の思想を持った人で、それを効果的に表現するために△△の手法を使った、という言い方になることを極力避けた。無論、文学作品の講義・評論では、一般的にそういう愚劣なことは可能な限り避けるべきなのだが、カフカに関しては特にそうだ。一見して、何かの明確な世界観や社会理論に基づいて、何かの巨大な実在する力を告発しているように読めてしまうところが多々あるので、グランド・セオリー的な解説への誘惑が働きやすいからだ。

　漫才でありそうな、ちょっとしたボケの効果が――読者がこの程度のことはそれほど珍しくもないなと思っているうちに――徐々に大きくなっていき、いつの間にかとんでもない不条理に発展していることに、しばらくしてから気付く。そういう、気付かないうちに読者の時間感覚、秩序感覚を狂わせてしまうような文体にこそカフカの魅力があると思う。カフカの作品からは、世界観ではなく、世界を見る時の自分の視線の動きを変調させるやり方を学ぶべきであろう。

　私は二十数年金沢に住んでいるが、金沢の旧市街の中心部、旧武家屋敷、茶屋街、飲食店街などは、通い慣れていないと、道に迷うことが多い。私が方向音痴なだけでなく、地元の人でも迷うことが結構あるようだ。聞いたところによると、城下町を作る時、侵入してくる敵に錯覚を起こさせるため、直角に曲がっているように見える角が、実は七〇度とか一一〇度になるようなポイントをいくつも作ったということである。一見、ミニ京都のような街並みの印象に囚われると、翻弄される。長年住んで慣れたつもりになったところで、また翻弄される。

『城』を読み返すと、金沢大学の就職のための面接で金沢を訪れた時、ちょっとしたズレによる迷路に引っかかってしまって焦ったことを思い出す。カフカの作品は、そうしたズレの感覚を思い出させてくれる。

目次

[はじめに] 哲学的な作家——世界を見る時、自分の視線の動きを変調させる、そのやり方 1

[講義] 第1回 力による決着——『審判』前半 9

カフカをどう読むか 9 ― カフカのマイノリティ性 9 ― カフカを取り巻く人々 13 ― リアルと寓意 14
「未完」の作家カフカ 16 ― 繰り返される「掟」のモチーフ 17 ― 第一章——容疑不明の逮捕 19
ビュルストナー嬢の部屋での審理委員会 29 ― 加速する欲望 32 ― 第二章——所在不明の裁判所 36
形ばかりの審理とKの大演説 39 ― 第三章——法と性的欲望の交錯 42
第四章——エロティックな妄想と、法的なプロセスがつながる? 45 ― 第五章——欲望を露呈させる「プロセス」 46

■質疑応答 49

[講義] 第2回 〈Der Process〉つまり「過程」——『審判』後半 51

「プロセス」の綴りの問題 51 ― 『審判』の成立背景 52 ― 「公」と「私」の混乱——暴かれる「私」性としての欲望 54
「公然 öffentlich」 56 ― 村上春樹の小説がカフカと似ている? 59 ― 第六章——カール叔父登場 60
フルト弁護士のもとへ 64 ― 看護婦レーニの誘惑 68 ― 第七章——「法の欠缺」に住まう弁護士 72
「罪」と「負債」 77 ― 画家ティトレリと「完全に堕落した」少女たち 83
終わりのみえない「プロセス」と「最後の審判」 88 ― 第八章——「最後の審判」=「終末」 90
第九章——「掟の前」、法哲学と精神分析の視座から 91 ― 第一〇章——「Kの死」、その意味するもの 96

■質疑応答 99

［講義］第3回 正体不明の抽象的なシステムらしきものへのアクセス──『城』前半 102

『審判』とのつながり 102 ─ 第一章──見えない城と遍在する権力 104 ─ 測量師──土地を切り分ける者 106
巨大な「城」組織 108 ─ Kの謎 113 ─ 「伯爵」は実在するのか 116 ─ 象徴をもたない「城」 117
方向性のみえない権力 119 ─ 「汚れ」と「洗濯」──露わになる欲望 122 ─ 第二章──孤立するK 125
メディアとしての電話の特殊性 126 ─ 「永遠の測量師」 129 ─ 呼称とアイデンティティ 130
X庁長官からの手紙 131 ─ 匿名化する「労働者」 133 ─ うんざりし、難航する城への接近 135
第三章、第四章──長官クラム、闇に包まれた「峡谷」 138 ─ 第五章から第九章まで──官僚機構の落とし穴 143
第一〇章まで──無限ループする「文書の道」 147

■質疑応答 149

［講義］第4回 不特定多数の人を巻き込みながら作用する「権力」──『城』後半 151

『審判』との構造比較 151 ─ 官僚組織、「城 Schloß」、「法 Gesetz」 152 ─ 「ブルシット・ジョブ」と官民癒着 155
「城」を中心とした人間関係 156 ─ 「私」へ介入する「公」 159 ─ 信頼できない仲介者 164
第十一章、第十二章──主体＝服従化（assujettissement） 165 ─ 第十三章──「ビッグ・ブラザー」からは逃れられない 172
第十四章、第十五章──「官服」の謎 176 ─ バルナバスは誰からの使者か 179
「アマーリアの秘密」、「アマーリアの罰」、「オルガの計画」 182 ─ 第十六章、第十七章──「助手」、フリーダの思惑 183
第十八～第二十章──「つながり Verbindungen」 184 ─ アイデンティティの最後のよりどころとしての服 186

■質疑応答 188

［講義］第5回 アメリカに行ったことがないのに書いた小説──『失踪者』 189

『アメリカ』か『失踪者』か　189　―　I章――旧世界からの追放と解放　194　―　「火夫 Heizer」　196
つながりの再帰――自己チューな伯父　198　―　II章――「歪な欲望」にあふれる街、ニューヨーク　202
「観光客」としてのカール　204　―　III章――脆い別荘と歪んだ人間関係　206　―　知覚を惑わす建物　209
唐突な勘当の謎　212　―　IV、V章――ホテル・オクシデンタルとヨーロッパの影　214
VI章――「ロビンソン事件」　218　―　（車がとまった……）――構造がおかしなアパート　219
動物への「生成変化」　221　―　「グレート・マザー」ブルネルダ　222　―　欲望の「機械」に取り込まれるカール　223
（「起きろ、起きろ！」……）――本文の最後の場面　225　―　本文以降――本当の〝フロンティア〟　226
■質疑応答　229

［講義］　第6回　いつか動物になってしまうかも――「断食芸人」、「歌姫ヨゼフィーネ、あるいは二十日鼠族」　232

短編集『断食芸人』とは？　232　―　断食とキリスト教――芸と修行の関係　233　―　実際に流行していた断食芸　236
人間から動物、そして道具へ　238　―　断食芸人を殺したものはなにか？　243
「歌姫ヨゼフィーネ、あるいは二十日鼠族」――「鼠の民」　245　―　マイナー言語とアイデンティティ　247
価値が不安定な「芸術」　249　―　「チュウチュウ」と聴衆　251　―　同床異夢　255　―　いつ動物になるかわからない　257
■質疑応答　260

［あとがき］　緩やかに狂った変調から生じる、「変身」　263

◉カフカをより深く知るためのブックガイド　265

◉カフカ関連年表　269

哲学者カフカ入門講義

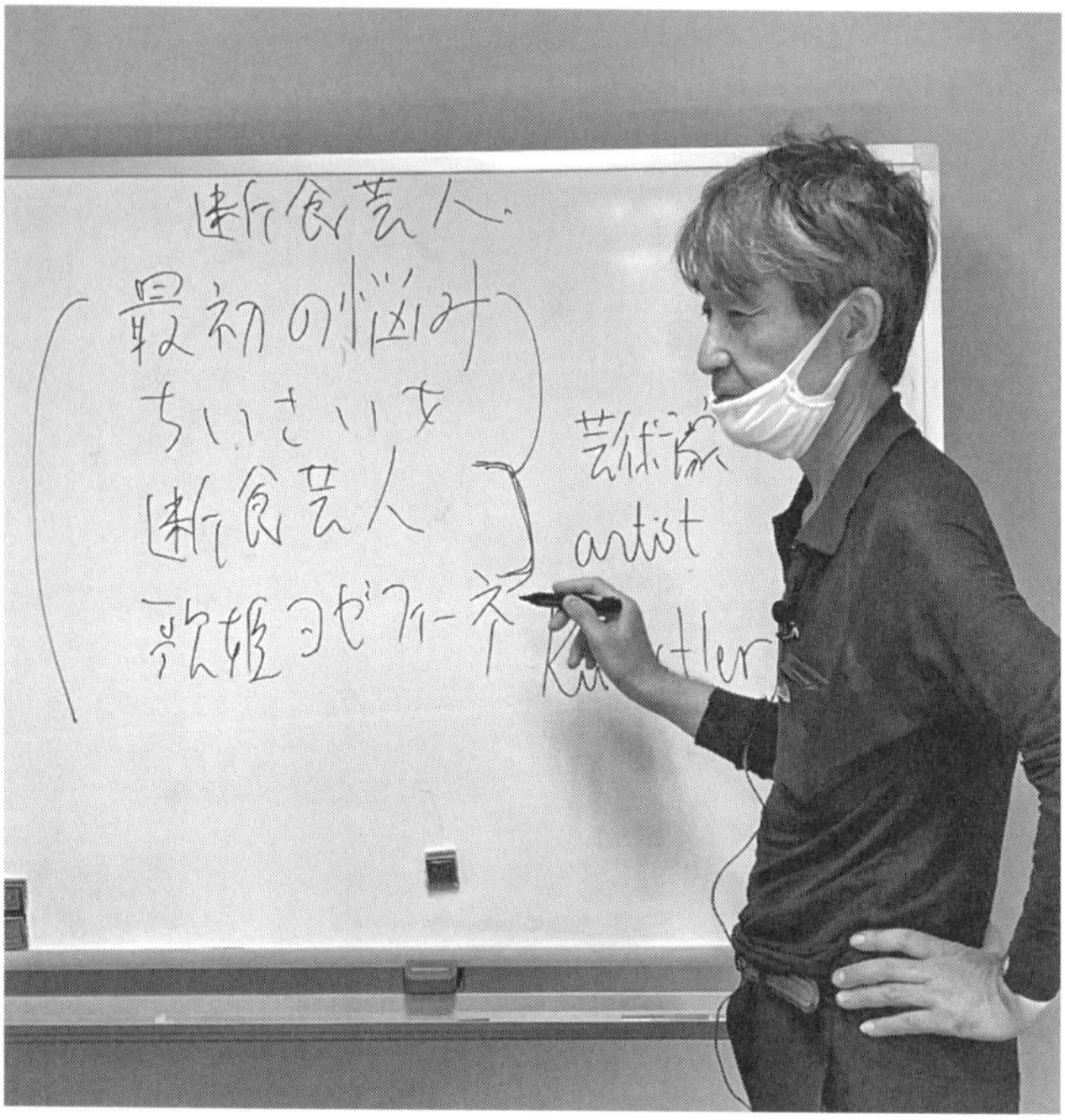

【2021年9月11日の講義風景】

本書は、「読書人隣り」で行われた全6回の連続講義（2020年10月10日〜2021年9月11日）に、適宜見出しで区切り、文章化するにあたり正確を期するべく大幅に手を入れたものです。なお講義の雰囲気を再現するため話し言葉のままとしました。また講義内容に即した会場からの質問も、編集のうえ収録しました。

講義で、主に使用した邦訳テクストは、『審判』（辻瑆訳、岩波文庫、1966年）、『城』（前田敬作訳、新潮文庫、1971年）、『失踪者』（池内紀訳、白水uブックス、2006年）、『カフカ寓話集』（池内紀編訳、岩波文庫、1998年）を主に引用・参照しました。訳などを適宜変更した箇所もあります。

本書は、テクストの精読を受講生と一緒に進めながら、読解し、その内容について考えていくという主旨で編集しています。決して“答え”が書いてあるわけではありません。きちんと本講義で取り上げられたテクストをご自分で手に取られ、自分自身で考えるための“道具”になるよう切に願っております。

最後に、来場していただいたみなさま並びにご協力いただいた「週刊読書人」のスタッフの方々に心より御礼申し上げます。【編集部】

［講義］第1回 力による決着——『審判』前半

カフカをどう読むか

カフカは、ドゥルーズ（一九二五—九五）＋ガタリ（一九三〇—九二）をはじめ、現代思想において最も引用される作家の一人です。ガタリはカフカ論も書いています。日本では、『海辺のカフカ』（二〇〇二）がタイトルからしてそうであるように、村上春樹（一九四九— ）がカフカの影響を受けていることはよく知られています。カフカの作品は非常に寓意的です。文学作品を解釈する際、現代の文芸批評の傾向としては、背景的な面から作家論的に入っていくのではなく、作品の構造やモチーフに言及することが多いです。構造主義のように、ある同じパターンの出来事あるいは、同じイメージが、繰り返し変形しながら出てくるというような形式面を見ていくというやり方です。それに比べて、作家の伝記的な部分から入っていく批評は、少し古くさい、下手な批評というイメージがあります。

ただし、カフカに関しては、それは当てはまらないようです。私も今回の講義を準備しながら考えたのですが、伝記的、背景的な面から入っていった方がわかりやすい作家だと思います。前回の連続講義でドゥルーズ＋ガタリの『千のプラトー』（一九八〇）を読みましたが、その中で、カフカの文学はマイナー文学であると論じられています。ドゥルーズ＋ガタリは、「マイナー性」とはどういうことか、普通の読者、文学好きがわかった気になれるような具体的な説明はしていないのですが、カフカの場合、チェコの中のユダヤ人であったこと、しかもドイツ語を話すユダヤ人であったという二重の意味でマイノリティであったことが重要な意味を持っていたとされます。

カフカのマイノリティ性

歴史の話をします。カフカが生きたのはオーストリア＝ハンガリー帝国の時代です。世界史で学ぶ大ドイツ主義、小ドイツ主義の話と関係してきます。もともと、オーストリアは神聖ローマ帝国の盟主であり、ハプスブルク家が何百年もの間、神聖ローマ帝国の皇帝の地位を保っていました。しかし、ナポレオン戦争で敗北し、ナポレオンが皇帝の位を要求したので、奪われないうちに神聖ローマ帝国の皇帝自らが帝国の解体を宣言します。

　フランスに対する敗北を通して、ドイツ系の諸邦の間で、同じ言語・文化を持つ「国民 Nation」である自分たちは一つの国家を持つべきであり、そうでないと、フランスや英国に対抗できないというナショナリズムが台頭します。ウィーン会議後、オーストリアとプロイセンの間で主導権をめぐる駆け引きが続きますが、そこでポイントになったのは国力と国家としてのまとまりの良さです。プロイセンは軍事力、近代化の速度で優っており、オーストリアは伝統と面積・人口の面で優っていました。しかしオーストリアは、ドイツ史の教科書には必ず書いてある話なのですが、圧倒的な数の多民族を帝国内に抱えていました。時期によって異なりますが、ハプスブルク家の帝国内で、ドイツ語系人口は四分の一程しかいなかったとされています。ハンガリー人やスラブ系の諸民族、ルーマニアにあたる土地もかなりの部分含んでいたので、ルーマニア系の人もいました。統一ドイツの盟主になって、全体を「ドイツ」国民中心に統合しようとすると、ハプスブルク帝国内の他民族の不満が高まります。東方の諸民族に一定の自治を認めてなだめていたのに、自らがドイツ国民国家の中心になると、それを否定して、ドイツ人優遇政策を取らざるを得ない。下手をすると、ドイツ諸邦の名目的な盟主になった代償として、東側の領土の大部分を失い、その結果、プロイセンどころかバイエルン以下の小国に転落しかねない。そういうジレンマに陥ることをオーストリア自身が警戒したわけです。

　プロイセン主導でドイツ統一が進められていく中、オーストリアは自らが盟主になれないとわかった時点で、オーストリア＝ハンガリーという二重帝国、同じ皇帝を頂く二つの帝国に分けて、統治する道を選びます。今のチェコにあたる部分はオーストリア帝国に編入し、ハンガリーより東をハンガリー帝国と

カフカとは？

(1883-1924)

「マイナー性」＝チェコの中のユダヤ人であったこと、しかもドイツ語を話すユダヤ人であったという二重の意味でマイノリティであったことが重要な意味を持つ出身。オーストリア＝ハンガリー帝国領のたたき上げ風の父親がチェコ語を話し、ドイツ語系だった母親の家系はもともと裕福な商人。カフカの影響を強く受けたことで有名な現代思想家としては、ドゥルーズ＋ガタリ、デリダ(1930-2004)、カフカを独自の「歴史」観から解釈したヴァルター・ベンヤミン（1892-1940）など。

しました。

オーストリア本体の方に入っていたチェコで、カフカはユダヤ人として生を受けます。ユダヤ人は、母語としてイディッシュを話していた人が多かったわけですが、イディッシュは公用語としては認められていませんでした。カフカの父親はチェコ語を話すユダヤ人で、母方はドイツ語を話すユダヤ人で、カフカ本人は、母方の影響で基本的にドイツ語を話していて、チェコ語は使用人などから学んだようです。

カフカが生まれたのは一八八三年です。その当時はまだオーストリア＝ハンガリー帝国はあって、チェコはオーストリア部分に属していたので、彼はマジョリティの言語であるドイツ語を話すユダヤ人として育ったということになりますが、第一次大戦の敗北でオーストリア＝ハンガリー帝国は解体され、オーストリア帝国も現在のオーストリアとチェコスロヴァキアに分解されます。そうするとチェコスロヴァキアでは、チェコ語、スロヴァキア語を使う人たちが多数派になります。そのため、マジョリティの言語を話していたユダヤ人から、マイノリティ言語を話すユダヤ人になってしまいました。ユダヤ人であることと自体がマイノリティなのですが、今度は言語面でも明らかにマイノリティになる、という変化がカフカの身に起こったわけです。

この辺りのことは、訳者による「あとがき」にも記されています。


フランツ・カフカは、一八八三年七月三日、現在のチェコスロヴァキアの首都プラハに生まれた。カフカという姓は、チェコ語でからすの一種を意味しているが、カフカがユダヤ人を両親としてこのプラハに生まれ、四十一年の短い生涯を、大部分プラハで過ごしたことは、彼の上にかなり決定的な影響を与えているものと見られている。東欧屈指の大都市であるこのプラハは、カフカの生まれた当時オーストリア・ハンガリア帝王国に属し、政治的にはウィーンの支配下にあり、文化的経済的な力も、まだ伝統的に、指導階級であったドイツ人の手に握られていた。しかしそのプラハを人口の面から見ると、ほとんど八、九〇パーセントまでがチェコ人だったのである（プラハにおけるドイツ人の人口比、一八五七年　五〇パーセント、一九一〇年　一〇・五パーセント、一九二一年　四・五パーセントすなわち三万人）。

プラハはもともとドイツ系の人口が少なかったところに、第一次大戦で宗主国だったところと切り離されたので、一挙にドイツ系人口が減ったわけです。ドイツ語といっても、オーストリアの方言は、ドイツの都市部で話されていた標準ドイツ語とかなり隔たりがあり、その中でも、チェコ人が多数を占めている地域の方言なので、相当癖が強い方言だったとされています。しかも、ユダヤ人の場合、ヘブライ語やスラブ系の言葉を受けてドイツ語がかなり変形したイディッシュの訛りの強いドイツ語だったとされ、二重、三重の意味で、言語的マイノリティだったわけです。

そのプラハに、チェコ人でもなくドイツ人でもない人種が住んでいたが、これが十九世紀末以来、膨張するチェコ人人口のなかで、ドイツ文化の主要な担い手となったユダヤ人である。ユダヤ人は、皇帝ヨーゼフ二世の治下（一七八〇―九〇）に、解放政策が行なわれて以来、やはり数多く都市に移り住んで、すでにプラハでも中産階級に進出していたものが少なくなかった。

単独の共同体として生きていくことはできない、許されないユダヤ人は、人口的なマジョリティであるチェコ人と同じ言葉を学ぶか、帝国の中心的な民族であるオーストリア人のドイツ語を学ぶか、という選択に直面したわけです。ちなみに、シェイクスピア（一五六四―一六一六）の『ヴェニスの商人』に象徴されるように、中世のユダヤ人には金融業に進出した人が多かったです。ユダヤ人には土地所有が禁じられていたのと、キリスト教徒には〝同胞〟から利子を取って金を貸すことが原則禁じられていたことがあります。ここで言われているような、ドイツ諸邦で解放政策が取られるようになって以降、ドイツ語圏の都市に移動してきたユダヤ人たちは、法律家、医師、ジャーナリストなど、知的職業に就く人の割合が高く、ウィーンでは、これらの職業のユダヤ人率は三分の一を超えていたとされます。これは、ユダヤ人が全人口に占める割合より遥かに高いです。カフカとも親しい関係にあった、プラハ生まれで、ベルリンでも活躍した、編集者・映画批評家ウィリー・ハース（一八九一―一九七三）の言葉が引用されていますね。

「ドイツ人とユダヤ人、これはその当時のプラハにとっては、ほとんどおなじものであった。ドイツ人とユダヤ人とは、おなじように憎まれていたのである。ユダヤ人はドイツ語をしゃべり、オーストリア愛国主義者であった……上級官僚は、まったく不自然なものとなってしまった不毛でグロテスクな、オーストリア・ハンガリア帝王国領チェコのドイツ語を用いていた。わたしの乳母、子守り、私の家の料理女、女中は、チェコ語を語り、私自身も彼女たちと共にチェコ語をしゃべっていた……学校にはいってはじめて私は、ドイツ人およびオーストリア人にならなければならないことになったのである」

ユダヤ人はドイツ系の中にかなり同化していたとはいえ、ドイツ語を話すグループの中では浮いていたのに、チェコ語を話す、人口の上での多数派からは〝ドイツ人〟と見なされて嫌われていたわけですね。立つ瀬がなかったわけですね。

カフカの母は、内面的で瞑想的な家系の出であったが、父親は今は小間物問屋として成功し、みずから立志伝中の人物をもって認じている、たくましい働き者の人物であった。

このたたき上げ風の父親がチェコ語を話し、ドイツ語系だった母親の家系はもともと裕福な商人だったようです。カフカの作品のいくつか、例えば、『変身』（一九一五）や『判決』（一九一六）で、偏屈な父親との関係が重要な意味を持ちますし、この連続講義で読む予定の未完の作品『失踪者』（一九二七）では、父親代わりの人たちが重要な役割を果たします。

> 十歳で国立ドイツ語中等高等学校《ギムナージウム》に移ったカフカは、十四、五歳のころからものを書きはじめたようであるが、これら初期のものはみんな、カフカ自身の手で破棄されてしまっている。
> 十八歳でプラハ大学に入学すると、カフカは父親の意志にしたがって、いやいやながら法律を学んだ。

「父親の意志」で「法律」を学んだというと、精神分析的な連想が働きますね。エディプス・コンプレックスと、主体にこの世界を支配する法則へと従うよう命じる「父の名＝否 nom (non) du père」。カフカは父の意向どおりに、法学を学んで法学博士になります。法律家にはならなかったですが、法学と全く無関係でもない、イタリア系の傷害保険会社に就職し、その経験が今回の『審判』（一九二五）をはじめ、いくつもの著作に反映されています。

カフカを取り巻く人々

現代思想関係でプラハ出身のユダヤ人で有名な人に、マルクス主義の理論家カウツキー（一八五四―一九三八）、現象学の創始者であるエドムント・フッサール（一八五九―一九三八）や純粋法学で知られる法学者のケルゼン（一八八一―一九七三）がいます。彼らもドイツ語を話すユダヤ人でした。プラハ生まれではありませんが、音楽家のマーラー（一八六〇―一九一一）もボヘミア生まれのユダヤ人です。

フッサールと同年代のオーストリアのユダヤ人に、ジークムント・フロイト（一八五六―一九三九）がいますが、同じユダヤ人でもウィーンとプラハでは状況が違っていました。ほぼ同時代のウィーンのユダヤ系の作家に、フーゴー・フォン・ホフマンスタール（一八七四―一九二九）やアルトゥール・シュニッツラー（一八六二―一九三一）がいます。哲学者のルートヴィヒ・ウィトゲンシュタイン（一八八九―一九五一）やマルティン・ブーバー（一八七八―一九六五）、音楽家のシェーンベルク（一八七四―一九五一）もウィーン出身のユダヤ人です。一九世紀末から第一次大戦直後くらいにかけて、ウィーンとプラハで有力なユダヤ系の知識人・芸術家が大勢活躍します。

カフカと同時代のチェコには、ユダヤ系ではありませんが、「ロボット」という言葉を普及させたことで知られる劇作家のカレル・チャペック（一八九〇―一九三八）や、チェコスロヴァキアの初代大統領にも哲学者のマサリク（一八五〇―一九三五）がいます。カフカの影響を強く受けたことで有名な現代思想家としては、ドゥルーズ＋ガタリや、今日読む『審判』、特に「掟の前」の部分の解釈を自分の「法」論と結び付けたデリダ（一九三〇―二〇〇四）、カフカを独自の「歴史」観から解釈したヴァルター・ベンヤミン（一八九二―一九四〇）がいます。

カフカが影響を受けた作家としては、ドストエフスキー（一八二一―一八八一）、フローベール（一八二一―一八八〇）、ディケンズ（一八一二―一八七〇）等を挙げることができます。トーマス・マン（一八七五―一九五五）はカフカと年齢も近く、有名な『ブッテンブローク家の人々』は一九〇一年に発表され、カフカのギムナジウム時代には出版されていました。また、キルケゴール（一八一三―一八五五）の影響も受けているとされています。近年の専門的なカフカ研究では、彼の宗教的、実存主義的な側面を強調するのは、通俗的だとされる傾向がありますが、少なくとも、宗教思想や実存主義の影響を受けているのは間違いありません。

リアルと寓意

カフカの作品を読むと、どこか宗教っぽい印象を受けます。信仰心とか敬虔のようなものがテーマになることはありませんが、神秘的な力がかかわっていそうな場面がいたるところに出てきます。そしてそれが登場人物の生き方にかかわってきます。パターンとして、もともと信仰の篤い人間ではなく、キルケゴールの言い方だと「美的実存」で生きているような、俗な欲望の中で生きているような人物が、何かのきっかけで、神的なものの不思議な働きを感じざるを得なくなります。ドストエフスキーの作品もそういうところがあって、主人公は必ずしも宗教的な人物ではなく、どちらかというと神から遠い人間だけど、不可思議な力を感じさせるような出会いがあり、そこから話が動いていく。無論、ドストエフスキーの場合は、本当に宗教的な体験につながることが多いのですが、カフカの作品では、どんどん不思議な世界に入り込んでいって、救いのきざしはないわけです。ドストエフスキーの小説で起こる出来事は極めてリアルに描写されますが、カフカの作品はむしろ、リアルと寓意の境界線が曖昧になっていくところに特徴があります。

ドストエフスキーもそうですが、ディケンズやトーマス・マンの影響としては、市民的な日常をリアルに描き込んでいくということがあるのではないか、と思います。トーマス・マンの『ブッテンブローク家の人々』は、ブルジョワの生活形態や価値観を細かく描いたことで有名な作品です。ディケンズは、市民社会における辛い側面、階層間の意識のズレ、疎外感を巧みに描写しました。カフカの作品では、突拍子もないことが起こりますが、舞台は日常です。主人公は大抵、一定の教養はあるけれど、社会的な地位はそれほど高くない、平凡な男性で、何かのきっかけで、その日常が崩壊するというか、もともと、そんな日常などなかったとしか思えないようなヘンな世界に入っていく。その辺りが村上春樹っぽい。村上春樹がカフカのそうしたやり方に影響を受けているのだと思います。村上の作品だと、ヘンな世界に入っていく主人公の意識の変化が割と普通に描かれていくし、主人公自身はそこから何とか帰還して、それなりの謎解きがあるのに対し、カフカの作品では、ヘンな世界に入り込んだ主人公の意識自体が、私たちが普通の人間のリアクションの連鎖と思っているものからかけ離れて、あまり、こういういかにも文学的な言い方は好きではないのですが、次第に無機質的な感じになって、最後は物の世界と同化していくような感じになる。だから不気味感が残る。

　これはカフカに限らず、近代の幻想文学で一般について言えることですが、ドイツ語圏で言うところの教養市民的な人物で、きちんとキャリアを歩んでいて、スマートな生活を送っているような人が、日常生活のある場面で、自然科学的にあり得ない妙なことに遭遇します。しかし、いきなりファンタジーの世界が展開するのではなく、妙なことに遭遇して、これ現実かな、私の勘違いではないのか、と迷っているうちに少しずつ進行していきます。片足を日常に残そうとしながら、おかしな世界の方へ徐々に踏み込んでいくわけです。「敷居」が重要なわけです。いきなり全てがファンタジーの世界に入っていかないので、余計不気味です。そういう敷居の描写は、ドイツ・ロマン派の得意とするところです。そういう作風で代表的なのは、作曲家でもあるE・T・A・ホフマン（一七七六―一八二二）でしょう。ホフマンの作品では、主人公は徐々に、狂気か幻影かわからない世界にぐいぐい入り込んでいくのですが、カフカの場合、また日常に戻り、普通の生活はそれなりに続いて、再び何かの機会にまた同じような奇妙なことに遭遇する。それが続いていくうちに、いつのまにか、奇妙さがエスカレートしていく。精神の病の症状が間歇的に現れているようにも見えるし、向こう側からの働きかけと、日常生活に引き戻そうとする常識が拮抗しているようにも見える。そういう、簡単に解釈できない現実／非現実の間の曖昧な行ったり来たりを繰り返すのが、カフカらしさの一つと言えます。

E・T・A・ホフマン（1776-1822）

　ライナー・マリア・リルケ（一八七五―一九二六）とも年代が近いです。リルケは、ユダヤ系の血を引いているかどうかはっきりしませんが、同じボヘミア出身です。都会に生きる若者の孤独を綴っていく作品『マルテの手記』（一九一〇）は、カフカの作

ライナー・マリア・リルケ（1875-1926）

品に通じるところがあるようにも思えます。これから見ていくように、カフカの作品は、都会に住む主人公の、狭い閉じられた、プライベートな空間の中に、何かヘンなものが侵入してくるところから始まるものが多いです。マルテ本人は、パリのある下宿の六階にある自分の部屋の中で〝リアル〟な――何をもって「リアル」というかが難しいのですが――奇襲を受けることはありませんが、現実か白昼夢かはっきりしないことをしょっちゅう体験し、闇への恐怖や迫害妄想に苛まれ、街路や建物の細部にこだわって観察するカフカっぽい描写も見られます。

「未完」の作家カフカ

カフカの作品は、『審判』もそうですが、生前未完成だったものが多いです。生前の彼が刊行に同意していたのは、七冊の著作です。短編の「判決」、当初短編だったものの、後にこの連続講義で読む『失踪者』の第一章になった「火夫」、罪人の体に判決文を書き付ける奇妙な機械の出てくる「流刑地にて」、そして「変身」の四篇が、それぞれ独立の一冊として刊行されています。その他、『観察』『田舎医者』『断食芸人』の三つの短編集が刊行されています。『断食芸人』に今回の講義の最後に読む「断食芸人」と「歌姫ヨゼフィーヌ」が入っているわけですが、この短編集の刊行は、カフカの死後二か月後になります。したがって、厳密に彼の生前に刊行されたのは六冊だけで、一番有名な『審判』『城』『失踪者』の三大作品は、生前未完のままで、これらを刊行することにカフカ本人は同意していなかったことが知られています。これらは、カフカの友人である、やはりプラハ出身のユダヤ系の作家で文芸・音楽批評家のマックス・ブロート（一八八四―一九六八）によって世に出されました。彼はシオニストで、第二次大戦後にパレスチナに移住しています。訳者「あとがき」（三八二頁）にあるように、自分の死期を悟ったカフカは、自分が死んだら全てのものを焼きはらってほしいと言っていましたが、ブロートは、カフカの遺品から遺言のようなメモを見つけ出しました。

文芸・音楽批評家のマックス・ブロート（1884-1968）

「……僕が書いたもののうちで、残ってかまわないのは、『判決』、『火夫』、『変身』、『流刑地にて』、『村医者』の五冊の本と、物語『断食行者』だけだ……しかし、残ってかまわないとはいっても、だからといって僕は、これらが新たに刷られて将来も人手に渡るのを望んでいるというわけではない、いや、まるで反対で、これらがまったく失われてしまえば、それは僕の本来の意にかなったことなのだ。ただ、とにかくいったん世のなかに出てしまった本なので、持主が持っていたいというならば、僕としてはそれをさまたげはしないというだけだ……」

焼きはらえと言いながら、刊行されたものは残してもいい、というのは、何だか本音は違うみたいですね。ブロートは、カフカは時々言うことが変わるので、これが必ずしも本当の最後の意志とは言えない、と都合よく解釈し、三大作品などを自分で編集して出版します。これらの作品は未完成の部分はそのまま残されました。

繰り返される「掟」のモチーフ

『審判』では第九章の中に、短編集『村医者』に収められていた「法の前」――「掟の前」と訳されることもあります――という短い寓意的な物語が、物語の中の物語として挿入されています。それに続いて、この物語を語った教誨師と主人公Kの間で、その解釈をめぐる議論が展開されます。『審判』自体が寓意的な感じが強い作品ですが、その中に、いかにも寓話という感じのものが入っていて、しかも、既に発表された短編の解釈が、未完の長編の中で試みられている、という面白い構造になっているわけです。

「法の前」（「掟の前」）の原タイトルは《Vor dem Gesetz》で、〈Gesetz〉は、国会などで制定される「法律」もしくは「掟」という意味です。同じく「法」を意味するドイツ語に〈Recht〉

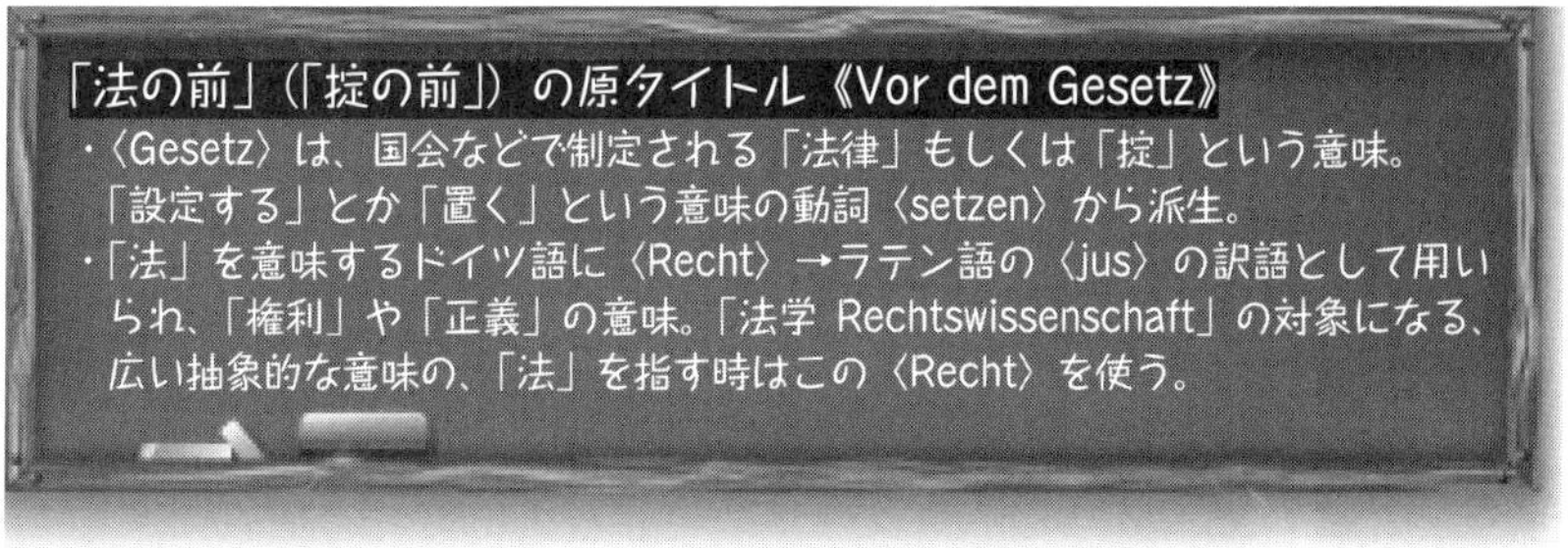
「法の前」（「掟の前」）の原タイトル《Vor dem Gesetz》
・〈Gesetz〉は、国会などで制定される「法律」もしくは「掟」という意味。
「設定する」とか「置く」という意味の動詞〈setzen〉から派生。
・「法」を意味するドイツ語に〈Recht〉→ラテン語の〈jus〉の訳語として用いられ、「権利」や「正義」の意味。「法学 Rechtswissenschaft」の対象になる、
広い抽象的な意味の、「法」を指す時はこの〈Recht〉を使う。

がありますが、こちらはラテン語の〈jus〉の訳語として用いられ、「権利」や「正義」の意味も持っています。「法学 Rechtswissenschaft」の対象になる、広い抽象的な意味の、「法」を指す時はこの〈Recht〉を使います。それに対して、〈Gesetz〉は、「設定する」とか「置く」という意味の動詞〈setzen〉という言葉から派生しています。「制定法」と、「掟」という全く対極的に見えるものが同じ言葉で表現されるのは、この言葉が、そこに厳然と置かれている、というニュアンスを持っているからです。

〈Gesetz〉つながりで言うと、『カフカ寓話集』（岩波文庫）に入っている「掟の問題 Zur Frage der Gesetze」というタイトルの短い作品もあります。一九二〇年くらいに書かれましたが、

生前は発表されず三一年に公表されています。私たちの法律は一般的には知られていない、それらは少数の貴族のグループの秘密である、そのグループは私たちを支配している……という話です。まさに、『審判』の核心になるモチーフです。『審判』では、これがもう少し拡張され、その貴族が不可視で正体不明の存在、存在しているのかどうかはっきりしない存在になっていきます。

『流刑地にて』も、いかにも「掟」に関係してそうなタイトルですね。流刑地で、新しい拷問機械が発明されますが、それは囚人に対する判決をその背中に刻みつけるというものです。肉をえぐって書き込むので、書き進めていくとその人物は弱っていき、最後は死にいたります。罪人当人にとっては、背中に書かれるので、何が書かれているのか自分ではわかりません。ただ、その地の駐在将校で裁判を取り仕切っている人物と、そこを訪れた学者らしい旅行者のやり取りでは、自分の身体の上で機械が動いているので皮膚の体感から内容がわかるのではないか、ということです。不思議なのは、その判決が何語で書かれているのかはっきりしないことです。将校はフランス語を話しているが、そのフランス語を、彼の部下の兵士も囚人も理解していない。しかし、囚人たちは将校の言葉を理解しようとしているかのように振る舞います。また、旅行者は、将校に機械が文字を刻む仕組みの設計図を見せてもらいますが、何が書かれているのか全然読み取れません。こうなってくるとその流刑地がどこで、どの国の植民地なのか気になりますが、書かれていません。この作品の設定では、言語の問題は重要だと思います。なぜなら、囚人たちの身体に判決文が記されているのを、本人が感じているとしても、本人が知らない言語だったら、理解できないはずです。もちろん本国から離れた植民地なら、言葉の通じない囚人がいるのは十分ありうるはずだし、刑罰の恐怖で狂気に陥っていたら、自国語でも理解できない可能性もありますが。

もう一つ参照しておきたいのが、『判決 Das Urteil』という作品です。ゲオルクという名の、年老いた父親と一緒に暮らしている商人がいて、彼はペテルブルクで商人をしている友人と文通しています。今度自分が結婚することになったのでそれをペテルブルクの友人に知らせようかどうか迷っていて、いよいよ手紙を出すと決意します。すると父親が出てきて、嘘をつくな、お前に友人などいない、と言って怒鳴りはじめます。なぜ、友人に婚約したと告げるかどうかでそれほど悩むのか、そのこと自体が不思議ですが、その友人がいるかどうか自体が怪しくなってくるわけです。ゲオルクによって部屋のベッドに戻され、寝かしつけられた父親は、お前がいかがわしい女に夢中になって私をこんな部屋に押し込めているので、お前の友人に真相を教えてやっていたのだ、お前の友人の方が、お前よりもお前の現実を知っているはずだ、と言い出します。そこまで言われると、ひょっとしたら息子の方が狂っているのかもしれないとも思えてきますね。父親は息子に、お前に溺死の刑を言いわたすと告げます。するとゲオルクは、外へ飛び出していきます。そして人がたくさんいる橋の上から身を投げ出す、という場面で終わっています。

息子と父親とどちらが妄想なのかわからない。誰かが、あり得ない物語を妄想で見ていたというのは、ホラー映画でよくある設定ですが、この作品では二つの視線が対立したまま、どちらが真実か判明するという意味では決着が付きません。しかし、体力は衰えていても、息子に対して依然として権威を持っていた父の言葉＝判決によって、息子を排除する形で、言わば、力ずくで、白黒を決定したわけです。裁判で、事実認定を行いますが、一〇〇％こちらが真実ということは確定しませんが、それでも強制力をもった「判決」というものが出されることで、争いには決着が付くわけです。『審判』では、こうした複数の視点の物語の対立と、それに対する力による決着という問題が複合的に描き出されていきます。

第一章――容疑不明の逮捕

では「第一章　逮捕・グルーバッハ夫人との対話、それからビュルストナー嬢」の冒頭から見ていきましょう。

> だれかがヨーゼフ・Kを中傷したにちがいなかった。悪いことはなにもしなかったにもかかわらず、ある朝彼は逮捕されたからである。彼に部屋を貸しているグルーバッハ夫人の料理女は、毎日朝の八時までには朝食をとどけにきていたのだが、それが今日にかぎってやって来なかった。これは今までついぞなかったことである。Kはそれでもまだしばらく待って、枕に頭をうずめたまま、むかい側に住んでいる老婆が、この女にはおよそ見なれない好奇の目で、自分を観察しているのを眺めていた。がしかし、やがて不審に思うと同時に空腹も感じてきたので、彼は呼鈴をならした。すぐにドアをノックする音が聞こえ、この家ではまだ一度も見かけたことのない男がはいってきた。すらりとしてはいたが、頑丈《がんじょう》そうな体格で、体にぴったりとあう黒い服を着ていた。旅行服に似たもので、さまざまのひだやポケットや止め金やボタン、それにバンドもついており、そのせいで、なんのために役立つべきものかは判然としなかったが、いかにも実用的な服であるように思われた。

日常空間の中にいきなり知らない男が現れて、主人公のヨーゼフ・Kが逮捕されるわけですが、この出だしは不思議というか、何かズレている感じがしますね。「逮捕された verhaftet」というのであれば、普通の感覚からすると、まず、Kを逮捕した人物の様子や、Kにどう向かっていき、どういう風に手錠をかけた、という話があるはずですが、そんな描写はなく、漠然と「逮捕された」と言われているだけ。しかも、逮捕する以上、逮捕する人が自分は▽▽の警官――あるいは検察官、憲兵、◇

◇捜査官……――で、あなたを○○の容疑で逮捕する、と宣告するはずなので、容疑はわかっているはずですが、単に「誰か jemand」が彼を「中傷した verleumdet」に違いない、という推測が述べられているだけ。しかも、服装だけからは、男が何者かKにはわからない。この時点で、Kは一軒家ではなく、下宿に住んでいるとわかりますが、逮捕を執行しに来たはずのこの男の訪問に対して、下宿の人たち、特に貸主のグルーバッハ夫人はどうしていたのか。普通だと、その男をKの部屋まで案内するのではないのか。

無論、Kが精神的に病んでいて、普通の認識ができない可能性があり、それを反映した、半ば内面化された描写と取れなくもないですが、これから見ていくように、彼は銀行員で、業務はちゃんとこなしているし、それまで、それなりに収入がありそうな人向けの下宿で普通に暮らしてきました。加えて、Kの状況把握能力は、「逮捕」関係の話を抜きにすると、それなりにまともに見えます。ちなみに、カフカ（Kafka）本人を思わせるKという、恐らく「苗字」の主人公が登場するのは、この『審判』と、『城』だけです。『城』では、ファースト・ネームは言及されていません。

無論、こういう漠然とした書き方は導入に際して読者の関心を摑んでおくための技法と考えられなくもないですが、その後も、「逮捕」について肝心のことは明らかになりません。どういう「逮捕」かわからないまま、話が進んでいきます。

「むかい側に住んでいる老婆」というのは、ごく普通に考えると、向かいの建物に住んでいて、窓越しにお互いの様子がわかる位置関係にある、ということでしょうが、ひょっとすると、廊下を挟んで向かい側の部屋という意味かもしれませんね。だとすると、かなりシュールな下宿ですね。この老婆はいずれにしても大した役割は果たしていませんが、彼女が第三者的な位置から観察しているとすると、「逮捕」をめぐる状況は、もっぱらKの妄想というわけではない、ということになりますね。無論、この老婆の存在も妄想で、彼女が廊下の向かい側の部屋にいて、壁を透視して、彼の部屋での出来事を観察している可能性もありますが、だとすると、かなり複雑な構図の妄想だということになりますね。第三者の視線込みの妄想なのだから。

「どなたです？」とKはたずね、すぐベッドのなかで上半身を起こした。

しかし男は、自分があらわれたところで文句をいうことはなかろうとばかり、この質問を聞きながし、逆にただこうたずねてきた。

「呼鈴をならしましたかね？」

「アンナに朝飯を持ってこさせたいのです」とKは言い、はじめは黙ったままで、よく見てよく考え、この男がいったい何者であるのかをたしかめようとした。しかし男のほうは、そんな視線に長いあいださらされてはいず、ドアのほうに向きを変えて、すこしあけると、そのドアのすぐ後

> ろに立っているにちがいないだれかにむかって、
> 「アンナに朝飯を持ってこさせたいのだとよ」と言った。

　このやりとりも何かズレてますね。「どなたです？」と聞いて、まともな答えが返ってこなかったら、普通であれば、もう一度聞き返すでしょうし、それでも無理なら、角度を変えて「一体何しに来たんですか？」とか、「あなたは何の資格があって私の部屋に入ってきたのですか」、などと聞くでしょう。一応は不思議がっているみたいですが、普通の不思議がり方から比べると、リアクションがスローな感じですね。すぐに朝食を持ってこさせる話をするのもヘンです。男の方も、「どなたです？」を無視しておきながら、呼び鈴の話をするのは妙ですね。両方とも、いきなり押しかけた人間とその部屋の住民の間のやりとりとして、一応はあり得ることをやっていますが、どちらも反応がストレートではない、しかも意図的にそうやっていることを示唆する記述がないので、ヘンな感じがしますね。

> 　Kが心ならずもゆっくりとした足どりで、となりの部屋にはいってみると、ここは一見したところ、ほとんどまえの晩のとおりに見えた。グルーバッハ夫人の居間だったが、ただ家具やおおいや陶磁器や写真でいっぱいになったこの部屋が、今日はいつもよりかたづいて、すこしばかり広くなっているかもしれなかった。しかし、これはすぐにそれと見てとれることではなかった。特に、目に映ったおもな変化といえば、一人の男がそこにいるということだったからで、その男は開いた窓のところに、本を読みながらすわっており、今その目をあげたところだった。
> 「部屋から出てはいけないのに！　フランツがそう言いませんでしたか？」
> 「聞きましたよ、いったいどうしようというんです？」とKは言い、この新らしい知りあいから目をうつし、フランツと呼ばれた、戸口に立ったままでいる男のほうを見ると、またその目をもとにもどした。

　これで先ほどの男の名前がフランツだということはわかりましたが、下宿の持ち主の居間になっている部屋にもう一人仲間がいる。その人物は、フランツを通じて、Kに部屋から出ないよう命令したつもりになっている。フランツは「ここにいたほうがよくはありませんかね？」、と曖昧な言い方をしただけで、Kを強制的に止めようとはしませんでした。

> 　開いた窓ごしに例の老婆が見えたが、これは一部始終を見とどけるために、いかにも年寄りらしい好奇心で、今またむかいにあたる窓辺へと歩みよっていた。

　ここでまた老婆が登場して、Kの周りで起こっている出来事を好奇心をもって観察している様子を見せることによって、これらの出来事がKの妄想ではないらしいことが、一応わかるわけです。一応ですが。

　彼がその場を立ち去ってグルーバッハ夫人に会いに行こうとすると、

タイトル〈Der Process〉

〈Verfahren〉＝「手順」「手続き」「やり方」という意味もある。同じく「訴訟」を意味する言葉に、〈Prozess〉。〈Process〉は〈Prozess〉の古い綴り。

「いかん」と窓辺の男が言い、本を小机の上に投げて立ちあがった。「行ってはならん、あんたは逮捕されたんだ」

「そうとみえますな」とKは言い、「だがいったいなぜなんです？」

「われわれはそんなことを答えるために雇われているんじゃないんだ。部屋にもどって待っていたまえ。訴訟はとにかく始まったんだから、時さえくれば万事まちがいなく知らせてもらえるはずだ。こんなに親身になって話してあげるのは、わたしの任務外のことなんだぜ。だがフランツ以外には聞いている人もいなかろうし、奴自身からしてが、規定を犯して妙にあんたに親切なんだ。こんないい監視人が決まったときのように、今後もあんたが幸運にめぐまれるなら、あんたも大いに自信を持っていられようというものさ」

ここでようやく男たちの口から、「あんたは逮捕されたんだ」という言葉が出ましたが、ますますヘンですね。手錠をかけてないし、身動きできないようにしているわけでもない。容疑を言わない。それを言う職務上の義務さえない、と言う。その自分たちの身分も明らかにしていない。ひょっとすると、正規の法律上の「逮捕」ではなく、革命軍とか、民族集団、政府に従わない政治結社、宗教団体のようなものが、自分たちのルールに従わないものを拘束することを「逮捕」と言うことがあるので、そういう類の行為かもしれませんが、だとすると猶更、身柄を拘束していないのが奇妙です。

そのうえ、「訴訟 Verfahren」が「始まった」とさえ言っていますね。「訴訟」というからには、裁判所に訴えが提起され、そのことを被告あるいは被告人であるKに告げないといけないはずですが、そういう明確なものは示されていないですね。少なくとも、逮捕された当事者であるKの知らないところで、「訴訟」が始まってしまった、という妙な状況です。実は、これが作品全体の重要なテーマになっていきます。

この〈Verfahren〉というドイツ語には、「手順」「手続き」「やり方」という意味もありますが、同じく「訴訟」を意味する言葉に、〈Prozess〉があります。この作品のタイトルが〈Der

Process〉です。〈Process〉は〈Prozess〉の古い綴りです。日本語で「審判」と訳すと、「最後の審判」と言う場合のように、結論としての判決だけにフォーカスが当たりますが、小説のタイトルも、この男たちとKのやりとりも、何らかの正体がわからない「プロセス」が進行していることを示唆しているように見えます。

この箇所では、原語は〈Verfahren〉ですが、後で、〈Prozeß〉という言葉も出てきます。〈Verfahren〉と〈Prozeß〉はあまり区別されないで、使われているようです。

ちなみにプロセスというと、精神医学者でもあるヤスパース（一八八三―一九六九）が、『精神病理学総論』（一九一三）で精神的な病理の進行過程を「プロセス Prozeß」という言葉で表現しています。ヤスパースが、精神病理を「プロセス」として捉えていることに、ドゥルーズ＋ガタリは『アンチ・オイディプス』（一九七二）で注意を向けています。ヤスパースをカフカが読んでいたかどうかわかりませんが、Kの心の中で何らかの、恐らく崩壊あるいは破局に向かう「プロセス」が進行していて、その発端が本人には、ここで述べられているような、「逮捕」という出来事として経験された、と解釈することはできます。二人の男が侵入したのは、リアルな下宿の部屋ではなく、Kの心の中の部屋だったかもしれない。下宿の部屋だと侵入は一瞬ですが、心の中の部屋だと、徐々に進行する「プロセス」になるでしょう。無論、リアルな侵入・逮捕と、心の中の「プロセス」が並走していて、心の中のプロセスのせいで、リアルな「訴訟＝手続き」がおかしな感じになっている、という可能性もありますね。

Kはこんな話にはほとんど耳をかしていなかった。自分の品物を自由に処理しうる権利は、まだ失われてもいなさそうだったが、彼にとってはそんな権利はたいしたことではなく、自分のおかれている状態をはっきり知ることのほうがずっと重要だった。しかし、こんな連中を目の前にしていては、考えてみることさえできない。第二監視人──二人とも監視人以外のものではありえなかったが──の腹が、親身のあまりとでも言わんばかりに、しょっちゅう彼につきあたってくるし、といって見あげてみれば、この太っちょの体にはおよそ似つかわしくない、干からびて骨ばった顔があり、そこに横にねじれた豪勢な鼻がついていて、その顔が彼の頭ごしにもう一人の監視人と意を通じあっているのだった。いったいこれはどういう男たちなのだろう？　なんのことを話しあっているのだろう？　どういう役所の者なのだろう？　だってこのおれは法治国に住んでいるのだ、国中が平和だし、法という法はすべて厳然として存在しているのだ、ひとの住居にふみこんで、不意をおそうようなまねをするとは、いったい何者なのだ？　なにごともできるかぎり気楽に考え、最悪の事態は、その最悪の事態そのものがあらわれてからはじめてこれを信じて、たとえ雲行きが非常にあやしくなってきたときでも、かくべつなにも将来のための措置などはこうじておかないというのが、つね日ごろの彼だった。しかしこんどばかりはこういった彼の傾向が正しいものとは思われなかった。なるほどこの事件を冗談、それも理由はわからないが、もしかすると今日が彼の三十歳の誕生日だというので、銀行の同僚たちが仕組んだ粗野な冗談だともとれなくはなかった。もちろんこれはありそうなことだ。どうにかして面とむかって監視人たちを笑ってやれば、それですむことなのかもしれない。そうすれば連中もいっしょになって笑いだすだろう。

先ほどの「逮捕」や「訴訟＝手続き」に続いて、「自由に処理し得る権利 Verfügungsrecht」「法 Gesetz」「法治国家 Rechtsstaat」といった法学用語が続きますが、私たちがイメージする、きちんと粛々と進行する法のプロセスとは随分ちがって、グダグダしている感じですね。

Kの態度も相変わらずヘンですね。いきなり部屋に侵入してきて、逮捕だと言う人間がいれば、「どこの役所の者なのか」「どういう法律に基づいてやっているのか」という疑問を持つことは当然ですが、どうして、Kは率直に聞かないのか。普通だったら、咄嗟に、「君はどこの役所の者だ?」「どういう法律を根拠にそんなことをやっているのか」、と聞いているでしょう。

そうやって言葉でのやりとりをちゃんとやっていない一方で、第二監視人が「親身のあまりとでもいわんばかりに förmlich freundschaftlich」、「太っちょな体」の「腹 Bauch」を押し付けてくるという描写がありますね。言葉でちゃんとコミュニケーションしないまま、相手に何かの動作をさせようとすると、当然、身体で接してきて、押し付けるとか、引っ張っていくとかいうことが多くなりますが、この作品ではそういう場面が多いですし、カフカの他の作品でも、そうした性質の身体的接触が多くなる傾向がありますね。

Kは部屋の中で不意を襲われます。プライベートな空間であるる「部屋」の中に、「法」によって委任されているかのように自称する者たちが急に侵入してきます。近代法は、「公／私」二分法を特徴としています。「公」の領域での行動は、他人への影響が大きいので、公法による制約を強く受けますが、「私」の領域では、できるだけ本人の自由に任せるのが原則です。代表的な私法である民法は、本人たちが訴えを起こさない限り、私的自治に任せます。ただ、一口に「私」といっても、私的な商取引とか、職場や近隣での人間関係、家族と、「私」の度合いにかなり違いがあります。普通は、個人の部屋がもっとも「プライベート」な空間です。ただ、彼の部屋が隔離された場かというと、下宿の家主の部屋とドア一つでつながっているし、この後、次第に明らかになるように、下宿の住人たちの部屋の間を行き来するのは、それほど難しいことではなさそうで、さ

近代法
「公／私」二分法が特徴
「公」の領域＝他人への影響が大きいので、公法による制約を強く受ける。
「私」の領域＝できるだけ本人の自由に任せるのが原則。代表的な私法である民法は、本人たちが訴えを起こさない限り、私的自治に任せる。

ほどプライバシーが守られている感じでもありません。下宿全体がもともとプライバシーが緩い空間であり、Kのプライバシー、彼が他人の目に隠しておきたいことも、周囲の人には意外と筒抜けだったことが、二人の「監視人 Wächter」の侵入で改めて明らかになっただけかもしれません。あるいは、Kの中で何かが進行している兆候が他人の目には明らかだったのが、これを機に、K自身も自覚せざるを得なくなった、ということかもしれません。

『変身』でも、新しい女中とか、三人の間借り人とかおかしな人物たちが、グレゴール・ザムザの家に侵入してきて、彼だけでなく、家族中のプライベートをかき乱します。ザムザは、虫になって自分の部屋の中に隔離されてしまいますが、Kは、「逮捕された」のでどこかに閉じ込められるはずですが、どこに閉じ込められているのか？　この男たちは傍若無人に振る舞っているけれど、これは、グルーバッハ夫人をはじめ下宿の人たちを言い含めてのことなのか、それとも、住人たちが知らんふりをしているおかげで、勝手に動き回っているだけなのか。もともと、Kのプライベートがそれだけ無防備だったということかもしれません。

三〇歳という年齢は意味深ですね。イエスが宣教をはじめた年齢ですね。ネタバレになりますが、Kは三一歳になる前日に、処刑の場に連れていかれます。イエスが死んだのは、三三歳の時だとされています。

> 彼はまだ自由の身だった。「失礼」と彼は言って、二人の監視人のあいだをいそいで通りぬけ、自分の部屋にはいった。
> 「ものわかりはよさそうじゃあないか」と言う声が後ろに聞こえた。
> 部屋にはいるとすぐさま机の引出しをひきあけた。引出しのなかはよく整理がゆきとどいていたが、興奮しているため、ほかならぬめざす目的の身分証明書がなかなか見つからない。とうとう自転車許可証が見つかって、それを持って監視人のところへ行こうとしたが、この書類ではあまりに貧弱すぎるようにみえたので、思いなおしてまた探し、やっと出生証明書を見つけ出した。彼がまたとなりの部屋

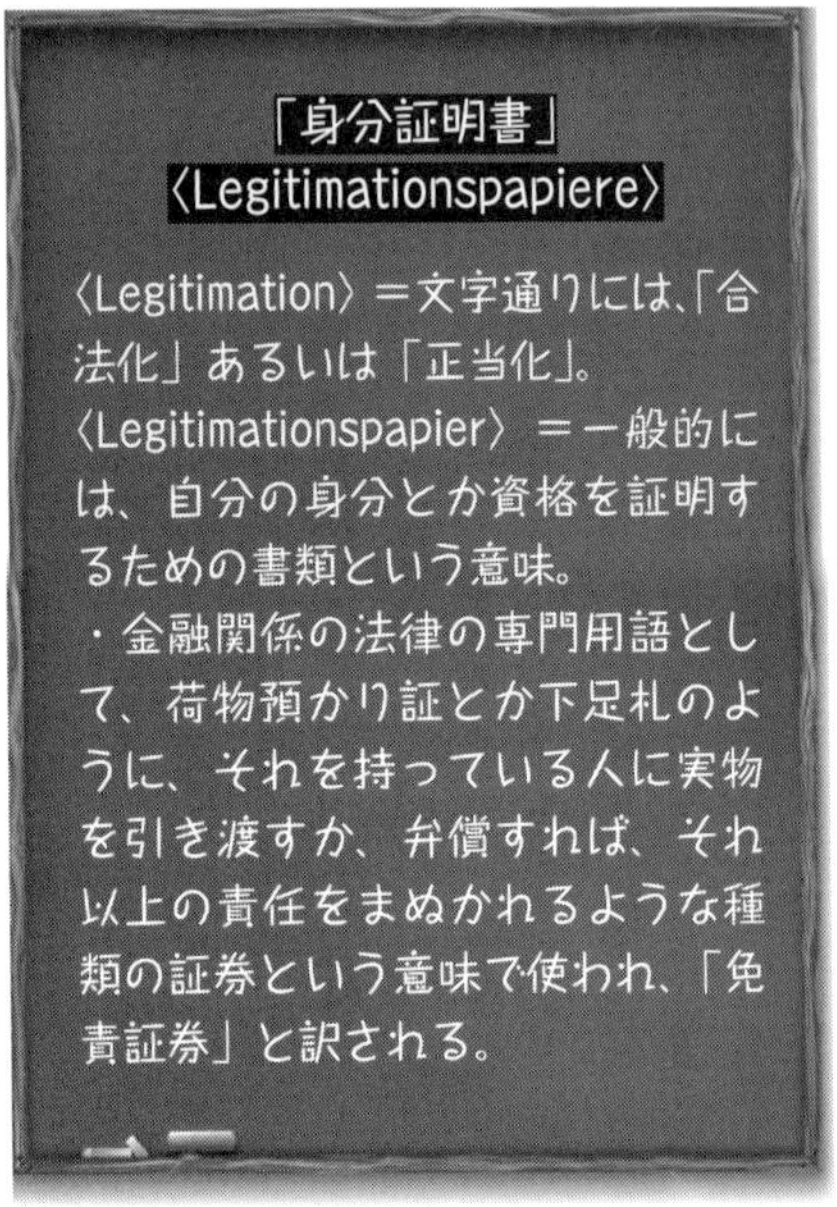
「身分証明書」
〈Legitimationspapiere〉
〈Legitimation〉＝文字通りには、「合法化」あるいは「正当化」。
〈Legitimationspapier〉＝一般的には、自分の身分とか資格を証明するための書類という意味。
・金融関係の法律の専門用語として、荷物預かり証とか下足札のように、それを持っている人に実物を引き渡すか、弁償すれば、それ以上の責任をまぬかれるような種類の証券という意味で使われ、「免責証券」と訳される。

にもどったとき、ちょうどむかい側のドアがあき、グルーバッハ夫人がはいってこようとした。しかし姿を見せたのはほんの一瞬間だった。というのも、彼女はKの姿を認めるやいなや、目に見えて狼狽《ろうばい》し、ごめんなさいとあやまってひっこむと、慎重そのもののようにドアをしめてしまったのだ。

ようやくグルーバッハ夫人が出てきたので、少なくとも夫人はこの〝逮捕劇〟に巻き込まれていることはわかりますが、夫人が何も語らないので、監視人たちと夫人との間にどういうやりとりがあったのか、彼女は事情を知って共謀しているのか、それとも単にヘンな連中が来たので知らないふりをしているだけなのかわかりませんね。

　自分の身元を証明するために、「身分証明書」を探すという行動は、一瞬、現代的に見えますが、よく考えるとヘンですね。相手は、彼が誰かわかって「逮捕」しているはずですから。相手が自分を誰か別の人と勘違いしているのであれば、「身分証明書」は役に立つかもしれないけど、それだったら、「あなたたちは、私を誰と思って逮捕するのだ」、と聞いてるはずですが、そんな質問をしないで、自分の「身分証明書」を探し始める。少し後でわかりますが、実は、相手に「身分証明書」を見せさせるため、まず自分の証明書を探したわけです。

　「身分証明書」は原語では〈Legitimationspapiere〉。〈Legitimation〉というのは、文字通りには、「合法化」あるいは「正当化」です。〈Legitimationspapier〉という言葉は、一般的には、自分の身分とか資格を証明するための書類という意味に使われているようですが、金融関係の法律の専門用語として、荷物預かり証とか下足札のように、それを持っている人に実物を引き渡すか、弁償すれば、それ以上の責任をまぬかれるような種類の証券という意味で使われ、その場合は、「免責証券」と訳されているようです。「出生証明 Geburtsschein」という言葉はあまり意味がなさそうに思えますが、カフカが生まれた当時の二重帝国では、それにユダヤ人であるかどうかも記されていたはずです。

　しかしKは自分の証明書を見せて、監視人に、あなたたちのも見せろと主張しますが、監視人たちはまともに取り合おうとしません。

「これが私の身分証明書なんだ！」

「そんなものがおれたちになんの関係があるんだ」と大男の監視人はもう声をはりあげて言った。「子供より始末の悪い奴だ。いったいどうしてほしいんだ？　おれたちはただの監視人なんだ。その監視人と身分証明書だの逮捕令状だの、そんなことを議論して、それであんたの呪われた大きな訴訟事件に、すばやくかたをつけようとでもいうのかね？　おれたちは身分の低い雇われ者なんで、身分証明書などは見たところでわけがわからないし、あんたの事件とのかかわりあいといったら、毎日十時間あてあんたのところで見張りをして、その分の給料をもらうというだけのことなんだ。それがおれたちのぜんぶというもんさ。ただしかしそのおれたちにも、おれたちの勤めている高級の役所では、こんな逮捕を行なうまえに、逮捕の理由や被逮捕者の人物などについて、きわめて正確に調査をしてあることぐらいはわかっているんだ。その調査にはまちがいなんかこれっぽっちもありゃしない。おれの知っているかぎりじゃあ、そしておれの知っているのはいちばん下っぱの階級の者なんだが、おれたちのお役所は、民衆のなかに罪をさがしまわるなんていうまねはしていないんで、法律にもあるとおり、ただ罪によってひきつけられるというだけなんだ。そしてそのためにおれたち監視人を送ってよこさねばならなくなる。これが法律というものさ。どこにいったいまちがいがあるというんだね？」

この台詞から、この監視人たちは、「身分証明書」を読むことさえできないほど、何もわかっていない下っ端で、彼らにはよくわからない、かなり上の方で、「プロセス」が始まったことがわかります。ただ、わかっていない下っ端の割には、よくこれだけしゃべるなあ、という感じがしますね。少なくとも、「逮捕」するには、逮捕する前に厳格な調査をして、「逮捕令状 Verhaftbefehl」が必要なことだけはわかっているようですね。誰がどんな調査をやって、誰がそれに基づいて令状を出したかは知らないけれど。それから、逮捕といっても、「毎日十時間」Kのもとに出向いて見張っていればいいという、何が目的かわからない命令を受けていたことも明らかになりましたね。

「罪をさがしまわる die Schuld suchen」のではなく、「罪にひきつけられる von der Schuld angezogen werden」という意味深な言い方をしていますね。〈angezogen〉は〈anziehen〉という動詞の過去分詞形ですが、これは「引き寄せる」とか「魅惑する」、あるいは、衣服等を「身に着ける」という意味です。「罪」に「魅惑され」ているのだとすると、いかにも不健全な感じがしますし、場合によっては、役所自体が犯罪を作り出して、それを追いかけ回すマッチポンプ的な役割を果たしているように取れます。

そもそも、「罪 Schuld」を探すとか惹きつけられるというのは妙な言い方ですね。普通は「犯罪」を探すわけですね。ドイツ語だと〈Verbrechen〉もしくは〈Kriminalität〉です。〈Schuld〉は、もともと「負債」とか「負い目」、あるいは、「〇〇のせい」という意味での「責任」を意味する言葉です。原罪などの宗教的な罪を表す〈Sünde〉という言葉もありますが、〈Schuld〉も、神に対する「負債」というような、宗教的な意味で使われることがあります。この監視人のような謎めいた言い方をすると、あらゆる罪の元になる「原罪 Sünde」を暗示しているような感じがしますね。

> 「そんな法律は知らないね」とKは言った。
> 「知らないだけあんたの損さ」と監視人が言った。
> 「そりゃあまたあなたがたの頭にだけある法律でしょうよ」とKは言い、なんとか監視人たちの考えていることのなかにそっとはいりこみ、その考えを自分に有利なようにしむけるか、逆にその考えに同化してみようとしてみた。

「法律 Getz」あるいは「掟」と言っていますが、実在の法律なのでしょうか、それとも、この世界だけにある法律なのでしょうか。どっちにしろ、「法律＝掟」というのは、物理的実体を持っているわけではなく、いわば、人々が「これが法だ」と思って、行動しているものの連鎖でしかないわけです。純粋な主観の産物ではなく、間主観的な構築物ですが、実体がないことに変わりはありません。一対一〇〇くらいで支持率に差がある場合、あるいは、その一〇〇を代表する法の権威者が相手方にいたら、どっちの理解が正しいか社会的に決着が付いてしまうでしょうが、この場合、今のところ、一対二なので、どっちの見方が〝正しい〟のか決着はつきそうにありません。Kは「法律」の「手続」は自分のような全うな市民にとって可視的だと思っているけれど、監視人は、上の方で決まっているので、自分たちのような下っ端にとっては不可視だと思っている。

　一三頁の終わりで、もう一人の監視人の名前がヴィレムだと出ていますね。フランツに言わせると、「法律を知らぬ」、つまり監視人が従っているという法律など知らないと言い張りながら、自分は「無罪 schuldlos」と言い張るのは矛盾している、ということです。屁理屈のように聞こえますが、法律が自己完結的な論理に従うものだとすると、確かにそういうことになりますね。どの法律に即して言っているのか、特定しないと「有罪／無罪」を言っても意味はない。Kは、彼らの「上役 Vorgesetzter」に会わせてほしいと言いますが、拒絶され、部屋に戻って、こんな状態になって、これから仕事とかどうしようか、と考えます。ちなみに、この〈Vorgesetzter〉というのは、上司を意味する普通のドイツ語ですが、この言葉は「前に」という意味の接頭辞〈vor-〉と、先ほどの「置く」という意味の動詞〈setzen〉の過去分詞形〈gesetzt〉からできていて、「法律 Gesetz」の「前」にある者、「掟の前」の「門番」という意味が込められていると見ることができます。

ビュルストナー嬢の部屋での審理委員会

そうやってKが何もやることがなく、ベッドに寝ころんでいろいろ考えていると、いきなり、フランツの「監督のお呼び！」、という声がかかります。Kがやっと埒があいたと思っていると、監視人たちは、寝間着のままでなく、ちゃんと正装しないと、上役には会えないと言います。監視人たちは、でたらめなことをやっている割に、妙なところで形にこだわります――下っ端の役人には、そういうイメージがありますね。Kは仕方なく、着替えます。

すっかり服を着てしまうと、ヴィレムのすぐ前を歩いて人気《ひとけ》のないとなりの部屋を通りぬけ、つぎの部屋に行かなければならなかった。もうドアの両扉《とびら》とも開かれていた。この部屋は、Kもよく知っているとおり、しばらくまえからタイピストのビュルストナー嬢が住んでいるのだが、朝非常に早く仕事に出かけるのがつねで、夜はまたおそく帰るため、あいさつの言葉以外にあまり話をしたことのない女だった。今はベッドのかたわらの小机が審理用の机として、部屋の中央に持ち出され、監督はその後ろにすわっていた。両足を組み、片方の腕は椅子のひじかけにおいていた。

このビュルストナー嬢というのが、後から重要になってきますが、ここでは、とりあえず、現時点では、Kとは全然関係のない人の部屋が、勝手に「監督 Aufseher」の控え室のようになっているわけですね。Kに対してだけでなく、傍若無人ですね。

部屋のかたすみに三人の若い男が立ち、ビュルストナー嬢の写真に見入っていたが、その写真は壁にかけたマットの一つに止めてあった。開いた窓の把手《とって》には一枚の白いブラウスがかかっていた。まむかいの窓にはまたまた例の二人の老人の姿が見えたが、こんどは仲間がふえて、彼らの後ろにずっと背の高い男が、シャツの胸をはだけたまま立っており、赤っぽいとんがりひげを、指で押したり、ひねったりしていた。

いきなり「三人の若い男」というのが出てきましたね。この三人がどういう人物なのかは直にわかりますが、このビュルストナー嬢の部屋はどれくらいの広さなんだろう、という気がしますね。結構広い部屋でないと、三人が片隅にかたまっていたら、相当、暑苦しくて、ドタドタした感じになりそうですね。向かいの窓にいた老婆が、一四頁で既に、自分よりずっと年寄りの老人をつれてきていたのですが、そこに別の見物人が参加してきたわけです。窓を隔てた向こうの、見物人の集まり方だけはリアルですね。彼らは一応、プロセスに直接巻き込まれていないわけですね。

そしてKと監督の間でこの逮捕について話が交わされますが、監督の反応もかなり妙です。着席してもいいですか、という質問に対して、慣例ではありませんね、と答える。恐らく、それでKは立ったままです。あなたたちが制服（Uniform）を着ていないことからして、これはそう重要な案件ではないだろう、というKの推測に対しては、あなたは思い違いをしている、私たちが制服を着たからといって、「あなたの件の具合が悪くなるということもない Ihre Sache würde um nichts schlechter stehn」と、いかにもはぐらかすようなことを言います。そのうえ、彼は監視人たちの上司だというのに、「あなたが告発（anklagen）されているのかどうか、それさえ私は知らない」とまで言います。「告発」されていないとしたら、「逮捕」などあり得ないというのに、すごくおかしな話ですね――日本の法律用語だと、被害者が「告訴」するのに対し、「告発」は犯罪の事実を知っている全ての人ができることで、検察官が「起訴」するわけで、文脈的には「起訴」のことを言っていそうですが、話がこれだけ曖昧だと、まともな法律用語に訳せませんね。監督は、無駄に騒がない方がいいですよ的なことを言って、Kをやんわりとけん制します。この男は、Kより若く見えるようで、Kは自分より若い男に説教されているようで、あまり気分がよくない感じになります。

二二頁でKは「検事のハステラーとは昵懇《じっこん》なんだが、電話してもよろしいでしょうね？」と尋ねています。このハステラーという人物については、巻末の「附録1　未完成の章」の中に、「検事」という文章があります。この未完成の章の編者注によると、第七章のすぐ後に続くと思われる章では、Kは銀行の業務の関係で、ハステラー検事と親しくなったと書かれています。Kがハステラーと親しくしていると知ると、若い同僚や支店長たちが、彼に話しかけ、頼み事をするようになる、という話ですね。ただ、ハステラー検事は、統合された小説本体には出てきません。もしハステラー検事が登場していたら、筋が大分違ってしまっていたでしょう。その場合、Kはハステラーを通じて、プロセスの中核にかなり迫り、自分を束縛しているのが何なのかある程度知ることができる、という推理小説っぽい展開にするか、それとも、検事でさえ、「訴訟」がどう進行するのかわかっていなかった、という、いかにもありがちのオチになるかのどちらかになりそうですが、どっちに行ってもつまらなくなって、興ざめですね。かといって、検事を出しておいて、「訴訟＝プロセス」に関与させないまま、引っ込めるのも、物語の細部を詰め切れてない駄作という感じになってしまいますね。「検事」という肩書きをいかすのは難しいと思います。

監督が電話してもあまり意味がないというので、Kは電話をあきらめ、今度は、お互いに何もなかったことにしませんか、と提案し、監督に握手を求めます。恐らく、こんなに適当なのだから、正式な命令などないし、彼らはただの変人かもしれない、などと、ある意味常識的な想像をしたのでしょう。

――監督は目を上げると、唇をかんで、さし出されたKの手を見た。Kはまだ監督が手をさし出してくるものと思っていた。しかし監督は立ちあがり、ビュルストナー嬢のベッドの上にあった固くて丸い帽子を取りあげ、新らしい帽子を試してみるときのように、これを用心ぶかく両手でかぶるのだった。

女性の持ち物なのに、妙になれなれしく扱いますね。ヘンタイっぽい感じがします——精神分析っぽい見方をすると、監督はK自身のビュルストナー嬢への欲望が投影された存在なのかもしれません。

「あなたには万事がいとも簡単に見えるのですな!」と彼はKにむかって言った。「事に円満な決着をつけなくちゃあならんとね? いやいや、そうはほんとうにいかないんです。かといって私は、あなたに絶望しろと言うつもりでもぜんぜんありません。絶望なんてとんでもない。あなたは逮捕された、というだけのことなのです。それをあなたに言うのが私の任務でしたから、その任務を果たし、あなたがそれをどんなふうに受け入れたかということも、今この目で見たわけです。これだけで今日のところはじゅうぶんですから、もうお別れできますよ。もっとも、さしあたっては、というだけですがね。さてそうなるともう銀行に行きたいとお思いでしょうな?」

簡単にいかないと言いながら、今日はもう自分たちの仕事は終わったので、Kは銀行業務を続けられるかのような言い方をするわけです。これは混乱しますね。しかも、二六頁を見ると、監督は、Kが銀行に行きやすいように、銀行から三人の同僚の人に来てもらったのだ、と言っています。

「ええ?」とKは叫び、驚いて三人の顔を見つめた。この、およそ特徴のない、貧血症の若者たちは、彼としてみれば今もって写真のそばにいた一グループとしての記憶しかないのだが、それがまたまごうかたなく彼の銀行の行員だった。同僚ではなかった。これは言いすぎというもので、監督がなんでも知っていそうでいながら、じつはそこに穴があることを証明していたが、しかしとにかく銀行の下僚であるにはちがいなかった。どうしてこれに気がつかなかったのだろう? この三人に気がつかなかったとは、それほど監督と監視人とに気をとられていたのだろうか! なるほど見れば、体がこわばり、両手をふり動かしているラーベンシュタイナーだし、目の落ちくぼんだブロンドのクリヒだし、慢性の筋肉緊張のため、いやなうす笑いを浮かべているカミナーではないか。

ビュルストナー嬢の部屋で写真を見ていた三人の男が、実は同僚であったことがわかったわけです。普段全く無視していて、気にもとめない存在であれば、目の前にいても、「この、およそ特徴のない、貧血症の若者たち diese so uncharakteristischen blutarmen jungen Leute」としか認識しなかったとしても、不思議ではないですが、三人の名前と身体的な特徴をしっかり把握している感じですね。

普段ちゃんと見えていたはずのものが見えなくなっているわけですね。逆に言うと、普段見えていなかったものが、見えるようになったという面もあるわけです。そもそも、職場の同僚が、プライベートな空間に役人と一緒に押し入ってくる、というのはかなりおかしなことですが、Kはそこはあまり気にしていない感じですね。

Kがこの三人に注意を向けている間に、いつの間にか監督と二人の監視人は姿を消します。そして彼は、三人が拾ってきたタクシーに乗って、銀行に行き、いつものように仕事をしたようです。銀行では、今のところ、大きな変化はないようです。奇妙なのは、三〇頁にあるように、先ほどの三人の行員について、「彼らはまたおおぜいの行員のなかにうずもれてしまい、その動静にはなんの変化も認められなかった sie waren wieder in die große Beamtenschaft der Bank versenkt, es war keine Veränderung an ihnen zu bemerken」と述べられていることです。あれほどの騒動があり、そこに本来いないはずの三人がいたのに、銀行に戻ったら、大勢の中に埋もれてしまって、気にならなくなるというのはどういうことか。三人が来たというのは、幻想で、実は全く関係ない人間ではなかったのか、あるいは、そもそも、その三人は幻だったのではないか、という気もしてきますね。

加速する欲望

その日の夜の九時半、銀行から戻ってきたKは、「家の門 Haustor」のところで、「管理人の息子 der Sohn des Hausmeisters」だという若い男と話をします。管理人ということは、恐らく、家主のグルーバッハ夫人に雇われて家の管理の仕事をしていて、息子がその下請けのようなことをしているのでしょうが、そういう人物をKが知らないというのも変ですね。ともかく、Kはグルーバッハ夫人のところに行って話をします。Kは、「余計な手数をおかけした」と言いますが、彼女には、そんなにピンと来ていないようです。

「でもなにはともあれ、あなたはあんなことをあまり重要にとりすぎてはいけませんわ。この世のなかではほんとにどんなことが起こるかわかりませんものね！　Kさん、あなたがうちとけた話しかたをなさるので、私のほうもかくしだてしないですむんですが、じつは私、ドアの後ろですこしぬすみ聞きをしましたし、それに二人の監視人もいくらか話してくれたんです。だってあなたのおしあわせに関することですし、あなたのおしあわせこそほんとうに私が心から願っていることですもの。きっと柄にもないことかもしれませんせん、なにしろ私はただあなたにお部屋を貸しているだけの女ですからね。さて、そんなわけで少々耳にはしましたが、でもなにかとくに悪いことを聞いたとは言えません。なるほどあなたは逮捕されました。でもどろぼうが逮捕されたのとはわけがちがいます。どろぼうのように逮捕されるんじゃあ、困りますけど、この逮捕は――。なんと言っていいか、なにか学問的なもののような気がしますの。ばかなことを言ったらごめんなさい。私にはわからないけれど、でもまたわかる必要もないなにか学問的なもの、といった気がするんですわ」

これで、グルーバッハ夫人が一連の出来事を知っていたことはわかりましたが、監視人たちからどういう指示を受けたのかわかりませんね。一応Kを慰めている体になっていますが、やっぱりおかしいですね。Kが「逮捕」されたというのに、「おしあわせ Ihr Glück」というのはヘンな台詞ですね。「とくに悪いことを聞いたとは言えません ich kann nicht sagen, daß es etwas besonders Schlimmes war」って、他人が勝手に言うのはヘンですね。この「逮捕」が普通のものではなくて、「なにか学問的なもの etwas Gelehrtes」だと言いたくなるのは状況的にわかりますが、それを本人に面と向かって言うのは、かなりヘンですね。

二人の間で、ビュルストナー嬢のことが話題になります。Kは今朝迷惑をかけたことを彼女に詫びたいと言いますが、グルーバッハ夫人は彼女の部屋はもう片付いているし、本人はあんなことがあったと知らないので、わざわざ詫びる必要はないと示唆します。そう言って、グルーバッハ夫人はビュルストナー嬢の部屋のドアを開けてKに様子を見せてやります。我々の感覚からすると、プライバシーの感覚がなさすぎますが、当時としたって、そうでしょう。少なくとも、役職についている銀行員とか、夜、友達とお芝居を見に行くような生活をしている人にとって、互いの部屋のドアを勝手に開けるのはおかしいでしょう。この下宿が元からそうだったのか、監視人たちの襲来によってそうなったのかわかりませんが、プライバシーがかなり弱くなって、簡単に他人のスペースに侵入できるようになっているみたいですね。

「あの人はよく夜おそく帰りますね」とKは言って、まるであなたの責任だといわんばかりにグルーバッハ夫人の顔をじっと見た。

「若い人たちはみんなそうですよ！」とグルーバッハ夫人はわびるように言った。

「そうですとも」とKは言い、「でもあんまりひどくなるといけませんからね」

「そうなんですよ」とグルーバッハ夫人は言い、「なんてまああなたのおっしゃるとおりなんでしょう、Kさん。それもおそらくとくにこの人の場合はね。私はもちろんビュルストナーさんの中傷をするつもりじゃありません。あの人はかわいい、いい娘さんですし、親切で、きちんとしていて、時間も正確だし、仕事好きです。どれもこれもたいへん敬服しているんですが、ただひとつ、もっと自分に誇りをもって、つつしみぶかくしたほうがいいことだけは、たしかですよ。今月はもう二度も、ここからずっとはなれた通りであの人を見かけたんですが、毎度ちがった男のかたといっしょでした。私とてもつらいんですが、こんなことをお話しするのは、ほんとうにあなたおひとりなんですよ、Kさん。でもどうしてもこれはあの人自身とも、一度話さなければならないことですわ。それにたったこれひとつだけで、私があの人を疑っているわけじゃあないんです」

迷惑をかけたと言いながら、Kは彼女の帰りが遅いといってプライベートを詮索するようなことを言うと、グルーバッハ夫人はそれに引っ張られて、ビュルストナー嬢がいかにも身持ちが悪いというような話をどんどん続けてしまうわけですね。なんだか、他人のプライベート、しかも若い女性のそれを詮索するスイッチのようなものが入ってしまった感じですね。Kはそんなつもりで言ったんじゃないし、私は彼女をよく知っているが、そんなこと本当じゃない、と断言します。かえってまずい方に引っ張っている感じですね。

「Kさん」とグルーバッハ夫人は嘆願するように言い、ドアのところまでいそいで追いかけて来たが、Kはもうそのドアをあけていた。「まだまだあの人と話すつもりじゃあないんですよ。もちろんそのまえにもっとよくあの人を観察するつもりですよ。あなたにだけ私の知ってることをうちあけたまでなんです。だって下宿を純潔にしておきたいと望むのも、結局のところ下宿しているかたがたみんなのためでなくちゃなりませんもの。私の志しているのもほんとにそれだけなんです」

「純潔ですって?」とKはドアのすき間から叫んだ。「下宿を純潔にしておきたかったら、まずこの私を追い出さなくちゃあね」

「純潔 rein」にしておきたいと言いながら、妙な詮索を続けようとしているわけですね。こういうのは性的な噂話一般に言えることですが、「○○さんが▽▽といういやらしいことをやっているかもしれない。風紀が乱れないように気を付けないと」、とかしつこく噂していると、その○○さんの行動を中心に性的な関心が広がってしまい、それによって刺激を受ける人もいるでしょう。Kも、恐らくは照れ隠しの自分の不用意な発言によって、そうした妙なスパイラルに巻き込まれた感じですね。そういう風に、性に関する言説によって、性的欲望が喚起され、同時にそれを抑制しようとする権力の網の目が形成されるメカニズムについては、フーコー(一九二六―八四)が『性の歴史』の第一巻(一九七六)で論じています――これについては、拙著『フーコー〈性の歴史〉入門講義』(作品社)をご覧下さい。ところで、この〈rein〉という言葉は英語の〈pure〉と同じ意味で、性的なことを指すとは限りません。Kは〈rein〉を恐らく、罪がなくて「潔白な」というニュアンスで取ったのでしょう。

だとすると、「純潔ですって?」ではなくて、「潔白ですって?」と訳さないといけなくなりますが、日本語には〈rein＝pure〉に当たる言葉がないので難しいですね。こういう言葉遊びではないのだけど、違うニュアンスにとっても、おかしくない言葉というのは訳しにくいですね。ただ、そう言っても、話の流れからして、ビュルストナー嬢のプライベートな生活に関心を持つKの、性的欲望のレベルでの「純真さ」が問題になっていると取ってしまった可能性もあります。法的に「潔白」かどうかと、性欲の面での「純潔」かどこかでつながっているということかもしれません。

三八頁を見ると、午後一一時半になってビュルストナー嬢が帰って来ます。彼女が部屋に入る前に、Kは彼女に話しかけます。Kは部屋に入れてもらうと、私のせいで、あなたの部屋が荒らされました、申し訳ありません、と簡単に説明して詫びます。どんな風に荒らされたかについては申し上げるに及ばないと思いますとKが言うと、ビュルストナー嬢も、「それじゃあ私、人さまの秘密に立ち入ろうとは思いませんわ。つまらないことだと、あなたがおっしゃるのなら、私もべつに異議は申しません」(四一頁)と応じて、最初は気にしない風だったのですが、部屋を見回して、「私の写真がほんとにごちゃごちゃになってますわ。ひどいことですこと。じゃあだれかが勝手に私の部屋に入ってきましたのね」(四一頁)と、態度を急変させます。そこで、Kは「審理委員会 Untersuchungskommission」の者たちが自分の銀行の者を三人連れてきて、この部屋で「審理委員会」を開いたのだと説明します。ビュルストナー嬢は、「審理委員会」がどういうものか理解したようですが、審理委員会が開かれたのなら重罪のはずだけど、そんなに平気にしていらっしゃるのだからそれほどの罪ではないんでしょうね、という感じのことを言う。それで納得してもらったことにして引き上げればいいものを、Kは「訴訟」で力になってほしいと言い出し、ビュルストナー嬢が疲れていると言っていやがっているにもかかわらず、「審理委員会」の様子を説明しようとします。四四頁を見ると、彼は彼女の様子に「すっかり心を奪われていた ergriffen」ようですね。Kが大声を出すので、ビュルストナー嬢がとめますが、Kは落ち着く様子がありません。隣の部屋からノックする音が聞こえます、彼女は、隣の居間に昨日からグルーバッハ大尉の甥の大尉が泊っているので、うるさくしない方がいいということを言います。

四七頁で、Kはいきなり彼女の額にキスをします。それで彼女はかえって下さいと言うのですが、Kは私とグルーバッハ夫人の間には信頼関係があるので、私があなたをいきなり襲ったと言っても、平気です、などと述べて、居座ろうとします。彼女がとにかく一人にして下さいと言いますが、Kは強引に彼女の手をつかみます。彼女はその手をほどいて、彼をドアの所まで連れて行きます。それでようやく出ていくことにしますが、その前に彼女の顔じゅうにキスをします。大尉の部屋からまた物音が聞こえたのでしぶしぶ引き上げます。第一章の最後を見ておきましょう。

――まもなくKはベッドに横たわっていた。すぐに眠りこんでしまったが、眠りにはいるまえに、なおしばらく自分のとった態度についてよく考えてみた。彼はそれに満足を感じたが、自分がもっと満足していないのがふしぎだった。大尉のせいで、ビュルストナー嬢のことがとても心配だった。

「逮捕」で大変なはずなのに、ビュルストナー嬢に対して性的な欲望を剥き出しにするKはかなり変ですが、現実逃避のために、無理に性的なものに関心を向けている、と考えられないこともありませんね。ただ、それにしてもやりすぎですね。今まで付き合っていた女性に対して強引な行為をするのなら、ありそうですが、ほとんど接点がなかった隣人にこういうことをやったら、余計に問題が大きくなる。やけになって、わざと自分の周囲の事件を大きくしているとしても、それならもっと高ぶっていそうなのに、妙に落ち着いて、普通のやきもち焼きの男のような感想になっている。あるいは、「審理委員会」によって「プライベート」に踏み込まれたことによって、今まで隠していた欲望が露わになってしまった、ということかもしれません。その場合、「審理委員会」の連中や、三人の下僚はやはり、彼の心の中で起こっている「プロセス」を投影された存在、あるいは、自分の欲望を隠すために生み出された妄想ということになりそうですね。

第二章――所在不明の裁判所

第二章では冒頭、Kのことで日曜に審理（Untersuchung）があるので出廷してほしい、と告げられます。例のごとく、何が審理され、どういう風に進められるのか、よくわからないけど、とにかく審理があるので、来なさい、という感じです。ただ、それがどんな感じの声の人物なのか、どういう口調だったのか、述べられていません。監視人や監督については、あれほどしつこかったのに、バランス的に妙ですね。

そして銀行内でのやりとりに場面が変わりますが、銀行では、支店長代理とKはライバル関係にあるようで、Kは支店長代理に「訴訟」のことを知られるのが嫌なようです。支店長代理は、「プロセス」が銀行の中にも、入り込んでくるいくつかの場面に関連して時々登場します。

日曜日、Kは審理委員会の開かれる場所に出向きます。時間は指定されていなかったけど、平日、裁判は九時に始まると聞いていたので、九時には着こうと思って出かけます――最初から曖昧なわけですね。その途中、例の三人に出会いますが、これはいかにも幻想っぽいですね。裁判所なので、近くに行けばわかると思っていたところ、

――しかしその建物があるはずのユーリウス街は、Kがそのとっつきのところに一瞬立ちどまってみると、両側ともほと

んどおなじような家が立ちならび、貧しい人々の住んでいる、高い灰色のアパートばかりだった。今は日曜日の朝なので、たいていの窓には人の姿があり、シャツ一枚の男たちがそこによりかかって、煙草をすったり、小さな子供たちを、やさしく用心ぶかく、窓ぎわにささえてやったりしていた。他のいくつかの窓は、高いところまで夜具でいっぱいになっており、その上に、髪をかきむしったような女の頭が、ちらりとあらわれては消えるのだった。〔…〕長い街路には、一定の距離をおいて、各種の食料品を売っている小さな店があったが、これは道路の高さよりも低いところにあり、階段を数段おりて行きつけるようになっていた。女たちがそこに出入りしたり、階段の上に立っておしゃべりをしたりしていた。

普通裁判所がありそうな、お役所とか銀行、大会社などが集まっている界隈ではなく、貧民街のような感じですね。それにしても、「道路の高さよりも低いところ」というのはどういうことか。道路の両端の地面が陥没している、あるいは道路になっているところだけが盛り上がっていて、両端の地面が低くなっているということでしょうが、不安定な地形のような気がしますね。

Kはその通りをずっと奥まではいって行ったが、もうここまでくれば時間がじゅうぶんあるかのように、あるいはまた、予審判事がどこかの窓からその姿を見て、Kが到着したのを知っているかのように、ゆっくりとした足どりだった。九時すこしすぎだった。その建物まではかなり遠かったが、これはほとんど異常といえるほど長くのびた家であり、とくに門の入口が高くて広かった。各種の商品倉庫に所属しているトラックを通すためのものにちがいなかった。その商品倉庫のほうは、今はみな閉ざされたままに大きな中庭を取りかこんでおり、それぞれの商会名を書き出してあったが、そのうちのいくつかは、銀行の業務上Kの知っているものだった。

どうして、その建物が裁判所だとわかったのかはっきりしませんし、どうも倉庫に利用されている建物みたいで、裁判所という雰囲気ではないですね。

Kは階段のほうに向き、審理室に行こうとしたが、また立ちどまった。それというのも、中庭にはこの階段のほかに、まだ三つのそれぞれちがった階段があり、おまけに中庭の奥にある小さな通路は、さらに第二の中庭へとつうじているらしいのだ。部屋の位置をもっとよく教えてくれなかったことに腹がたった。自分を取りあつかうのに、まことにもって奇妙ななおざりぐあいであり、冷淡さではないか。

ひょっとしたら、一応、電話で場所を教えてもらったのかもしれないけれど、こういう作業場か倉庫のような場所にあると教えられたら、来る前からヘンだと思っているはずですね。しかも、この上に上っていく階段には子供たちがたくさんいて、上る邪魔になっているようです。そんな裁判所なんて、ないですね。

二階にあがって、はじめて本来の部屋さがしが始まった。まさか審理委員会のありかを聞くわけにもいかなかったので、指物師《さしものし》ランツなる人物――この名前は、グルーバッハ夫人の甥である例の大尉から思いついたのである――を案出し、ここにランツという指物師が住んでいませんか、とどの住居もぜんぶ聞いてまわるつもりだった。そうすれば部屋のなかをのぞきこむことができたからである。しかしこれはたいていの場合、ごく簡単にできることがわかった。というのも、ドアはほとんどみなあけはなしで、子供たちが出たりはいったりしていたからである。

これもすごくヘンですね。「審理委員会」という制度が実在し、その建物のどこかにあるのなら、どうして素直に、尋ねられないのか。「指物師ランツ」を探しているという体を装うにしても、指物師の家を訪ねる場合は、家の中を覗き込んでいい、ということにどうしてなるのか？　部屋の中を覗き込んだとして、何を目じるしに「審理委員会」の部屋かどうかを判別するのか？　ほとんどの部屋が開けっ放しだとしたら、それは二階に上がる前から見えていたのではないのか？

当然、そんなことで「審理委員会」が見つかるはずがありません。

しかし、こんな企てがなんの役にもたたなかったことが、またしゃくにさわってきたので、もう一度ひき返して、六階の最初のドアをノックした。小さな部屋だったが、最初に彼の目にとまったのは、大きな掛時計で、もう十時をさしていた。

「ランツという指物師はこちらですか？」と彼はたずねた。

「どうぞ」と輝く黒い目をした若い女が言い、ちょうどたらいで子供の下着類を洗濯していたところなので、そのぬれた手でとなりの部屋のあいたドアを示すのだった。

Kはなにかの集会にはいってゆくような気がした。いかにも各種各様の人々が――だれひとりとして今はいってきた者には目もくれなかった――、窓の二つある中ほどの大きさの部屋にひしめきあっていた。天井にくっつきそうな回廊に、ぐるりと取りかこまれている部屋だったが、その回廊もまた満員の盛況だった。身をかがめてしか立つことのできない回廊なので、みんな頭と背中とを天井に押しつけていた。空気がひどくよどんでいるので、Kはたまらなくなってまた部屋から出ると、どうも自分の質問を誤解したらしい若い女にむかって言った。

「私は指物師のことを、ランツという名の男のことをたずねたんですが？」

「ええ」と女は言い、「どうぞおはいりになってください」

思いつきで言った職業と名前の男がいるというのがかなり幻

想めいていますが、アパートの小さな部屋の中に、集会所とか回廊があって大勢の人がひしめき合っているというのは、どう考えても現実離れしていますね。何か、異空間のようなものが広がっている、ホラーっぽい感じですね。

Ｋはドアのところにいる二人の男に、半ば強引に中に引き込まれます。

Ｋはなすがままに連れられて行ったが、今わかったところによると、人々がごちゃごちゃとひしめきあっているそのなかに、それでも細い道があいており、この道で二つの党派に分かれているらしかった。だからこそまた、右も左も最初の幾列かには、ひとつとして彼にむけられた顔がなく、自分の党派の者たちに対して、演説をしたり、身ぶり手ぶりをしてみせたりしている人々の、背中ばかりが見えるのだった。たいていの人が黒装束で、だらしなく垂れさがった、古い、長い礼服を着ていた。この服装だけにはとまどいを感じたが、その他の点では政治的な地区集会とも受けとれるものだった。

二つの党派に分かれた集会というのは唐突だし、裁判所でやるというのも異様ですね。ちなみにこの箇所は、「附録二　著者によって抹殺された箇所」を見ると、「『政治的な地区集会』という言葉のかわりに、もとは『社会主義者の集会』となっていた」（三七四頁）とあります。第一次大戦後、チェコスロヴァキアは連立内閣が続きましたが、その中心に位置していたのは、社会民主党系のチェコスロヴァキア社会民主労働者党と、チェコスロヴァキア国民社会党で、カフカの生きていた時期に、社会民主労働者党から分離した共産党も活動していました。

形ばかりの審理とＫの大演説

このホールの片隅の机に、「背の低い太った男」が座っていました。この男は、一時間五分前に来るべきだったとＫに言います。Ｋが、でも私はせっかくここまで来たのだと主張して、彼に審理を開始させます。この男は「予審判事 Untersuchungs-richter」であるようですが、Ｋを室内塗装工と勘違いするとか、要領を得ません。ただ、この予審判事とのやりとりで、Ｋの銀行での肩書が、〈Prokurist〉であることがわかります――法的代理権のことを、〈Prokura〉と言います。「業務主任」と訳されていますが、これは通常は「支配人」と訳される、業務全般を統括する重要な役職です。今の日本だと、「〇〇主任」というのは、平の社員が少し年数が経って、入ったばかりの新人よりは責任があるということを一応確認するための呼称にすぎないことが多いので、「支配人」と訳した方がいいでしょう。

Ｋはつめよって、一体どのような手続きが行われるのか尋ねますが、判事はノートを見ているだけで、ちゃんと応答している感じはありません。その間、先ほどの洗濯していた女性が入ってくるとか、左右に分かれて集会していた党派の連中が、押し黙って二人のやりとりを聞いているとか、妙なことが起こります。Kはいらだって、予審判事のノートをひったくり、汚いものでも摑むようにその一ページを開くと、ノートを机の上に投げつけました。

「どうぞさきをお読みになってくださいな、判事さん、こんな罪科記録なんて私はちっともこわくありません。もっとも私はこれに目を通すことはできませんがね。二本指でつまめるのがせいぜいで、手に取れたしろものじゃああり ませんからな」

予審判事はノートが机に落ちると、そのノートをつかんで、すこしページをそろえるようにしてから、また自分の前において読もうとするのだったが、これは深い屈従のしるしでしかありえなかったし、すくなくとも、そう解するほかないことだった。

この「予審判事」はどうやら、書かれたことを読みあげることしかできない感じですね。それを見越してKは、「訴訟手続き」のおかしさを指摘し、予審判事をやり込めようとします。

「私の身に起こったことは」とKは、前よりすこし低い声で話をつづけたが、絶えず最前列の顔をうかがっていたので、これが彼の話にいくらかうわついた表情を与えることになった。「私の身に起こったことは、たんに一個のケースというだけで、ことがらとしてはたいして重要なことではありませんし、私自身がこれをさほど重大視していないからです。しかしこれは多くの人々に対して行なわれている訴訟手続の好例なのです。これらの人々のために私は代弁しているのであり、私一個のためではないのです」

彼は思わず声を高めていた。どこかでだれかが両手をあげて拍手し、こう叫んだ。

「いいぞ！　そのとおりだ！　いいぞ！　いいぞったら、いいぞ！」

ここだけ見ると、リアルな裁判制度批判みたいですね。一般庶民が訳のわからない理由で逮捕されたり、取り立て訴訟を起こされたり、苦情を申し立てられたりして、裁判所とか役所に引っ張ってこられる。法律なんてほとんど関心のない庶民には、裁判所も行政系の役所も、議会も同じように見えてしまうかもしれません。裁判所や役所に来てみると、判事や役人たちはよくわかっていない感じで、書類を見てその通り伝えるだけ。周りには、自分と同じような有象無象がいる——自分だけがまともで、後はみな怪しい連中だと思うかもしれません。政党のような圧力団体が出入りしている。そういう庶民が、法の手続きあるいはプロセスに対して抱くイメージが、この小説に投影され、パロディ化されているのかもしれません。法律を知っているはずのエリートも、自分がいきなり無理に裁判所に召喚されると、庶民と同じような不安を抱くかもしれない。Kは、そういう「プロセス」の理不尽さに怒る庶民の声を「代弁 einsteh-en」しようとしたわけです。

しかし、これまでのKの妙な反応、エロティックな方向への逸脱、エリート銀行員として庶民を見下しているような目線、訳がわかっていない群衆を利用しようとしてやろうという魂胆を考えると、この「代弁」というのは疑わしいですね。ともかくKは、自分が受けた仕打ちの理不尽さについて長々と演説して、群衆の反応を利用しながら判事に圧力をかけようとします。

「疑いもなく」とKは非常に低い声で言った。全員が緊張して耳を傾けているのがうれしかったからだが、この静寂のなかにひとつのどよめきが生じ、これがまた無我夢中の熱狂的な拍手にもまして、彼の心を鼓舞するのだった。
「疑いもなく、この裁判のありとあらゆる言動の背後には、したがって私の場合でいえば逮捕と今日の審理との背後には、大きな組織があるのです。この組織はたんに賄賂のきく監視人だの、愚かな監督だの、いちばんましな場合につつましやかであらせられる予審判事どのだのをつかっているばかりでなく、さらに上級と最上級の裁判官たちをかかえていることはまちがいないところであり、それにその避けがたい供まわりとしての無数の小使、書記、憲兵、その他の雇人たちを擁し、おそらくは無数の首斬役人――こんな言葉にしりごみするような私ではありません――さえいるのです。ところでみなさん、この大きな組織のもっている意義たるや、いかがなものでありましょうか？　その意義たるや、無実の人々が逮捕され、その人々に対して無意味な、そしてたいていは私の場合のように、なんらの成果もあがらぬ訴訟手続が開始されるという、まさにその点にあるのです。万事がこのように無意味であるというのに、どうして役人たちの極度の腐敗が避けられましょうか？　できないことです、たとえ最高の裁判官が自分一個のためにする場合ですら、これは成就できないことがらです。それゆえ監視人は、逮捕された者から衣類をはぎ取ろうとし、それゆえ監督は、他人の住居に闖入《ちんにゅう》し、それゆえ無実の罪の者たちが、訊問される、というよりむしろ、集った全員の前で、はずかしめを受けねばならないのです。監視人どもは、囚人《しゅうじん》たちの所有物がはこばれてゆく保管倉庫のことばかり語って聞かせましたが、一度私はこれらの倉庫を見てみたいものです。苦労して獲得してきた囚人たちの財産が、そのなかでむなしく朽《く》ちはててゆくのですが、それもどろぼう同然の倉庫役人に、盗まれてしまわないかぎりでの話です」

これは「掟の問題」で提起されていた問題、多くの役人を巻き込みながら、その中核部が秘密のヴェールに覆われている裁判の仕組み、「大きな組織 eine große Organisation」の問題を告発する演説ですね。「訴訟」において逮捕・告発されている当事者だけでなく、担当している役人たちにも何の意味があるのかわかっていない、恐らく、「無意味 sinnlos」、しかし延々と続く訴訟を引き起こすことで、「組織」を維持している。

「掟の問題」
多くの役人を巻き込みながら、その中核部が秘密のヴェールに覆われている裁判の仕組み、「大きな組織 eine große Organisation」の問題を告発（？）→「訴訟」において逮捕・告発されている当事者だけでなく、担当している役人たちにも何の意味があるのか分かっていない、恐らく、「無意味 sinnlos」、しかし延々と続く訴訟を引き起こすことで、「組織」を維持している。

そうやって、Kが演説している傍らで、金切り声があがります。先ほどの女がいて、彼女を抱きしめながら、天井を見上げている男が、声を上げたようです。それで聴衆の関心がそっちに行ってしまったので、Kは二人をホールから追い出そうとして駆け出しますが、すると、群衆は彼の前に立ちふさがって、通さないようにします。それどころか、彼の襟首を掴んで身柄を拘束しようとします。そこでKは彼らがみな様々な色と大きさの「記章 Abzeichen」を着けていることに気付きます。何か、オウム真理教っぽいですね。Kはこの連中は、対立する党派に見せかけて、実はみんなグル、「組織」に属して、自分を逮捕している「役人 Beamte」ではないかと思い、それを口にします。社会派小説っぽい感じになったと思ったら、エロティックな場面を経て、カルト教団が登場するホラー・ドラマっぽい方向に急展開したわけですね。

Kが出ていこうとすると、それまでぐずぐずしている印象だった、判事が先回りしてドアのところで待ち伏せし、「訊問 Verhör」というのは逮捕された者にとって有利になるはずなのに、あなたはその機会を自分で台無しにしてしまった、と言います。Kは、「ルンペンどもめ」、「訊問なんて、みんなくそくらえだ！」、と捨て台詞を言って、出て行きます。

第三章――法と性的欲望の交錯

第三章になると、また様子が違ってきます。Kは次の週ずっと待っていましたが、次の呼び出しがありません。そこで日曜になるとまた、裁判所に出向くのですが、入り口で先ほどの女性に「今日は裁判はありません」、と言われます。その一方で女性は、主人は「廷丁 Gerichtsdiener」なので、もしこれから予審判事のところに行くのであれば、予め伝えておきます、と申し出ます。自分たちはこの部屋をただで借りているけど、開廷日には明け渡さないといけないのだと言います。かなりヘンな裁判所ですね。

彼女によると、この前、Kの演説の邪魔をしたのは、学生で、将来偉くなる人だからみんな彼を許している、ということです。彼女は、あなたを助けてさしあげたい、と言います。Kに、自分と一緒に演壇に座るように誘い、「きれいな黒い目をしていらっしゃるのね」（八〇頁）、とアプローチしてきます。

ははあ、そういうわけか、とKは思った。この女は自分に肉体《からだ》をさし出している、つまりはこのまわりにいるすべての者と同様に、堕落してしまっているのだ。

ここでまたエロスの話が入ってきました。下宿では、Kの方からビュルストナー嬢に強引に迫ったのに、今度は女性の方からですね。法のプロセスと、エロティックな欲望が露出するプロセスがやはり交差していきますね。ただ、今回はKは女性を無視して、廷丁の御主人では助けにならないだろうと言って、判事のところに直接行こうとしますが、女性はとめます。それで、二人は彼女の主人に間に入ってもらうことが必要かどうかをめぐって延々と長話を続けます。そうこうしているうちに、八五頁で、ベルトルトという名前の例の学生が登場します。

Kはゆっくりと目を上げた。会議室のドアのかげに、一人の若い男が立っていた。小柄で、足がいくらか曲がっており、短くてまばらの赤っぽい総ひげで威厳をつけようとし、指をそのひげにさし入れて絶えずひねくりまわしていた。Kは好奇心にかられて、男の顔を見つめた。得体の知れない法律学を学んでいる学生に、彼がちかぢかとお目にかかったのは、これがはじめてだった。それにまたこれは、いつかはきっと上級の官職につくはずの男でもあるのだ。一方学生の方は、Kのことを気にかけている様子はぜんぜん見せずに、ほんの一瞬ひげのなかから指を一本ぬき出して、その指でちょっと女に合図をし、窓のほうへと歩いていった。

ベルトルトはいかにもちんちくりんなイメージですが、恐らく、法学という学問を擬人化したイメージなのでしょう。女がベルトルトの方に急に走っていったので、Kの方にも、この女を連中から奪って復讐してやりたい、という妄想が生じてきます。そうこうするうちに、ベルトルトは女と体をぴったりくっつけ、Kに対して、嫌なら出て行ってもらっていい、と言い放ちます。学生とKがこの女を取り合うようなやりとりが続きますが、女が、予審判事が私を連れてこさせるためにこの人をよこしたので、もはやあなたと一緒に夫のところにいけないと言うので、Kは自棄になって、女を抱えているベルトルトの背中をどこにでも行ってしまえ、という感じで押します。そして、ベルトルトは喜び勇んで走っていく。ベルトルトはますます、法の淫らさの象徴のようになってきましたね。

二人がいなくなった後、Kはこの部屋の向かいに屋根裏部屋に通じている階段があり、そこに「裁判所事務局階段 Aufgang zu den Gerichtskanzleien」と書いてあることに気付き、こんな貧しいアパートに事務局があることを不思議がります。あれだけ不思議な空間に入り込んだのに、今更不思議がるのはかなりズレている感じがしますね。Kがいろんなことを考えている間に、女の夫である廷丁が、恐らく部屋の外の階段を上ってやって来ます。廷丁はKのことも、自分の妻のことも承知しているようです。いろいろ話をして、彼は事務局に行くので、ついでにあんたに事務局を見学させてやろうと言って、一緒に階段を上っていきます。

進んでいくと、部屋の外のベンチに座っている、妙に卑屈な態度の人たちに出会います。彼らはみな「被告 Angeklagte」のようです。同じ被告であるはずのKに何かを嘆願したがるそぶりの者もいます。Kは帰りたくなって、一緒に帰ってくれるよう廷丁に頼みますが、私はもっと先まで行かないといけないので、ダメだと言います。そこで押し問答をしていると、一人の娘と一人の男が近付いてきます。娘と廷丁が話をしている間に、Kは不快感に襲われます。

「すこしめまいがなさるのね?」と娘はたずねた。Kのすぐ目の前に娘の顔が寄せられていたが、その顔には、ちょうど年ごろの女によく見られる、きつい表情が浮かんでいた。

「気になさらないほうがいいわ」と娘は言い、「ここではめずらしいことではありませんわ。はじめてここへ来ると、ほとんどだれでもこうした発作を起こすのよ。あなた、ここにいらしたのははじめて? そう、じゃあめずらしいことじゃないわ。ここは太陽が屋根組みの上に照りつけるので、木が熱くなって空気がこんなにむしむしして重苦しくなるのよ。だからここは、事務所にはあまりむいていないんだわ、ほかにはずいぶんいい点もあるんですけどね。でも空気の点じゃあ、被告の人たちが大ぜい行き来する日には、というと結局はほとんど毎日ってことになっちゃうんですけど、もう窒息しそうなくらいですわ。おまけにまたここは洗濯ものがいっぱいかかっているんですもの——間借人たちにすっかり断わるわけにはいきませんのよ——、それを思えば、すこしぐらい気分が悪くなったってふしぎじゃないでしょう。でもしまいにはみんなここの空気にもなれてしまうんですわ。あなただって二度目か——あるいは三度目にいらっしゃれば、もうここにいても胸苦しい思いをなさることなんかなくなってよ。まえよりはもうよくなって?」

この場所は一体何なのでしょうか? 空気がむしむししているからといって、息苦しいというのはどういうことか。本当は、病院かもしれないし、ひょっとすると売春宿とか遺体安置所かもしれない。これまで、あまり気にならなかったけど、ここまで来ると、「洗濯もの Wäsche」というのも怪しくなってきますね。どんな「洗濯物」なのか。ドイツ語の〈Wäsche〉には下着という意味もあります。とにかくKは、その女性と、案内係(Auskunftgeber)だという男に支えられて、外に出ます。

第四章――エロティックな妄想と、法的なプロセスがつながる?

第四章では、Kはこの前のことでビュルストナー嬢に弁明しようとしますが、なかなか会えず、手紙を書きます。すると、ビュルストナー嬢の部屋に、同じ下宿に住んでいたモンタ一ク嬢というドイツ人女性が移り住むということがわかりました。当然、そのせいでKはビュルストナー嬢に余計に会いに行きにくくなります。多分、そのつもりで引っ越したのでしょう。一八頁で、Kはモンタ一ク嬢が自分と話したいと言っているという女中からの伝言を受けて、食堂に彼女に会いに行きます。ごく普通に考えて、どういう用件かすぐに想像がつきますね。Kは相手に皆まで言わせまいとするかのように、私はビュルストナー嬢にお会いしたかったんですが、ダメなんですね、と最初に確認します。

「そうなんです」とモンタ一ク嬢は言い、「あるいはむしろ、ぜんぜんそうではないんです。あなたの言いかたは妙にきっぱりしていますのね。だって一般的にいって、お話しあいというものは承諾することでもなければ、その反対のことでもないわけです。ただお話しあいをする必要がないと思う場合はありうるわけで、今の場合がまさにそれなのです。あなたのお言葉をうかがったので、私もはっきり申しあげることができますわ。[…] なにも私がとくに説明しなくても、そんなことが無意味だということは、今すぐにでなくともじきにご自分でお気づきになるだろう、ということでした。私はそれに答えて、確かにそうかもしれないが、Kさんにちゃんとしたご返事をさしあげるほうが、はっきりさせるためにいいのではなかろうか、と申しました [...]」

ここはいかにもありそうな展開ですね。Kはおとなしく、その場を退散しようとしますが、そこでグルーバッハ夫人の甥で大尉のランツが入ってきます。ランツは、モンタ一ク嬢が出た後の部屋に入ることになっています。彼はモンタ一ク嬢に近付いて、その手にうやうやしくキスをします。モンタ一ク嬢は気を悪くした風ではなく、むしろ、ランツをKに紹介しようとするような身振りを見せます。

また手にキスされたときの様子を見ていると、Kにはモンタ一クという女が、きわめて無邪気で私欲のない女のようにふるまいながら、そのかげでは、自分をビュルストナー嬢から引きはなそうとするグループと結託しているように思われたのだ。しかしKは、この点を見ぬいたぞと思ったばかりでなく、モンタ一ク嬢が、たくみではあるけれども、自分自身にとっても危険である両刃的な手段を選んだことも見ぬいていた。この女はビュルストナー嬢と自分との関係の意味を誇張し、とくに自分がビュルストナー嬢に求めた話しあいの意味を誇張し、それと同時に、うまくしむけて、すべてを誇張するのはこちらのほうだという印象をあたえようとしているのだ。だがいまに失望するぞ、こちらはなにひとつ誇張して考えたりはしないし、ビュルストナー嬢にしたって、たかの知れたタイピスト嬢だ、この自分に対してそういつまでも抵抗できるはずのものじゃない、それもちゃんとこころえているのだ。

「たくみではあるけれども、自分自身にとっても危険である両刃的な手段 ein gutes, allerdings zweischneidiges Mittel」というのは、ビュルストナー嬢とモンターク嬢が同じ部屋に住むことで、同性愛的な感じになってしまい、そのことが周りに知られてしまう危険ということでしょう。「自分をビュルストナー嬢から引きはなそうとするグループ eine Gruppe, diedie ihn (…) von Fräulein Bürstner abhalten wollte」というのは、恐らく、彼を「訴訟」に巻き込んだグループとかぶってイメージされているのでしょう。監視人たちは、彼のビュルストナー嬢への欲望を目覚めさせたわけですが、彼らが部屋を荒らしたことで、彼女との仲を難しくしたと考えたのかもしれません。洗濯していた女は、Kの関心をビュルストナー嬢からそらそうとしたと取ることもできます。そう考えると、エロティックな妄想と、法的なプロセスがつながってきますが、かなりの誇大妄想ですね。Kは、モンターク嬢とランツが話している間に、彼らの不意を突いて、部屋にビュルストナー嬢を訪ねようとしますが、部屋には「下着」が積み重なっているだけで、彼女は留守でした。当然と言えば当然で、かなり間抜けな話ですね。

第五章――欲望を露呈させる「プロセス」

第五章「笞刑吏」も短い章ですが、Kの〝狂気〟らしきものが昂じていく兆候が描かれていると思えます。Kの銀行のがらくた置き場のがらくたの後ろに、戸口があり、ドアを開けると、そこで三人の男が立っていました。その内の一人が「笞刑吏 der Prügler」で、二人の監視人は命令に違反したという理由で罰を受けています。二人はKに、これはあなたが予審判事に告げ口をしたせいだ、自分たちはこれまで真面目にやってきた、と訴えます。それを見ていたKは、金を払うからやめてくれと言って、自分に無礼なことをし、彼の朝食を勝手に食べてしまった監視人をかばいます。Kに言わせると、「罪がある schuldig」のは彼らではなくて、「組織 die Organisation」です。その一方Kはここで起こっていることに気付かれないよう、「小使い Diener」たちが近付くのを防ぎます。翌日になっても、Kはその光景が忘れられず、またドアを開けると、昨日のままの光景がありました。Kはドアを閉じ、小使いたちにがらくた部屋を片付けるように命じます。

銀行のがらくた置き場の扉を開けると、そこに笞刑吏と監視人たちがいて、それにK以外の人が気付かないのは更にヘンです。ただ、そういう空間的なおかしさは、裁判所で〝経験ず

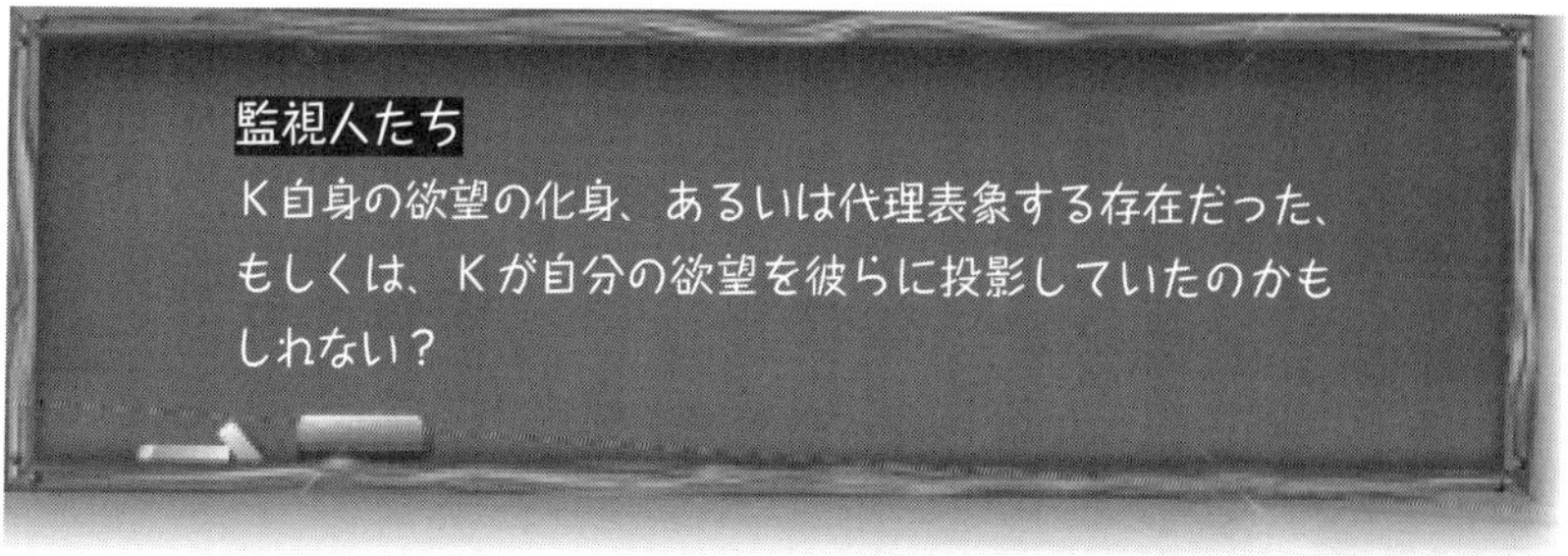

み〟ですね。ただ、そのおかしな空間は、彼の家からも職場からも遠く離れたところにありました。そこから引き返せるわけです。それが、今度は職場のよく目につく場所に、ドアが現れた。それも、次の日に前と同じ光景が見えてきた。反復しているわけですね。狂気が迫ってきた、逃げられなくなった、という感じですね。

　二人が服を脱いで鞭に打たれていること、Kが最後はいっそ、自分が服を脱いで、身代わりに……と考えた、という記述がありますが、そういうところに、同性愛的あるいはマゾヒズム的なものを連想しますね。あるいは、ビュルストナー嬢との関係を通して露わになったように、監視人たちは、K自身の欲望の化身、あるいは代理表象する存在だった、もしくは、Kが自分の欲望を彼らに投影していたのかもしれません。だとすると、Kにとって、二人が鞭打たれる光景は、自分の欲望、あるいはその象徴が罰せられている場面のように感じられたかもしれません。

「プロセス」が進むに従って、Kの欲望が次第に露出してきたような感じですね。「プロセス」は、Kのプライバシーの壁を破壊して、Kをアガンベン（一九四二―　）が言うところの「むき出しの生 la nuda vita」にしてしまうのかもしれません。少なくとも、逮捕されて容疑者として取り調べられたり、刑務所に収監されたりすると、そうなります。

　カフカ作品は「寓意」という視点から説明されることが多いですが、実際に読んでみると、何が何の寓意なのか、表現されている本体がどこにあるのかよくわからない。何が本体かわからないので、どのような「プロセス」が進行していると理解すべきかよくわからない。法という制度についての批判なのか、精神病理の進行か、性的欲望のメカニズムなのか。場面によって、どの側面を軸に理解したらしっくり来るかが変動する。そうした多義的な見方が成立してしまう、どこまでが妄想かわからないプロセス。

　最後に対比のために言っておきますと、カフカの影響が強いとされる村上春樹の小説では、主人公の、精神病理的な現象とも思える不思議な世界への冒険には、最後にオチがあります。本人は消滅しません。対して、カフカの作品では、不思議な空

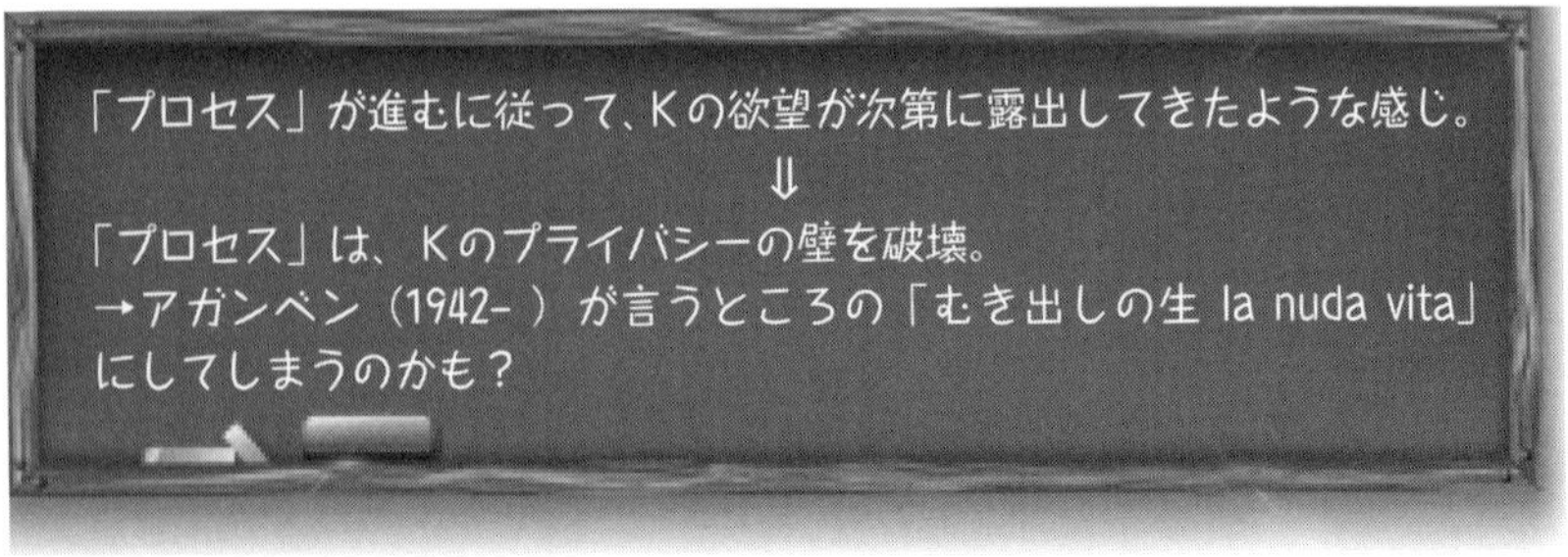
「プロセス」が進むに従って、Kの欲望が次第に露出してきたような感じ。
⇓
「プロセス」は、Kのプライバシーの壁を破壊。
→アガンベン(1942-)が言うところの「むき出しの生 la nuda vita」
にしてしまうのかも?

間に迷い込んでいった主人公にとって、解決の糸口が見えなくなり、主体としての存在を停止することが多い。「プロセス」が進行していく中で、何がこの世界の最も硬い実体かわからなくなり、引き返せる地点がなくなる。そういうところにドゥルーズ+ガタリが注目したのでしょう。ドイツ・ロマン派の小説は、主人公の市民としての自己形成を描く、ゲーテ(一七四九—一八三二)型の「教養小説 Bildungsroman」——詳しくは拙著『ゲーテ「ファウスト」を深読みする』(明月堂書店)や『教養としてのゲーテ入門』(新潮社)をご覧下さい——に対し、主人公が幻想の世界に入っていくアンチ教養小説だと言われることがありますが、カフカの小説では、その主人公自身が解体していって、どういう世界に入り込んだのかさえわからなくなることに特徴がある、と言えるでしょう

■質疑応答

Q　イエスが宣教を始めた年だというお話がありましたが、登場する女性たちは、マグダラのマリア等、聖書に出てくる女性のアナロジーがあるのでしょうか。

A　いろんな男に「奉仕」しようとする、洗濯する女に関しては、マグダラのマリアのイメージがあるかもしれません。途中で出てきて、介助してくれる女性にも、その片鱗があるかもしれません。法廷という、本来ならば神聖で、それこそ純潔を保っていなければならない場に、明らかにエロティックなものを喚起する女性が入り込んでいる。彼女たちの存在は、「法」が猥褻なのだ、と示唆しているようです。

「法は猥褻だ」、という言い方をすると、何かわかったような気がしますね。法は、「純潔」「純真」でないといけないという観念がありますが、それが強調されすぎると、私たちはつい、その裏を読みたくなります。「法」は正義を実現する抽象的な媒体のはずだが、「法」を創造し、実行する人間は、堕落し、淫らな欲望を持っている。「法」の中核に、現代思想っぽく言うと、リビドー的なものが働いている。「リビドー」を、狭い意味での性欲だけでなく、他者との関係、特に身体的な関係で快楽を得ようとする欲望を意味していると考えると、「法」の中核には間違いなく、リビドー的なものが働いています。「法」は、抽象的に見えて、そのプロセスの帰結として、ある人々の欲望を実現したり、別の人々の欲望を抑圧することがある。そういう感じをこの作品は表現しています。

考えようによっては、キリスト教にも中核に実は猥褻なものがあり、それを封じ込めるために「純潔」の思想が必要なのかもしれない。マグダラのマリアもそうですが、そもそも処女懐胎とか、聖母マリアという表象は怪しい。洗濯する女＝下着の女は、自分の体を捧げることで、「法」を機能させているように見えます。グルーバッハ夫人のビュルストナー嬢への批判的な視線は、夫人自身の内の淫らな欲望を表象しているように見えるし、ビュルストナー嬢のKに対する態度も、最初はある程度許容しているように見えたのに、後になって、障壁を築く、しかも通常の市民的な「法」に訴えて、きっぱりと拒絶するというよりは、間にいかがわしい人間を入れて、距離を置くようなやり方をしている。Kは確かに妄想を抱いていますが、ビュルストナー嬢やモンターク嬢、グルーバッハ夫人、ランツ、洗濯する女、見方によっては、監視人や予審判事たちも含めた多くの人のコラボのおかげで、Kの性的欲望が刺激されているのも確かです。

フーコーが指摘するまでもなく、「法」は「猥褻性 Obszönität」なものを取り締まるため、「猥褻」を定義することによって、「猥褻さ」を増殖させてきました。フーコーが『性の歴史』四巻を通じて明らかにしたように、主体の歴史が、性的欲望の管理を中心に、主体が従うべき「規範 norme」をどのように形成するかという歴史だったとすれば、「規範」を確定し、「主体」に権利と義務を付与する「法」の歴史も、性的欲望をどう処理するのかを中心的課題にしていた、と見ることもできます。近代法における「公／私」の区分は、突き詰めると、「性」の保護、あるいは隠蔽の問題かもしれません。この作品では、法の「プロセス」自体がその遮蔽物を破壊しているわけですが。

[講義] 第2回

〈Der Process〉つまり「過程」――『審判』後半

「プロセス」の綴りの問題

前回の復習をしておきます。邦訳ではタイトルが『審判』と訳されているので、最終的な結論としての判決の方に重点が置かれているように聞こえますが、原題は〈Der Process〉つまり「過程」です。〈Process〉という言葉は、「裁判」も意味しますが、様々な「プロセス」を含意しているように思えます。政治的プロセスかもしれないし、人間関係が発展したり、解体したりするプロセスかもしれないし、精神病理なプロセスかもしれません。銀行の業務のプロセスという意味だってかぶっているかもしれない。

先週の日経新聞夕刊（二〇二〇年一一月五日「『審判』常識感覚徐々に壊される」）に、五回連載で書いている「読書日記」欄で、『審判』について書いたのですが、Process の表記について、編集者から「c を z に修正してよいか？」と尋ねられました。

今のドイツ語では確かに〈Prozess〉なのですが、本のタイトルなので駄目だと答えました。カフカ自身の手稿では Process だったのですが、マックス・ブロートが編集した際、〈z〉に変更したようです。そのためカフカ研究の専門家は、手稿でカフカ自身が使った〈Process〉の綴りで表記することが多いです。また現在 Fischer という出版社から出ている版では〈Prozeß〉と、語尾が〈-ss〉ではなく、〈-ß〉になっています――〈ß〉は〈ss〉と基本的に同じ音です。一九九〇年代後半のドイツ語正書法の改正で、〈Prozess〉が正式の綴りになりました。

カフカのドイツ語はチェコのユダヤ系ドイツ人が使っていた特殊なドイツ語でした。なので、本人が手稿に書いていた綴りを尊重することに意味があるかもしれません。囚人の身体に文字を刻み付ける『流刑地にて』という作品もあることからすると、カフカは文字に意味を込めていたと考える余地もあるかと思います。

『審判』の成立背景

　カフカの詳しい伝記を調べてみると、熱心にかどうかはわかりませんが、学生時代に友人たちとフロイトの著作を読んでいたようです。父親と息子のどちらが幻想を見ているのかが曖昧な『判決』という作品に、多少のフロイトの影響があることは本人も日記の中で認めていますが、強い関心を持って引き付けられているというようなことはむしろ否定し、自分はそれほどフロイトを読んでいないと友人への手紙で述べています。ただ、このようなことに関しては本人の言をあまり信用しない方がいいという気もします。作家のなかには、「私は〇〇の影響を強く受け、創作に当たって常に念頭に置いてきました」と素直に言うタイプもいれば、全面的に隠そうとする人もいます。カフカの場合、父子関係が様々な作品で触れられているのは間違いありません。フロイトの初期の主要著作『夢判断』（一九〇〇）や『日常生活の精神病理学』（一九〇一）、『性に関する三つの論文』（一九〇五）が世に出たのはカフカの学生時代で、ハプスブルク帝国の文化圏内、ユダヤ系ということもあって、いかにも影響を受けていそうですね。

『審判』は主人公Kが逮捕される話ですが、この「逮捕」が特殊です。Kは逮捕されたといってもかなり自由に動けますし、あなたは何かのプロセスの中にある、と言われているだけなのです。ただし驚くべきなのは、説明もなく部屋に勝手に入ってこられた上に、下宿中をうろつき回られ、隣人の女性ビュルストナー嬢の部屋にまで侵入して、傍若無人に振る舞われたことです。

　ビュルストナー嬢は、カフカの婚約者で、プロイセンの領土だった上シュレージアのノイシュタット出身のユダヤ系の女性フェリーチェ・バウアー（一八八七―一九六〇）がモデルと言われています。〈Fräulein Bürstner〉は〈F.B.〉と略せますが、これは、〈Felice Bauer〉のイニシャルですね。タイピストが職業だということも共通しています。カフカとフェリーチェは二回婚約して、二回ともカフカが自分の精神状態に不安を覚えて、自分から解消しています。ちなみに、『判決』のサブタイトルは、「フェリーチェ・Bのための物語 Eine Geschichte für Felice B.」となっていて、この短編小説の主人公の婚約者のモデルも、フェリーチェではないかと想像できます。

　このビュルストナー嬢とKは、隣同士でありながら、それまで接点がほとんどありませんでした。しかし「逮捕」があったせいで、ビュルストナー嬢とKとの間に関係が生じます。少なくともKの方はそう思っています。ビュルストナー嬢の方は、少なくとも表面上はそうは捉えていないようです。ここで問題になるのは、下宿の中の部屋です。つまりプライバシー空間が、Kにもあるし、ビュルストナー嬢にもある。これが一つのポイントになると思います。

一九世紀のヨーロッパの小説では、このプライベート空間の描かれ方が重要です。作品の性格と深く関わっている、と言ってもいい。わかりやすい例として、オノレ・ド・バルザック（一七九九－一八五〇）の『ゴリオ爺さん』（一八三五）とエミール・ゾラ（一八四〇―一九〇二）の『居酒屋』（一八七六）を対比してみましょう。主な登場人物が、貴族や貴族に近い上層市民たちと、下層のその日暮らしの人々ということでかなり異なるのですが、違いが殊に際立つのがプライバシーです。『ゴリオ爺さん』に登場する下宿は、貧しいとはいっても田舎貴族であるラスティニャックのように、それなりにはお金がある人たちが住まい、ちゃんと自分の部屋、つまり自分のプライベートな空間を持っています。プライベートな空間で考えごとをし、本を読み、特定の人の秘密の相談を行う。外から閉ざされた部屋が、その人の心の内を映し出す空間のようになっているわけです。

テオドール・アドルノ
（1903-63）

教授資格論文『キルケゴール――美的なものの構築』（1933）でブルジョアの部屋のインテリア（Intérieur）→内面（Intérieur ＝ Innerlichkeit）を映す空間であることを指摘。
例えば、絵画や彫刻、本、家具、剥製とか石などのオブジェを、自分の周りに配置して、思索にふける。内面それ自体は不可視だが、内面の欲望、心に浮かべるイメージはインテリアに反映される、と考えることができる。

テオドール・アドルノ（一九〇三―六二）は教授資格論文『キルケゴール――美的なものの構築』（一九三三）で、キルケゴールの『誘惑者の日記』（一八四三）を参照しながら、ブルジョワの部屋のインテリア（Intérieur）は内面（Intérieur = Innerlichkeit）を映す空間であることを指摘しています。例えば、絵画や彫刻、本、家具、剥製とか石などのオブジェを、自分の周りに配置して、思索にふける。内面それ自体は不可視ですが、内面の欲望、心に浮かべるイメージはインテリアに反映される、と考えることができます。ブルジョワの書斎というと、ピンと来ないかもしれませんが、オタクの部屋とか文系とか作家の書斎を考えると、わかりやすいでしょう。

『居酒屋』など、肉体に鞭打って働いている人たちを描いたゾラの作品では、狭い部屋に貧乏人の子だくさんの家族が住んでいて、親戚や友人、大家や管理人、一緒に酒を飲んだり、ちょっとした悪事を一緒にやったりする仲間、妻や娘の売春の相手とか、いろんな人が勝手に出入りして、個人としてのプライバシーはほぼないし、いかにも汚らしい印象です――エンゲルス（一八二〇―九五）の『イギリスの労働階級の状態』（一八四五）では、労働者の住宅事情の悪さが強調され、特にその不衛生さが感染症の温床になっていることが指摘されています。部屋の構造が個人の内面を反映しているような描き方は無理でしょう。全然閉じられていないし、秘密を抱えようがないわけなので。

カフカも影響を受けたマンの『ブッテンブローク家の人々』では、リューベックに古くから住むこのブルジョワの一家には屋敷があり、その中に家族それぞれが個室を持っています。家政婦のような人でさえ、その役割に応じて専用の部屋を持っている屋敷です。個室のなかで、主要メンバーがいろいろと思索する場面が結構出てきます。一九世紀のブルジョワの家庭では、家族のメンバーそれぞれが個室を持ち、父親は書斎を持っている。『ブッテンブローク家の人々』では、奥さんと音楽の才がある将校が妙に親密になり、サロンに二人でこもったきり、演奏の音も聞こえなくなったまま何時間も経過するので、当主が関係を疑うのですが、妻のスペースなので、中に入って問い詰めることができないという場面があります。これは、家族同士でも、家の中でのプライバシーを尊重するという習慣があるので、家長であっても勝手に他のメンバーのスペースにいきなり入り込むことははばかられる、少なくともそれだけのスペースのゆとりがある、ということですね。

もう少し卑近な話として言うと、推理小説やホラー小説の多くは、密室空間、それも結構広くて、凝った作りになっていて、いろんな道具を収納できて、しかも密室性がある部屋が前提になっていますね。日本の推理小説の歴史で、江戸川乱歩（一八九四―一九六五）や横溝正史（一九〇二―八一）等の、ホラーめいた感じが強いものと、松本清張（一九〇九―九二）の社会派推理が対置されることが多いですが、これは、伝統的な日本の家屋を前提にすると、かなりのお屋敷でないと、閉鎖空間を利用したトリックが展開できないという構造的な問題もあったと思います。一家五人くらいが生活している狭いアパートは当然として、三つか四つくらいのそれほど大きくない部屋を、障子や薄い襖で隔てただけの家で、密室トリックは無理ですね。

「公」と「私」の混乱――暴かれる「私」性としての欲望

話を戻します。『審判』の下宿の空間は、何だか、他人の部屋にも勝手に出入りできるようで、妙な感じですが、それは監視人たちに、自分の部屋に踏み込まれて、プライベートな空間を暴露されたので、感覚がおかしくなったのかもしれません。ごく普通に考えると、銀行の支店の幹部であるKや大尉が住んでいて、女中さんもいるぐらいだから、上流とまではいかないまでも、少なくとも子だくさんの貧困層が住んでいるわけではなくて、それなりの収入がある、恐らく独身者が、本来なら、プライバシーが確保されている独立の部屋に住んでいるという感じだと思います。先ほどのアドルノの議論のように、その部屋の中の家具などの配置は、その人の内面性を反映している可能性があります。現にビュルストナー嬢は、最初Kの弁解にピンと来ていなかった様子なのに、写真が乱れているのを見て初めて、自分のプライバシーに侵入されたという感じを持ったわけです。

また、向かいの建物に、Kのところで何が起こっているか見物する連中が集まったという話がありましたね。向かいの家の窓から、内部のゴタゴタが観察できるというのは、普通かなりヘンですね。かなり大きな窓が両方の家に付いていて、少なくともKの住んでいる下宿の側では、部屋と部屋同士のつながりがわかるくらいにその大窓がつながっていて、両方の建物とも、カーテンもブラインドもない、むき出しの状態でないと、監視人が家中を荒らしまわっている様子を、向かいからじっくり見物するなんてできそうもないですね。これが隣の家でなくて、同じ下宿の中が分割されているとすると、どういう構造の家屋なのか想像しにくくなりますね。ただ、Kが自分のプライバシーがどこかから侵入されているという妄想に取り憑かれはじめて、監視人たちによる物理的侵入に加えて、近くの建物から覗き込まれている、という妄想を抱いた、ということかもしれない。

〝侵入〟を受けた後、Kは結果的に迷惑をかけてしまったビュルストナー嬢のところに謝りに行くふりをしてかえって妙に馴れ馴れしく付きまとおうとしたのは、隠していた欲望を、部屋に踏み込まれ、覗き込まれることによって暴かれた――本当に暴かれたか否かは別にして、暴かれた気になった――せいで、開き直ったからだと考えることができます。あるいは、彼らがビュルストナー嬢の部屋にも乱入して、写真をいじるというような行為をするのを見せつけられたことで。Kはそれが自分の欲望でもあることを直視させられたのかもしれません。

これもまた復習ですが、Kの予審が行われているはずの法廷は屋根裏部屋にあります。これも意味あり気です。屋根裏部屋は、普通はなかなか他人が入っていかない場所ですね。誰か個人に貸しているとしても、そこに訪ねてくる人はあまりいないでしょう。ゆっくり話をするためのスペースはなさそうだし、かなり貧乏な人であれば、それまで物置代わりにしていた空間を少し空けてもらって、間借りしている可能性もあります。ブルジョワの書斎とは違うニュアンスで、極めてプライベートな空間です。自由な空間というより、押し込められているという感じですね。そこに、厳密な公平中立性、「法の下での平等」が求められる、最も公的な場である「法廷」がある。

極めて私的な場所に最も公的なものがあるわけですね。第三章で、廷丁と妻はこの部屋を裁判所からただで貸してもらっているだけなので、開廷する日は明け渡さないといけないことをKは知ります。公的な場所が、私的な目的のために流用されているわけですね。一番、公／私の区分がはっきりしないといけない空間で、民間の会社でもあり得ないような、公／私の混交が生じている。そこでKが辺りを見回すと、「このまえ来たときには洗濯桶しかなかったこの部屋が、今日はすっかり整った居間になっていた」（七六頁）。洗濯桶しかなかった部屋が「すっかり整った居間 ein völlig eingerichtetes Wohnzimme」になっているというのは、現実的にはあり得ないことですが、仮に可能だったとしても、どうして居間だと私的空間で、洗濯物を干している部屋だと、公的性格が回復することになるのか、わかりませんね。洗濯物＝下着（Wäsche）なんて、露骨に私的なものです。あるいは、洗濯物は夫婦の私物ではなくて、裁判所の職員の共有物なのか。だとしても、下着を干しておいて、公的な場という感覚はヘンですね。いずれにしても、公／私の境界線がかなり混乱している感じです。

しかも、法廷であるはずの空間で、政治的集会なのか、傍聴人の集合体なのか、よくわからない人たちが集まっている。私的な集まりなのか、何かの公的な機能を担った集合体なのか。廷丁自身はいいとして、その妻とか、その妻に抱きつく法学生とか、裁判所とどういう関係があるのかわからない人たちが、どうみても裁判と関係のなさそうなプライベートな感情むき出しの、公私混同の行為を繰り広げる。

Kはその空間にいる間に胸が苦しくなっていきます。これは一体何を意味しているのでしょうか？　これが普通の裁判所だったら、官僚的な堅苦しい雰囲気で窒息しそうになる、ということになりそうですが、ここは普通の裁判所で、いろんな意味で私的なもの、むき出しの性的欲望、党派性、公私混同、気分次第での職務執行、庶民的な生活感……が雑多に混ざっている空間です。自分の「内面」を隠しておける公私区分がはっきりしている、Kが逮捕の直前まで慣れ親しんだ日常とは異質な空間、全てがあけっぴろげになってしまう、ある意味、最もパブリックな空間かもしれません。英語の〈public〉やドイツ語の〈öffentlich〉には、自分のもの、自分だけの場ではないので、他人に害や不快感を与えないよう行動が制約される、場合によっては、その場や地位に即した義務が課されるというような禁止・義務・責任的な意味合いと、他者の目に晒されるという意味合いがあります。この裁判所の空間は、前者の意味での「公共性」はかなり低くて、後者の意味での「公共性」は異様に高いという歪な空間です。Kが見た政党の集会のようなことは、後者の意味で、公衆の目に晒されるという意味で、「公的」である必要があるけれど、それは、公平中立のために静寂を保たないといけない、前者の意味での「公的」であることが求められる「裁判所」とは相容れません。裁判所に行ったことがある人はご存じだと思いますが、法廷内で政治的アピールに当たることを行うのは、禁止されています。普通の近代法の法廷では、ということですが。

「公然 öffentlich」

第二章で、Kは演説の中で四度ほど、〈öffentlich〉という言葉を使っています。一か所は六六頁の演説の最初の方です。

「なにもここで弁舌の才を発揮しようというつもりはありません」と言い、「またそれはこの私にできることでもありません。予審判事さんならきっともっとずっとうまく話されるでしょう、これは商売がらというものです。私が望んでいるのは、ただ公然たる不正を公然たる論議の対象にすることなのです。よろしいですか、私は十日ほどまえに逮捕されました。［…］」

この二回出てくる「公然」の原語が〈öffentlich〉です。後者の意味で、〈öffentlich〉と言っているわけですね。次がこの長い演説の終わりの方、六七頁の最後の行です。

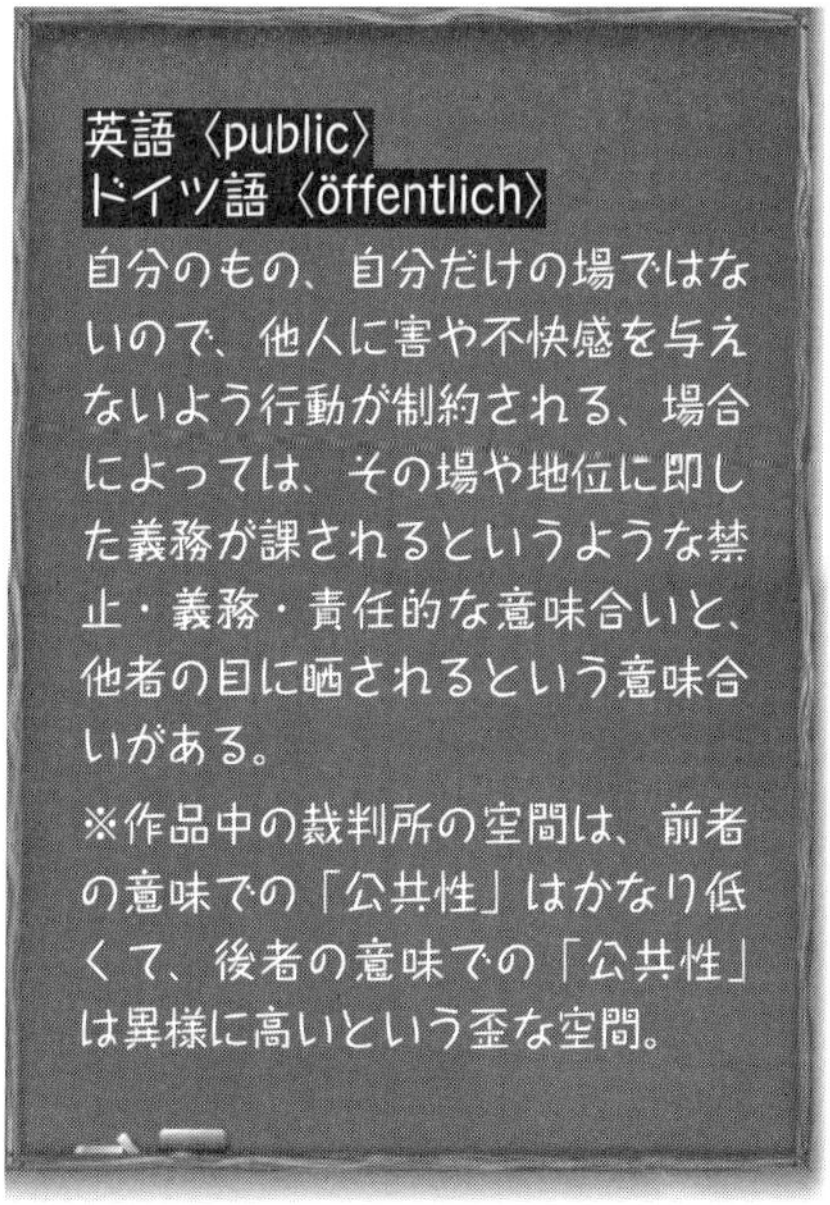

英語〈public〉
ドイツ語〈öffentlich〉

自分のもの、自分だけの場ではないので、他人に害や不快感を与えないよう行動が制約される、場合によっては、その場や地位に即した義務が課されるというような禁止・義務・責任的な意味合いと、他者の目に晒されるという意味合いがある。

※作品中の裁判所の空間は、前者の意味での「公共性」はかなり低くて、後者の意味での「公共性」は異様に高いという歪な空間。

「［…］これらの行員がその場にいたのは、もちろんもうひとつべつな目的があってのことで、彼らは私の部屋主である婦人、ならびにその女中とおなじく、私の逮捕のニュースをひろめ、私の社会的名誉をそこない、とくにまた銀行での私の地位に、動揺を与えるという役目をもっていました。［…］」

「社会的名誉」の「社会的」が〈öffentlich〉です。この場合は、公開の場でのという意味と、公共性があるので正しくあるべき、という前者の意味が合わさっている感じですね。四回目は、Kが一度中断した後、再開した演説に出てきます。六八頁です。

「たった今この私のとなりで判事さんが、みなさんのうちのだれかに秘密の合図をおくっておられます。としますと、みなさんのなかには、この壇上から指図されている者がいるはずです。この合図で舌打ちが起こるのか、拍手が起こるのか、それは私にはわかりませんが、ことの秘密がこうも早く露見したからには、私もじゅうぶんそれと承知した上で、合図の意味を知ろうなどとはしないつもりです。私にとってはまったくどうでもいいことですから、予審判事どのにここで公然とその権能をお授けいたしましょう。どうぞ下にいるあなたの部下のさくらたちに、秘密の合図のかわりに言葉に出して大声で命令してやってください、『さあ舌打ち！』とか、つぎには『さあ拍手！』とかいったぐあいにです」

ここでは「公然 öffentlich」が、「秘密の」と対比されているわけですね。後者の意味で、〈öffentlich〉と言っているように見えますが、気になるのは、「公然とその権能をお授け」いたします、という言い方です。私人が公職にある裁判官に「権能を授ける ermächtigen」というのは、普段、法律、法学と接していない人にとっては、ヘンな言い方ですが、〈ermächtigen〉という動詞は「権限」とか「資格」を、「与える」とか「委譲する」という意味の法律用語で、公的機関が下位の機関や個人に権限を与えるという場合だけでなく、例えば、自分の持っている債権を取り立てる権限や、自分の所有物などを処分する権限を第三者に与える、自分の代わりに権利行使することを全権委任する、といった私法的な意味でも使われます。そういう意味合いで言っているとすれば、ここでの〈öffentlich〉は、法的にというニュアンスを含んでいて、前者の意味に近いことになります。この〈ermächtigen〉という動詞は、少ししゃれた言い方として、誰かに対して大きな影響力を行使するようになる、という意味に使われることもあるようです。Kが言っているのは、現実的にはこの意味でしょうが、恐らく、法律用語としての〈ermächtigen〉を意識して、わざとヘンな文脈で、裁判官に「権限を委譲する」と言っているのでしょう。予審判事自身が観客＝傍聴人（?・）との間で、場違いなことをやっているので、当てつけで、ヘンテコな〝権限移譲〟をしてみせたのでしょう。

自分が普段居る場所と異なったタイプの空間に長い時間いると、呼吸のリズムや姿勢を保つが難しくなる、というのは普通によくあることですね。裁判所の中で、学生が女性に抱きつき、そのままさらって走っていくという、あり得ない露骨なことが起こります。欲望をどう隠すかということに関して、Kの普段の感覚ではあり得ないことでしょう。下宿に急に他人が押し入ってきて、お隣の女性の部屋こみでかき回すというのは、かなりあり得ないことですが、今回は更に、裁判所という前者の意味での公的な場で、性欲とか生活臭とかが露わになるという事態を体験する。そのために、彼が自分の欲望を隠すために普段使っているメカニズムが利かなくなり、制御できそうにないので苦しくなった。ごく単純に、性欲があふれ出しそうになるのを抑えようとして、苦しくなっているのかもしれません。そうした欲望の露出が第四章でビュルストナー嬢との関係に反映されていきます。そのビュルストナー嬢も、女性の友達を自分の部屋に入れるとか、グルーバッハ夫人の甥の大尉と共同戦線を張るとか、Kとの間に距離を置くというより、Kに嫌がらせをして、余計にことを荒立たせ、間接的に、彼を刺激しているようにも思えます。普通に考えたら、本当に嫌なら、さっさと出て行けばいいのに、グルーバッハ夫人から身持ちの悪い女扱いされているのは、本人もわかっているだろうから、その方がすっきりしていいのではないか、ということになるでしょう。何か引っ越しできない事情があるのか、あるいは、意地になっているのかもしれませんが、穏便にことを収めるつもりでないことだけは推測できます。

また、起こっていることが現実なのか、それともKの幻想なのかという問題がありますね。最初、下宿の部屋に踏み込まれた時は、非常識だけど、物理的にあり得なくはない、という程度でしたが、裁判所になると、空間的な広がりの面から無理がありますね。SFに出てくる亜空間みたいな感じですね。銀行の場面になると、物理的に無理があるというだけでなく、声や鞭の響きがK以外の人に聞こえていないとか、同じ光景が翌日も繰り返されているとか、幻想度が増していますね。

また、この作品では登場人物のリアクションの仕方が面白いですね。わっと驚くのではなし、かといって何をされても平然としているわけでもない。私は前衛的な芝居にドラマトゥルクとしてかかわっていますが、前衛的な芝居ではリアクションがゼロか一〇〇になりがちです。相手からすごくヘンなこと、理不尽なことをされて、激しいリアクションを課すか、逆に、普通に考えればあり得ないことが起こったのに、何もないかのように平然とすましているか。どっちかはっきりしていると、物語の構造がさほどはっきりしていなくても、観客の関心を惹きつけられます。

その点、カフカの作品、特に『審判』はオリジナルな小説の特性を生かしたまま、戯曲にするのは難しいでしょう。Kは変なことをされていちいちリアクションしているのですが、激しいフル・リアクションという感じではなくて、ワンテンポ遅れていて、しかも、「そこか!」と言いたくなるような妙なリアクションをしていますね。下宿に侵入してあり得ないことをしている相手に、一応抗議するのではなく、「君たちは何者だ!何の権限があってこんなことをする!」、と普通の人がすぐに条件反射的に口にしそうなことは言わないで、「アンナに朝飯を持ってこさせたいのです」、なんて言う。貧しいアパートで、裁判所を探すために、指物師の名前をでっちあげ、はいこちらですと言われると、そのまま部屋のなかに入っていく。小さいアパートの個人住宅の奥に、裁判所があり、集会が行われていても、「どうなっているんだ!」と叫んだり、近くの人に必死に聞いたりしない。どういう現実感覚で生きているんだ、という感じですね。

村上春樹の小説がカフカと似ている?

第五章の笞刑吏のエピソードでも、彼は銀行の奥まった所に、五人もの男が入り込んで、笞打ちをやっていること自体には反応しないで、

「いったいその笞はそんなに痛いのかね?」とKは聞き、

——笞刑吏が目の前で振っている笞をよく見てみた。


痛みに同情したにしても、笞に打たれている人間に、「そんなに痛いのかね?」と聞くなんて変ですね。普通の大人が言うことではありません。中途半端なリアクションです。ただ、ず

っと同じテンションというわけではなく、急に興奮して、普通の人間みたいに反応したかと思うと、またテンションが低くなって、ズレたリアクションをしはじめる。これを芝居にしようとすれば、Ｋのテンションの変化をどう解釈するかでかなり違った印象になるでしょう。台詞から、登場人物の動作を読み解くのが難しくなりそうですね。

村上春樹の小説がカフカと似ているという印象を受けるのは、村上作品の主人公も、リアクションが中途半端だからでしょう。冒険っぽいことをしていて、あり得ないことが起こったり、ヘンテコな行動に出くわしたりしても、ＴＶドラマやアニメの主人公のように、「バカな！」とか「あり得ない！」と叫んだりしないで、まあそういうこともあるかもしれないという感じで何となく受けとめて、少し後になって、あれはどういうことだったのかと少し考えるが、超常現象的なことなのか、自分の狂気なのかという感じで突き詰めることはしないで、ぼんやりとした感じのまま、次のステップに移る、というパターンが多いです。主人公にそういう微妙な反応をさせるところは、エンタメ性が高い文学とは明らかに違うところですが、その主人公がそのまま消滅していかないで、何故か正気を保って、冒険を一応成し遂げるというのは、古いタイプの冒険小説のように見えないこともない。まあ、村上春樹が嫌いだという人の多くは、読まないで世間で出回っているイメージで最初から嫌いなので、どういうところがシュールで、どういうところが通俗的なのかちゃんと仕分けしてたりなどしていないと思いますが。

キリストが宣教をはじめたのと同じ三〇歳の誕生日にこの事件は起こりました。銀行員の三人が彼の部屋に監視人と一緒に来ていましたが、講義後にこれは東方の三博士ではないかと指摘をもらいました。監視人を罰する男たちも三人組だったし、監視人と監督をセットで考えれば、彼らも三人組です。キリスト教関連で、「三」の数字が喚起するものは、他に三位一体、三大天使長とか。また、二人の監視人とＫの関係が、十字架に付けられたイエスと両隣の強盗のアナロジーになっている、と見ることもできますね。監視人たちも、罪を犯して鞭で打たれるわけです。いろいろな連想が働く作品です。恐らく、いろんな文学的な象徴の根底にある混沌としたイメージ集合体のようなもの、どう評価していいかわからないものを喚起する書き方をしているのでしょう。

第六章――カール叔父登場

第六章では田舎の小地主である叔父のカールが、銀行のＫの執務室に入ってきます。叔父は予告なしに入ってきますが、彼は一か月前から叔父が来ると確信していたようです。

Ｋはすぐに小使たちを部屋から出して、だれもここに入れてはいけないと命じておいた。

「わしがなにをこの耳にしたと思うのじゃ、ヨーゼフ？」

と、二人きりになると叔父は叫んで、机の上にすわり、そのすわり心地をよくするために、さまざまな書類を目もくれずに尻の下につめこんだ。Kは黙っていた。

叔父とのプライベートな話なので、部屋に誰もいないというのは、当たり前のようにも思えますが、銀行という公的な空間で、そういうプライベートな場を設定するというのは、本当はヘンですね。でも、こういう公私混同をする人は今でもいるので、それ自体はあまり不思議ではありませんが、公／私の境界線がどんどん怪しくなるこの小説の展開として意味深な感じもしますね。ドアを閉じてしまって、第三者を遮断すると、本当にそんなやりとりがあったのか、そもそも叔父が本当に来ていたのかが、誰かが来たとしてそれは本当に叔父だったのかを、物語の中で確定できなくなりますね。

叔父の動作も何気ない感じであっさり書かれていますが、「机の上にすわ」るというのは、大学の講堂のような場所ならありかもしれませんが、執務室の書類が置いてある机の上に腰掛けるというのはまともな感覚の人間ではないでしょう。大学の講義室で机の上に腰掛けるというのでさえ、私はやらないですし、共同で授業をやっている人が腰掛けているのを見たら、自意識過剰な嫌な奴だなと思います（笑）。この手の動作には、その人のキャラクターが表れますし、見ている人が本人が思っている以上に、いろんなことを読み取ってしまうということがありますね。

なんの話になるかはわかっていたが、はりつめた仕事から、突然緊張をとかれたので、まずは心地よい疲労感に身を任せ、窓ごしにむかい側の往来を見おろしていた。彼の席からは、小さな三角形の断面が見えるだけで、それは二つの陳列窓にはさまれた空虚な家壁の一片だった。

「窓の外なんか見ているのか！」と叔父は、両の腕をあげて叫んだ。

ここは、非常識な感覚の叔父にKも非常識に反応しているのが面白いですね。仕事の緊張感を解かれた後、次の厄介事に取り掛かる前に、仕事と関係ないものをぼうっと見つめたくなる、というのはわかりますね。大学の先生とか、自分専用の個室で仕事をする時間が多い知的職業の人にはそういうのはある意味、当然のことです。しかし、目の前にその面倒事の相手がいるとなると、話は全く別です。仕方なく、その相手と向き合うことになります。無論、面倒だと思っていると、多少目をそらすでしょうが、ずっと、別のものを見続けることはないでしょうし、相手が目の前にいると、視線をそらすことの方が難しいでしょう。それで叔父が腹を立てるわけですが、机の上に、書類をお尻の下に押し込んで座るような人間が、相手にまともな反応を求めるというのがヘンですね。

ともかく叔父は、その娘らしいエルナからの手紙で、Kが訴訟に巻き込まれたらしい、ということを聞いたという話をします。まさか刑事訴訟（Strafprozeß）――これまでの章では、もっぱら〈Verfahren〉あるいは〈Prozeß〉と漠然と表現――じゃあるまいなという叔父に、Kはそうだと言います。「逮捕」の意味も、決定したのが誰かも曖昧だったので、この世界では、民事訴訟と刑事訴訟の区別がないのかな、という感じがしていましたが、一応区別はあったわけですね。

叔父の声が大きすぎるので、Kは自分がいない間にやるべきことを自分の「代理 Vertreter」に指図したうえで、叔父を外につれ出しますが、まだ銀行の建物の中にいるうちから、叔父はKに訴訟のことを聞いてきます。Kは他の行員に聞かせたくないので、どうでもいいことを言って誤魔化し、外に出る階段まで来てようやく話してもいいか、と思います。

「なによりまず、叔父さん」とKは言い、「これはふつうの裁判所の訴訟事件じゃぜんぜんないのです」

「それはいかん」と叔父は言った。

「なんですって?」とKは言い、叔父の顔をじっと見た。

「それはいかんと言ったのだ」と叔父はくりかえした。

「ふつうの裁判所の訴訟事件 ein Prozeß vor dem gewöhnlichen Gericht」じゃないというのは、Kが実感していることでしょうが、こんな台詞を聞いたら、普通の人なら、「何を言っているんだ! 意味がわからん!」と言うところですね。Kも恐らく、叔父がそういう普通のリアクションをするのを期待していたのでしょうが、わかったような感じで、「それはいかん」と言ったので、かえってびっくりしているんですね。『審判』では、Kとその対話相手が、一方がヘンなことを言って、もう一方がそれに驚いたような感じで、比較的常識的な、ただし、後になってみるとやはりズレているとわかるリアクションをする、というパターンが多いですね。

「だがどんなぐあいに起きたことなんだ?」と叔父はついにたずね、突然立ちどまったので、後ろを歩いていた人々が、驚いて身をかわした。

「こういったことはまさか突然やってくるものじゃない、長いあいだ準備されておるのだ。なにかの徴候もあったはずじゃないか。なぜわしにそれを書いてよこさなかったのだ? おまえのためなら、このわしがなんでもすることはわかっているはずだ。わしはいわばまだおまえの後見人だと言える身だし、今日までそれを誇りにもしてきたのだ。もちろんわしは今でもおまえを助けてやるつもりだが、ただ訴訟がはじまってしまった今となっては、これはなかなかむずかしい。とにかくいちばんいいのは、ここですこし休暇をとって、田舎のわしらのところへ来ることじゃろう。今気がついてみると、おまえもすこしやせたしな。田舎なら元気がつこうし、こりゃいいことじゃろう、きっと今後はいろいろと骨もおれようからな。

「長いあいだ準備されておる sie bereiten sich seit langem vor」、というのは、疑獄事件とか組織犯罪ならわかりますが、Kのような個人に関して言うのはヘンですね。「徴候 Anzeichen」もあったはずというのは、まるで病気の話ですね。あるいは、当時はまだ一般的には知られていなかったけれど、思想統制をする全体主義国家で、当局から問題のある人物としてマークされている場合なら、「徴候」があるかもしれません。カフカが何らかの政治理論によって、そういうものの到来を予見していたと言ったら妄想になってしまいますが、文学的な直感で、肝腎のことを秘密にしたまま業務をマニュアルに従って処理する官僚主義が、最終的に全体主義的な体制にいきつく可能性を予感していたということはあるかもしれません。あるいは、神もしくは神々による「審判」なら、その「徴候」が予め与えられている、というのは、神話の世界であれば、むしろありそうな話ですね。神あるいは、神話と未来の全体論的なプロセスの中間として、結社の陰謀のようなものが想定できるかもしれません。一九世紀初めのドイツ文学には、世界を影で動かす秘密結社を描く結社小説（Geheimbundroman）というジャンルがあり、シラー（一七五九―一八〇五）とかE・T・A・ホフマンの作品が有名ですし、ゲーテの『ヴィルヘルム・マイスターの修業時代』（一七九六）にも、「塔の結社」という結社が登場します。ごく普通に考えると、「刑事訴訟」で起訴されて身動きが取れないでいる人間に、うちの田舎に来て静養しろ、というのはまともな発想ではありません。現代のように、通信手段が発達していても、一度「逮捕」された人が、遠い場所に長期滞在すると、まずいことになりがちなのに、第一次大戦前後の時代にこんなことを言うのは、かなりズレている感じがします。いずれにしても、どういう「プロセス」なのかますますわからなくなるようなことをこの叔父は言っているわけです。

「[…]のみならず、そうすればおまえもいくぶんかは裁判からのがれられるわけだ。ここでは権力を用うるのにありとあらゆる手段があるから、これがどうしても自動的におまえにも適用されることになる。ところが田舎となれば、まず執行機関を派遣するとか、あるいはたんに手紙か電報か電話で、おまえに働きかけようとするだけだ。こうなればもちろん効果がへるし、おまえのほうは自由になるとまではいかぬまでも、息がつけるというものだ」

田舎だと、「権力 Macht」の作用が及ばないというのは、抽象的な一般論としてはその通りでしょうが、前近代ならいざしらず、逮捕状が出ている人間が遠くにいて連絡が取りにくいからといって、等閑にするとは考えられないことです。地方にも警察はあるでしょうし、仮に地方の警察機構がかなり弱体だとしても、「執行機関を派遣する Organe delegieren」ことができれば、何が不足なのか、という感じですね――〈Organe〉は漠然と「機関」とか「組織」と訳した方が、叔父の台詞の流れに合っていると思います。ひょっとすると、各民族の自治を大幅に認めていたのと、いろんな辺境の地を抱えていたために、地方行政がうまく機能していなかったオーストリア＝ハンガリー二重帝国の支配構造を誇張して皮肉っているのかもしれませんが、

困っている甥に対するアドバイスとしては見当外れですね。しかし、本当は、メンタルの問題で、彼を逮捕した「機関」というのは、Kの妄想あるいは誇張したイメージだと叔父が考えているとすれば、これはむしろ適切なアドバイスかもしれません。Kの被害妄想を真っ向から否定しないで、田舎で落ち着かせようとしているわけですから。こういう風に考えると、〈Macht〉を「権力」と訳すのが適切か疑問になりますね。漠然と「力」と訳した方がいいかもしれません。

フルト弁護士のもとへ

Kにそのつもりがないとわかったので、叔父は自分のクラスメート（Schulkollege）だったフルト弁護士に会うように勧めます。「貧民を守る弁護士 Armenadvokat」として有名だということです。Kはあまり気乗りがしない様子ですが、叔父が事件の概要を話してくれ、というので話しはじめます。

> Kはすぐ話しはじめて、なにひとつかくしだてはしなかった。こうしてあけすけにすっかり話してしまうことが、訴訟はたいへんな恥だという叔父の見解に対して、彼があえてとりえた唯一の抗議だった。ビュルストナー嬢の名前は、ただ一度ちょっとふれるだけにしておいたが、なにもこれはあけすけな態度を傷つけるものではなかった。ビュルストナー嬢は訴訟となんの関係もなかったからである。話しながら彼は窓からおもてをながめ、ちょうど裁判所事務局のある例の郊外に近づいてゆくのがわかったので、叔父にそのことを注意してみたが、叔父はこうした偶然のめぐりあわせをとくに目立ったものとも思わぬようだった。

ここもヘンな理屈ですね。一四五頁を見ると、確かに叔父が「訴訟」に巻き込まれること自体が本人にとってだけでなく、親類一同にとっても恥である、という、今の日本でもありがちな世間体をやたらに気にする人であるのがわかりますが、その叔父自身に対して、「あけすけにすっかり話してしまうこと vollständige Offenheit」がどうして叔父に対する「抗議 Protest」になるのか。世間に向かって公言するのなら、わかりますが。身内はどちらかと言えば、自分たちにだけは極秘に真相を教えてもらったうえで、それを世間には知られないよう、知られても大したことではないと思わせるよう口裏を合わせようとするのが普通でしょう。ただ、Kが「たいへんな恥 eine große Schande」というのを、「汚れ」のような意味で、世間がどうのこうのと言うより、口に出すのも汚らわしいものというような意味合いで捉えているとすれば、あけすけに話すことは、叔父への抵抗になりますね。

ビュルストナー嬢は訴訟とは関係ないので、ただ一度ちょっとだけ触れたけれど、それは「あけすけな態度 Offenheit」と矛盾しないと考えた、というのもヘンですね。本当に関係ないのなら、そもそも名前が出てくるはずがありません。そもそも、この「プロセス」にはいろんなものが関わっていて、どれが本質的な部分で、どれがどうでもいい付属的な要素か区別が付きません。そもそも、どういう容疑で、どこの機関の決定で起訴されていて、「逮捕」というのが一体どういうことかわからないのだから、ビュルストナー嬢がどの程度関わっているのか本当のところわからないはずです。ごく普通に考えると、ビュルストナー嬢のことだけは隠しておきたいのでしょう。

タクシーが裁判所事務局のある郊外に近付いていているというのも意味ありげですが、Kにだけ見えていて、叔父には見えていない可能性があります。

そしてKは叔父に連れられて、弁護士の家に行きます。ガウンを着た男が出てきて、弁護士は病気で臥せっていると伝えます。次に、若い女性が出てきて、やはり弁護士は病気だと伝えますが、叔父は強引に部屋に入っていて、ベッドに横になっていた弁護士と話しはじめます。この女性はレーニという名前で、看護師だということです。叔父は弁護士と折りいった話があると言って、レーニに席を外させようとしますが、なかなか出て行こうとしません。

看護婦はベッドのところにもう身をおこして立っており、叔父と真正面に対峙《たいじ》していたが、片方の手で――Kにはそれが見えたように思えるのだが――弁護士の手をなぜていた。

これは看護師ではなく、愛人の行為ですね。自分が弁護士とそういう関係だということをわざとアピールしているのかもしれません。ビュルストナー嬢→廷丁の妻→レーニと、女性のエロティックな態度がエスカレートしている感じですね。彼女が出ていかないのに苛々した叔父は、弁護士に、甥の訴訟の件で話があるのだと言います。そこで、ようやく弁護士はKがいることを認識します。いくら病人でも、叔父の近くにいるはずのKに気付かないのはヘンですね。監視人と一緒にやってきた三人の銀行員とか、裁判所事務局に通じる屋根裏部屋の階段とか、銀行のがらくた置き場の奥の体罰が行われたスペースとか、気付いたら、あった、いた、というパターンが多いですね。ともかく弁護士は、単なる見舞いではなく、訴訟に関する相談だとわかって、レーニに外に出るように言いつけます。

それで、弁護士とKと叔父の三人の間で、訴訟の話が始まります。一五四頁にあるように、弁護士はいきなり、「君の甥御さんの事件だがね、こりゃおそろしくむつかしい課題なんで、わたしとしても、もしわたしの力が足りるものなら、[…]」と話し始めます。さっきまで存在にさえ気づいていないのに、いかにもよく知っているという調子の話し方には違和感がありますね。無論、Kの事件は業界でよく知られていて、自分も知っていたけど、病気で意識が朦朧としていて、その渦中の人物がいることに気付かなかった、ということはありえますが、いかにも不自然ですね。

――「ええ、でもいったいどこから私のことや訴訟のことをお聞きになったんです？」

「ああ、それですか」と弁護士はほほえんで言い、「だってわしは弁護士なんですよ。裁判所の連中ともつきあいがある。そうすればいろんな訴訟について話が出るわけですし、目にたつ訴訟で、それがとくに友人の甥御さんに関するものであってみれば、忘れずにおぼえてもいます。これはだって当然じゃありませんか」

「いったいなんだというんだね？」と叔父はまたたずねた。

「やけにそわそわしとるな」

「あの裁判所の連中とおつきあいがあるんですか？」とKはたずねた。

「そうですよ」と弁護士が答えた。

「子供のようなことを聞くじゃあないか」と叔父は言った。


弁護士の言っていることは一見もっともそうですが、腑に落ちないところがありますね。Kの件がもし本当に重大な「目にたつ auffallend」のであれば、どういう訴訟だから重大なのかもう少し語りそうなものだし、最初にKの存在に気付いた時、「あなたは○○で有名な▽▽の訴訟のKさんですね！」くらい言いそうですね。叔父の言っている「そわそわ unruhig」というのは、話の流れからKの方の話ですが、Kはどうして「そわそわ」しているのか？　いぶかしがっているのならわかりますが。

——「でもあなたはりっぱな司法裁判所で仕事をなさるわけで、屋根裏の裁判所でじゃないでしょう」と言いたかったのだが、それを思いきってほんとうに口に出すことができなかった。

恐らく、確信を持っているかどうかは別として、「屋根裏の裁判所 Dachboden」——原語は、単に「屋根裏」で、「裁判所」を意味する語は付いていません——は、通常の裁判とは別のシステムに属している、と想定しているのでしょう。闇あるいは裏の司法システムのようなものがある、と考えているのでしょう。で、そういう風に想定すると、どうして「そわそわ」するのか。「りっぱな司法裁判所 Gericht im Justizpalast」——〈Justizpalast〉は、文字通りに訳すと「司法の宮殿」で、裁判所になっている宮殿のような荘厳な建造物を指す言葉で、プラハにも存在しました。このフルトという弁護士がそういう立派な裁判所で行われている裁判に参加する、まともな弁護士であれば、「屋根裏」で進行しているような闇のプロセスのことについては関知していないはずです。フルトがその闇のプロセスを動かしている連中と親しくしているとすれば、彼も「屋根裏」のシステムの人間か、あるいは少なくともそれに加担している可能性がある、ということになります。そういう可能性を考えたのかもしれません。

そう考えると、弁護士の答えは思わせぶりです。

「あなたにもわかっていただきたいのだが、わしはこういったつきあいから、弁護依頼人たちのために、大きな利益もひき出しているんです。しかもそれがさまざまの点での利益でしてね、これはそう平気で口に出して言ってはならないことがらなんです。[…]」

「こういったつきあい ein solcher Verkehr」というのはいかにもうさんくさそうに聞こえますね。ちゃんとした裁判所の裁判官と付き合っているなら、別に言い訳などしないで、誇ればいいという気がしますね。まともな「裁判所」も、実は「屋根裏」とつながっていると言っているように聞こえますね。

弁護士は自分は今は病気で臥せっているけれど、そういう「つきあい」は今もあって、裁判所関係のお客さんがしょっちゅう来ている、と言います。

「[…]そんなわけで、たとえばちょうど今も、うれしいお客が来ておられるんです」そして彼は部屋の暗いかたすみを示すのだった。

「いったいどこに?」とKはびっくりしたとたんに、ほとんど乱暴な調子でたずねた。

おぼつかない様子で彼はあたりを見まわした。小さなろうそくの光は、むこう側の壁まではとてもとどかなかった。ところがそのかたすみに、ほんとうになにかが動きはじめたのだ。叔父がろうそくを高くかかげてみると、その光をうけて、小さな机のそばに中年の男がすわっているのが見えた。こんなに長いあいだ気づかれないでいたなんて、きっと今までぜんぜん息をしないでいたにちがいない。男のほうは、自分の存在に注意をむけられたことが不満だったらしく、まわりくどいしぐさをして立ちあがった。

また、近くをよく見たら、人がいた、というパターンですね。ただ、今回はすぐに現れないで、Kが周囲を探っているうちに、次第に見えてきた感じですね。それにしても、どうして気付かなかったのか。その裁判所関係者がいるのに、それまで弁護士がベッドに臥せったままになっていたのはヘンだし、仮に、その人に断ってしばらく寝させてもらったとしても、叔父とKが無理に入ってきて、レーニのいることで悶着を起こしているというのに、その人物が全然動く気配を見せないというのは、考えにくいことですね。「全然息をしないでいたにちがいない wohl gar nicht geatmet」と思ってしまうのも、当然ですね。

「事務局長さんが——ああ、そう、ごめんなさい、ご紹介しませんでしたな——こちらは友人のアルバート・K、こちらはその甥御さんの業務主任ヨーゼフ・K、そしてこちらは事務局長さん——で、事務局長さんがたいへんご親切なことに、ここにおいでくださっているんです。こういった訪問の価値というものは、事務局長さんがどんなに仕事でお忙しいかという、その消息に通じている者にしかわからぬものです。[…]私たちの意見としては、二人だけでいなくちゃならんと思っておったのだ。ところがそこへいきなり君が、ドアを拳固でなぐってきたのだ、アルバート。事務局長さんは椅子と机をもって、すみにひっこんだとい

—うわけだ。［…］」
どうして他人の家の病室にいながら、別の人が入ってきそうだからといって、机と椅子をもって部屋の隅に隠れないといけないのか？　ちゃんとした身分の人間なら、こそこそしたりする必要などないのではないか？　机と椅子をもって隅に引っ込んだりしたら、どたどたしてかえって、音がして目立ちそうだし、Kや叔父から見えないくらい暗い所にいたら、何の仕事もできなくて、目が痛むだけだとしか思えません。

看護婦レーニの誘惑

ともかく、事務局長と叔父、弁護士の三人がちょっとの時間会話することになったところで、控え室で、陶器が割れる音がしました。Kがその部屋に入って行くと、そこに看護師がいました。彼女は、Kを呼び出すためにわざと皿を叩きつけたのだと言います。Kも、彼女のことを考えていたと言います。レーニはこれまでの女性の誰よりも性的欲望をむき出しにしているし、Kもかなり露骨になっていますね。ただ、Kを呼ぶのに、皿を叩きつけるというのは普通の発想ではないし、そのヘンな勘が当たって、Kが一人でやってくる、というのも妙ですね。普通だと、こんな勘による行動がうまく行くことないですね。Kあるいはレーニの側に、妄想が働いて、事実を歪めて解釈したのかもしれません。そもそも音などしていないか、大した音ではなかった可能性、レーニもこんな露骨なことを言わなかった可能性がありますね。

「こっちよ」と看護婦は言い、木彫のよりかかりのついている、黒っぽい長持ちをさし示した。腰をおろしながら、Kは部屋を見まわしてみたが、天井の高い大きな部屋で、貧民ばかりのこの弁護士のお客なら、いかにもおろおろしてしまいそうな部屋だった。訪問客たちが、おそろしく大きな机の前に進みでるときの、そのちょこちょこした足どりが、Kの目には見えるようだった。しかしあとはもうそれも忘れてしまい、看護婦だけに目をうばわれていたが、その看護婦はといえば、ぴったりと彼により添って、ほとんどもう彼の体を、長持ちの横のひじかけにおしつけているのだった。

よく考えると、フルト弁護士は貧乏人のための弁護士だったはずなのに、貧乏人が怖れ入ってしまいそうな立派な仕事部屋を持っているわけですね。それにしても、レーニはこれまでの女性に比べてかなり大胆ですね。

この部屋の調度として、ドアの右側にかかっている絵が目立ちます。後の章で、この絵が微妙に重要な意味を持っていることがわかります。

体をのりだしてよく眺めてみると、法官服をまとった男が描かれていた。玉座のような背の高い椅子にすわっていたが、その椅子の金の彩色がやたらに絵から浮かびあがって

見えていた。変っているのは、この裁判官が威厳のある落ちついたかっこうでその椅子にすわっているのではない点だった。この裁判官は、左の腕を椅子の背とひじかけとにぎゅっとおしつけているのに、右腕のほうはぜんぜん遊ばせたまま、手でひじかけをにぎっているだけだった。つぎの瞬間には激しい、そしておそらくは憤激の身ぶりで、椅子からとびあがり、なにか決定的なことを言うか、それとも判決でもくだそうとしている様子だった。被告は階段の下にいるものと考えられ、黄色のじゅうたんの敷かれたその階段のいちばん上の段だけが画面に見えていた。

「こりゃ私の裁判官らしいね」とKは言い、指でその絵をさした。

裁判官の肖像画を玉座に座っているかのように描くのは普通のことですが、今にも身を乗り出しそうな落ち着かない様子に描くのは普通ではないですね。実際にそういう風に描かれているのではなく、Kには「法」がそういうものに見えるようになったのかもしれませんね。中立を保つために裁判官席に落ち着いて座っているわけではなく、特定の被告人・容疑者に目を付け、何としてでも生贄にしようとする、狂暴な衝動を秘めた、油断ならない存在としての「法」。

レーニはKに、この人物が予審判事で、実際はどういうキャラクターかを説明しています。Kについても、「ずいぶん強情な zu unnachgiebig」性格だということをどこからか聞いているようです。ただし、それをどこから聞いたかは話そうとはしません。どうも、彼の知らないところで、「屋根裏」のシステムを通じて、彼に関する情報が流通しているようです。陰謀論っぽくなってきましたね。

レーニはあなたにその気があれば、助けてあげるのに、とKに言いますが、これについても穿った解釈ができます。弁護士の家と言っているけれど、精神病院のようなところかも知れない。レーニは看護師で、Kは心を病んでいる人かもしれない。話の本筋からすれば、Kは訴訟－逮捕をどうにかするというのが関心事で、そのために弁護士のところに来たのですから、その彼を「助ける」というのは、訴訟プロセスに関して助けることになるはずですが、レーニは看護師です。看護師が「助ける」のは、普通は病気の人ですね。これまで、Kが幻覚を見ているのではないかと思わせる場面があったので、ここは実は病院で、フルトは実は精神科医で、無理な治療をしようとしているのを見て、看護師であるレーニが、助けようとしていると見ることもできます。あるいは、この権力関係やエロティシズム、党派性など、いろんなものが絡んでいるこの「プロセス」に関わっている者たち全てが病んでいるということかもしれません。

一六六頁にかけて、Kとレーニがいちゃいちゃして、恐らくセックスしたであろうと推測できる描写が出てきます。このやり取りの中で、Kが持っていた写真に写っているエルザという女性が話題になりますが、既に別れてしまったようです。この女性はその後も登場しませんが、付録1の未完成の章に「エルザのところへ」というのがあって、そこでは、裁判所事務局から呼び出しを受けていたけれど、エルザのところに行くという約束をしていたので、呼び出しに応ずるわけにいかず、彼女の家にタクシーを走らせていますが、エルザ本人は出てきません。カフカの周囲の女性としては、マックス・ブロートの夫人で、彼の文学関係の仕事を手伝い、カフカの遺稿の管理もした翻訳家のエルザ・ブロート（一八八三―一九四二）が、カフカと書簡を交換しています。

「これが玄関のかぎよ、いつでもいいとき来てちょうだい」というのが、女の最後の言葉だった。そしてなお出て行きしなに、あてもないキスが彼の背中にあたるのだった。玄関から出てみると、雨がすこし降っていた。レーニがまだ窓のところに見えるかもしれないと思い、通りのまんなかに出ようとしたが、そのとき叔父が一台の自動車からころげ出てきた。自動車は家の前に待っていたのだが、Kはぼんやりしていて、それにぜんぜん気がつかなかったのだ。叔父は腕をつかまえて、彼を玄関の入口におしつけ、まるでそこへ釘づけにしたがっているようだった。

このくだりもヘンですね。何らかの形で、叔父と弁護士、事務局長の間の話し合いが終わったと知ったから、Kは外に出たはずです。ごく普通に考えれば、レーニとのセックスあるいはそれに近い行為は手早くすませて、叔父たちのところに戻って、何事もなかったように、弁護士たちに挨拶して帰るでしょう。しかし、だとすると、レーニがいちゃつきながら鍵を渡す暇なんかないはずだった。この書き方からすると、叔父がKに構わず先に弁護士の家を出て、タクシーを拾って待っていたことになります。これまでの態度から、Kが他人事のような態度を取って、レーニと適当に時間を過ごしていただけだとしても、叔父の方はKに腹を立てていたにせよ、こんな迷惑な甥を友人の家に一人で残すというようなことをするのか。人間関係がかなりちぐはぐですね。

「こら」と彼は叫び、「どうしてあんなことをしたんだ！　せっかくうまくゆきそうになっていたのを、すっかり台なしにしてしまったじゃないか。きたならしいちび女なんかとどろんをきめこんで、何時間も帰ってこない。その上ありゃあきらかに弁護士の情婦じゃないか。おまえときたら、なにか口実でももうけるならまだしも、なにひとつ目かくしするわけではなし、てんから大っぴらで、女のところへ走り、女とくっついている。ところがこっちはそのあいだ、三人が額をよせあつめてすわっていたんだ、おまえのために粉骨砕身している叔父と、おまえのために味方にしなくちゃならん弁護士と、それになにより例の事務局長とがだ。このご仁は、今の段階でならおまえの事件を、どうとでも裁量できるほどなんだぞ。どうしておまえを助けたものかと、わしらは相談しようとし、わしは弁護士を慎重に扱わ

ねばならず、その弁護士は弁護士で、また事務局長を慎重に扱わねばならぬというわけだ。おまえとしたって、せめてはこのわしを支援するというのが、当然ちゅうの当然じゃないか。ところがそれもせずに、ご本尊はずらかったままだ。結局のところなんともかくしおおせることはできはせん。[…]わしらは何分間も黙ってすわり、どうかおまえが帰ってきてくれないかと、聞き耳をたてて待っておったんだ。みんなむだだった。事務局長は、はじめに望んでいたよりずっと長くいてしまったわけだが、とうとうこのかたが立ちあがって、別れのあいさつをし、わしを助けることができぬというて、同情の面持《おもも》ちをありありとうかべておられた。[…]このかたが行ってくれたので、わしはもちろん大いにうれしかった。もうまるで息がつまりそうになっておったんだからな。病気の弁護士にはこれがもっとひどくこたえた。いい奴じゃ、わしが別れをつげたときには、もうぜんぜん口がきけなくなっておった。おまえはおそらくあの男の完全な破滅に手をかしたのだし、そうやって自分の頼らねばならぬ男の死を早めているのだ。そして、おまえの叔父のこのわしをば、この雨のなかに——さわってみろ、ずぶぬれじゃぞ——何時間となく待たせておき、心配で心配でやせほそる思いをさせとるんじゃ」

叔父は、Kが何時間もレーニといちゃついていたことに気付いて憤ってたと言っていますが、よく考えるとこれもヘンです。セックスをしている場面にいきなり入っていくのは憚られるにしても、咳払いするとか、自分も大きな音を立てるかして、彼らに気付かせ、Kを連れ戻せばいいわけです。三人ともわかっていながら、聞き耳を立ててじっと待っているというのは、病的な感じがしますね。それに、Kが弁護士の情婦（die Geliebte）といちゃいちゃしたら、どうして事務局長がKを助けることができなくなるのか？　Kの不真面目さに腹を立てたのなら、わかりますが、それだと、どうして叔父に同情するのか、普通、そんな不真面目な甥をつれてきた叔父にも腹を立てるのではないか。それとも、彼らの世界では、何か性的な潔白さのようなものが求められるのか。弁護士の家にレーニのような女性がいることからして、そうは思えないですね。加えて、どうしてKが弁護士の愛人といい仲になったら、事務局長との関係が悪くなって、弁護士が窮地に立つのか。Kに腹を立てるのなら、むしろ弁護士に同情するのではないか。文脈からすると、Kとレーニのいちゃいちゃのせいで、事務局長との関係が悪くなって、弁護士が窮地に立つと言っているとしか思えないのですが、もしかすると、レーニを取られたショックで、「破滅 Zusammenbrechen」すると言っているのかもしれませんが、愛人を失うと、精神が崩壊すると推測して、友人のことを思いやるのもヘンですね。そのうえ、事務局長が出ていって、話が終わって外に出ているのに、本当に何時間も待っているとしたら、おかしいですね。雨の中でずっと待つくらいなら、どうしてさっさとKをつれていかないのか。タクシーを拾ったのはいつか。そんなに濡れネズミの状態のお客を、タクシーはどうして受け入れて、一緒に待ってくれたのか。叔父の証言が正しいとしたら、辻褄が合わないことが多いですね。

最初は、Kが「プロセス」に関わるおかしな集団に絡まれているだけだったように見えたのが、やがて、銀行の一部もそれに絡んでいるのが判明し、次に訴訟とは縁のなさそうな郊外の貧しそうな町がその拠点になっていることがわかり、今回は、司法制度全体がそれに絡んでいることも判明し、局外の普通の人であったはずの叔父も、「プロセス」に感染したのかヘンな振る舞いをするようになったわけです。少なくともKの目からはそう見えている。

第七章——「法の欠缺」に住まう弁護士

第七章に入ります。サブタイトルからすると、弁護士の他に工場主とか画家が登場することになりそうですね。

訴訟のことがもう彼の頭をはなれなくなっていた。弁護の書類を作成して、裁判所に提出するのがいいのではないかと、もう何度も考えてみた。その書類に自分の短い履歴を書き、なんらかの意味で多少とも重要な出来事について は、自分のとった行動の根拠をあげ、こういった行動が自分の現在の判断からすると、非難すべきものであるか是認すべきものであるかをのべ、その上でまたいずれの場合に対しても、その理由をあげておきたいと思ったのだ。弁護士には他の点でも文句がないわけではなかったから、そんな弁護士に弁護をまかせきりにしておくよりも、こうした弁護の書類を提出したほうが有利であることは、疑いのないところだった。Kには弁護士がなにをしているのかぜんぜんわからなかった。たいしたことをしてないことだけはたしかだ。

弁護の書類、上申書を書くというのは当たり前のような気がしますが、それに自分の「短い履歴 eine kurze Lebensbeschreibung」を添えるというのはヘンというか、余計な感じがしますね。身元が確かでないので、疑われているのだとしたら、意味があるかもしれませんが、銀行で結構重要な地位に就いていて、住所もはっきりしているKの身元が確かでない、というのは普通は考えられません。「なんらかの意味で多少とも重要な出来事 jedes irgendwie wichtige Ereignis」というのが曖昧ですが、もともと逮捕の容疑がはっきりしないことと、「履歴」が必要だと思われることからすると、Kのこれまでの人生における「なんらかの意味で多少とも重要な出来事」と取れます。自分の人生の重大事について、いちいち「行動の根拠 Gründe」を挙げて説明しようとしているとしたら、病的ですね。今の地位について以降の出来事に限るとしても、普通ではありません。通常は、違法とされている行為に関連する事実に限定して上申書を書くはずで、直接関係ない、自分の人生のいろんな出来事について良しあしの判断をするような大量の文書を送り付けたら、無視されるか、面倒な奴だと思われるか、あるいは、狂っているので危険な奴だという印象を強め、完全に逆効果になるでしょう。しかし、追い詰められているKとしては、自分の全人生、全人格を検証してもらいたいという気になっているのかもしれません。しかし、それは訴訟というよりは、精神分析とか教会での告解でやることですね。ひょっとするとカフカあるいはKは、刑事裁判で犯行の動機とか被告の人となりとかが話題になることを、精神分析とか告解のようなものと捉えているのかもしれません。

そして、Kは愛人を寝取ったことで、きまずくなったにもかかわらず、弁護士に依頼したわけですが、その弁護士が大したことはなにもしていないらしいということですね。一七〇頁を見ると、Kと話をすると、一方的に話すだけで肝腎なことは話してくれないし、自分のこれまでの訴訟の実績についても語ってくれない、ということですね。ここは、依頼料だけとって、相手が素人なのをいいことにほとんど仕事をしない、何の説明もしない実在する弁護士のパロディかもしれません。

弁護士曰く、請願書は大事だけど、最初に出した請願書はほとんど読まれることなく放置される。しかし、本当はどうだかわからないようです。

――もっともこの最後のことは、私もただ噂で聞いたにすぎない。いずれもみな、遺憾なことではあるが、正当な理由がぜんぜんないわけでもないのだ。どうかこの点に注意してほしいのだが、訴訟手続は公開のものではないのであって、裁判所がそうする必要があると考えれば公開されうるものだが、法律自身としては、公開すべきであると規定しているわけではない。だから裁判所の書類、とくに起訴状は、被告と弁護人には見ることのできないものとなる。そのため一般には、なにに対して最初の請願書をむけるべきであるかがわからないし、すくなくともはっきりはわからないのだ。

訴訟手続（Verfahren）や起訴状（Anklageschrift）が公開のもの（öffentlich）でないなんて近代法ではあり得ないですね。それだったら、訴訟手続や起訴状の意味がなくなるし、被告（der Angeklagte）と弁護人（Verteidigung）がその内容を知らなかったら、裁判にはなりえません。当事者が知らないうちに判決が下されることになるわけですから。「請願書 die Eingabe」をどこに出すのかさえわからなかったら、弁護士は仕事のしようがないですね。もっとおかしな話になっていきます。

というのも弁護側は、本来法律で認められているものではなく、ただ黙認されているにすぎないからだ。そしてその点を規定している法律の条文から、すくなくとも黙認という形がよみとりうるものかどうかという点についてさえ、論争があるのだ。したがって厳密にとれば、裁判所によって公認された弁護士などは一人もいないのであって、この法廷に弁護士として登場するものは、すべてみな三百代言であるにすぎない。もちろんこれは弁護士全体にひどく不名誉な影響を与えている。あなたがこのつぎ裁判所事務局に行くときには、一度後学のために、弁護士室を見ておくのがよかろう。そこにより集っている連中を見て、きっとびっくりするにちがいない。弁護士たちにあてがわれた天井の低いせまい部屋からして、裁判所がこの連中に対して抱いている侮蔑《ぶべつ》の念をあらわしているのだ。小さな天窓からだけ光の入ってくる部屋なのだが、この窓が異常に高いところにあるので、外を見ようとすれば、まず背中にのせてくれる同僚をさがさなければならない。それに窓とはいっても、すぐ目の前にある煙突の煤《すす》が鼻にとびこみ、顔をまっ黒にしてしまうところなのだ。この小部屋の床には——もうひとつだけこういった状態の実例をあげておくが——すでに一年以上も前から穴があいており、人一人が落ちこむほどではないが、片足はすっぽりはいってしまうほどの大きさなのである。弁護士室は、屋根裏の二階にある。だからだれかが穴に落ちこむと、その足が屋根裏の一階にぶらさがって出る。

フルトの言う通りだったら、弁護士は慣例的に法廷で弁論をすることを許されているけれど、裁判官も、もしいるとしたら検察官もそれを聞く義務はなく、したがって、反論する必要もなく、弁護士の請求に従って証拠調べや証人尋問などの手続きを進めたり、期日を決めたりする必要もない、ということになりますね。弁護士が司法制度の正式のメンバーでなく、法的に拘束力のある影響を「訴訟」そのものに及ぼせないのなら、何のための弁護士への依頼なのか、疑問に思うというか、根本的に不安になってしまいますね。前近代の刑事司法では、弁護士が正規のメンバーでないということもありましたが、自動車や電話がある、恐らく、第一次大戦前後という設定なのに、弁護士が訴訟に正規に参加できない制度になっているのはヘンですね。現実的に弁護士が重んじられていないという話なら、リアルな感じがしますが、司法の制度に正式に入っていないというのは、あり得ないですね。この世界の司法はどんなシステムになっているのか、本当にわからなくなってきます。ただ、追い詰められた素人が、弁護士の説明を聞いていると、そういう印象を受けて、パニックになる、ということならあり得なくはないでしょう。そういう司法の薄気味悪さを演出するくだりなのでしょう。

光が高い天窓からしか入ってこない屋根裏部屋の、下の階へと突き抜ける穴の開いている「弁護士部屋 Advokatenzimmer」に押し込められているというのは、いかにも「三百代言 Winkeladvokat」にすぎない〝弁護士〟の地位の低さを表すように思えますが、これまでの流れからすると、むしろ貧困層の住むアパートの「屋根裏」で運営されているシステムにふさわしいというか、そういう怪しいシステムに寄生しているシステムのようにも思えますね。ちなみに〈WinKeladvokat〉は直訳すると、「隅っこ（Winkel）の弁護士（Advokat）」で、もともと資格を持たないで、隅に隠れて弁護士の仕事をしている人、今の日本の法律用語で言うと、非弁行為をしていた人を指す言葉で、その後、能力が低いという意味でモグリの弁護士を指す言葉になったようです。この〈Winkeladvokat〉という言葉の語源に関するもう一つの説として、もともと「隅」を意味するドイツ語〈Winkel〉ではなくて、鎖とか縄などの拘束道具を意味するラテン語〈vinculum〉から来たという説もあるようです。この「弁護士部屋」の描写は、この言葉に含まれる、隅っこに潜んでこそこそしているとか、鎖につながれて、刑務所や拘置所に入っている怪しい人たちのために働いている、自分たちも半ば拘束されている人たちといったニュアンスを反映しているのでしょう。

一七四～七五頁にかけて、司法のシステムの中に正式の位置を占めていないにもかかわらず、弁護士たちは裁判官への「個人的なつて die persönlichen Beziehungen」を通して様々な働きかけをしている、買収をしたり、いろんな情報を聞き込んだりしている、ということですね。彼らは裁判所の下部組織のルーズなところ、「すきま Lücken」に入り込んでいるわけです。当然、上の方に食い込んでいる弁護士と、あまりつてがない弁護士がいるわけで、フルトは自分はごく少数の特別な弁護士だというわけです——自称なので、当てになりませんが。法学用語で、想定外の事態であったため、法律に適用できる条文がないこと、法体系に穴が開いていることを、「法の欠缺 Gesetzeslücke」と言いますが、それを擬人化しているのかもしれません。

弁護士は裁判官から、自分の依頼人に関するいろんな情報を引き出しますが、それとは全然違った決定がなされることもあって、それについては予測できないということです。これではますます、弁護士に依頼する意味がなくなりそうですが、弁護士は、弁護側にも一定の強みがあることをほのめかします。

むしろある点では連中のほうが弁護側を頼ってきているのだ。この点に、その当初からしてすでに、秘密裁判だけしか行なってこなかった裁判組織というものの、欠陥があらわれているのである。役人たちには民衆とのつながりが欠けているのだ。普通の中程度の訴訟に対してならば、彼らにもじゅうぶんのかまえができている。こういう裁判は、自ら軌道の上を転がってゆき、ときおり衝撃を加えてやりさえすれば、それでことがすむからだ。しかし、ひどく簡単な場合とか、あるいはとくにむつかしい場合になると、彼らはしばしば途方にくれてしまう。夜も昼もなくたえず法律に束縛されているため、人間関係というものに対する正しい感覚がないのだ。ところが、こういった場合にこそ、恐ろしく痛痒《つうよう》を感ずるのが、この人間関係に対する正しい感覚の欠如なのである。そうなると連中は弁護士のところ

> に助言を求めにくる。そして、彼らの後ろには小使が、普通ならば極秘である書類をたずさえているというわけだ。この窓ぎわには、こうしてじつに思いがけない人がよくあらわれたわけで、その連中は、まったく処置ない面持《おもも》ちで、おもての通りをながめており、そのあいだにこちらが、なんとか彼らにいい助言を与えられるようにと、机について書類を研究したものである。それはともかく、ちょうどこういう機会にわかることなのだが、連中は彼らの職務というものを、おそろしくまじめに考えており、彼らの性質上克服することのできない障害にぶつかると、大きな絶望にも陥ってしまうのである。彼らの立場というものは、そのほかの点でも楽なものではない。

裁判官は訴状や判例を読んで、判決を書くという事務仕事ばかりしていて、外の現実との接点があまりないというのは、現代でもよく聞く話ですね。それを自覚しているので、弁護士を通じて世間と接点をもとうとしているのだ、それが弁護士の強みだとフルトは主張しているわけですが、これも怪しいですね。だって、現実離れした書類操作だけで仕事ができるのに、なんでわざわざそうする義務もないのに、弁護士経由の情報に依存する必要があるのか。

この後、請願書を出すとか人間関係を築く等で、良い影響を与えることができるかもしれない、と弁護士は言いますが、裁判の本質は人間関係の連鎖なのでしょうか。しかし、その人間関係自体がひょっとして全て病んでいるのではないか、という印象さえしてきます。弁護士は裁判組織がどうなっているかの説明を延々と続けます。一八一頁を見ると、一度ある弁護士に依頼した依頼人はずっとその弁護士を頼るしかないが、ある時、急に訴訟が弁護士の手の届かないところに行ってしまい、その後は、勝ったのか負けたのかさえわからなくなる、などと言っています。ただ、そうやって弁護士がもはや何もできなくなるケースというのは極めてまれで、Kの件はまだそうはなっていない、などと、いかにも依頼人の気が遠くなりそうな話を延々と続けます。

> とにかくしかし、まだなにひとつ失われてしまったというものはないのである。そして、あんなことがあったにせよ、事務局長さえ味方にすることがうまくゆくならば――このためにもういろいろなことに手をつけているのだが――、ことがらは――外科医の言うところの――清潔な傷となったわけで、大いに安心して来たるべきものを待つことができるのである。

「清潔な傷eine reine Wunde」というのは、細菌に感染して壊死していないので、治りが早い傷のことを言うようです。そういう診断をしているわけですが、どうしてそう判断できるのかという根拠はなくて、単に弁護士がそう評価しているだけでしかありません。システム自体が病んでいるとしか思えないような話が続くなか、医学的な表現が出てくるのは意味ありげですね。直接的な引用の形を取ってはいませんが、病人だったはずのフルト弁護士がよくこれだけ、無意味なことをしゃべり続けられるなあ、という感じですね。

こんなふうな話をえんえんとつづけて、弁護士はつきるところを知らなかった。たずねてゆくたびにくりかえされる話だった。いつでも、進歩が見られたというのだったが、どんな進歩であるのかは知らせてもらえなかった。あいもかわらず最初の請願書を作っているのだったが、それがいつまでたってもできあがらなかった。Kがつぎにたずねてゆくと、このできあがっていないということ自体が、たいていの場合大きな利点とされてしまっているのだ。そして、このまえは書類を提出するのに非常にぐあいの悪い状況だったからだ、こういうことは予見できないことなのだ、と言うのだった。

ここまで来ると、もう実際には何もしていないのをごまかしているとしか思えませんね。弁護士の語る司法は、ものすごく歪なシステムですが、素人を騙すための弁護士の大げさな作り話と思えば、さもありなん、という気がしますね。もっとも、銀行員の幹部職員であるKに、そういう作り話が多少とも通じるとすれば、かなりヘンな状況です。

こういう話が更に一八五頁の終わりまで続きます。一八四頁を見ると、弁護士を訪ねていくと、必ずレーニがお茶を出すふりをして、弁護士の隙を見てKの手を握り締めてくれるのが慰めになった、という話が出てきますが、まるでコメディみたいなシーンです。ごく普通に考えると、弁護士が気付かないはずがありません。

「罪」と「負債」

自分でのり出すことが絶対に必要だった。こういった冬の日の午前のように、いっさいのものがただ無気力に頭のなかを通りすぎてゆくひどい疲労の状態にいると、かえってまたこの確信が避けられないものとなるのだった。以前は訴訟に対して軽蔑の念を抱いていたのだが、もうそれは通用しなくなった。自分一人が世の中にいるのであれば、こんな訴訟を無視することも楽にできたろう。もっともまた確かなのは、一人でいたらこんな訴訟などはおよそ起きなかったであろうということだ。しかし、もう今となっては、叔父が弁護士のところへひっぱっていったあとであり、身内の立場も考えなければならなかった。彼の立場はもう訴訟の経緯から完全に独立したものとは言えなかった。彼自身が軽率にも、一種の説明のつかない満足感を覚えながら、知人たちのまえで訴訟の話にふれたし、なぜかはわからなかったがほかの人たちも、訴訟のことを知っていたのだ。ビュルストナー嬢との関係も、訴訟のいかんにつれて動揺しているようにみえた――要するに、訴訟を受け入れるか拒否するかという選択権は、もう彼の手のうちにはなかった。彼はそのまっただなかに立っていたのであり、身を防がねばならなかったのだ。疲れれば悪いにきまっていた。

「冬の日の午前」に「無気力に（willenlos）頭のなかを通りすぎてゆくひどい疲労の状態（Müdigkeit）」というのは、さほど文学的な感じのしない、どちらかというと、わかりやすい表現ですね。「冬の日の午前」だけでなく、年中この状態が続くと、社会生活が難しくなってしまいますね。ただ、普段の生活とも仕事とも関係のない、面倒なことが急に起こると、現実逃避してこういう気分になることがありますね。普段やっていることは一応続けるけど、面倒ごとを意識せざるを得ない場面が来ると、急に倦怠感に襲われて、ぼうっとして時を過ごしてしまう。「訴訟 Prozeß」を、できるだけ無視したい面倒事として捉えているわけですね。

　ただ、そうだとしても、「自分一人が世の中にいるのであれば wäre er allein in der Welt gewesen」「こんな訴訟などはおよそ起きなかったであろう daß dann der Prozeß überhaupt nicht entstanden wäre」という理屈は奇妙ですね。そもそも、彼には身に覚えがないのに、知らないところで「訴訟」が始まったのだから、たとえ彼が世間の人とあまり関わりを持たないで、孤独で生きてきたとしても、「訴訟」が起こらなかったとは限りません。無論、これが「訴訟」ではなく、精神病理学的あるいは社会病理的な「プロセス」であれば、話は別です。ただ、人間関係から生じる病理的な「プロセス」だとしたら、なおさら、彼自身の意志でコントロールできないのではないか、という見方もできます。人間は、自分の無意識や前意識をコントロールできないですから。原文にある〈Welt〉という言葉は、英語の〈world〉と同じ意味で、「世界」という意味もあります。ひょっとすると、この「世界」に彼だけが存在しているとすれば、という独我論的な想像をしている可能性もありますね。話の続き方からすると、直接的にはそういう哲学的な意味合いで言っているのではなさそうですが、多少は、そうしたニュアンスもあるでしょう。

> Kが話していないはずの、ビュルストナー嬢たち、周りの人が「訴訟」のことを知っていた。
>
> ⇩
>
> この〈Prozeß〉が実際の「訴訟」であれ、病理的な「プロセス」であれ、彼の人間関係、彼の対人的キャラを変動させる「プロセス」であることを暗示。
> ※〈Prozeß〉を受け入れる（annehmen）か、拒否する（ablehnen）かの選択権（die Wahl）を少なくともある時点まで持っていたということは、Kが、K自身がこの〈Prozeß〉を招き寄せ、自分の態度によって継続させ、周囲の人を更に強く巻き込むことになったということ。

Kが「知人」たちに自分から「訴訟」について語り、彼が話していないはずのビュルストナー嬢たち、周りの人も「訴訟」のことを知っていたというのは、この〈Prozeß〉が実際の「訴訟」であれ、病理的な「プロセス」であれ、彼の人間関係、彼の対人的キャラを変動させる「プロセス」であることを暗示しているのでしょう。〈Prozeß〉を受け入れる（annehmen）か拒否する（ablehnen）かの選択権（die Wahl）を少なくともある時点まで持っていたということは、Kは、K自身がこの〈Prozeß〉を招き寄せ、自分の態度によって継続させ、周囲の人を更に強く巻き込むことになったということになりますね。

「疲れれば悪いにきまっていたWar er müde, dann war es schlimm」、というのが文脈から浮いているように見えてわかりにくいですが、「疲れれば」の主語は「彼」で、「悪い」というのは、この段落の冒頭の「冬の日の午前」の無気力な疲労状態のようになることを「悪い」と言っているのでしょう。文法的に言うと、英語の仮定法に当たる接続法Ⅱ式ではなくて、単純な過去形になっているので、それを踏まえて正確に訳すと、「彼が疲れていたのであれば、それは悪いことなのだった」、となるでしょう。つまり、「プロセス」が進んでいく中で、いろんな人間が絡んできて、彼は今までのように何でも一人で判断して行動するわけにはいかなくなったので、彼が疲れてしまった、つまり冬の午前のような気分になったので、「プロセス」に巻き込まれてしまったのは、彼にとってよくないことだ、という意味でしょう。「プロセス＝訴訟」に深く巻き込まれてしまって、もはや引き返せなくなっている、という普通の人にとっては――リアルな訴訟だとしても、精神崩壊の過程だとしても――人生が変わるほど大変なことのはずなのに、冬の午前に何となくだるくなるのが同じレベルで扱われているのが、このくだりの面白いところでしょう。

もっともここ当分はあまりひどく心配することもなさそうだった。銀行では比較的短期間に現在の高い地位にのぼり、みんなから重んぜられながら、この地位を守ることができたのだ。今はただ、こういうことを可能にしてくれた能力を、すこしばかり訴訟のほうにふりむけさえすればいいのである。そうすれば、うまく決着をつけられることは疑いない。なにかいい成果をあげたいと思うなら、なによりもまず必要なのが、自分にはもしかすると罪があるのかも知れないという考えを、頭から否定してかかることだ。罪などはないのだと思わなければいけない。訴訟とはいっても、これも自分が今まで銀行のために取りむすんで、しばしば利益をあげてきた大きな取引きのようなものなのだ。

自分が有能な銀行員だから、訴訟だって本気でやればどうにかなる、というのは、自分は有能だと思っている人が漠然と考えがちなことですが、これは「俺はまだ本気出してないぞ」、という、臆病と裏腹の幼稚な強がりですね。こういうことを考えているというのは、まだ余裕があると見るのが普通ですが、

「罪」：〈Schuld〉＝もともと、「負債」とか「負い目」という意味。経済的交換に関係する言葉。ニーチェが、『道徳の系譜』（1887）で指摘して以来、現代思想でしばしば、「負債」から「罪」という概念が生じたことの意味が論じられてきた。→第１回講義参照

Kのこれまでの言動からすると、本人の認識が〝現実〟——他の登場人物の言動や、K自身の言動の変化から「現実」だと推測できるもの——から乖離していることが多いので、本当に余裕があるのかわかりません。

自分に「罪 Schuld」があるかもしれないという考えを否定するというのは、通常だと、単に強気になる、ということでしかありません、先ほどの「一人でいたらこんな訴訟などはおよそ起きなかったであろうということだ」という言い方からすると、「プロセス」は彼の心のなかで、あるいは、彼の心を軸に進行しているので、彼が自分の心のなかで「罪」を完全否定すれば、「罪はない」ことになる、という話をしているのかもしれません。

「罪」の原語の〈Schuld〉ですが、これはもともと、「負債」とか「負い目」という意味です。経済的交換に関係する言葉です。「罪」は経済的なニュアンスを持った概念なんですね。ニーチェ（一八四四―一九〇〇）が、『道徳の系譜』（一八八七）で指摘して以来、現代思想でしばしば、「負債」から「罪」という概念が生じたことの意味が論じられてきました。Kの勤め先が銀行であることは、経済的にエリートに属する人たちが勤めている、法律と関係が深い企業であるという以上の意味はなさそうな感じでしたが、ここで「銀行」と、「訴訟」が少なくとも、意味論的につながってきましたね。銀行は、「負債 Schuld」を「債権 Forderung」あるいは「信用 Kredit」という形で流通させ、経済を回す機関です。銀行員として有能であるということは、〈Schuld〉をうまく処理して、債務不履行が生じないようにすることです。銀行制度が発達している近代国家では、実際には流通している札や硬貨の何倍もの額が、銀行口座の「債権／債務」の形で存在していることによって、言い換えれば「負債」の連鎖によって経済が回っているわけですが、その負債を全て消去すれば、国家経済は破綻します。金融システムは、この小説でカリカチュア的に描かれている、一度始動したら、止まらなくなる「訴訟＝手続き＝プロセス」を変更するための、弁護士などを介した、様々なミニ「手続き」によってどんどん膨れあがっていく、「プロセス」の連鎖としての司法システムに、何となく似ていますね。実際、司法の手続きを介して、「債権／債務」は回っています。

「銀行」→「訴訟」という意味論的なつながり。

〈Schuld〉＝「金融」と「司法＝裁き」を結ぶキーワード
銀行は、「負債 Schuld」を「債権 Forderung」「信用 Kredit」という形で流通させ、経済を回す機関。
※銀行員として有能であるということは、〈Schuld〉をうまく処理して、債務不履行が生じないようにすること。
※※一度始動したら、止まらなくなる「訴訟＝手続き＝プロセス」を変更するための、弁護士などを介した、様々なミニ「手続き」によってどんどん膨れあがっていく、「プロセス」の連鎖としての司法システムに、何となく似ている。実際、司法の手続きを介して、「債権／債務」はまわる。

金融関係のドイツ語には、
信仰と関係している言葉がいくつかある。

・〈Kredit〉あるいは英語の〈credit〉は、「信仰」「信条」を意味するラテン語〈credo〉から来ている。
・「債権者」を意味する〈Gläubiger〉は、「信仰」を意味するドイツ語〈Glaube〉に由来。「信仰者」という意味も。
・「債務者」は〈Schuldner〉で、「罪 Schuld」を負っている人というニュアンスを帯びる。
※「罪人」という意味で通常使われるのは〈Sündner〉という別系統の言葉。
「債権法」：〈Schuldrecht〉、「債務証書」：〈Schuldschein〉、「債務関係」：〈Schuldverhältnis〉、「債券」：〈Schuldverschreibung〉。

カフカ自身、法学博士で、「保険会社」や「労働者障害保険協会」といった金融関係に勤めているので、司法－金融の二重システムと無関係ではありません。カフカが、現代的な金融システムまで実際に念頭に置いていたかどうかは定かではありませんが、〈Schuld〉という概念を「金融」と「司法＝裁き」を結ぶキーワードにしているのは間違いないでしょうし、私たち読者がカフカの寓意的な表現から、現代的な寓意を引き出すのは不当ではないでしょう。

金融関係のドイツ語には、信仰と関係している言葉がいくつかあります。例えば、〈Kredit〉あるいは英語の〈credit〉は、「信仰」「信条」を意味するラテン語〈credo〉から来ています。「債権者」を意味する〈Gläubiger〉は、「信仰」を意味するドイツ語〈Glaube〉に由来していて、まさに「信仰者」という意味もあります。「債務者」は〈Schuldner〉で、「罪 Schuld」を負っている人というニュアンスを帯びています――「罪人」という意味で使われるのは、〈Sündner〉という別系統の言葉です。「債権法」が〈Schuldrecht〉、「債務証書」が〈Schuldschein〉、「債務関係」が〈Schuldverhältnis〉、「債券」が〈Schuldverschreibung〉。

とにかくKは弁護士を切りたいという気になりますが、そうすると自分で請願書を作成して、それを裁判所に持っていって、受理してくれるよう役人たちに頼み込まないといけなくなるかもしれない、裁判所で見た他の被告たちのように、毎日裁判所の廊下に座ってじっと待ち続けなくてはならなくなるかもしれない……、と考え込むことになります――考え込んでしまう時点で、全然能力を発揮できていないことになりますね。

そうやって二時間ほどを不毛に過ごして、一一時になっていることに気がつきます。そこで、銀行に二人の大事な客筋が来ていることを知らされます。その最初の客が工場主です。工場主は恐らく新しい事業計画を説明するのですが、Kは訴訟のことで頭が一杯になっていて、うわの空で聞いた挙句、「むつかしいですね Es ist schwierig」と言ってしまいます。自分にとって話を聞き続けるのが難しいと言ってしまったのかもしれませんが、当然、工場主は、事業計画に融資するのが難しい、と言ったと取ります。そこへKとライバルにあるらしい「支店長代理 Direktor-Stellvertreter」が入ってきて、Kがぼうっとしている間に工場主と話をし、自分の部屋に連れていきます。これは現実の企業小説でもありそうな場面ですね。

それでKはまた一人になるのですが、案の定、訴訟と銀行の業務の両立についていろいろ考え込みますが、一九六頁を見ると、工場主がまたKのところに来て、「いやな秋ですね」と声をかけます。工場主は書類入れを叩いて、ここに契約書が入っているも同然です、と言って、支店長代理を誉めますが、その書類を見せようとはしないので、Kはそれを疑います。これは割と普通の、ビジネス上の駆け引きですね。

――「業務主任さん」と工場主は言い、「きっとお天気のせいで気分がすぐれないんですね？　今日はずいぶんふさいでいらっしゃるようにお見うけしますが」

「そうなんです」とKは言い、手でこめかみをおさえた。

「頭痛です、家庭の心配で」

「まったくですな」とせわしげな人間で、だれの言うこともおちついて聞けない工場主が言った。「だれでもおのが十字架を背負わなければならんのです」


「十字架 Kreuz」というのは、ごく普通に読めば、単なる大げさな表現ですが、この「プロセス」に、妙に神秘的なヴェールがかかっているところ、キリストの受難を思わせるようなところがあり、先ほど「負債＝罪 Schuld」が出てきたことなどからすると、何かを暗示しているように見えますね。


「あなたは訴訟にかかりあっておられますね？」

Kはあとずさりして、間髪をいれず叫んだ。

「支店長代理が言ったんですな！」

「いやとんでもない」と工場主は言い、「支店長代理が知っているわけはないじゃありませんか」

「じゃあなたは？」とKは言ったが、もうぐっとおちつきを取りもどしていた。

「裁判のことはときおり耳にしますんでね」と工場主は言い、「お知らせしようと思ったのもそれなんですよ」

「ずいぶんたくさんの人が裁判所と関係があるんですね！」とKはうなだれて言い、工場主を机のところにつれて行った。


確かに、支店長代理が余計なことを言ったのなら、いかにもありそうな展開ですが、どういう経路で、Kの日常にほとんど目立った変化を与えていない「訴訟」のことが、普段はKと接点のない工場主にまで伝わっているのか。Kの「逮捕」がこういう曖昧な形でなく、普通の意味での逮捕だったら、銀行の取引先全てに伝わっていておかしくありませんが。少なくともK自身は、裏屋根の「裁判所」という、社会のいろんなところに浸透しているシステムが、思っていた以上に広く浸透していることの証拠だと、端的に言えば、工場主も一味だと受け取ったようです。「裁判所」の原語は〈Gericht〉ですが、ドイツ語で「最後の審判」を〈das Jüngste Gericht〉と言います。抽象的に〈Gericht〉と言うと、「最後の審判」を暗示しているように聞こえます。英語だと〈Last Judgment〉、フランス語だと〈Jugement dernier〉なので、裁判所に当たる〈court〉や〈cour〉という言葉を使っても、「最後の審判」を暗示している感じには聞こえません。

画家ティトレリと「完全に堕落した」少女たち

工場主は、裁判所関係の肖像画を描いていて、それをもって「裁判所の仕事をしている er arbeite für das Gericht」と自称するティトレリという人物の話をします。ここで、先ほどの弁護士の家で見たという、裁判官の肖像画とつながってくるわけです。Kは工場主から紹介状をもらうと、他のお客さんには今日はもうお会いできませんと告げさせて、その日のうちにティトレリを訪ねます。

彼が住んでいるところは、裁判所とは反対方向ですが、やはり郊外で、裁判所界隈より貧しい地域だということですね。画家の住んでいる家からは気持ちの悪い液体が湯気を立てて噴き出し、鼠が近くの溝に逃げ込もうとしていたということですから、かなり汚い印象ですね。しかも、ティトレリの住まいは「屋根裏部屋」です。

> 空気もひどく重苦しく、階段室というものがなくて、せまい階段が両側の壁にはさまれており、その壁のほとんどてっぺんのところに、ところどころ小さな窓がついていた。

裁判所事務局よりももっとひどいという印象ですね。屋根裏部屋にしか通じていないのに、「ところどころに小さな窓 nur hier und da …… kleine Fenster」が付いているというのも妙ですね。どんな構造になっているのか想像しにくいですね。

> ちょうどKが少し立ちどまったとき、二、三の少女が部屋からとび出して、笑いながらいそいで階段をかけのぼって行った。Kはゆっくりそのあとについて行ったが、つまずいてほかの者からとり残された一人の娘に追いついた。二人並んで階段をのぼりながら、Kはこの娘にたずねた。
> 「ティトレリという絵かきさんがここに住んでいる？」
> 十三になるかならぬかだろう、いくらか猫背のその少女は、そう聞かれると片方のひじでKをつついて、横から彼の顔を見あげるのだった。こんなに若くて不具でもあるのに、この娘はもう完全に堕落してしまっていた。にこりともしないで、うながすような鋭い視線でKの顔を見つめているのだ。

どうしてこんなところに、「少女たち kleine Mädchen」がいるのか、と思ってしまいますが、彼女たちも女性です。ビュルストナー嬢→洗濯している女＝廷丁の妻→レーニとエロティックさが上昇していって、ここでまた別の場所が出てきたので、更にエロティックな女性が登場しないといけない感じになるわけですが、単純に、より露骨に好色な女性となると、売春婦か色情狂のような女性を出すしかなくなりますが、それだと平板なエロスになってしまうので、子供の見せるエロティックな仕草という意外なところへ持って行ったのでしょう。子供の方が、それほど過激な仕草ではなくても、普通と違う様子を見せれば、エロティックな感じがすることがありますね。これから訪ねていく画家の家に出入りしているらしい一三歳くらいの少女でさえ「完全に堕落 ganz verdorben」しているとしたら、Kの見ている世界は、屋根裏部屋の訴訟＝プロセス・システムに密かに支配されているだけでなく、いたるところで彼の性的欲望を刺激するものが作用しているということになるでしょう。障害を負っていることで、余計にエロティックな感じが際立っているのかもしれません。それにしても顔を見ただけで、「完全に堕落」しているとわかってしまうというのは、どんな顔なんでしょう。

二〇七〜八頁にかけて、この子を含んだ女の子たち全員の様子が述べられていますが、「子供らしさと放縦さとの混合 eine Mischung von Kindlichkeit und Verworfenheit」と表現していますね。別にセックスに誘うようなことをしているわけでもなく、キャッキャ騒いでいるだけなのに、「放縦さ」とはどういうことか？　Kがいたるところに、性的なものを感じるようになってしまっただけ、という可能性もありますが、これから明らかになるように、少女たちがしょっちゅうティトレリの屋根裏部屋に出入りしているとすると、確かに淫らなことを連想しますね。どうして女の子たちがそんな所に出入りするのか、まさかみんな美術好きというわけでもないだろうに。逮捕前のKの下宿部屋がそうであったように、屋根裏に代表される狭い閉鎖空間に、性的欲望が蓄積していて、それが外に溢れ出している。無論、少女たちの存在自体が、Kの妄想である可能性もあります。

Kはティトレリの部屋に入りますが、開いたドアから少女たちが入り込もうとして、ティトレリがそれを阻止します。先ほどの娘だけが画家の腕をすり抜けて入ってきますが、彼はその女の子のスカートを摑んで捕まえ、他の少女たちの見ている前で振り回します。Kにはそれがなれ合いのように見えます。一三歳くらいの女の子相手にそんなことをしたら、確かにエロティックですね。

ティトレリの部屋は、とてもアトリエといえないくらい小さくて、幅も長さも大股で二歩以上はなかった、ということですが、そこにベッドといろいろな寝具が壁際にあり、部屋の真ん中に画架があるということですが、それでどうやって仕事をするのか、という感じがしますね。ベッドと画架を置くスペースは辛うじてあったとしても、忍び込んできた女の子を振り回すような余分なスペースがあるのか、やはり空間が歪んでいるのか、という印象を受けますね。

工場主の紹介状を見せますが、それを見たティトレリは、絵を買いに来たのか、肖像画を描かせるために来たのか、と聞きます。Kは工場主がちゃんと用件を書いていなかったのではないかと心配になりますが、Kは画架にかかっていた絵が、弁護士のところで見た絵に似ていることに気付き、それが話のきっかけになります。

二一三頁を見ると、椅子の背にかかっていた絵のことが話題になっています。

「これは正義の女神です」と画家が最後に言った。
「それでわかりましたよ」とKは言い、「ここに目かくしの布があるし、これが秤《はかり》だ。でもかかとに翼がはえていて、飛んでいるところじゃないんですか？」
「ええ」と画家は言い、「たのまれたんでこうかかなくちやならなかったのです。これは正義の女神と勝利の女神とをいっしょにしたものです」
「あまりうまい取り合せじゃありませんね」とKはほほえみながら言い、「正義の女神はじっとしていなくちゃなりません。さもないと秤がゆれて、正しい判決ができなくなってしまいますよ」

カイロス

ヘルメス

裁判の話なので、「正義の女神 die Gerechtigkeit」が出てくるのは当然として、そのイメージに「勝利の女神 die Siegesgöttin」が混ざっているところがミソです。ただし、「正義の女神」の翼が生えているのは足ではなく、背中です。かかとに翼があるというので思い浮かぶのは、「瞬間」とか「機会」という意味での——つまり連続性としての時間（クロノス）とは違う意味での——「時間」の神であるカイロスと、サンダルに翼のある、伝令神ヘルメスですが、いずれも男性神です。

ティトレリの説明によると、裁判官をどう描いていいかは決まっているけれど、一人ひとりの裁判官の要望にしたがって、実際に座っている椅子よりも立派な椅子に座っているように描くことは許されているようです。そうやって地位のヒエラルキーははっきりさせながら、椅子などの描き方を実際より美化することで、個人的な見栄も満足させてやっていたとすると、屋根裏の裁判所システムは、意外と巧みな表象のポリティクスを展開していることになります。この後の会話で述べられているように、画家は「公に認められた地位 eine öffentlich anerkannte Stellung」を持っているわけではないけれど、そのおかげでより強い影響力を発揮できる可能性があるということですね。システムの表象のポリティクスを調整する役割を担っているとすれば、そう言えるでしょう。ひょっとすると、弁護士よりも影響力を持っているかもしれませんね。

こうして絵をながめていたために、画家は仕事の意欲をそそられたものとみえ、寝巻の袖をたくしあげて、パステルを何本か手にとった。Kが見ていると、そのパステルのふるえる先端の下で、裁判官の頭に接したところに、赤味をおびた陰影ができあがり、これが画面のふちにむかって光のように消えてゆくのだった。この陰影の戯れは、しだいに頭を取りまいてゆき、まるで飾りででもあるか、それとも高い栄誉のしるしででもあるかのようだった。正義の女神像のまわりのほうは、わかるかわからないくらいの色づけをしてある以外は明るいままだったが、こうしてまわ

> りが明るいために、その像がとくにとびだして見え、もう正義の女神とも思えなければ、勝利の女神とも思えず、まるでもうすっかり狩猟の女神のように見えるのだった。画家の仕事は、思っていたよりもKをひきつけた。しかしそれでも最後になって、もう自分は長いことここにいるのに、自分自身のためには実のところなにひとつしていないではないか、と気がとがめるのだった。

実際に、裁判官を取り巻く赤いアウラが自然と浮かび上がってくるように見える絵だとすれば、ものすごい技量ですが、これは例によって、画家の部屋の空気に影響されてKが幻影を見ているだけかもしれません。

「勝利の女神」とイメージが混じっていた「正義の女神」が、「狩猟の女神 die Göttin der Jagd」、つまりアルテミスのように見えるというのが興味深いですね。有名なアマゾン族は、アルテミスを信奉しているとされます。アルテミスは処女神ですが、水浴びをしている彼女の裸を見たせいで鹿に変えられ、自分の犬たちに咬み殺されるアルタイオンの逸話など、処女性のせいでかえってエロティックなイメージのある女神です。アルテミスは、「放縦な少女たち」を暗示しているかもしれませんし、勝利の女神と合体したアルテミスのイメージは、公平中立を保つべく、秤を傾けないようにじっとしている司法ではなく、むしろ、自らが狙いを付けたターゲット＝生贄の所に自分の方から押しかけ、どこまでもしつこく追いかけてくる、というKの逮捕以降の「プロセス」の基本的性格を暗示しているようにも見えます。

こんな話をしている間にKにとって部屋の空気がだんだん「息苦しく drückend」——文字通りに訳すと、「圧迫してくる」——なってきました。部屋のストーブはついていないのになぜか暑苦しい。「部屋のむし暑さ (die Schwüle) はまったく説明のつかない (unerklärlich) ものだったのである」。また、妙な現象が起こっているようですね。

> Kはこれにはなにも言わなかったが、彼が不快になったのは、暖かさというよりも息のつまるようなよどんだ空気のせいだった。この部屋にはもう長いこと風を入れたことがないにちがいなかった。こうした不快さをますます強めたのは、画家がこの部屋にたった一つある椅子に自分ですわって、画架の前にがんばってしまいながら、Kにはベッドにすわるようにと頼んだことである。それにまた、なぜKがただベッドのはしのところに腰かけたままでいるのか、それを画家は誤解したようだった。とうとう、どうかお楽にしてくれと言い、Kがためらっているのを見ると、わざわざ足をはこんできて、彼をベッドと蒲団のなかにふかくおしこんでしまった。

結局、「息のつまるようなよどんだ空気 die dumpfe, das Atmen fast behindernde Luft」のせいにするわけですが、どうよどんでいるのか説明がないですね。裁判所の場合は、お役所的なよそよそしい雰囲気がよどんだ感じを与えたということで説明できそうでしたが、この画家の部屋の場合も、やはり裁判所的な雰囲気のことを言っているのか、それとも、少女たちと画家の淫らなじゃれ合いが生み出している雰囲気か、あるいは、単に建物の不潔さかはっきりしません。

　いずれにしても、Kに具合を聞かないで、ベッドと蒲団の間に深く押し込むというのはエロティックですね。同性愛的な感じもしますが、このベッドでティトレリと少女たちが淫らな行為を重ねた可能性があります。

　そうしておいて、ティトレリは「あなたは潔白ですか？ Sind Sie unschuldig?」（二一七頁）と尋ねます。また、〈Schuld〉ですね。こういう流れで、「罪がないのか」と聞くと、まるで、性的な話をしているように聞こえますね。

　二人が裁判所の話をはじめると、女の子たちが茶々を入れてきます。すると、ティトレリが意外なことを言います。

> 「この娘たちも裁判所のものなんです」
> 「なんですって？」とKは聞きかえし、頭をわきにのけて、画家の顔を見つめた。しかし画家のほうはまた椅子にすわり、半ば冗談ともつかず、説明ともつかずに、こう言った。
> 「なんでもかんでも裁判所のものですからな」
> 「そうとはまだ気づきませんでしたな」とKはぶっきらぼうに言った。
> 　画家が一般的なもの言いをしたので、娘たちのことを言われてみても、なんの不安も感じないですんだのだ。

　いろんなところで「プロセス」が進行しているので、誰がそれに関わっていてもおかしくない感じはしていましたが、さすがに「少女たち」が属している、というのは驚きますね。今まで裁判所に関わっていそうな人物は、裁判所の業務か、K本人に何らかの形で関わりを持っていて、Kに関するプロセスを進行させるのに一定の役割を担っていたわけですが、少女たちが裁判所に属するというのは一体どういうことなのか。裁判所が女の子たちを何に使うのか。裁判官の慰みものになる、とかぐらいしか想像がつきませんね。

終わりのみえない「プロセス」と「最後の審判」

　二二一頁以降、画家が裁判の仕組みを延々と説明します。彼は、Kが「釈放 Befreiung」を望むとしたら、三つの可能性があると言います。一つは「ほんとうの無罪 die wirkliche Freisprechung」。これができるのならそれに越したことはないが、それができる可能性はほとんどないし、被告の「潔白 Unschuld」であることそれ自体を頼りにするしかないので、ティトレリには何もできない。後の二つは、「見せかけの無罪 die scheinbare Freisprechung」と「ひきのばし die Verschleppung」です。この二つについてティトレリが説明する前に、この部屋には第二の小さいドアがあって、そこから裁判官が、ティトレリが不在だろうと寝ていようと構わず入ってくる、という話が出てきます。これは同性愛的なニュアンスを出すと同時に、裁判には裏があるということの暗示なのでしょう。それに続いて、息苦しくなったKが上着を脱ぐと、娘たちが「もう上衣を脱いじゃったわよ！ Er hat schon den Rock ausgezogen」、と騒ぎますが、これについてティトレリは、私があなたを描くと思ったのだと説明しますが、どうもこれから、ティトレリと裁判官たちが普段やっているような淫らなことが行われる、と女の子たちが期待して騒いだと取ることができますね。

「見せかけの無罪」というのは、まず、ティトレリが自分の父から伝授された様式に従って、「無罪」の「証明 Bestätigung」を書き、それを知り合いの裁判官に見せて回って、「署名 Unterschrift」をしてもらい、十分な数の署名が集まると、それを担当の裁判官のところまで持っていって、できれば、その裁判官にも署名をしてもらう、というものです。普通の感覚だと、単なる一私人の主観的な文書に、裁判官たちに、(職務としてではなく) 個人的にサインしてもらっただけなのだから、何の効力もなさそうですが、ティトレリに言わせると、「これはしかしたんに外面的な保証ではなく、拘束力のあるほんとうの保証なんですよ Das ist aber keine bloß äußerliche, sondern eine wirkliche bindende Bürgschaft」。これは、署名付きの証明書があれば、しばらくは大丈夫だということですが、本当の無罪宣告の時には破棄されるはずの訴訟の書類は廃棄されずどこかに残っているはずなので、最上部での決定があれば、いつまた「告訴 Anklage」の「効力が生じる in Wirkung treten」かもしれないということです。

「ひきのばし」の方は、「訴訟をいつまでも一番低い訴訟段階に引きとめる」、というものです。具体的には、担当裁判官のところにしょっちゅう出かけていって、担当裁判官と親しくなって、わざと書類の処理を遅らせてもらうわけです。ただ、ひきとめるにはそれなりの理由がいるし、裁判官も何かやっているというポーズを取らないといけないので、被告人は時々、裁判官の元に「出頭 sich melden」して、何かやっているように見せないといけない。

「見かけの無罪」は、かなりの手間をかけて、リスクを頂上の一点に絞るのに対し、「ひきのばし」は、その都度の手間はそれほどではないけど、同じようなことを繰り返さないといけない。いずれにしても、被告人はいつまでも不安につきまとわれるわけです。現実の普通の裁判であれば、裁判官の判断の正しさは別にしても、いつかはっきり決着が付くはずです。これは、裁判所の処理の遅れとか、弁護士を含めた裁判に関わるブローカーのような輩の怪しい行為を大げさにしたパロディなのか、あるいは、「プロセス」というのが徐々に進行する精神疾患か癌のようなもの、もしくは、人間が負っている罪のようなものを暗示しているのか。

Kはどうするかすぐには返答せず、すぐまた来ると言って彼の絵を三枚買うことにします。そして、二人がベッドの上にあがって、ドアを開けると、Kは愕然とします――多分、スペースがないので、ドアを開けるためにベッドの上にあがらないといけないということなんでしょうが、これまでの記述から推測される部屋の作りと辻褄が合っているのか疑問ですね。ティトレリは、それは「裁判所事務局」で、「裁判所事務局はほとんどどこの屋根裏にだってあるんです」、と言います。このアトリエももともと裁判所事務局のものだと言います。まるで、「裁判所事務局」というのが、人の心に潜む「罪」あるいは「良心」のようなもの、あるいは、精神分析で言う「超自我」みたいなものだと暗示しているみたいですね。

第八章――「最後の審判」＝「終末」

続く第八章で、Kは再び弁護士の家を訪問します。すると、下着姿で駆け出すレーニと、その相手をしていたらしいあごひげをはやした小男、ブロックという商人に出会います。ブロックも弁護士に依頼しているとのことです。Kがここに来たのは、弁護士を解約するかどうか相談するためだったのですが、商人と会い、レーニと話しているうちに、解約を決意します。ブロックは、Kが裁判所を訪問した時、待合室に座っていて、Kを見かけたと言います。ここ二〇年来、フルト弁護士に代理人になってもらっているというブロックは、フルトの他にも五人の弁護士に依頼していて、彼らに請願書を何度も出してもらい、裁判所の訊問を何度も受けたりしたが、よくわからない「プロセス」が延々と続いていること、裁判所の使いが店にやってくることなど、Kの「プロセス」がこれからどうなるか、先取りしているかのような話をします。Kは弁護士業界の妙な慣習についても聞かされます。

しかし、レーニによると、弁護士は、おしゃべりのブロックをかなりぞんざいに扱っていて、ブロックが来てますとレーニが取り次いでも、三日も会わなかったこともある、などといいます。また、超常現象っぽくなってきましたね。いくら弁護士の家にたくさん部屋があるといっても、嫌いな依頼人を三日間も居座らせ、レーニといちゃつかせておいて平気なのか、ブロックもその間一体何をしているのか、自分の商売はどうなっているのか。二七二頁で、ようやくKは弁護士と会い、解約の話を切り出します。Kは、叔父に言われて、訴訟に関する心配事を取り除こうとしてあなたに依頼したけれど……という感じで、普通の人であれば考えそうなことを口にします。それに対して、弁護士は意外と卑屈な感じで、自分たち弁護士の置かれている事情について説明しますが、Kの決心は変わりそうにないので、自分が普段どんなことをやっているのか見せてあげましょう、と言って、ブロックを呼びます。

弁護士はブロックに対して偉そうに振る舞い、ブロックはひざまずきそうになるくらい身を屈めます。恐らく、弁護士は自分が偉いということを見せつけたかったのでしょうが、常識的には逆効果ですね。Kもマインド・コントロール的なものを感じたようです。

> それでは、これが弁護士のやり口の効果なのだな。こちらは幸いなことに、長くはそれに身をさらさずにすんだのだが、これにかかると、依頼人はついにはこの世のことをすべて忘れてしまい、こんな邪道を通って、訴訟の終りまでひきずられてゆくことしか望まなくなってしまうのだ。これはもう依頼人などと言えたものではない。これは弁護士の犬だ。もし弁護士が犬小屋に入るようにベッドの下に這いこんで、そこから吠《ほ》えてみろと命じたなら、この男はよろこんでそうするにちがいない。

「プロセス」は、依頼人の精神を破壊して、裁判所の下っ端にすぎない、弁護士の奴隷のようにしてしまうわけです。確かに、訴訟＝プロセスが延々と続き、「プロセス」が自己目的化していくと、当事者の精神はバランスを崩して、自分が罪人であると感じさせるようになるかもしれません。結果的に、精神病理的なプロセス、神学的な罪意識の浸透のプロセスと重なってくるわけです。

二九三頁で、弁護士がブロックに言い放つ台詞が興味深いです。

> 「いちいち驚いてみせるんじゃない。そんなことをくりかえすようだと、もう全然うち明けてやらないよ。一言ものを言えば、そら最終判決がきたと言わんばかりに、人の顔を見つめるんだからな。このわしの依頼人のまえで、すこしは恥を知ったらどうだ！　わしに対するこの人の信頼までぐらつかせてしまうじゃないか。いったいなんだというんだね？　まだおまえは生きているし、わしの庇護《ひご》下にいるんじゃ。無意味な不安だ！　どこかで読んだろうが、最終判決というのは、多くの場合思いがけずにやってくるものなのだ。だれでもいい、そのへんの人の口をかり、いつでもいい、なにかの時にな。いろいろ留保すべきことはたくさんあるが、これはたしかにほんとうだ。

やってこないはずの「最終判決 Endurteil」の話をしているわけですね。しかも、思いがけず、いきなりやってくる。今さら言うまでもないですが、まともな訴訟ならあり得ないですね。まるで、「最後の審判」＝「終末」がいつ来るかわからない、と言っているように聞こえますね。何の覚えもないのに、急に「逮捕・告訴」され、恐らく死ぬまで、「プロセス」から解放されないであろう人にとっては、神によって予め運命が決められていて、それがいつ告げられるかわからない、という感じになるでしょう。

第九章――「掟の前」、法哲学と精神分析の視座から

第九章では、銀行にイタリア人の商売仲間がやってきます。

そのイタリア人は美術上の旧蹟に関心があるというので、ある程度イタリア語ができ、美術史の知識もあるKが案内することになりました。Kはイタリア語ができるはずですが、そのイタリア人の方言のせいなのか、ほとんど理解できません。それに対して、イタリアに駐在した経験がある支店長は、ちゃんとわかっている様子です。Kのプライドが傷ついた感じですね。

イタリア人は、聖堂に関心があるというので、とにかく聖堂で待ち合わせすることにします。イタリア人と大聖堂という組み合わせは、明らかにカトリックのですね。カフカにとっては、キリスト教のどの宗派かというのは大した問題ではないかもしれませんが。プラハが舞台だと思われますが、プラハには実際、聖ヴィート大聖堂という聖堂があります。

三〇二頁を見ると、レーニから電話がかかってきたので、Kが聖堂へ行くと伝えると、彼女は「聖堂へなんていったいまたなぜなの?」、と言います。Kが説明すると、「連中があなたをかりたてているんだわ Sie herzen dich.」と言います。レーニが本当のことを言おうとしているのだとすると、直接的にKの「訴訟＝プロセス」に関わっている連中だけでなく、想像を遥かに超えた規模で、彼をはめる陰謀が進行しているように聞こえますね。少なくとも、銀行の支店全体と、工場主やイタリアの取引先を含んだ、その取引相手全般と、大聖堂を管理しているカトリックの司教座……それくらいがグルになっていないと、Kを大聖堂にまでおびき出して、何かの罠にはめるということはできないでしょう。何か、ヨーロッパ規模の大陰謀が進行していて、知らないのはKだけ、という、映画『トゥルーマン・ショー』（一九九八）的な状況が連想されますね。そうなると、「カトリック」が意味を持ってきそうですね。「カトリック」というのは、「全体的」という意味のギリシア語〈καθολικός（katholikós）〉から派生した言葉です。カトリックの陰謀論というのは昔からあるようです。ただ、疲れ切ったKが、世界から包囲されているという被害妄想を抱いて、それをレーニに投影しているのだとしたら、むしろありそうな筋書きだとも思えます。

Kは聖堂に行きますが、約束の時間になってもイタリア人は見当たりません。そこでKは聖堂内に入っていって、絵や彫刻、装飾品を見学します。Kは説教壇の近くで、一人の僧侶を見かけます。その僧が、「ヨーゼフ・K！」と呼びかけます。


「あなたは告訴されているな」と僧は、これをとくに小さな声で言った。

「はい」とKは言い、「そう聞いています」

「それではあなたが私のさがしていた人だ」と僧は言い、「私は刑務所の教誨師《きょうかいし》だ」

「ああ、そうでしたか」とKは言った。

「私はあなたをここへ呼ばせたのだ」と僧は言い、「あなたと話すためだった」

「それは知りませんでした」とKは言い、「私はあるイタリー人に聖堂を見せるため、ここへやって来たのです」

――「枝葉末節のことはのべるでない」と僧は言い、[…]。

陰謀論的図式が〝現実味〟を帯びてきましたね。「教誨師Gefängniskaplan」という身分の設定がうまいですね。法のシステムと教会のシステムの中間地点にいるわけです。三一二～一三頁で、彼とKの間で、Kが〈schuldig〉かどうかというやりとりがありますが、これは法的な意味にも宗教的な意味にも取れますね。

三一六頁を見ると、教誨師は法の「プロセス」について勘違いしていると言って、その間違いを正すためだと言って、寓話を語ります。それが、カフカが以前に短編として発表していた「掟の前」です。作品内作品になっているわけですね。

「法の入門書には、この思いちがいについてこう書いてあります。掟《おきて》のまえに一人の門番が立っていた。この門番のところへ田舎から一人の男がやってきて、掟のなかへ入れてくれと頼んだ。しかし門番は、今は入ることを許すわけにはいかない、と言った。男は思案していたが、やがて、それではあとでなら入れてもらえるだろうか、とたずねた。『あとでなら入れてやれるかもしれない、しかし今はだめだ』と門番は言った。掟への門はいつものように開かれていたし、門番もわきのほうへ行ったので、男は身をかがめて門からなかをのぞこうとした。門番はそれに目をとめると、笑って言った。『そんなに入りたいのなら、わしの禁止にかまわず入って行ってみるがいい。しかし忘れないでもらいたいのだが、わしには力がある。しかもそのわしはいちばん下っぱの門番にすぎない。広間から広間へゆくごとに門番が立っており、その力はつぎつぎに大きくなってゆくのだ。三番目の門番となると、もうその姿は、このわしでさえ恐ろしくて見ていられないくらいなのだ』[…]」

ここまで『審判』を読んでくると、「門」が何を象徴しているかわかりますね。ただ、小説本体では、法＝掟（Gesetz）の方が「プロセス」という形で迫ってくるのに対し、ここでは、田舎から来た男の方がチャレンジしているわけですね。現代思想風に言うと、「審級」が多重化しているわけです。無論、普通の司法制度的な意味での審級ではありません。実際には、Kも田舎の男と同じで、本当は、Kの方が「法」にアプローチしようとして拒絶されているのに、イメージとして逆転させているだけなのかもしれません。

田舎から来た男はそこに居座り、門番の機嫌を取りながら数年間をそこで過ごします。彼は年を取り、「子供っぽくkindisch」なります――「もうろく」と訳されていますが、これは「子供っぽく」なった理由を考えての意訳でしょうが、こういうあまりリアルでないことが特徴の小説の場合、文字通りに訳した方がいいと思います。

「[…]そして何年も何年も門番を観察しているうちに、その毛皮の外套の襟に蚤《のみ》がいることも知ったので、その蚤にまで、自分を助けて門番の気を変えてくれるようにと頼んだ。ついに彼の視力はおとろえてきた。自分の周囲がほんとうに暗くなってゆくのか、それともただ目のせいでそう見えるだけなのかわからなくなった。しかし彼は今その暗やみのなかに、掟の扉から消しがたい一筋の輝きがさしてくるのを認めた。もう余命はいくばくもなかった。[…]『おまえは今さらなにを知りたいのだ? よくもまああきないものだな』と門番がたずねた。『みんな掟を求めているというのに、この長年のあいだわたしのほかにはだれひとりとして、入れてくれといってこなかったのは、いったいどうしたわけなのでしょうか?』と男は言った。すでに臨終が迫っているのを見てとった門番は、消えかけている聴覚にもとどくように、大声でこうどなった。『ここはおまえ以外の人間の入れるところではなかったのだ。なぜなら、この門はただおまえだけのものときめられていたのだ。さあわしも行って、門をしめるとしよう』」

三一九〜二七頁にかけて、この寓話をどう解釈するかをめぐって聖職者とKがやり取りをします。作中作を出しておいて、それについて作中の登場人物にコメントさせるというのは、昔からある手法ですが、この最初から、この物語で進行している「プロセス」は何かをめぐって、主人公が自問しているように見える作品で、それをやるのだから、かなり複雑なことになりますね。カフカ自身が、自分がテーマにしている「法＝掟」の「プロセス」とは何か自問しているのでしょう。

二人のやりとりの最初のポイントとして、「門番 Türhüter」が「田舎から来た男」が希望を持つように誤誘導したのか、というのがありますね。Kが騙したと主張するのに対し、教誨師の方は門番に未熟さゆえの落ち度はあったかもしれないが、「掟の内部の情景や意義 das Aussehn und die Bedeutung des Innern」についての基本情報に門番自身アクセスできていないので仕方ない、というような弁護の仕方をしていますね。これは小説本体では、フルト弁護士やティトレリの語る裁判の構造と彼ら〝仲介者〟の役割を、どう解釈するかという問題に関わってくるでしょう。

もう一つのポイントとして、この門が田舎から来た男専用で、彼の人生の最後に閉じられるよう定まっていた、という点です。これについて教誨師は、男が「自由意志で freiwillig」やって来たことと、むしろ門番の方が男に「従属している untergeordnet」ということを指摘します。教誨師はそれを門番を法哲学的に擁護するような形で、話していますが、第三者的にはむしろ、男自身が、自分の心の中に「門」を作ったのではないか、という話に思えてきますね。立場上仕方ないですが、Kは田舎から来た男の側、教誨師は門番の側に立って語っていますが、これはあくまで寓話なので、どっちかの立場に立つことにあまり意味はありません。気になるのは、むしろ実在する法律の寓話か、人間の良心とか道徳意識の寓話か、自我の成り立ちをめぐる精神分析的次元の寓話か、ということでしょう。恐らく、そのいずれでもあるのでしょう。

単純な法理論的な捉え方をすると、法であるなら普遍的なので他人にも自分にも同じように適用されるべきなのに、ここでは、適用されている法は門が個人ごとに異なる、というおかしな事態が気になりますね。これは、実際の法はそういう風にその場の都合で適当に適用される、ということの皮肉かもしれない。門が奥にいくつもあると門番が脅すのは、レベルの低い法律家の安っぽい権威主義、素人騙しの手口の皮肉と取れます。

あるいは、特定のタイプや地位にいる人間への皮肉というより、現代社会では、個人間のトラブルを処理する司法システムも国家を運営する官僚システムも、そして、それらに対応する

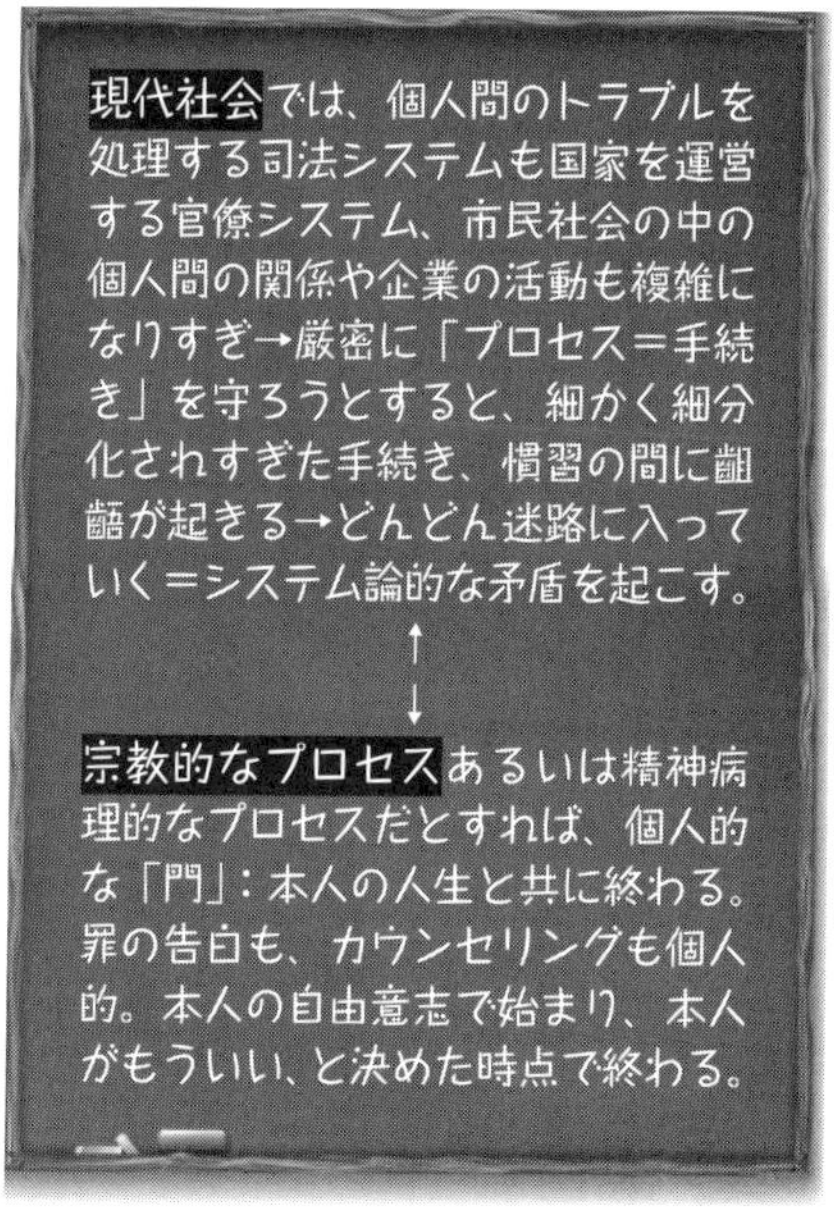
現代社会では、個人間のトラブルを処理する司法システムも国家を運営する官僚システム、市民社会の中の個人間の関係や企業の活動も複雑になりすぎ→厳密に「プロセス＝手続き」を守ろうとすると、細かく細分化されすぎた手続き、慣習の間に齟齬が起きる→どんどん迷路に入っていく＝システム論的な矛盾を起こす。
↕
宗教的なプロセスあるいは精神病理的なプロセスだとすれば、個人的な「門」：本人の人生と共に終わる。罪の告白も、カウンセリングも個人的。本人の自由意志で始まり、本人がもういい、と決めた時点で終わる。

市民社会の中の個人間の関係や企業の活動も複雑になりすぎて、厳密に「プロセス＝手続き」を守ろうとすると、細かく細分化されすぎた手続き、慣習の間に齟齬があり、どんどん迷路に入っていく、というシステム論的な矛盾を端的に指摘しているのかもしれません。

いろんなレベルでの社会的ニーズに合わせていろんな規則を作っていたら、ルール同士がバッティングして混乱するというのは、今回のアメリカ大統領選がいい例でしょう。今回はトランプの側が無茶を言っているのが比較的はっきりしていますが、二〇〇〇年の大統領選の時は、本格的に法的にもめましたね。票の数え方にクレームを付けて差し止め請求、あるいは数え直しを請求して、それに対する裁判所の判断について上級裁判所に訴えてということがいろんな州であり、それで集計が遅れたら、どうするか、ということについて議論が始まる。日本の一票の格差訴訟とかでも、違憲判決を真面目に受け取って、違憲の選挙で成立した現在に衆議院自体が違憲であり、そこで作られた公職選挙法自体が……と言い出したら、きりがなくなる。日本は適当にやっているから、どこかで収まることが多いけど、本気で手続きにこだわったら大変なことって、いくらでもあります。

それに対して、宗教的なプロセス、あるいは精神病理的なプロセスだとすれば、個人的な「門」になって、本人の人生と共に終わって当然です。罪の告白も、カウンセリングも個人的で

す。本人の自由意志で始まり、本人がもういい、と決めた時点で終わる。そう考えると、「門番」は、精神分析の自我とか超自我のようなものに思えてくる。章の最後の、教誨師の台詞をご覧下さい。

――「だから私は裁判所の者なのだ」と僧は言い、「ならばどうしてあなたに求めることがあろう。裁判所はあなたになにも求めはしないのだ。あなたが来れば迎え、行くならば去らせるだけだ」

この箇所の「教誨師」を「僧」と表現しているところもありますが、原語は〈der Geistliche〉です。ドイツ語では、「聖職者」のことを〈Geist〉的なものと表現するわけですが、〈Geist〉には、「精神」「亡霊」、そして「聖霊」といった意味があります。

第一〇章――「Kの死」、その意味するもの

最終の第一〇章では、Kが三一歳になる誕生日の前夜、二人の男がやって来ます。彼らが具体的に何なのか述べられていませんが、戸口で「儀式ばったことeine kleine Förmlichkeit」をします。Kには、彼らが何をしにやってきたかわかっていたようです。二人はKを捕まえ、連れ出し、石切り場のような場所に向かいます。

――手ごろな場所が見つかると、合図をして、もう一人のほうがKをそこへ連れて行った。採掘用の岩壁の近くで、そこには切り出された一つの石が横たわっていた。二人の男はKを地面にすわらせ、石によりかからせて、頭をその上にねかせた。二人もいろいろ努力してやってみたし、Kも彼らの意にかなうことをいろいろとやってみたのだが、それにもかかわらず、彼の姿勢はおそろしく窮屈で、信じられないようなものだった。そこで一人の男がもう一人の男に頼み、しばらくは自分一人にまかせてもらって、Kを寝かせようとしてみるのだったが、それでもやはりうまいぐあいにはいかなかった。とうとう彼らは、Kにある姿勢をとらせたままにしてしまったが、これは今までやってみたなかで、いちばんいい姿勢でさえもなかった。それから一人の男がフロックコートをひらいた。チッキにしめたバンドには鞘《さや》がかかっていたが、そこから彼は長いうすい両刃の肉切庖丁を取りだし、これを高くかかげて、月の光で刃をしらべてみた。またいやらしいいんぎんなお作法がはじまった。［…］彼のまなざしは、石切場に接した家の、最上階へとそそがれた。光がぱっと走るように、ある窓の扉がさっと開かれて、遠い高いところに、弱いうすい影ではあったが、一人の男がぐっと体をまえにのり出し、その両腕をなおもまえにさしのばした。だれだ？　友人か？　よい人間か？　事の参画者か？　助けようという者か？　たった一人なのか？　みんななのか？　助ける道がまだあるの

か？　忘れていた異議があるのか？　もちろん異議はあるのだ。論理はなるほどゆるがしがたいが、生きようと欲する人間には、その論理も逆らえないのだ。ついにおれの見なかった裁判官は、どこにいるのだ？　ついにおれのいたらなかった高級裁判所は、どこにあるのだ？　彼は両手をあげて、その指をぜんぶひろげるのだった。

しかしKの喉《のど》には一方の男の両の手がおかれ、もう一人は庖丁を、その心臓ふかくつきさして、二度そこをえぐった。かすんでゆくKの目には、彼の顔のまぢかに二人の男が、頬と頬とを寄せあって、決着をながめているそのさまが、なおも映った。

「犬のようだ！」と彼は言い、恥辱だけが生き残ってゆくようだった。

結局、法の正体が見えないまま、Kは肉切包丁で殺されます。最後は肉として処理されているわけです。人間も他の動物と同じように、最後はただの肉片になってしまうの当たり前ですが、このやり方は、死刑執行というよりは、生贄の儀礼ですね。アガンベンは、『アウシュヴィッツの残りのもの』（一九九八）で、Kが感じる「恥辱＝恥ずかしさ die Scham=la vergogna」――日本語で「恥辱」と訳すか、「恥ずかしさ」と訳すかで全く意味合いが変わりますね――を、アウシュヴィッツで極限的な状況に追い込まれ、人間らしく振る舞うことができなくなった囚人のように、人間の根底にある「非人間的なもの」、「剝きだしの生」に直面させられてしまうこととして解釈しています。

このラストについては他にも様々な解釈が可能でしょう。法の理不尽さ、合理性・普遍性を装いながら、時として、システムとしての自己を守るために、誰かを生贄に捧げる。派手に見せしめにするか、ひっそりと処理するかは違っても、本質は変わらない。あるいは、人間の生自体が、終わりの定まったプロセスであることの暗示とも取れます。動物に明確な自意識はなく、環境と一体となって自足していて、個としての自分の生／死など意識しない。自然から疎外されて、自意識を持つようになった人間は、自然との距離を「堕落」、その原因を自らの「罪＝負債」として認識するようになった。いわゆる犯罪を犯した時に、自分の「罪」＝自然あるいは神に対して負っている負債を、強烈に意識することになる。エデンの園で、誘惑に負けて「善／悪」を知ってしまった「罪」の報いとして、人間はいつか死なねばならない。その引き延ばしは可能だが、そのプロセスを完全に止めることはできない。

あるいは、肉体的な死というより、良心の呵責に耐えかねて、痛めつけられた自我が崩壊するという意味での「死」が問題になっているのかもしれません。その場合、「法」というのは、人間が自然あるいは神から離脱した時に犯した過ちがなにかを明らかにする基準ということになるでしょう。

訳者の辻氏は、実存主義的、宗教的な終末観を読み込んではいけないと言っていますが、どうしてもそういうものを読み込

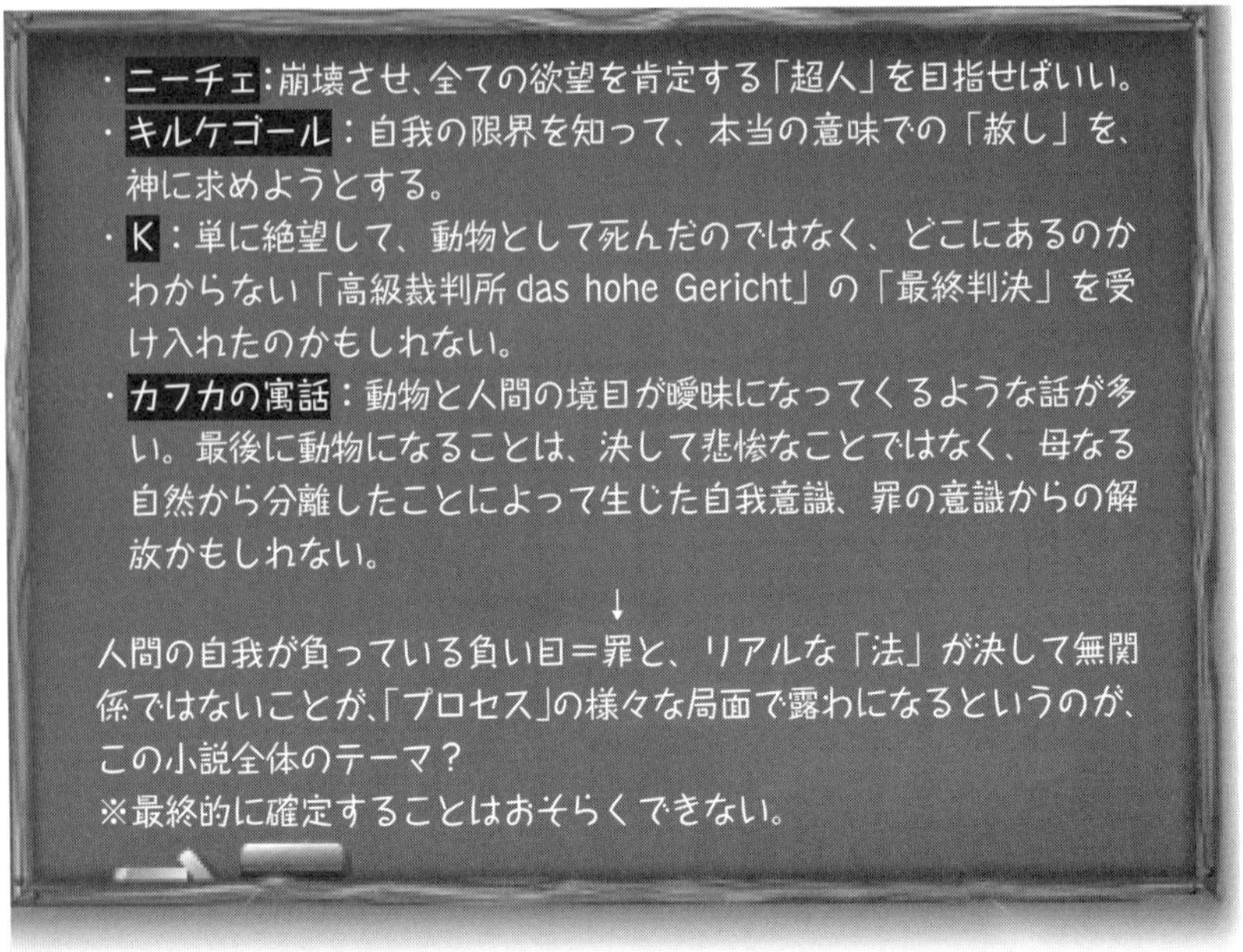
・ニーチェ：崩壊させ、全ての欲望を肯定する「超人」を目指せばいい。
・キルケゴール：自我の限界を知って、本当の意味での「赦し」を、神に求めようとする。
・K：単に絶望して、動物として死んだのではなく、どこにあるのかわからない「高級裁判所 das hohe Gericht」の「最終判決」を受け入れたのかもしれない。
・カフカの寓話：動物と人間の境目が曖昧になってくるような話が多い。最後に動物になることは、決して悲惨なことではなく、母なる自然から分離したことによって生じた自我意識、罪の意識からの解放かもしれない。
↓
人間の自我が負っている負い目＝罪と、リアルな「法」が決して無関係ではないことが、「プロセス」の様々な局面で露わになるというのが、この小説全体のテーマ？
※最終的に確定することはおそらくできない。

んでしまいがちですね。ニーチェの言うように、私たちの自己意識に負債を負っているという感情、それを責める良心が組み込まれ、これ以上罪を犯さないよう欲望を抑圧する心理的メカニズムによって成り立っているとすれば、ある意味、人として生きていること自体が息苦しい。普段はそれを意識の表面に浮上させないようにしているが、何かのきっかけで、抑圧装置が突破され、隠れていた欲望が溢れ出すことによって、人間としての「自我」を保っていくのが難しくなるかもしれない。そこで、ニーチェのように、そんなもの崩壊させてしまって、全ての欲望を肯定する「超人」を目指せばいい、と言う人もいるでしょうし、自我の限界を知って、本当の意味での「赦し」を、神に求めようとするキルケゴール的な人もいる。Kは単に絶望して、動物として死んだのではなく、どこにあるのかわからない「高級裁判所 das hohe Gericht」の「最終判決」を受け入れたのかもしれない。カフカの寓話では、動物と人間の境目が曖昧になってくるような話が多いですね。最後に動物になることは、決して悲惨なことではなく、母なる自然から分離したことによって生じた自我意識、罪の意識からの解放かもしれない。

いずれにしても、人間の自我が負っている負い目＝罪と、リアルな「法」が決して無関係ではないことが、「プロセス」の様々な局面で露わになるというのが、この小説全体のテーマでしょう。カフカの書き方は極めて多義的なので、どういう関係なのか最終的に確定することはできないでしょう。

■質疑応答

Q　三八七頁の「あとがき」にブロートによる編纂は問題が多い、とありますが、具体的にどういうことですか？

A　原稿が完成していないのに、それを一貫性がある物語として読めるようにしようとすると、誰が編纂しても異論が出ます。付録の部分を採用すべきだったかもしれません。しかし、全部カフカの手稿のまま出版したら、一般読者はついていけない。ブロートの場合は、彼が「シオニスト」、つまりパレスチナへのユダヤ人の帰還運動の活動家だったので、ユダヤ人のアイデンティティを強調する方向に編集したという批判があるわけですが、今まで読んできてわかったように、ユダヤ教神秘主義的にしか読めないようになっている、などということはありません。専門的に各箇所を細かく文献学的に解釈する必要があるというのでない限り、気にすることはないでしょう。プロは勝手に、自分で文献を調べて論文を書きます。

Q2　前回も今回も部屋の話がありました。私はプラハにあるカフカの家にも、フランクフルトのゲーテの家にも行ったことがありますが、カフカの部屋は小さく、ゲーテハウスは広大でした。ゲーテは、外との交流によって癒されますが、カフカは閉ざされた暗がりの中での葛藤があるように思います。ここでの罪は存在に対する罪だと感じました。『審判』には社会的なステイタスの話がたくさんあり、その他はお金、性的な描写が目立ちます。それらの共通項として、人を人たらしめているのが実は、〈Schuld〉だという発想があるのではないかと、お話しを伺いながら思いました。最後の石切場で殺されることで解放された、閉じ込められていた処からようやく解放されたという印象があります。

A2　ゲーテ作品では、部屋に閉じこもるというイメージは、『若きウェルテルの悩み』（一七七四）を除いてあまりありませんね。ウェルテルもどっちかというと、恋愛に敗れて、閉じこもりがちになって、自殺するという感じで、外で活動している間は、割と元気ですね。ゲーテの作品では、少なくとも表面上は、罪を隠したまま苦しむという感じはあまりありません。罪が犯されたこと自体は割と大っぴらで、それを社会の中でどう処理するか、処理しきれるかが問題になるパターンが多いと思います。『審判』のKは典型的ですが、普段は人間関係や空間を切り分ける――銀行の幹部としての顔、下宿人としての顔、叔父に対する甥としての顔、恋人に対する顔、街を歩く一市民としての顔……――ことで、罪を隠しておける場所を作っているけれど、その区別が徐々に崩壊している感じですね。

近代法は公私二分法によって成り立っていると言われます。他者との様々な関係を含んでいて、法的規制を受けることの多い公的空間と、自分自身だけ、あるいはごく親しい人だけが関係するので、可能な限り自由を認められるべき私的空間。一見、カフカとは関係のない話のようですが、本来、公／私の境界線を守ってくれるべき「法」が、率先して、私的空間、個人の部屋にまで侵入してくると、権利が侵害されることになるのは当然ですが、他人に知られたくなかった欲望、自分でも自覚していなかった欲望が噴出することで、人格的なバランスが崩れる。そして、それまでの人格が徐々に壊れていく「プロセス」が始まる。

「プライバシー権」は、他人に自分の私生活を勝手に見られないようにする権利ですが、私たちは、見られていると思った時点で、アイデンティティが変容し始めるのかもしれません。だって、普通は他人に注目されるなんてことないし、そんなこと意識しないから。他人が見ているかもしれないと意識し始めた時点で、別の人格になり始めているのではないかと思います。

最後に連れ出されて解放された、という解釈に私も基本的には賛成ですが、それは、それまで欲望の隠し場所があることで自我が保てていたのが、敷居が完全に無くなってしまった、ということかもしれません。テレビで、カミングアウトすると楽になる、という言い方をする芸人さんがいますが、強制的に暴露された場合もそうなのか。ユダヤ＝キリスト教的な文化の影響を強く受けて、「内面に罪を抱えること」＝「生きること」になっている人、まさにニーチェに、楽になれ、と言われそうな人っているのではないか、と思います。そこまで先鋭化していなくても、自意識の強い人、自分の存在自体が穢れのように感じる人だったら、それなりにいるような気がします。

ちなみに、この小説にホラーっぽい感じがあるのは、ホラーは基本的に狭い密室空間がないと、威力を発揮できないということと関係があると思います。フロイトの論文「不気味なもの Das Unheimliche」（一九一九）によると、「不気味なもの」とは、もともとは自分がよく知っているはず、身近なもののはずだけど、無意識の下に抑圧しているものが、表面に浮上する時に喚起される、情動です。自分の知りたくない部分に直面せざるを得なくなる。プライベートな空間は、「不気味なもの」を収めておく容器になっているのではないでしょうか。

Q3　この小説で描かれている「プロセス」の進み方が、精神病理学的に間違っていると思います。

A3　小説だということを忘れないで下さい。小説には準ノンフィクション的なものもありますが、これは自我が崩壊する精神病理学的プロセスを描いた小説ではありません。ここで進行している「プロセス」はいろんなものの「寓意」として読めて、その一つが精神病理学的プロセスだということです。

Q3　でも、ある程度科学的に正確に書かないと、誤解が。

A3　そんなこと言っていたら、メタファーや寓意を使った小説は非科学的でダメだということになります。それって、SFが科学的でないって怒っているのと同じですよ。そういう人は小説は読まないようにした方がいいでしょう。メンタルに悪いでしょう。

［講義］第3回

正体不明の抽象的なシステムらしきものへのアクセス――『城』前半

『審判』とのつながり

『審判』の主人公の名がヨーゼフ・Kであり、『城』の主人公の名もKということからうかがえるように、『城』と『審判』が表裏一体の関係にあることはよく指摘されています。読み進めると、実際両者が構造的に似ていることが明白になるでしょう。ただし対照的な部分もあります。『審判』は、「法」なる存在を代表する法廷がどこかにあり、それを代理する監視人なる者たちがKを逮捕しにやって来ました。しかしK自身は、基本的に自らの生活の場に留まっています。『城』では、Kは長官と呼ばれている存在に近付こうとします。Kは城から仕事を依頼されたと思っており、それを実行する責任を負っていると感じて、自分から動き続けます。

では、似ているのはどういうところかというと、主人公が正体不明の抽象的なシステムらしきものにアクセスしようともがき続けることです。『審判』では、罪（Schuld）を負わされたKが、「プロセス」を止めるべく「裁判所」の本体にアクセスしようとしますが、間にいろんなものが入り込んできて、近付いているのか否かがよくわからない状態が続きます。『城』では、Kには「城」が見えていますが、その中枢部に行かせてもらえません。Kは、仕事の依頼を受けて、「城」の近くまでやって来ます。しかしそれが本当に「城」からの依頼だったのか曖昧なままです。二つの作品はそれぞれ、「法」あるいは「権力」の不可視の連鎖を問題にしているけど、その連鎖の実体はいろんな様相を呈し、一つの見方に収束していかない。カフカ自身、答えを出せないのかもしれません。

『審判』では、「プロセス」に本当に関係あるのかわからない

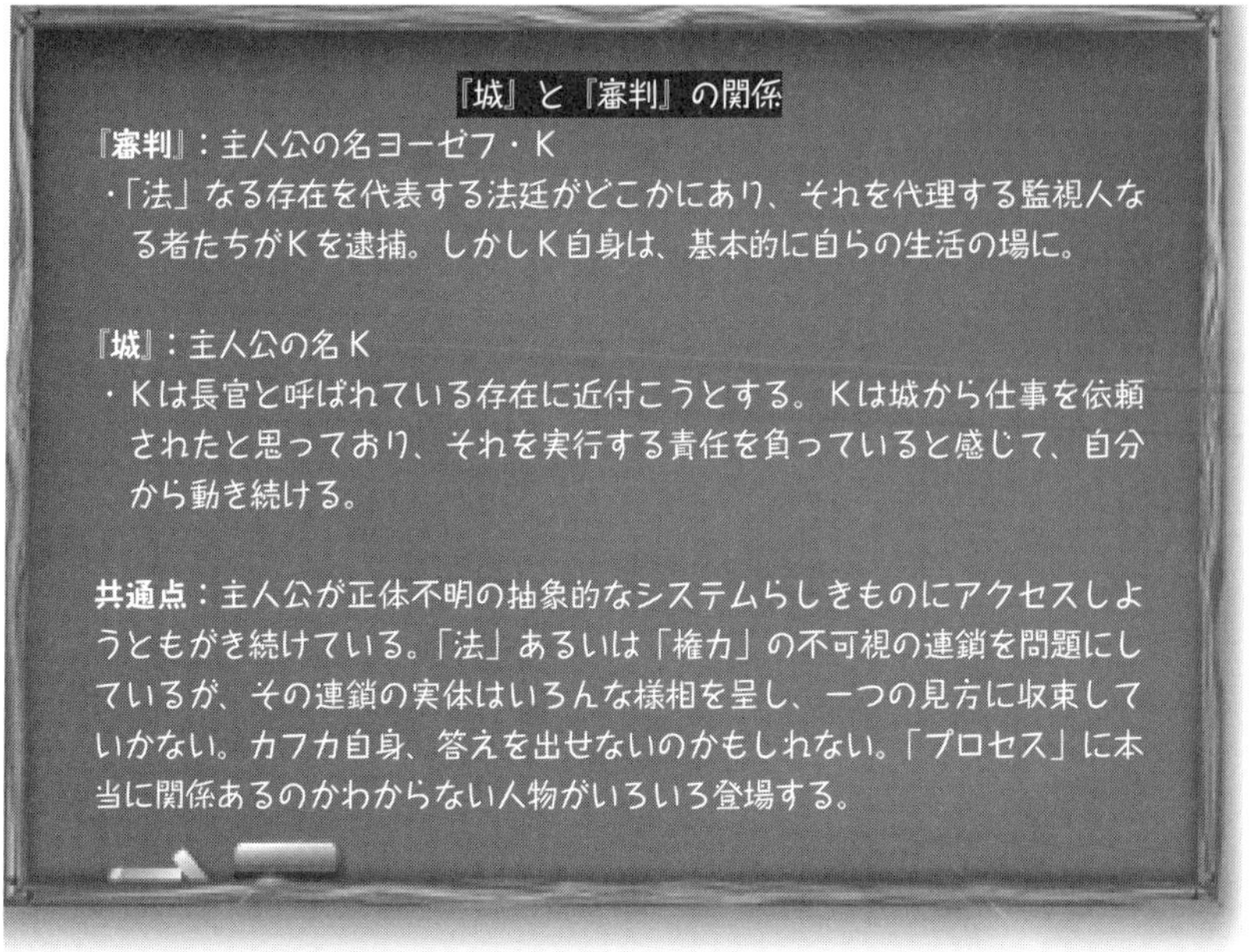
『城』と『審判』の関係
『審判』：主人公の名ヨーゼフ・K
・「法」なる存在を代表する法廷がどこかにあり、それを代理する監視人なる者たちがKを逮捕。しかしK自身は、基本的に自らの生活の場に。
『城』：主人公の名K
・Kは長官と呼ばれている存在に近付こうとする。Kは城から仕事を依頼されたと思っており、それを実行する責任を負っていると感じて、自分から動き続ける。
共通点：主人公が正体不明の抽象的なシステムらしきものにアクセスしようともがき続けている。「法」あるいは「権力」の不可視の連鎖を問題にしているが、その連鎖の実体はいろんな様相を呈し、一つの見方に収束していかない。カフカ自身、答えを出せないのかもしれない。「プロセス」に本当に関係あるのかわからない人物がいろいろ登場する。

人物がいろいろ登場しますが、特にKに身体的に接触する女性、性的なものを感じさせる女性が目立ちます。『城』の場合も、関係あるのかどうかよくわからない人たち、特に、妙にエロティックにKに関わる女性たちが出てきます。

『審判』もそうですが、『城』でも、同じようなパターンの話が何度も繰り返されます。レヴィ＝ストロース（一九〇八―二〇〇九）の神話分析みたいに、同じような設定、役割の人物のセットが、同じような出来事を、何度か反復する。ただし、ちょっとずつ設定がズレていて、そのズレによって話がどこかに向かって進んでいく。フランスの作家アラン・ロブ＝グリエ（一九二二―二〇〇八）の作品がそういう反復構造を特徴としています。ロブ＝グリエがカフカの影響を受けたことは知られていますし、実際、普通でない現象がリアルに生じます。

カフカの作品だと、具体的には、「プロセス」あるいは「城」に関係のありそうな人が登場し、主人公はその人から、どうやったら目標にアクセスできるか説明を受けますが、主人公が求めていた直接的なアクセスではなく、漠然としたやり方、目的を達成できたのかどうかよくわからない曖昧な説明を受けて、もやもやした感じで曖昧になる。しばらくすると、違う場所に行って同じようなことを繰り返す。

冒頭から読んでいきましょう。

　Kが到着したのは、夜もおそくなってからであった。村は、深い雪のなかに横たわっていた。城山《しろやま》は、なにひとつ見えず、霧と夜闇《やあん》につつまれていた。大きな城のありかをしめすかすかな灯《あか》りさえなかった。Kは、長いあいだ、国道から村に通じる木の橋の上に立って、さだかならぬ虚空《こくう》を見あげていた。

最初から、「城」を実体として見ることができないわけですね。何となく普通の話をしているようですが、吹雪で見えないというならまだしも、この描写からすると、一応雪は降り止んでいて、霧で覆われているということですが、霧ぐらいで、「大きな城 das große Schloß」が、それが建てられている山ごと見えないというのは妙ですね。どれほど濃い霧なんだ、という感じですね。日本語の「城」に当たるドイツ語には、〈die Burg〉と〈das Schloß〉の二つあって、〈Burg〉の方は、城砦としての城です。城の城壁に囲まれた区域の住民を〈Bürger（市民）〉と言います。〈Schloß〉はむしろ宮殿です。

　Kは泊まる場所を探して、宿屋に入りますが、開いた部屋はないけれど、酒場でもよければ寝かせてあげようと言われたので、わらぶとんを敷いてもらって横になりますが、すぐに起こされます。

都会風の身なりをし、俳優にでもむきそうな顔つきの、眼のほそい、眉毛《まゆげ》の濃い若い男が、亭主といっしょにKのそばに立っていた。百姓たちも、まだ残っていて、椅子《いす》をこちらに向けて、なりゆきを見まもっている様子であった。若い男は、Kを起したことを非常に丁重に詫《わ》びて、城の執事の息子だと自己紹介したのち、

「この村は、城の所領です。ここに居住する者や、この村に泊る者は、いわば城のなかに住み、あるいは泊るも同然です。それには、伯爵《はくしゃく》さまの許可がかならず要《い》ります。ところが、あなたは、その許可証をおもちでない、といって失礼であれば、すくなくともそういうものをご提示にならなかった」

村全体が、城主である「伯爵 Graf」の領地で、伯爵の許可証なしで泊ることは許されない。中世の封建領主みたいですね。「執事」と訳されている〈Kastellan〉は、もともと城を中心とした一定の領域の管理を君主・領主から任されている役職、日本の武家政治だと、「城代」と訳すのが適当な役職です。「城」を意味するラテン語〈castellanus〉から派生しています。それから転じて、邸宅の管理人という意味でも使われるようになった言葉です。おそらく訳者は、近代的な装いの管理システムだと想定して、「執事」と訳したのでしょうが、私は、わざと封建的な感じを出しているのではないかと思います。

「大きな城 das große Schloß」

「城」に当たるドイツ語：〈die Burg〉と〈das Schloß〉

〈Burg〉：城砦としての城。

城の城壁に囲まれた区域の住民を〈Bürger（市民）〉。

〈Schloß〉：宮殿。


　この城代の息子の台詞で妙なのは、Ｋが許可証を見せないで泊まろうとしたことを、なぜか既に知っているような口ぶりのことです。たまたま宿屋を視察に来て、寝ているＫを見て、宿の者に状況を訊ねて、知っていたという可能性がありますが、だとしても、普通の感覚なら、決めつける前に、「あなたは許可証をお持ちですか」と聞くでしょう。まるで最初から、Ｋがどういう風に宿屋にやって来たか知っていたかのような口ぶりですね。村全体を覆う秘密の管理網があるらしいことが暗示されていますね。Ｋが中世的、封建的な世界に迷い込んだとしたら、それ自体既にファンタジーなのですが、単純に古い世界ではなく、現代の監視社会を思わせる情報のネットワークがあること、ある意味ＳＦ的な要素もあることを匂わせているわけです。


　Ｋは、半身を起し、乱れた髪をなでつけると、ふたりを下から見あげながら、

「とんでもないところへ迷いこんでしまったようです。いったい、この村が城だとおっしゃるのですか」

　まわりの百姓たちのなかには、Ｋのほうにむかって頭を横にふる者もいたが、若い男は、「もちろんです」と、ゆっくり答えた。「ウェストウェスト伯爵さまのお城です」


　Ｋと、城代の息子の間に認識のギャップがあるようですね。先ほどお話ししたように、中世の都市には城壁で囲まれたものもあり、壁の内側を〈Burg〉と呼ぶこともありますが、〈Schloß〉には、建物としての宮殿という意味しかないはずですし、伯爵の領地としての村が、単に領地、封土であるというだけでなく、宮殿の一部という扱いになっているとすれば、それこそ壁とか関所のようなものを設置するか、少なくとも、「これ以降は、ウェストウェスト伯爵の城内なので、立ち入るには伯爵の許可状を要する」、というような看板を掲げるはずです。そういうものがなかったから、Ｋはそのまま宿屋に入ったのでしょう。百姓の中に、「頭を横にふる」ものがいたのは、彼らにとっても、ここが「城」かどうか本当は曖昧だということでしょう。

　それにしても、「ウェストウェスト伯爵 Graf Westwest」というのはヘンな名前です。〈Westwest〉なんて、ドイツ語の地名

にも苗字にも普通ありません。恐らく、「西に向かって」というようなニュアンスを出しているのでしょう。ドイツ語圏だと、こういう辺鄙な村落は、東の方、ハプスブルク帝国の端っこにありそうなイメージがありますが、わざとその逆の方向を強調している感じはします。伝記的には、カフカは、チェコの北部リベレツ州にあるフリートラント城の近くに滞在中に、この小説の構想を得たということですが、フリートラント城自体は、この後で出てくる、どこが城なのかと思わせる妙な描写と違って、普通のきれいなお城です。

測量師——土地を切り分ける者

Kを追い出そうとする若い男に反論します。

「お若いの、あんたは、いささかでしゃばりすぎたようですな。あんたの態度については、あすにでもまた話しあいましょうや。証人が必要とあれば、ここのご亭主とあちらにおいでのお客がたが証人だ。しかし、そのほかに、これだけは知っておいてもらおう。わたしは、伯爵さまに呼ばれてきた測量師だ。道具をたずさえた助手たちは、あす車で追っかけてくるはずになっている。わたしは、雪のために道中を遅らせたくなかったのだが、二、三度道に迷ってしまい、そのためにこんな夜ふけにやっとたどり着いたわけさ。お城へ到着を知らせにいくにはおそすぎるということぐらいは、なにもあんたに教えてもらうまでもなく、自分でも先刻承知していましたよ。こんな寝床で我慢しているのも、そのためだ。それをさえ邪魔するとは、あんまりきついことは言いたくないが、いいかげん礼儀を知らない人だ。言いたいことは、これだけです。では、みなさん、おやすみ」そう言うと、くるりとストーヴのほうを向いた。

「測量師だって」——ためらいがちにそうたずねる声が、まだしばらく背後にきこえていたが、やがてみんな静かになった。

「測量師」：土地を測量することを職業とする人
原語〈Landvermesser〉。
〈Land〉：「土地」や「国」という意味。
〈-vermesser〉：直接的には「測定する」という意味の動詞〈vermessen〉から派生した語。
〈Messer〉：「ナイフ」。
→〈Landvermesser〉には、「土地を切り分ける者」というニュアンスがある。

「城」の城代の代理としてKを追い出そうとする若者に対し、Kは伯爵の依頼を受けていると主張しているわけですね。つまり、この「城」の情報・指令系統が混乱しているか、Kが受け取った「依頼」がフェイクだったか、どちらかですね。普通なら、そんなことはすぐに決着が付くはずですが、その当たり前の決着が付かないので、物語が展開していくわけです。

「測量師」は、土地を測量することを職業とする人で、原語は〈Landvermesser〉です。〈Land〉は「土地」や「国」という意味です。〈-vermesser〉という部分は、直接的には「測定する」という意味の動詞〈vermessen〉から派生したわけですが、〈Messer〉には、語源的に別系統のようですが、「ナイフ」という意味があります。〈Landvermesser〉というのは、「土地を切り分ける者」というニュアンスがある言葉です。土地を切り分けることを職業とするKにとって、土地の切り分けに関してひどい混乱が生じているわけです。Kは、地図に従って伯爵の「城」の近くに来ただけのはずなのに、そこは既に「城」の内だと言われる。

もう少し深読みすると、「幾何学」を意味する〈Geometrie〉の語源であるギリシア語の〈γεωμετρία (geometría)〉は、「大地 γῆ (gê)」を「測定 μέτρον (métron)」するという語の作りになっていて、もともと「測地術」という意味でした。「測量師」は、幾何学的な思考、ドゥルーズ+ガタリが『千のプラトー』で使った表現だと、いろんな運動の線が多次元的に複雑に交差し合う「平滑空間 espace lisse」ではなく、碁盤の面のように整序された「条里空間 espace strié」（=「測地的な（métrique）空間」）

「幾何学」〈Geometrie〉

語源であるギリシア語：〈γεωμετρία (geometría)〉

「大地 γῆ (gê)」を「測定 μέτρον (métron)」するという語の作り。もともと「測地術」という意味。

「測量師」は、幾何学的な思考、ドゥルーズ+ガタリが『千のプラトー』(1980)で使った表現だと、いろんな運動の線が多次元的に複雑に交差し合う「平滑空間 espace lisse」ではなく、碁盤の面のように整序された「条里空間 espace strié」（=「測地的な（métrique）空間」）的な思考の創始者。

カフカと同じチェコ出身でユダヤ系の哲学者フッサール→「幾何学」がどのように成立するのかという問いは、フッサール哲学全体で大きな意味を持ち続ける。

「浮浪人」：〈Landstreicher〉：「土地 Land」という言葉が入っている。

〈Streicher〉は、「なでる」「さする」「かすめる」あるいは「うろうろする」という意味の動詞〈streichen〉から派生した名詞。
※Kは、「城」の領域を、かすっていくだけの「浮浪者」か、それとも、この領域を切り分け、その輪郭をはっきりさせる使命を帯びた「測量師」か、ということを示唆。

もしかしたら、カフカが読んでいたかもしれないフッサール

的な思考の創始者かもしれません――拙著『ドゥルーズ＋ガタリ〈千のプラトー〉入門講義』（作品社）をご覧下さい。カフカと同じチェコ出身でユダヤ系の哲学者フッサールには、測量術的なものから、抽象化された「幾何学」が生まれたことの意味をめぐる「幾何学の起原」（一九三九）という論文がありますし、「幾何学」がどのように成立するのかという問いは、フッサール哲学全体で大きな意味を持ち続けます。カフカがフッサールを読んでいたとは考えにくいですが、彼は言葉に敏感なので、「幾何学」という言葉のオリジナルな意味を意識し、そこからどうやってユークリッド幾何学的に構築された空間イメージが生じてきたかというフッサール的な関心を持っていてもおかしくはありません。空間知覚の歪みは、『審判』の重要なモチーフでしたね。

このKの台詞の少し前に、「若い男は、かんかんに腹をたてて、『まるで浮浪人の言いぐさだ！』と、どなった」（一一頁）とありますが、「浮浪人」は〈Landstreicher〉です。こちらも「土地」という言葉が入っていますね。〈Streicher〉は、「なでる」「さする」「かすめる」あるいは「うろうろする」という意味の動詞〈streichen〉から派生した名詞です。ここはドイツ語の言葉遊びになっていると思います。Kは、「城」の領域を、かすっていくだけの「浮浪者」か、それとも、この領域を切り分け、その輪郭をはっきりさせる使命を帯びた「測量師」か。

巨大な「城」組織

若い男は一応落ち着いて、電話で「城」に問い合わせようと言い出しました。そして、実際、電話で問い合わせます。Kは「なに、こんな田舎宿にまで電話があるのか。なかなか設備が行きとどいているわい」と思います。ただし、電話は彼が寝ている場所の、彼の頭上に近い所に取りつけてあるので、再び眠ったふりをしたKにとってはわずらわしかったということですが、電話のある位置が妙ですね。こういう小説なので、厳密に時代考証することはできません。少なくとも田舎の宿屋でも電話が存在しているほど、それなりに電話が普及している時代が想定されていそうです。電話がアメリカで発明されたのは一八七六年です。昔の電話はご存知のように交換手が繋ぐようになっていました。我々の知る電話が登場するのは第一次大戦以降です。

「城」と称されている領域を支配している官僚機構、伯爵の臣下の組織は、城の周囲の土地は、全て領主である伯爵のものであるというかなり時代遅れの観念を持っている反面、電話という文明の利器を使っているわけです。この後でも、「城」の使用人たちが、「電話」で連絡を取り合っている場面が出てきます。大げさな言い方になりますが、少し後に登場する、全体主義国家のような情報ネットワークがあるかもしれないことを示唆しています。『審判』でも電話が出てきますが、こちらは主として、Kに裁判所からの伝達を伝える役割を果たします。ただし、それがどんな声の人で、どういう風に伝えるのかは、物語の中で話題になりません。

一九八〇～九〇年代にドイツのポストモダン系の文芸批評をリードしたフリードリヒ・キットラー（一九四三―二〇一一）という人がいます。彼は文学とメディアの関係を重視し、メディアとの関係から文学作品を読み解くということをやっています。一番わかりやすいところで言えば、近代文学と、活字の普及に深い関係があることは明らかですね。活字の普及によって、読者層も作家もかなり広がると同時に、特定の人にだけでなく伝わる文体ではなく、平易な文体で書くことが前提になりますし、新聞や雑誌、啓蒙書など他の活字媒体で、人々の間での情報拡散・共有が進むので、市民たちが現に関心がある素材を選ぶことも必要になってきます。ゲーテ等の小説で、手紙を書いたり読んだりするシーンが多くありますが、中世では手紙が届くということが確実ではありませんでした。近代の郵便制度でそれが確実になります。すると、作品のなかで手紙を読み書きすることや、作品の一部、あるいは全体を書簡体にするということもなされるようになります。そして時代が下ると、電報が登場しますし、手紙を書く際にも肉筆ではなく、タイプライターを使うようになります。登場人物のコミュニケーション形態が変わってきますし、作品の文体も、電報とかタイプライターに対応した、簡素な形態になってきます。キットラーは、ブラム・ストーカー（一八四七―一九一二）の『吸血鬼ドラキュラ』（一八九七）を素材にして、ルーマニアのカルパチアの奥地の城に住んでいた吸血鬼が、新しい血を求めて、ロンドンに進出するために、弁護士のジョナサン・ハーカーに「手紙 letter」を書きます。彼の正体を知ったハーカーは、恋人のミナ・ハーカーやヴァン・ヘルシング教授等と協力して、ドラキュラの属性や居所に関する情報を収集し、追い詰めていきますが、その際に、手紙や日記などの従来の活字メディアの他、「電報 telegram, telegraph」や「タイプライター typewriter」が使われています。タイプで書いた文章を、「コピー copy」することも行われています。カーボン・コピーの技術は一九世紀の初めに発明されていたけれど、タイプライターが普及するまで、使い勝手が悪くてあまり使われていなかったようです。

『審判』と『城』に共通する要素として、電話という媒体では、相手が本当のところ誰か、特に直接会ったことのない人間の場合、確かめられないこと、そして、会話をしている二人以外は、その内容の真偽を確認できないことの二点が強調されているということがあります。ただし、普通とは逆の形で。普通だと、そんな話を通話相手に聞かされたら、あるいは、そんな話をし

『審判』と『城』に共通する要素としての「電話」

1. 相手が本当のところ誰か、特に直接会っていない相手の場合、確かめられない。
2. 会話をしている二人以外は、その内容の真偽を確認できない。

電話：情報を速やかに共有するという機能を果たすと同時に、命令を出している者の匿名性を高める働きもする。

ていると、通話していた人に聞かされたら、びっくりして聞き返すはずのところで、全然不思議がらないので、かえって際立つことになるわけです。現代では音声記録を取ることのできる装置や、盗聴装置がありますが、当時は勿論ありません。電話は、情報を速やかに共有するという機能を果たすと同時に、命令を出している者の匿名性を高める働きもするわけです。

Kは、「城」に定着できない〈Landstreicher〉なのか、その境界線が曖昧模糊とした「城」に秩序をもたらす〈Landvermesser〉なのか、「城」を維持し、動かしている官僚機構はどのような原則に従っていて、どのような指揮命令系統を持ち、どのように意志疎通しているのか、「城」とはそもそも何か、といった作品全体を導く問いが、こうやって最初に設定されたわけです。

測量師が到着したということは、重大ニュースなのである。調理場のドアがあいていて、大柄なお内儀《かみ》が、ドアの間口《まぐち》いっぱいに立ちはだかっていた。亭主は、事情を説明してきかせるために、爪《つま》さき歩きでそのほうに近づいていった。そのうち電話がつながって、話がはじまった。城の執事は、もう眠っていたが、下級執事、幾人かいる下級執事のひとりのフリッツ氏が電話に出た。シュワルツァーと名のった若い男は、Kを見つけたいきさつを説明した。ぼろぼろの身なりをした三十歳あまりの男で、小さなルックサックを枕《まくら》がわりにし、節《ふし》のあるステッキを手もとにおき、わらぶとんの上に安らかに眠っていました。［…］そして、あきらかに宿の亭主は彼の義務をおこたったわけですから、事情の究明をするのが、わたし（つまり、シュワルツァー）の義務でありました。男を起し、尋問をし、義務に従って伯爵領から追放するぞとおどかしましたところ、彼は、きわめてつっけんどんな態度をしめしました。

「測量師」が来るのがどうして、「重大ニュース nichts Geringes」——最近の口語で直訳すると、「しょぼくないこと」——なのかわかりませんが、やはり、単に「土地」の正確な測量をする人ではないことを暗示していますね。ただ、「シュワルツァー Schwarzer」——〈Schwarzer〉は「黒い人」という意味で、黒人の蔑称としても使われていました——の言い分が客観的かどうかわかりませんが、Kが「ぼろぼろの身なりをしたzerlumpt」というのが気になりますね。〈zerlumpt〉というのは、〈Lumpen〉の状態にするという意味の動詞〈zerlumpen〉の過去分詞形で、〈Lumpen〉とは、「ぼろきれ」のことで、浮浪人、前科者、香具師、屑拾い、女郎屋の亭主などまともな職についておらず、階級意識を持ちえない「ルンペン・プロレタリアート」とは、もともと、ぼろきれを着たプロレタリアートという意味でした。服装をあまり気にしない人かもしれませんが、「助手 Gehilfe」を複数使って仕事をしているプロが、ぼろぼろの身なりをして、カバンではなく、「小さなルックサック」を一つ持っているだけ、というのが気になりますね。

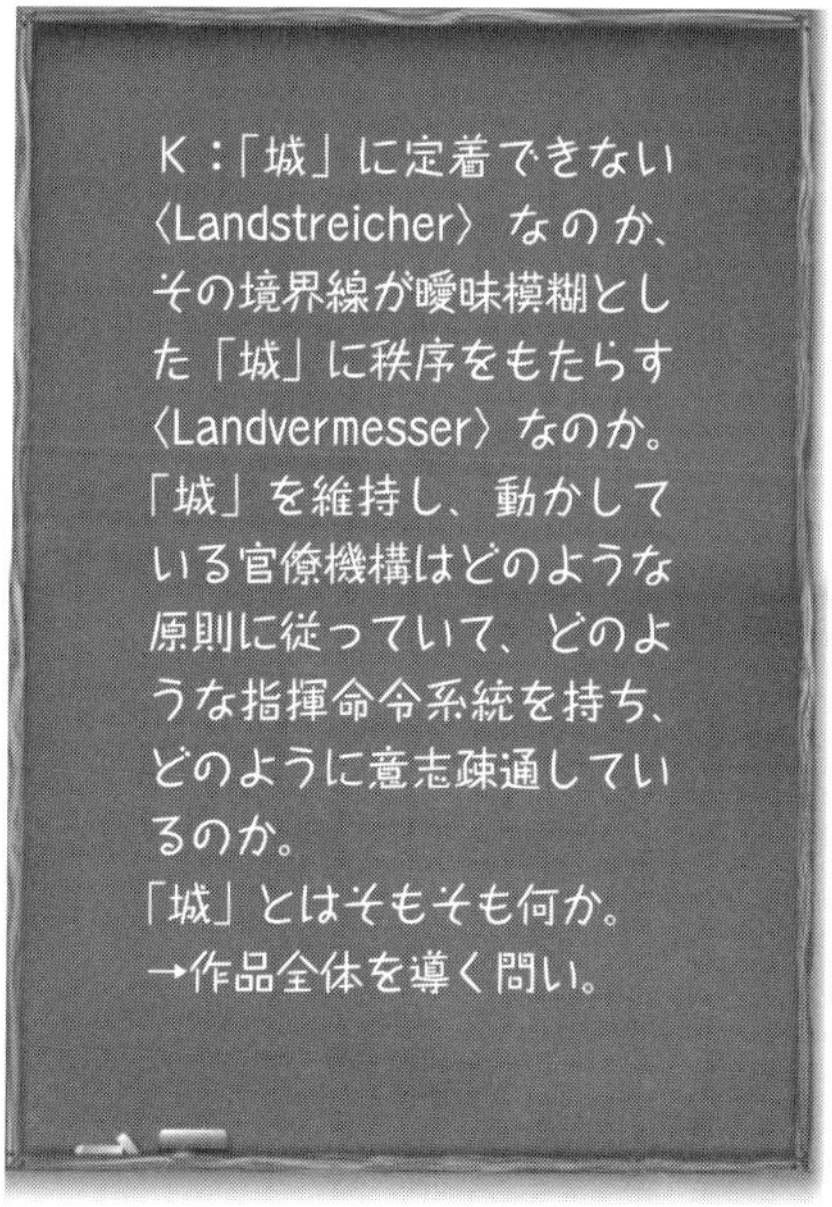
Ｋ：「城」に定着できない
〈Landstreicher〉なのか、
その境界線が曖昧模糊とし
た「城」に秩序をもたらす
〈Landvermesser〉なのか。
「城」を維持し、動かして
いる官僚機構はどのような
原則に従っていて、どのよ
うな指揮命令系統を持ち、
どのように意志疎通してい
るのか。
「城」とはそもそも何か。
→作品全体を導く問い。

「下級執事 Unterkastellan」あるいは「下級城代」という言い方が面白いですね。『審判』にも、「予審判事」と「身分の高い裁判官 ein hoher Richter」、「三百代言 Winkeladvokaten／小弁護士 Kleine Advokaten／大弁護士 große Advokaten」というように、組織の階層性が強調されていましたが、この「下級城代」の存在は、「城」が組織化されていて、「城代」がいなくても、組織が機能することを示唆しているように思えます。あと、細かいことですが、「電話」がつながるのに時間がかかるのは、やはり交換手が間に入るタイプのものだからでしょう。先ほどのシュワルツァーの発言の最後の部分は、伯爵の許可なく「城」の内部に入ることは許されない、というのは、ひょっとすると、単なる嚇しかもしれないことを示唆していますね。

　ただ、それとは別の可能性もあります。シュワルツァーの発言はもう少し続きます。

> 彼がそういう態度をとったのは、もしかしたら無理からぬことだったのかもしれません。といいますのは、彼自身の言によりますと、伯爵さまから任命された測量師だということです。いうまでもなく、彼の主張を確証することは、すくなくとも形式上の義務かとおもいます。それで、フリッツ氏にお願い申しあげるのですが、中央官房に照会していただき、ほんとうにそういう測量師を呼んであったのかどうかを確かめ、その結果をすぐに電話でお返事ください。

最初、シュワルツァーは「城」側の論理を一方的に代弁するだけの、無人格的な存在の、「掟の前」の門番みたいな感じかという印象を受けましたが、割と常識的な思考もする人間のように見えてきましたが、その代わり、この「城」は、「形式上の義務 formelle Pflicht」を守らねばならないフォーマルな組織だということが示唆されていますね。驚くのは、「中央官房 Zentralkanzlei」という大げさなものが存在するということですね。〈Kanzlei〉は弁護士や公証人の事務所を意味することもありますが、中央の官庁の事務局、日本の官庁用語で言うところの「官房」という意味もあります。もしこの「城」が独立の伯爵領で、君主である伯爵を支える官僚機構を備えているとすると、「官房」と訳してもおかしくありませんが、「中央」だというからには、複数の「官房」あるいは「事務局」があることになります。「城代」と複数の「下級城代」の他に、「中央官房」があるとすると、かなり大きな組織だと想像できます。「城」が単なる大きな屋敷のようなものだとすると、測量師に依頼したかどうかがすぐにわからない、というのはあり得ないですね。ちなみに、今のドイツやオーストリアでは首相のことを、〈Kanzler〉と言います。〈Kanzler〉は神聖ローマ帝国では、宰相という意味で使われていました。これに対応する英語の〈chancellor〉は、大法官あるいは財務大臣という意味です。

　電話がすむと、静かになった。城でフリッツが中央官房に照会しているあいだ、こちらは、その返事を待っていた。Kは、これまでの態度を変えないで、寝返りも打たず、まったく無関心そうな様子で、ぼんやりと前方を見つめていた。悪意と慎重さの入りまじったシュワルツァーの話しぶりから察するに、城ではシュワルツァー程度の小役人たちでもいわば外交的教養を身につけていて、それを自在に使いこなしているらしいことがわかった。それに、彼らは、勤勉さにも欠けていなかった。中央官房は、夜勤までしているのだった。それで、返事が来るのも、あきらかに非常に早かった。早くもフリッツから電話のベルが鳴った。その返事は、きわめて簡単なものらしかった。その証拠に、シュワルツァーは、憤然としてすぐさま受話器を置くなり、どなった。

「やっぱり、おれの言ったとおりだ！　測量師だなんて、まっ赤《か》な嘘《うそ》だ。下司《げす》な、嘘つきの浮浪人だ。いや、たぶんもっと質《たち》の悪い野郎だろう」

先ほどのシュワルツァーの発言だけからだと、「中央官房」という大げさな言葉を使っているだけで、実際には、伯爵に身近に仕えている特定の側近のことをそう言っているだけで、その人間もどうせ城代のように寝ているから、確かめるのは明日だろう、というようにも思えましたが、「中央官房」に一体何人くらいいるのかはわかりませんが、少なくとも、どういう命令が出されたのか確認できる担当者が夜間も勤めていることがわかりました。それに、下っ端の役人も一定の「外交的教養 diplomatische Bildung」を使いこなせるよう訓練されているよう

です。
　一番意外なのは、さっさと、はっきりノーの答えが出てしまったことですね。ところが、そう思っていたら、向こうから電話がかかってきて、シュワルツァーは長いこと話しこみます。

　「じゃ、間違いだとおっしゃるのですか。なんとも不愉快なことですね。局長が自分で電話をかけてきたのですって。そいつは、おかしい。どう考えても、妙な話です。測量師さんにどういって説明したらいいんです？」

「中央官房」の担当者の見解が、「局長 Bureauchef」の見解と食い違っていたことが判明したわけですね。「局長」の方から電話がかかってきたということは、何らかの形で、こういうトラブルが生じていることが、「局長」に伝わったということです。どういう経路で伝わったのか。ところで、この「局長」というのは、「中央官房」の局長ということなのか、それとも、「城」に別の部署があるのか。そこが曖昧ですね。後者だとすると、「城」の官僚組織はかなり巨大なものだと想像できますね。
　しかし、そもそも、このちぐはぐはどうして生じたのか。中央官房の夜勤にたまたまいいかげんな人間がいて、シュワルツァーに適当に答えをしただけなのか、複雑な組織なので、指揮系統の違いのせいで、矛盾した命令・情報が循環するということがありうるのか。先ほどの電話は、下級城代のフリッツからかかってきたもので、シュワルツァーの発言が嘘でなければ、フリッツが「中央官房」に問い合わせた結果を伝えてきたわけですが、今度の電話は誰からか、述べられていません。「フリッツ↔中央官房」のやりとりがおかしいと何らかの形で察知した「X↔局長」のやりとりがあり、そのXからかかってきた可能性もあります。あるいは、局長なんかいなくて、自分が勘違いしていたことに気付いた中央官房の担当者が訂正の電話をしただけかもしれないし、中央官房の担当者が言っていないのに早合点してしまったシュワルツァーが、電話がかかってきたのをいいことに、あるいは、自分の早合点がまずかったと反省したシュワルツァーが、誰かに電話をかけさせて、軌道修正しただけかもしれません。肝心のところが欠けているので、どういう組織であるかについて、いろいろ想像できてしまうわけです。

Kの謎

　いずれにしても、結構高位の人であると思われる「局長」がKを任命したことを認めたのであれば、Kにとって望ましい展開のはずですが、このことについてKがどう考えたかについての記述が妙です。

　これは、一面では、Kにとって具合のわるいことだった。というのは、あきらかに城のほうでは、Kについて必要なことを知悉《ちしつ》し、すでに両者の力の対比をとっくに計算ずみで、いわば微笑まじりの余裕をもって戦いに応じているか

らである。けれども、他面では、Kにとって都合のよい点もないわけではなかった。というのは、Kの考えでは、相手は彼の力を過小評価していて、彼としては、初めから自分が期待できたよりも多くの自由をもてるだろうことがあきらかだからである。また、Kを測量師として認定したことは、確かに相手の精神的優位をしめしているにちがいないにしても、このことによってKをいつまでもおどかすことができるとおもっているならば、とんだ考え違いというものだ。

どうして「具合のわるい ungünstig」のか？　普通に、工事業者とかを呼んでどこか修理してもらうとか、医者を呼んで治療してもらうのと同じような契約だと考えると、こういう発想は理解できませんね。理解できるとすれば、測量の仕事を規定どおりにやって報酬をもらうのが目的ではなく、「城」における勢力争いとか、組織再編、跡目争いのようなものに介入して、かき回してやろうというような意図があって、測量の仕事を引き受けるふりをしてやってきた、というような場合でしょう。そういう場合であれば、自分が何者かよくわからない状態のままにして、相手を不安にさせた方がいいでしょう。しかし、その場合、彼が誰の依頼で、本当は何を目標に来たのかかなり謎めいてきますね。

とりあえず、Kは一晩その宿に泊まることができました。宿屋の主人から自分の部屋に来るように勧められましたが、Kはそれを断ります。宿屋にいた他の連中は、彼と関わり合うのを避けて、遠ざかったので、彼は結構、ゆっくりすることができた、ということですね。この辺りの記述からすると、彼は「城」の住人との間で緊張感を作り出そうとしているように見えますね。サスペンスとかハードボイルドに、主人公が本当の目的を隠して、厄介な風来坊のような感じでやってくるという設定がありますが、その線で進んでいく可能性も示唆されているわけです。

朝食後（朝食は、Kのすべての飲食代とおなじく、亭主の申告によって城から支払われることになっていた）、彼は、すぐに村へ出かけようとおもった。それまでは、昨夜の亭主の態度を思いだして、この男とは必要最小限のことしか口をきかないでいたのだが、相手は、口にこそ出さないが、なにやらそわそわした様子でしきりにKのまわりをうろつきまわるので、いくらか気の毒におもえてきて、しばらくのあいだ自分のそばに腰をかけさせた。

「おれは、まだ伯爵を存じあげないんだが」と、Kは言った。「よい仕事にはたっぷり支払ってくださるということだが、ほんとうかね。おれのように、女房子供とはなれてこんな遠くまで出稼《でかせ》ぎにくると、すこしは家へ持って帰ってやりたいのでな」

「その点に関してなら、ご心配になることはありません。お支払いがわるいというような苦情をついぞ聞いたことがございませんから」

「なるほど。おれは、そこらへんの気の小さい連中とはわけがちがう。相手が伯爵さまであろうが、自分の意見ははっきりと言える男だ。しかし、旦那《だんな》がたと仲よく折れ合っていけたら、もちろん、そのほうがずっとよいにきまっている」

何となく、Kが相応しい処遇を受けるようになった感じですが、腑に落ちないことが二点あります。出稼ぎで、家からしばらく離れることになるのだとすると、かなりの期間、仕事が続くことになるが、一体何を測量するのか、地図でも作るのか、あるいは、土地の測量以上の仕事もするのか？　それに、それほどの大仕事を引き受け、家族に仕送りしようというのに、報酬を予め確認しないなどということがあり得るのか？

「旦那がた」の原語は、ドイツ語の〈Mr.〉にあたる〈Herr〉の複数形〈Herrn〉です。〈mister〉がもともと〈master〉と同じ言葉だったのと同じように、「主」とか「旦那」という意味ですが、ドイツ語の方が、全く同じ単語を使っている分、「主」という意味合いが強く出るのではないか、と思います。それにしても、誰のことを「旦那がた」として念頭に置いているのか。伯爵＋シュワルツァーの父親である城代や局長などの幹部のことか、それとも「城」の官僚機構の構成員全てを含むのか、あるいは、宿屋の主人とか宿屋にいた人とか「城」の領域でKが出くわす人たち全般のことを言っているのか。

しかも、この「旦那」という言葉は意味深のようです。Kは宿屋の主人の態度を不信がりますが、どうも「旦那」たちと関係あるようです。

最初は、自分のほうからKのそばに押しかけてきたくせに、いまでは、できれば逃げだしたいとでもおもっているかのようだった。伯爵のことをいろいろ訊きだされることをおそれているのだろうか。あるいは、いわゆる〈旦那〉とよばれる人間の信頼のおけなさをおそれ、Kをもそういう人間だとおもっているのだろうか。

細かいことですが、原文では、ドイツ語の普通の括弧を付けて、„Herrn"となっています。こういう括弧を付けると、「旦那」という特定のカテゴリーがあるような印象になりますね。この「城」に属する特殊な「旦那たち」というより、「旦那たち」と呼ばれる人種全般を指しているようにも聞こえます。だとすると、Kはわざとルンペンっぽいかっこうで「城」に乗り込んできて、挑発していて、シュワルツァーはKの期待以上のリアクションを見せてくれた、ということになるかもしれません。

宿の主人は、Kに「城」にお住みになるのではないか、と聞きますが、Kはこれを、厄介払いしたがっていることの表れと取ります。これはKでなくても、ごく自然な受けとめ方ですね。まず、城が

「それは、まだはっきりとはきまっていない。確かめなくおれにどういう仕事をさせるつもりなのかを、

てはならん。たとえば、こちらの城下で仕事をすることになれば、宿もこちらにするほうが、理屈にかなっているということになるだろう。それに、城の生活がおれの性《しょう》にあうかどうかも、気がかりだ。おれは、いつも窮屈なことが苦手でな」
「あなたは、お城をご存じないのです」亭主は、小声で言った。
「そのとおりだ。早まった判断は、禁物だ。いまのところ、おれが城について知っていることといえば、城ではほんものの測量師をさがしだすすべをちゃんと心得ているということだけだからな。おそらく、城には、まだもっとほかにもいいところがあるだろうが」

また、Kと「城」の関係がかなり怪しくなってきましたね。ここでのKの言い分を真に受けるとすると、「城」が「ほんものの測量師 der richtige Landvermesser」を求めていることを知って、Kはとりあえず仕事を引き受けるという意志表示をして、「城」方の責任者の一応の了解を得ただけでここにやって来た、ということになりそうです。

そもそも、「ほんものの測量師」を探さねばならないというのは、「ほんものの測量術」なるものの伝統が、この国あるいは世界にあるけれど、それを実際に取得している人はごく少数、ということになりますが、これだと、まるで〝真の魔術師〟とか〝真の錬金術〟を探しているのと同じように聞こえますね。

「城がおれにどういう仕事をさせるつもりなのか was für eine Arbeit man für mich hat」、などと自問するのは、かなり異様ですね。原文では、主語は「城」ではなくて、英語の〈one〉に当たる一般人称の〈man〉が使われています。この後の箇所も、「城」が主語になっているところは、〈man〉です。こういう文章なので、原文にはない、擬人法っぽい訳は避けた方がいいと思います。〈man〉は、主語を特定する必要がないとき、あるいは、特定できないときに使われる代名詞です。Kは、誰か特定できない相手、「城」と呼べるかどうかさえ定かでない相手から仕事を受けたのかもしれない。「助手」を使っているちゃんとした「測量師」が、仕事の内容、相手〈man〉がどんな存在で、どういう職場環境か確認することもなく、やって来るなどということがあるのか。

「伯爵」は実在するのか

そこで、五〇歳くらいの男の肖像画が目に留まったので、Kが伯爵様かと尋ねると、「いいえ、城の執事ですよ」という返答でした。『審判』でも、裁判官の肖像画やそれを描く絵描きが一定の役割を果たします。権威のありそうな人物の肖像画が「城」のいたるところに「現前」し、住民たちに「城」の存在を絶えず想起させているのかもしれません。ただ不思議なのは、伯爵様自身ではなく、家臣である「執事＝城代」の絵である、ということです。

「まったく、城にはりっぱな執事がいるものだ。あんな出来のわるい息子をもったのが、玉に瑕《きず》だがね」

「そうじゃないんです」と、亭主は言うと、Kをすこしばかり自分のほうに引きよせて、耳もとにささやいた。「シュワルツァーは、きのうは大きな口をききすぎたんです。彼の父親は、下級執事にすぎんのです。それも、いちばん下っぱ執事のひとりです」

そのとき、Kには、亭主がまるで子供のようにおもえた。

「あの下司野郎《げすやろう》め！」と、Kは、笑いながら言ったが、亭主は、その笑いにつりこまれなかった。

「あれの父親でも、権力をもっているんです」

「なにをばかな！　おまえは、だれを見ても、権力があるとおもうんだろう。もしやこのおれをもそうおもってるんじゃないか」

亭主は、おどおどしながらも、真顔《まがお》になって、「あなたを権力があるとはおもいません」

シュワルツァーの父親が実は、最下級の「城代」だとすると、シュワルツァーのKに対する態度は、彼の強がりによるもので、本当は「城」にそんな排他的な性質はない、ということになりそうですが、最下級の「城代」がいて、その息子が「城」の組織の末端を担っているとすると、これまで想像した以上に、大きな組織であるように思えてきますね。ところで、立派な様子で描かれている「城代」は、シュワルツァーの父親なのかどうか曖昧ですね。もっと上位の本当に、「城」の官僚機構のトップだとしても、どうして、伯爵自身ではなく、家臣の肖像が宿屋に飾られているのか。「伯爵」の顔を直接現前＝再現前化(represent)してはいけない理由があるのか、ひょっとして、「伯爵」は実在しないのではないか、といった想像が働きます し、シュワルツァーの父親だとすると、どうして、姿を隠す必要のある伯爵の「代理」が、最上位の「城代」ではなくて、最下級の「城代」なのか。

「権力がある」の原語は〈mächtig〉で、元になっている名詞の〈Macht〉は、英語の〈power〉のように、「権力」という意味の他に、物理的な「力」という意味もあります。Kと主人のやりとりで、どういう意味で〈mächtig〉なのかわからなくなりますね。

象徴をもたない「城」

Kは外に出て、「城」を眺めます。前の晩は、霧のせいで見えなかったわけですね。

だいたいのところ、城は、ここから遠目で見たかぎりでは、Kの予想したとおりであった。それは、古い騎士の城でもなければ、新しく建てた豪華な建造物でもなく、広大な施設で、二、三の三階だての建物を中心にして、窮屈に

> ならんだ多くの低い建物から成っていた。これが城だと知らなかったら、田舎町《いなかまち》ぐらいにおもえたことであろう。塔がひとつ見えたが、これが住居の一部なのか、それとも、教会の塔であるのかは、よく見わけがつかなかった。鴉《からす》の群れが、塔のまわりをとんでいた。

恐らく読者の多くは、ゴシックホラー的な「古い騎士の城 eine alte Ritterburg」——ここでは〈Burg〉という言葉が使われています——か、SF的な「新しく建てた豪華な建物 ein neuer Prunkbau」のどちらかを、「城」としてイメージするでしょうから、これは意外ですね。この通りだとすると、「城」と呼べるような一つの象徴的・中心的な建造物があるわけではなく、城壁に囲まれているわけでさえなく、いくつもの建物がなんとなくかたまって並んでいるだけのようです。では、なにをもって「城」と呼ばれるのか、Kは何を基準に、その建物群を「城」と認知したのか。単に、そこに「城」があるはずだと思っていたので、とりあえず、そこにあった建物群を「城」と見なしただけなのかもしれませんが、だとすると、「Kの予想 K.s Erwartungen」どおりだというのは不可解です。

近付いてみても、やはりただの「田舎町 ein Städtchen」のようにしか見えません。それでKはなぜか今更のように「失望」します。

> Kは、自分の故郷の町をちらりと思いだした。故郷の町も、この城と称しているものにくらべて、ほとんど見劣りしなかった。この城を見物するためにだけ来たのだとすれば、長い旅路は、まったくむだ足だったとしか言いようがない。それくらいなら、もう長いことご無沙汰《ぶさた》している昔なじみの故郷の町をふたたび訪れたほうが、賢明であっただろう。Kは、故郷の教会の塔とかなたに見える城の塔とを、頭のなかで比較してみた。故郷の塔は、毅然《きぜん》として、いささかのためらいもなく、まっすぐに上方にむかって細くなっていき、尖端《せんたん》の屋根は、広く、赤煉瓦《れんが》におわっていた。それは、地上の建造物にちがいはなかったが（われわれは、地上のものでないような建築物を建てることができようか）、町の低い家なみよりもはるかに高い指標をもち、もの憂《う》い仕事日がもっているよりはずっと明るい表情にみちていた。ところが、かなたにそびえる城の塔——ここでは、それが眼に見える唯一《ゆいいつ》の塔だったが——は、いまわかってきたところでは、住居に使っている塔、おそらく城の主部に付属している塔であるらしく、単調な円筒形の建物であった。

自分の「故郷の町 Heimatstädtchen」の方が目の前の「城」よりも生き生きとして「毅然と bestimmt」していたと言っているわけですが、そもそも、どうして比較したくなったのか。普通は、仕事先は、故郷とは全く別のカテゴリーですね、こんな連想しないですね。仕事のために来た町を、自分の故郷と比較して、黄昏れることがないとは言えませんが、それは仕事に空しさを感じているとか、自分の人生を振り返りたくなるとか、特別な心境の時でしょう。ひょっとすると、『審判』のヨーゼフ・Kが自分が巻き込まれた「プロセス」において見ていたものがそうであったように、Kが見ている「城」は、彼の無意識に潜んでいるものを反映しているのかもしれない。一番単純な精神分析的なストーリーとして、Kは、何らかの理由で精神的・社会的にかなり距離ができてしまった、自分の「故郷の町」の風景に強く固執していて、潜在的に常にそこに帰ろうとし、あるいは第二の「故郷の町」を見つけようとし、それを目標に各地を渡り歩いていた、そして「城」との契約の話が浮上したとき、「故郷の町」に帰還できるかのような期待を抱いた……。そういう風に考えると、「城」に関するちぐはぐな印象がある程度説明できるかもしれません。

彼は、先ほど見えた「塔」を観察します。木蔦に覆われて、小さい窓がいくつかあるということですね。

　それらの小窓は、いま陽光をあびてかがやいているが、そのかがやきには、なにか狂気じみた気味のわるさがあった。塔の頂上は、どこか屋根裏部屋のようで、その胸壁は、おびえた子供か、なげやりな子供の手がえがいたように、不確かに、ふぞろいに、ぼろぼろにこわれかけて青空をぎざぎざに区切っていた。いってみれば、裁判の結果家のいちばん奥まった部屋に幽閉されることになった沈鬱症《ちんうつしょう》の住人が、みずからの姿を世にしめすために、屋根を突きやぶって、身をもたげたような格好であった。

K自身が、「塔」に「狂気じみた気味のわるさ etwas Irrsinniges」とか、「沈鬱症 trübselig」らしきものを感じているのは、やはり彼の内の無意識を投影しているのでしょう。「塔」というのは、童話ではお姫様や王子様が閉じ込められているイメージがありますし、ロンドン塔のように実際に、囚人を閉じ込めていた例はあるわけですね。ベンサム（一七四八―一八三二）が構想した「パノプティコン panopticon」も塔ですね。「屋根裏部屋のよう söllerartig」や「裁判の結果 gerechterweise」といった表現は、『審判』との繋がりを連想させますね。『審判』では、貧しいアパートの「屋根裏部屋」に「裁判所」がありましたが、あれも実は、「法」によって抑圧された人々の姿を、抑圧の張本人であるはずの裁判官に投影したイメージかもしれません。この「塔」が「城」の中核部であれば、判決を受けてロンドン塔に幽閉されている人ではなくて、その判決を下した現権力者たちであるはずです。「法」あるいは「城」の中核部にいて、抑圧する側の人こそ、実は屋根裏部屋のようなところ、高いところにあるけれど、実は最もみすぼらしいところにいる、という風刺になっていると見ることもできます。

方向性のみえない権力

Kは「教会」の前に来て足を止めます。その「教会」の裏が学校になっていて、教師が子供たちと一緒に出てきているので、

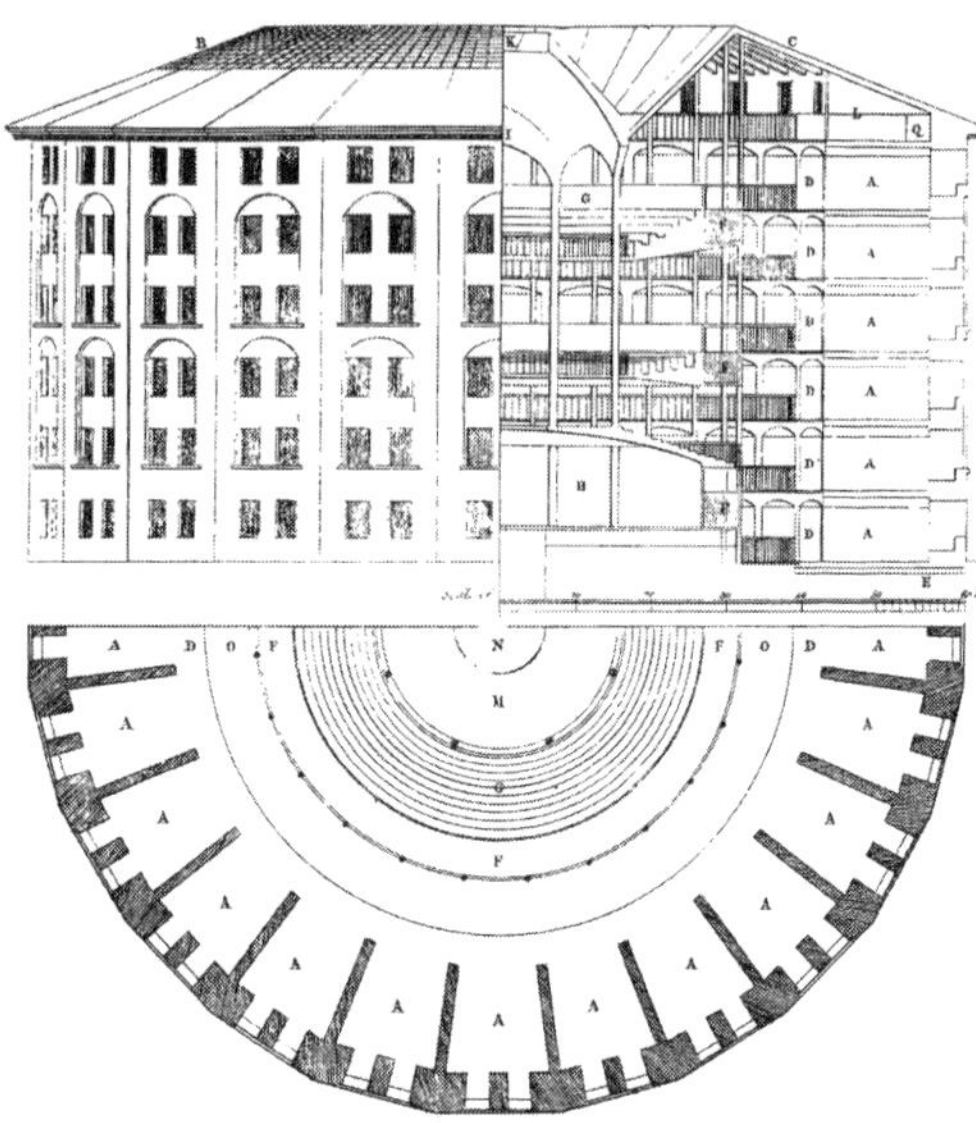

パノプティコンの図

話しかけますが、教師は、他所から来たKが城を眺めていることにあまり納得がいかないようで、「城は、お気に召さないんじゃありませんか」「よそから来たひとには、気に入らないんです」と言います。そもそも、「城」という言葉で何を指しているのかはっきりしないのに、気に入るとか入らないとか言うことがどうしてできるのか。ひょっとすると、先生たち住民から「城」と呼ばれるこの地域全体が呪わしいのか。

——「先生は、もちろん伯爵《はくしゃく》をご存じでしょうね」

「いや、知りません」

教師は、そう言って、踵《きびす》をかえそうとした。しかし、Kは、なおもしつっこくたずねた。

「なんですって。伯爵をご存じないのですか」

「どうしてわたしが伯爵を知っていなくてはならないんですか」教師は、小声でそう言ってから、声を大きくしてフランス語でつけくわえた。「無邪気な子供たちのいるまえだということを、お忘れにならないでください」

フランス語で話したのは、子供たちに理解させないためでしょう。ドイツ語圏では近代初期に、貴族や知識人の間では、フランス語が使われていました。ここの住民であり、子供を教育する立場の人間さえ、「伯爵」と面識ないというのが事実だとすれば、これまで何となく暗示されてきた、「伯爵」は姿を見せることがない存在、顔のない存在であること、もしかするといないのかもしれないことが、Kにとっていよいよ〝現実味〟を帯びてきましたね。

Kは、これさいわいとばかりに、「じゃ、いちど先生をお訪《たず》ねさせていただけませんでしょうか。わたしは、当分のあいだ当地に滞在するつもりをしていますが、いまからもういくらか心細い気になっているのです。わたしは、百姓たちの仲間ではありませんし、たぶん城にもぞくしていないでしょう」

「百姓たちと城とのあいだには、たいした区別なんかありませんよ」

「そうかもしれませんが、だからといって、わたしの立場が変るわけでもありません。ほんとうに、そのうちお訪ねしてよろしいでしょうか」

「わたしは、白鳥通りにある肉屋の家に住んでいます」

この妙なやりとりも、「城」の本質に関する重要ことを示唆しているように思えますね。Kの言い方からすると、彼の言う「百姓たち Bauer」は、この地域の百姓たちというより、「百姓」一般、「百姓」という階層、あるいは、被支配階級の象徴としての農民を指していて、「城」の方は、支配階級あるいは権力機構を指しているような感じに聞こえますね。そうでないと、よそ者であるK自身が、そのどっちに属するか、というような二分法的な発想をする理由がわかりません。「城に属する ins Schloß gehören」という言い方は、かつてのソ連のノーメンクラトゥーラのようなものとか、アンシャン・レジームのフランスの貴族・聖職者／平民のような分割を連想しますね。そういうKの二分法的な言い方に対して、「先生」は、「百姓」と「城」の間に明確な「区別 Unterschied」はないと答えているわけですが、これは、「権力を保持している人たち」と「権力を行使されている人たち」が二分されるのではなく、「権力」がどこに、つまりどの建物や制度・慣習に働いていて、誰から誰に向かって行使されるのかはっきりしないことを前提にしているフーコー的な権力観をほのめかしているように見えますね。学校という公的な機関で働いているので、どちらかというと、「城」側と見られる「先生」が、肉屋に下宿しているというのは何か意味ありそうですね。知的・公的な職に就いているけれど、自分の家を持っていない「先生」は、中間的な立場にいるのかもしれません。

Kは村の中を更に歩き続けますが、「城」になかなか近付けません。

彼の歩いている道は、村の本道なのだが、城山には通じていなかった。ただ近づいていくだけで、近づいたかとおもうと、まるでわざとのように、まがってしまうのだった。そして、城から遠ざかるわけではなかったが、それ以上近づきもしないのだ。Kは、ついには城のほうに折れる個所に出くわすにちがいないと、たえず期待していた。そして、その期待のためにだけ、歩きつづけていった。

ここは幻想の世界に入っているのか、単純な迷子か微妙なところですね。大雑把にどの方向に目標地点があるか見当をつけて、歩いていったらかえって遠ざかるというのは、方向音痴の人だとしばしば体験することですね。スマホのナビを使うと、かえって方向がわからなくなるということもありますね。ちなみに、金沢は城下町だった時、敵を惑わすため、一見直角の曲がり角が実際には八〇度とか一〇〇度になっていて、ほぼ平行する通りに移動して進んでいると思ったら、全然違う方向に誘導される、というような街並みにしていて、それが現在も残っています。現在の方が、ビルによって視界が遮られる分、余計に錯覚しやすくなっているのではないかと思います。そういう、人を惑わせる街並みというのは確かにありますが、大都会の小路ではなくて、「村の本道 Hauptstraße des Dorfes」を歩いていて、しかも高いビルとか鬱蒼とした森林に遮られているわけでもない、遠くから見ることのできない「城」というものを目指しているのに、距離を縮められない、というのはかなり奇妙なことです。

ちゃんとした合理的な説明があるとしたら、その道は本当は「城」に向かっているわけではなく、円か楕円を描いてぐるぐる回っているだけなのに、Kがそれに気付いていないいか、先ほど見たように、「城」は、一つの荘厳な城郭とか宮殿のようなものがなくて、いくつかのそれほど大きくない建物が集まって、「城」を形成しているだけ、というより、Kがそう認識しただけなので、近寄っていくうちに、どこが「城」の中核なのかわからなくなった、ということかもしれません。後者の場合、「塔」はどうなったのか、という問題がありますが、同じような「塔」が何本かあって錯覚している可能性も考えられます。空間認知の問題にせよ、名前に対応する対象の固定化――分析哲学の用語だと、固定指示詞（rigid designer）――をめぐる問題にせよ、あるいは、Kが「城」≒権力に対して感じている距離感の問題にせよ、Kは「城」に到達できない、という事態を予告しているように思えます。

「汚れ」と「洗濯」――露わになる欲望

そうやって彼が歩き続けて、疲れてもう歩けなくなると、目についた家で最初に戸を開いた家に近付き、しばらく入れてくれないかと頼みます。その戸口にいた年より百姓が何を言ったかわからなかったけれど、とにかく家のなかに入れてもらえます。何を言ったかわからないというのは、その百姓が年を取りすぎて発音が不明瞭になっているせいかもしれませんが、ひょっとすると、Kには理解できないスラブ系の言語とかハンガリー語を話したのかもしれません。

最初、家のなかの見通しがきかなくて、Kは「洗濯桶 Waschtrog」につまずきますが、女の人らしい手によって、引き留められます。何か聞いたような話ですね。薄暗くて、煙が立ち込めていて、中はよく見えないようです。家の奥の方から、主人らしい声が、誰だかわからないKを家に入れたことを老人に対してとがめる声が聞こえます。それでKは、「伯爵の測量師」だと名乗ります。

大洗濯の日であるらしかった。戸口の近くで、下着類を洗っていた。しかし、煙の出所は、べつの片隅で、そこには、まだ見たこともないほど大きな木の盥《たらい》――おそらくベッドふたつ分ぐらいの大きさであろう――があって、湯気をたてている湯のなかで、ふたりの男が風呂《ふろ》をつかっていた。

しかし、それよりもまだびっくりさせられたのは、なにがおどろくべきことかははっきりとはわからないのだけれども、右手の隅であった。部屋の奥の壁にあたるただひとつの大きな明りとりの窓から、おそらく中庭からであろうが、青白い雪あかりがさしこんできて、隅の奥まったところにある高い安楽椅子《いす》に疲れきった様子でほとんど身を横にしている女の衣服に、まるで絹のような光沢をあたえていた。女は、乳飲児《ちのみご》を胸にかかえていた。そのまわりで二、三人の子供たちがあそんでいたが、百姓の子供たちであることが、すぐに見てとれた。しかし、女は、この子供たちの母親であるとはどうしても見えなかった。もちろん、病気と疲れは、百姓をも上品にしてしまうものである。

『審判』でも、部屋で洗濯している女が出てきましたね。女が洗濯している部屋が、裁判所に通じていたわけですが、ここでは、そういう感じではなく、盥の風呂に浸かっている男たちがいる。『審判』の女は、Kにエロティックに働きかけました。ここでは、疲れ切った様子で赤子を抱えている女性が登場したわけですね。

「大洗濯の日 ein allgemeiner Waschtag」というのは、耳慣れない言い方ですが、カフカの寓意ではありません。かつてのヨーロッパでは、貧しい人たちが、月一回くらい近隣の人たちが集まって、みんなで一緒に洗濯する日があったようです。「洗濯 Waschen」という行為には、何か意味ありげですね。「洗濯」は、人間が普段肌に着けていて、身体の汚れが付いた衣類を洗う行為です。いわば、身体の穢れを処理する行為です。「洗礼 Taufe」の代替行為と考えられます。「洗礼」というと、私たちは、浄くなるという点にだけ注目しがちですが、「浄く」なるには、汚れをどこかに集めねばなりません。今のように、洗濯機で自動処理されるのではなく、盥に入れて手でごしごし洗うと、どうしても汚れが出てくるのが目につきます。感染症が流行する地域では、煮沸していたようです。その蒸気が立ち込めているので、見通しがきかなかったと考えられます。そう思うと、かなり汚くて、生々しい感じがしますね。人間の男の身体まで、「盥」で洗うとなると、汚れ、穢れという印象が強まりますね。女性が、乳飲み子を胸に抱えているのも、身体性が際立ちますね。

男たちの一人に勧められて、Kは腰掛けます。洗濯をしている女は、「若さにはちきれんばかり in jugendlicher Fülle」です。子供たちが、風呂に入っている男たちに近付こうとしますが、跳ね返ってくる湯で、押し返されます。汚い湯だと想像できますね。逆洗礼のような意味があるかもしれません。Kは安楽椅子の女性を見つめます。

Kは、この身じろぎもしない、美しい、悲しげな女の姿におそらく長いこと見とれていたらしいが、やがて眠りこんでしまったにちがいない。というのは、大声で呼ばれて、はっと目をさましたとき、彼の頭は、横にいる老人の肩の上にのっかっていたからである。男たちは、すでに入浴をすませ、服をつけてKのまえに立っていた。

Kは女性を見て欲望を刺激されたのでしょう。『審判』の場合、自室に侵入されて「プライベート」を覗かれたことにで、隣室の女性に対する欲望が露わになったわけですが、ここでは、K自身が村の家に入り込み、身分の低そうな人たちの入浴や汚れた洗濯物、母親でもない女性が子供を抱いてぐったりしている様子を目にして、欲望を刺激されたように見えますね。気が付いた時、彼の顔が老人の肩の上にのっていたことや、ちょっと前まで入浴していた男たちが眼の前にいることは、文脈的に同性愛的なものを連想させますね。

男たちから、「わたしどものところじゃ、お客をもてなす習慣がないのです。お客を必要としませんのでな」と言われます。どうして、お客をもてなす習慣がないのか理由がわかりませんね。原文では、英語の〈hospitality〉に当たる〈Gastfreundlichkeit〉という言葉が使われていて、それが自分たちのところでは、「習慣」になっていない、という言い方をしています。普通は、実際に〈hospitality〉がなかったとしても、それを相手に言ったりしないですね。「お客」というものを一切拒絶しているとすれば、それを当人に説明するのは、妙な感覚ですね。そもそも、「お客」というのは、一体どういう範囲を言うのか、地域共同体としてKのようなよそ者を歓迎しないということなのか、その家では、居住者以外の人が訪ねてくることを一切歓迎しないということなのか、それとも、居住者以外でも「身内」に相当する人であれば、普通に出入りできるのか。すっきりしませんが、Kが「客 Gast」というカテゴリーに属する人間として、追い立てられたことだけは確かです。

普通ならそれで出ていくところですが、Kは妙な行動に出ます。

そういうと、だれも予期しなかったことだが、Kは、くるりと身をひるがえして、安楽椅子の女のまえに立っていた。女は、疲れた青い眼でKをじっと見つめた。頭にかぶった、すきとおった絹の布が、額のまんなかあたりまで垂れさがっていた。赤ん坊は、胸によりそって眠っていた。「あんたは、だれかね」と、Kはたずねた。女は、軽蔑《けいべつ》したように——もっとも、その軽蔑がKにむけられたものか、それとも、自分の言葉にむけられたものであるかは、さだかでなかったけれども——答えた。「お城の娘です」

この場面は、『審判』でヨーゼフ・Kがビュルストナー嬢に大胆な淫らな行為を行った場面を想起させますね。娘が、「お城の娘 ein Mädchen aus dem Schloß」ですという自分の台詞に軽蔑の念を向けたとすると、何か淫らな仕事をしているのではないか、あるいは、伯爵とか城代の隠し子のような存在ではないか、と暗示している感じですね。〈Mädchen〉は〈maid〉に当たるドイツ語です。「城」で、正式の侍女として表向きの仕事をしているのであれば、むしろ誇るべきことでしょう。『審判』

でも、画家ティトレリのところに出入りしている、幼いのに堕落している感じの少女たちが、屋根裏の「裁判所」に属している、という妙な話がありましたね。

　この大胆な行動に出た次の瞬間、Kは二人の男によって外につまみ出され、その様子を見ていた老人や洗濯女に笑われます。アルトゥールとイェレミーアスという二人組の男が、どこかに歩いていくのに出くわして、どこに行くのかと聞くと、宿屋だと言うので、連れて行ってくれとKは頼みますが、二人はKを無視して進んでいきます。

　Kは雪が積もっている道に戻り、先に進む気力もなく、突っ立ったままになります。左手の家の男に声をかけられて、「橇」を待っていると答えると、男は最初「橇なんか通りませんよ」「ここは、交通（Verkehr）がないんでさ」と言って、そのまま無視しそうでしたが、Kは頼み込んで、そのゲルステッカーという男の乗り心地のよくない橇で、宿屋につれて行ってもらえることになりました。ただ、ストレートにつれて行ってもらったというより、いろんなところを引き回されたという印象を受けたようで、Kはゲルステッカーに雪を投げつけます。

　「城」の本体を見極めることができないで、城の中心部へ向かうように見える道の堂々めぐりを繰り返し、疲れた挙句、「お客」を歓迎しないとか、「交通」がないとか言われて、どこに行っていいかわからなくなる、という状況がその後のKの運命を暗示しているようですね。Kは測量師なので土地の距離感については普通の人よりは鋭敏なはずですが、そのKが迷ってしまっているわけです。彼の疲労も、純粋に肉体的なものではないかもしれませんね。

第二章――孤立するK

　第一章では、Kは「城」と「百姓たち」の間で右往左往させられる感じですが、第二章から、K自身が「城」の不思議な構造の中に巻き込まれていく展開になります。Kは宿屋で、亭主の近くに二人の男がいることに気付きます。さっき、Kを無視して歩いていったアルトゥールとイェレミーアスです。

> 「きみらは、だれだ」と、Kは言って、ひとりずつ順にながめてみた。
>
> 「あなたの助手です」ふたりは、答えた。
>
> 「これは、助手でございますよ」と、亭主も、小声で口添えをした。
>
> 「なんだと」と、Kは、問いかえした。「おまえたちは、あとから来るようにと言いつけておいて、おれが待っていた昔からの助手だというのか」
>
> 　ふたりは、そのとおりだと答えた。
>
> 「まあ、よかろう」と、Kは、しばらくしてから言った。

　Kは助手を連れてきたと、当初から言っていましたが、まさか、誰が自分の助手かわからなくなっている、とは予想できませんでしたね。先ほど二人がKを無視して通り過ぎたことからすると、彼らも誰が自分の雇い主かわからなくなっている、というか、最初からわかっていなかった可能性が高いですね。どういうことか。Kが依頼を受けて、人づてに、誰かわからない人間を助手として急遽雇い、直接会わないまま、「城」に向かうよう指示したのか、それとも、この土地に来る前に実際に一緒に仕事をしていたのに記憶が曖昧になったのか。彼らは、道具を持ってくるはずだったのに、「道具なんかありません」と言います。

　Kはこの二人がよく似ているので、「おまえたちをどうして区別したらいいんだ。ちがっているのは、名前だけで、そのほかは、まるで瓜ふたつだ」と訊きますが、二人は、「でも、ほかのひとたちは、ちゃんと見わけてくれますよ」、と答えます。二人の答えが正しいとすると、彼らは少なくとも一卵性の双生児ではなく、外見的に似ているけれど、ちゃんと違う人間だとわかる程度だということになるでしょう。ひょっとすると、現実には全然似ていないのかもしれない。Kにとって、周囲の人間のアイデンティティを識別するのが困難になっているわけです。

　その場にいた百姓たちの一人が、二人のうちの一人に近付き、何かひそひそと耳打ちしますが、Kはそれに腹を立てます。

> 　Kは、あらためて腰をおろすと、「これだけは、とくに気をつけてもらわなくてはならんことだが、おまえたちは、おれの許可なしには、だれとも口をきいてはならん。おれは、ここではよそ者だ。おまえたちがおれのもとからの助手だとすれば、おまえたちもよそ者だ。だから、おれたち三人のよそ者は、一致団結しなくてはならん。さあ、それでは、おまえたちの手をさしだしてくれ」

俺の許可なしに誰とも話をするな、というのは、普通だと雇い主の横暴でしかありませんが、この状況だと理解できなくはありませんね。Kにとって、「城」であれ、「村」であれ、自分を率直に受け入れてくれるものは誰もなく、孤立した状態にある。「助手」たちが味方になってくれると思っていたのに、彼らは道で会ってもKを無視するし、二人はKにはどっちがどっちかわからない。百姓や「城」の連中と接しているうちに、いつのまに彼らに交じって、その他大勢の一部になって、Kにはどれがもともとアルトゥールとイェレミーアスだったのか区別できなくなる可能性がある。普通だったら、そんなことありえませんが、自分の周囲の世界をはっきり認識できない小さい子供なら、群衆の中の誰が自分の親兄弟なのかわからなくなるかもしれないと不安になることもあるし、見知らぬ外国に行った時には、そういう不安に囚われることもありますね。

メディアとしての電話の特殊性

　Kは明日から仕事に取り掛かるので、橇を一台用意しろと命じます。一方は簡単に承諾しますが、もう一方は、許可がなくては城に入れませんと言って、難色を示します。許可は、執事＝城代からもらうしかない、というので、Kは電話で問い合わせるように命じます。彼らは電話をかけますが、「だめだ！ Nein」「あすもだめだし、ほかの日もだめだ」、という声が聞こえてきます。それでKは自分で、電話をかけます。

受話器からは、これまで電話で聞いたこともないような、異様なざわめきの音がきこえてきた。まるで大勢の子供たちががやがやと声をたてているみたいで——しかし、実際は子供たちの騒音ではなく、はるかな遠くからきこえてくる歌声であったのだが、とにかくこの異様な声のざわめきのなかからひとつの高い、しかし力づよい声が形づくられてきて、耳にがんがん鳴りひびいた。しかも、たんなる聴覚よりももっと深いところに透入することを求めているかのようであった。Kは、なにも話さずに耳をかたむけていた。左腕を電話台の上について、ただ聞き耳をすましていた。

交換手のところで中継されている状態か、一応、「城」の内部とつながっている状態かわかりませんが、いずれにしても、当時のそんなに感度のよくない電話で、直接受話器を取った人の声がしないで、遠くの子供の声だか「ざわめき ein Summen」だかはっきりしないようなものが、がんがん鳴り響くように聞こえてくるというのはヘンですね。受話器を持っている人間はどうなっているのか？　あるいは、Kには、人間の声を意味がある言葉としてはっきり認識することができなくなっているのか。私たちは常に、いろいろなザワザワした音の中から、人間の声、特に言語として意味作用をしていると思われる声を聞きわけ反応しています。物心がつかない子供の頃は、大勢の人が話しているのを聞いても、意味があまり拾えないため、たまに単語がわかる外国語を聞いているのと同じような感覚だったと思います。大人になるにつれて自分の母語であれば、少なくとも音韻的には全て拾える状態になっているはずですが、大学などで教えていると、それは思い込みで、母国語でも実際には半分も拾えていない人が多いのではないか、という気がしてきます（笑）。病気で意識朦朧としていると、人間の声が、ごくたまにしか意味を拾えない雑音の連鎖みたいに聞こえることがありますね。Kは音が拾えないような状態になりかけている可能性があります。あるいは、もっとシンプルな可能性として、もともと、その「電話」のように見えるものは、単なる音が出る機械で、実際にはどこにも通じていないが、これまで、電話で通話していたように見える人物は、そのふりをしていただけ、というのが考えられます。これは考えようによっては、もっと不気味ですね。

ところが、しばらくすると、誰かが電話口に出ます。本当に誰かいるのか？

——つぎのような会話が始まった。

「オスワルトです。そちらは、だれかね」と言ったのは、いかめしい、高慢そうな声で、ちょっとした発音のミスがあるようにおもえたが、いかめしさをさらにどぎつくすることによって、このミスをごまかしてしまおうとしているふうだった。Ｋは、自分の名前を名のることをためらった。電話にたいしては、こちらはまったくお手あげなのだ。相手は、言いたい放題のことをどなりちらすこともできるし、受話器を置くことだってできる。ということは、せっかくの大切な道を遮断《しゃだん》されてしまうことになる。Ｋがためらっているので、相手の男は、いらいらしだした。

ちょっとしたメディア論的な考察ですね。リアルな会話では、身体的な圧とか、声の大きさや高低、タイミングなどで、会話の流れ、相手との関係を変化させようとするわけですが、電話ではそれは難しいわけですね。声以外の身体的なものは伝わってこないし、その声の聞こえ方さえ、リアルよりは限定的で、単調な感じになります。音声を電気信号に変換して、それを元の音声のパターンに近いものに再現しているのだから、当然のことです。相手が見えないし、身体の動きを相互にコントロールできないので、大声とか不快な声でだったり、意味がない話だと思ったりしたら、受話器を遠ざけることができますし、相手の機嫌を損ねることを覚悟しているのであれば、受話器を置くこともできます。コロナの影響で、Zoom 等のウェブ会議のシステムが普及したことで、リモート・コミュニケーションの

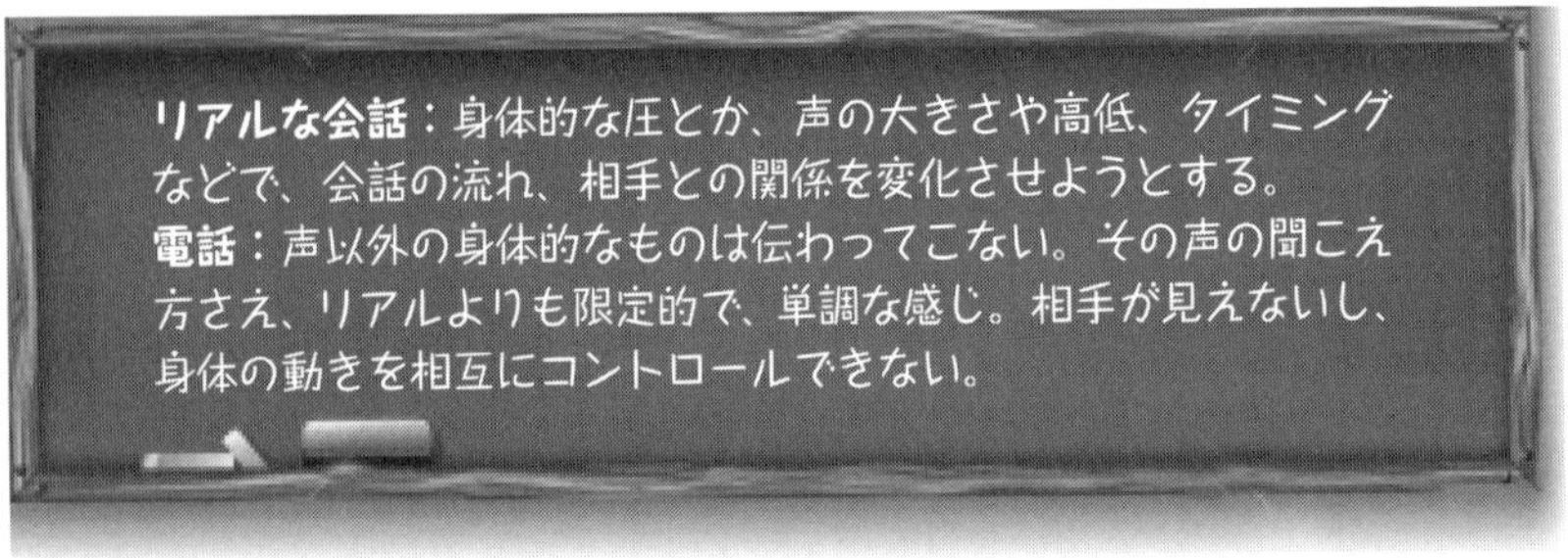

限界が超えられたという人もいますが、逆に、お互いの姿を部分的に見ることができるようになり、いろんな付属機能が付いているおかげで、リアルと比べるとどうしても、不足してしまうものが何なのかはっきりしてきたという面もあるでしょう。例えば Zoom 越しで話をすると距離感が取れない。Zoom のように映像があると、相手の身体的な様子がわかりますが、隣り合って座ったときの接触とか、空気の微妙な振動、若干の匂いのようなものを伴った、身体的圧はありません。その人が画面内で激しく動いたからといって、さほど圧力は感じません。しかも、上半身の正面しか見えないので、相手の様子が本当にわかるとは言えません。また、ミュートとかビデオ・オフによって、姿を消すと、その人が本当

に、ＰＣや携帯の前にいるのかわからなくなります。電話と同じになるわけです。また、Zoomなどでの会議は、時間無制限で使用する契約をしていても、会議の始まりと終わりははっきりとします。リアルな会合だと、会議が正式に始まる前に、他の出席者の様子を見たり、ちょっとした会話をして、その場の雰囲気を探ります。終わる前に、そういう、身体的でインフォーマルな情報収集が行われます。親しい人が二、三人でリアルに会う場合は、始まりと終わりが曖昧なことが多いです。

「永遠の測量師」

Ｋはなぜか「こちらは、測量師さんの助手の者ですが」（四〇頁）と自分のアイデンティティを偽ります。

「どの助手だね。だれの助手かね。どの測量師だね」

Ｋは、昨夜の電話のことを思いだして、「フリッツに訊《き》いてみてください」と、簡単に言った。自分でもおどろいたくらい、この言葉は、効果があった。しかし、効果があったということ以上に彼をおどろかせたのは、城の仕事の一糸みだれぬ統一ぶりであった。

返事があった。「わかったよ。永遠の測量師だね。うん、うん。それで？　どちらの助手かね」

「ヨーゼフです」と、Ｋは言った。うしろにいる百姓たちのささやき声が、すこし邪魔になった。あきらかに、彼らは、Ｋがほんとうの名前を言わなかったことに文句をつけているのだ。

助手だと偽って、しかもその測量師の名前を言わなかった理由として一番考えやすいのは、Ｋが助手も「城」の一味ではないか、と疑っていて、「オスワルト」にかまをかけてみた、ということでしょう。「オスワルト」が「ああ、あの○○か」と言えば、グルだということがバレますが、そういうリアクションではなかったですね。どの助手か、誰の助手か本気で聞いたのだとすれば、少なくとも、狙ってＫのところに二人を送り込んだのではないことになります。その代わりに、「どの測量師だね Welcher Landvermesser?」、という質問が気になりますね。これは、「オスワルト」が、何人の測量師に依頼したのかさえ把握していないということか、それとも、複数の測量師に依頼したのか。肝心なところが曖昧ですね。

「フリッツに訊いてみてください」に「オスワルト」が反応したことが、「城の仕事の一糸みだれぬ統一ぶり die Einheitlichkeit des Dienstes dort」を意味するというのは、飛躍ですが、言わんとしていることはわかりますね。もし、Ｋが、「城」というのがまとまった組織かどうか、そもそも「フリッツ」なる人物が実在しているかどうかさえ疑っていたとしたら、「オスワルト」が「フリッツ」の存在を知っていて、どうも、昨日の「シュワルツァー」からの報告も受けていたように思われたので、意外とちゃんと連絡網が機能しているように見えることに、少し驚いた、ひょっとすると、下っ端の「城代」の息子にすぎない「シュワルツァー」が何も知らないくせに、偉そうに振る舞っただけだったのか、と思ったということでしょう。ただ、訳の問題として、「一糸みだれぬ」は原文にないので、単に「城の仕事の統一ぶり」と訳すべきでしょう。

「永遠の測量師 der ewige Landvermesser」というのは、恐らく、一三世紀以降、ヨーロッパ各地で伝説が広がった「永遠のユダヤ人 der Ewige Jude」のもじりでしょう。十字架に付けられる前のイエスを罵倒した罪で、最後の審判まで地上を放浪するように呪われているとされるユダヤ人のことで、小説、演劇、絵画にしばしば登場します。「放浪するユダヤ人 der Wandernde Jude」とも言います。この世と煉獄の間を彷徨い続けるというオランダ人の船長の船をモチーフにしたワーグナー（一八一三－一八三）の『彷徨えるオランダ人 Der fliegende Holländer』（一八四三）は、これの変形ヴァージョンでしょう。後に、ナチスが『永遠のユダヤ人』（一九四〇）という有名な反ユダヤ主義の宣伝映画を作ります。フリッツの報告にあった「測量師」が、「永遠の測量師」状態にあることを、「城」にいる「オスワルト」が把握しているということは、「城」が何らかの情報網によってKの状況をちゃんと把握していることを示唆します。同時に、この『城』という作品自体が、「永遠のユダヤ人」のように、どこかに定着することができず、絶えざる放浪を運命付けられた人をテーマにしていると示唆しているように思えます。

「ユダヤ人」というのが一番わかりやすい答えですが、かつてジプシーと呼ばれていたシンティ・ロマもそうですし、異文化・異民族の国に居住している人は多かれ少なかれそういう立場にありますし、ルンペン・プロレタリアートはそういう存在です。障碍者、ジェンダー・マイノリティ、宗教マイノリティ、ロシア文学で「余計者」と呼ばれるような人たち、カフカ自身のような前衛的な作家や芸術家や革命家などもそうですし、大衆社会に生きる私たち一人一人、考えようによっては、絶対的なアイデンティティを獲得することができず、常に、自己のアイデンティティを確保するために闘わねばならない、全ての人間がそうだとも言えます。

呼称とアイデンティティ

彼の後ろに本当に「百姓たち」がいるのか、彼が想像しているだけかわかりませんが、前者の場合、「百姓たち」はなぜかKの本名を知っていることになります。Kがどこかの会話で本名をもらしたのかもしれませんが、それがどうやって伝わったのか。一番ありそうなのは、シュワルツァーのやりとりの時に、本名を明かしていて、そのとき、その場にいた「百姓たち」がまた、宿に来ているということですが、だとしても、どうしてその名前が本名で、「ヨーゼフ」が偽名だとわかったのか。

――［…］「助手たちは、アルトゥールとイェレミーアスという名前だったはずだが」

「それは、新しい助手です」と、Kは言った。

「いや、古い助手だ」

「新しい助手です。わたしのほうは、古い助手で、測量師さんのあとを追って、きょう着いたのです」

「ちがう！」こんどは、どなってきた。

「それでは、わたしは何者ですか」と、Kは、これまでとおなじく落着きはらってたずねた。しばらく間をおいてから、おなじ声が、おなじような発音のまちがいをしながら答えたが、それは、これまでとは打って変った、もっと深みのある、もったいぶった声のようにきこえた。「おまえは、古い助手だ」


Kがついさっき聞いたばかりの二人の助手の名前を、「オスワルト」は知っていたわけですね。二人が「城」の回し者である可能性が高まってきました。しかし、Kはそこに突っ込まないで、古い助手／新しい助手という区分を導入して、辻褄を合わせようとします。「オスワルト」の方は、そんなことあるはずない、と言って、その言い訳を突っぱねてもよかったわけですが、「オスワルト」はどうしたわけか、Kに何かアイデンティティを与えないといけないと思ったらしく、「古い助手 der alte Gehilfe」というカテゴリーを受け入れます。ヘンな話ですね。雇い主側にとって、「測量師」の弟子が古いか新しいかなんて、どうでもいい情報なので、そんなことをいちいち確認するとは考えにくいし、「古い助手 der alte Gehilfe」が後からやってくるのなら、どうしてそれが最初から「城」側に伝わっていないのか。辻褄が合っていないけど、ここでは、呼称とアイデンティティの関係が逆転して、その人物をどう呼ぶかによって、その人の属性が決まってくるように見えますね。考えようによっては、実際の人間社会もそうなっているのかもしれません。どう呼ばれるかによって、その人の性格が決まってくる、ということはしばしばありますね。

X庁長官からの手紙

そこで百姓の間から、白ずくめの服を着た人物が進み出て、Kに手紙を差し出します。


「だれかね、きみは」と、Kはたずねた。

「バルナバスと言います。使者です」


ようやく「城」の側からの「使者 Bote」が現れましたね。これまでは、Kは「城」と「村」の双方から追い立てられ、困惑して、「城」に対して「どうなっているのだ？」と問い合わせたものの、話が通じないというパターンが続いたわけですが、ここに来て初めて「城」の側がアプローチしてきたわけです。先ほど、「電話」という比較的新しいメディアでコミュニケーションしていたのに、今度は「手紙」という古いメディアが、この小説の中では初登場したわけです。

ちなみにカフカには『皇帝の使者 Eine Kaiserliche Botschaft』（一九一九）という短編があります。ある巨大な帝国の死の床にある皇帝が、「使者」を任命し、メッセージを口伝えにし、それを復唱させてから送り出します。彼は、かなり強靭な身体を持った人でしたが、恐らくは宮殿の構造や広大さのせいで、彼はなかなか外に出られず、ようやく外に出たと思うと、その宮殿を取り囲むようにしてそびえたつ第二、第三の宮殿に捕まってしまうということが繰り返され、何千年も経つのに、使者はいまだに宛て先に到達していない。が、今この瞬間にあなたのドアを開けるかもしれない、と読者に訴えかけています。このモチーフを転用しているのでしょう。この「皇帝」は、「神」とか、この世の秩序を成り立たしめている各種の権威を象徴しているように思えますが、ここでは、「皇帝」の代理とも言うべき「城」からのメッセージが届いたわけですね。「バルナバス Barnabas」というのは、イエスの「使徒」の一人で、『使徒行伝』に登場する人物の名前です。日本語の聖書では、「バルナバ」と表記されています。

Kはバルナバスから渡された手紙を開封します。

「拝啓。ご承知のとおり、貴殿は、伯爵家《はくしゃくけ》の勤務に召しかかえられることになりました。貴殿の直接の上官は、当村の村長であります。貴殿の仕事ならびに労賃に関するいっさいの詳細は、村長が貴殿にお伝えするでありましょうし、貴殿のほうでも、村長に報告・説明の義務があるものとご承知ください。しかし、小官も、貴殿の動静にたえず注意をおこたらない所存であります。本状の伝達者であるバルナバスは、ときどき貴殿のもとに参上し、貴殿のご希望や要求をうけたまわって、小官に伝達することになります。小官は、可能なかぎり貴殿の意にそう心づもりをしております。労働者として満足していただけることこそ、小官のなによりの念願であります」

署名は、読みとれなかったが、「X庁長官」という職印が横に捺《お》してあった。

一見ちゃんとした手紙のようですが、「測量師」は「城」と、測量の仕事に関する契約をしただけのはずなのに、いつのまにか「伯爵家の勤務に召しかかえられ die herrschaftlichen Dienste aufgenommen」た——正確には、「領主の奉仕のために召し抱えられた」という訳になります——ことになって、家臣扱いにされ、「上官 Vorgesetzter」を付けられた、ということです。これまでのKの言動や、人々の反応を見る限り、Kには家臣になったという自覚はなさそうだし、さっきのオスワルトの「永遠の測量師」発言とは逆に、Kをこの土地に縛り付けることになるわけです。「X庁長官」の原語は〈der Vorstand der X. Kanzlei〉です。先ほどは〈Zentralkanzlei〉を「中央官房」と訳したので、ここではそれに合わせて「X官房」と訳すべきでしょう。名称の混乱がテーマになっているので、一貫性のある訳語にしておいた方がいいでしょう。「X官房」というからには、「中央官

房」と無関係ではないのでしょうが、両者はどういう関係にあるのか。「中央官房」の元にいくつかの「官房」分署のようなものがあってその一つなのか、あるいは、「中央官房」とは独立の業務を担当しているのか、あるいは、むしろ、それを影で動かす上位部署なのか、それとも、「中央官房」なんて正式の機関はなくって、暫定的に「X官房」と呼ばれているものがあるだけなのか。それに、様々なランクがあるらしい「城代＝執事」とどういう関係があるのか。

匿名化する「労働者」

この手紙には、なにやら首尾一貫しない点があった。たとえば、独立した意志をみとめられている自由な人間にたいするようにKに語りかけている個所がある。上書きがそうだし、彼の希望に関する個所もそうである。ところが、他方では、あからさまにせよ、遠まわしにせよ、長官の立場からはほとんど問題にもならないくらい微々たる労働者扱いをしている個所もある。長官は、彼の「動静にたえず注意をおこたらない所存である」などと言っているが、Kにとって直接の上官といえば、村の村長だけで、Kは、この村長に報告の義務まで負っているのである。村長に同僚があるとしても、せいぜい村に駐在している巡査ぐらいのものだろう。疑いもなく、これは矛盾である。わざとそうしたにちがいないとおもえるほど明白な撞着《どうちゃく》である。これは、不決断のせいであるとは、まず考えられなかった。このような管理のしっかりした官庁にたいしては、それはばかげた想像というものだ。それよりもむしろ、Kは、この手紙が自分にたいしてある選択の自由を提供しているという事実を読みとった。この手紙の指令をどのように受けとるか、つまり、城とのあいだにともかくも特別な、しかし、じつは外見上だけの関係をもつにすぎない在村労働者になるか、それとも、外見上はただの在村労働者ではあっても、実際はその仕事のすべてをバルナバスの報告によって決定されるようにするか、そのいずれをえらぶかは、Kの自由にまかされているのである。Kは、選択をためらわなかった。たとえこれまでに積んできたいろんな経験がなくても、ためらいはしなかったであろう。城のお偉がたとはできるだけ離れ、村の労働者になりきったときにのみ、城でなにほどかの成果をあげることができるのだ。いまはまだ彼に不信感をいだいている村の住人たちも、彼が彼らの友人とまではいかなくても、おなじ村の仲間だということになったら、口をきいてくれるようになるにちがいない。いったんゲルステッカーやラーゼマンと区別のない人間になったら――それも、できるだけ早急にそうならなくてはならない。いっさいは、このことの成否にかかっている――そうなったら、城のお偉がたとその愛顧にだけ頼っていた場合

> には永久にとざされているばかりか、いつまでも眼に見えないままに終ってしまうかもしれないすべての道が、一挙にひらけてくるにちがいない。

先ほど私が指摘した点は、K自身の視点から見ると、「自由な人間 ein Freier」と「問題にもならないくらい微々たる労働者 ein.... kaum bemerkbarer Arbeiter」＝「ただの在村労働者 Dorfarbeiter」の違いになるわけです。Kは「自由な人間」として、対等な立場で「城」と契約したつもりなのに、「城」の「X官房」はなし崩し的に、彼を家臣団に組み込もうとしているわけです。

「ゲルステッカーやラーゼマンと区別のない人間」というのは、これまでの流れからすると、辛うじて名前があるけれど、主体性があまりなくて、何となく、「城」に従っている人間ということでしょう——ラーゼマンはKを追い出した二人の男の一人で、「皮屋 Gerbermeister」だということです。ただ、自分が自由な人間として自己主張する限り、「城」に完全に受け入れてもらえないこと、ゲルステッカーやラーゼマンや、自分の「助手たち」のように、一応の識別符号としての名前はあるけれど、名前も役割もその場の都合で簡単に取り換えられそうな、半ば匿名化した存在にならなければ、ちゃんと働いて稼ぐことができない、と悟りつつあるようです。辺鄙な田舎を舞台にしていますが、むしろ、大衆社会の都市における人々の根無し草化とか疎外といった社会学的テーマを暗示しているように見えますね。無論、そういうテーマを寓意的・風刺的に表現するだけならそれほど面白くないでしょう。それより普遍的テーマ、社会の中で生きることは不可避的に、ある程度の匿名化・非個性化・交換可能化を受け入れることを意味する、という命題を示唆しているように見えます。

> 勤務、上官、仕事、労賃、報告、労働者——手紙には、これらの言葉がちりばめられている。それとはべつの、個人的な事柄にふれている場合でさえ、このような観点から述べられている。Kは、労働者になろうとおもえば、なることができる。しかし、その場合は、他の希望や期待をことごとく断念して、仮借のない厳《きび》しさを覚悟しなくてはならぬ。Kは、現実的な強制力でおどかされているのでないことは承知していた。そんなものは、怖《おそ》ろしいともおもわなかったし、ましてこの場合はちっとも怖れなかった。しかし、意気を阻喪させるような、ふやけきった環境の圧力、幻滅に慣れてしまうことや、微細かもしれぬが、たえずおそってくるいろんな影響などがおよぼす力——Kが怖れたのは、もちろん、そのような圧力に負けてしまうことであった。

Kにとって、「労働者」というのは、組織のなかに組み込まれて、個性や自由をなくした存在のようですね。「他の希望や期待をことごとく断念して ohne jeden Ausblick anderswohin」——正確に訳すと、「他の方向に向かういかなる展望もなく」

――とか、「仮借のない厳しさを覚悟し（て）in allem furchtbaren Ernst」――正確に訳すと、「恐るべき真剣さにおいて」――といった言い方は、マルクス主義の労働者像より更に、悲惨な感じですね。Kが、「現実的な強制力 wirklicher Zwang」は怖れていないが、「意気を阻喪させるような、ふやけきった環境の圧力、幻滅に慣れてしまうことや、微細かもしれぬが、たえずおそってくるいろんな影響などがおよぼす力 die Gewalt der entmutigenden Umgebung, der Gewöhnung an Enttäuschungen, die Gewalt der unmerklichen Einflüsse jedes Augenblicks」――正確に訳すと、「意気阻喪させるような環境、幻滅に慣れてしまうことによる暴力、あらゆる瞬間の気付かれることがない影響の暴力」――を怖れているというわけですが、こうした本人も明確に意識していないけれど、日常に潜んでいて、じわじわ効いてくる暴力というのは、フーコーの「ミクロ権力」を連想させます。カフカが、わかりやすい「暴力」ではなく、様々な慣習や制度を通じて、本人の身体性を徐々に侵食するような、誰の命令によって発動するのかわからない、不透明で匿名の暴力、そのようなものにカフカが関心を持っているとすれば、『審判』のヨーゼフ・Kや、この作品のKが陥っている妙な心理状態がある程度わかるような気がします。K自身既に、自分がどういう立場で、何者としてここにいるのか、実感できなくなりつつある感じですね。

うんざりし、難航する城への接近

Kは手紙を読み終えると、助手たちと一緒に小さなテーブルに着いているバルナバスの所に行って、話しかけます。

「手紙には、きみのことも書いてある。つまり、ときどきおれと長官とのあいだの連絡係をつとめることになっているのだ。だから、てっきりきみが手紙の内容を知っているにちがいないとおもったんだ」

「わたしは、ただ手紙をお渡しし、お読みになるまで待っていて、もしあなたが必要とおもわれた場合には、口頭あるいは文書によるお返事をもらってくるようにと言いつかってきただけです」

「なるほど。べつに文書にすることもあるまい。どうか長官の――うむ、長官の名前は、なんというのかね。署名を判読しかねたんだが」

「クラムです」

「じゃ、そのクラム長官にだね、採用していただいたことと非常なご厚情をかたじけなくしたこととにたいするお礼を申しあげてくれ。おれみたいに、当地へ来たばかりで、自分にどれだけの値打ちがあるのかをまだ証明してみせてもいない人間にとっては、このようなご厚情はひとしお身にしみるものなんだ。おれは、完全に長官の指図《さしず》どおりに

「クラム Klamm」という名前

ドイツ語としては、硬い岩盤の間に、裂け目のような形で出来た峡谷を意味する名詞。オーストリアやバイエルン等のドイツ語圏南東部で使われている言葉。時空の狭間にありそうな城の共同体の責任者に相応しい呼称。イニシャルも、K。

行動するだろう。きょうのところは、特別な希望はない」

バルナバスの役割はヘンですね。村長がKの上司で、村長の指示に従わねばならなくなると言っておきながら、どうしてバルナバスが必要になるのか。村長の下にいるような下僚と、「長官」の間にわざわざ直通の「使者」がいるというのは、無駄ではないか。それに、バルナバスによる伝達が、口頭でも文書でもいいというのはあまりにも適当ではないか。口頭だと、ちゃんと伝達されるという保証はありません。ただ、この調子だと、書いたものを持たせても、どうなるかわかりませんね。

「署名を判読できない」ことが再度確認されましたが、これも一つのポイントのように思えます。確かにドイツ人にはかなり癖のある字を書く人がいますが、他の箇所はちゃんと読めていそうなのに署名だけ読めないというのは意味ありげですね。いろんな登場人物のアイデンティティが曖昧になっていく状況では、単に署名が読み取りにくいのではなく、字ではないもので描かれている可能性もありそうです。

「クラム Klamm」という名前ですが、これも意味がありそうです。ドイツ語としては、硬い岩盤の間に、裂け目のような形でできた峡谷を意味する名詞で、オーストリアやバイエルン等のドイツ語圏南東部で使われている言葉のようです。大雨が降って、水が流れ込んでくると、一気に水位が上昇したりするので、観光客が被害に遭う危険が高いそうです。時空の狭間にありそうな城の共同体の責任者に相応しい呼称のように思えますね。イニシャルも、Kですね。

Kは、宿屋の百姓どもにうんざりして、バルナバスに自分を散歩に連れ出してくれるように言いつけます。彼は、自分よりバルナバスの方が「足もとがしっかりしているので sicherer gehen」、「腕をくませてくれ mich in dich einhängen lassen」と言います。この言い分を真に受けるとすると、Kは、屋根裏部屋の裁判所の中を見て回った後の『審判』のヨーゼフ・Kのように、「城」と「村」の空気で疲れ切って、歩くのもおぼつかなくなっているわけです。他人に腕を取ってほしい、というのは尋常ではない疲れ方です。そこまで疲れていて、どうして外を出歩きたいのか。腕をくむという行為は、ヨーゼフ・Kが最後に処刑場に連れていかれた時の状態を連想させますし、同性愛的なニュアンスもありそうですね。

とにかくバルナバスは、Kをある「家」に連れて行きます。そこはどうもバルナバス自身の「家」のようです。Kは、バルナバスは「城」に帰るものだと思っていたのに、Kにそれと告げないまま、実家に帰ってきたのでびっくりします。これは、Kのリアクションの方が普通ですね。予告せずに、仕事関係の人を、帰宅ついでに自分の家に連れていく人はいないでしょう。サプライズで歓迎したいなら話は別ですが、そういう感じでもない。

> すると、テーブルのところで両親とおぼしきふたりの老人と、さらにもうひとりの娘が立ちあがった。一同は、Kに挨拶《あいさつ》をした。バルナバスは、みんなをKに紹介した。彼の両親と姉妹のオルガとアマーリアだった。Kは、彼らの顔をほとんど見なかった。みんなは、Kのぬれた上着をぬがせて、ストーヴのそばでかわかした。Kは、されるがままになっていた。

Kが呆然として、彼らの顔をよく見ていなかったというのはわかるとして、まだよく知らない相手の服を、頼まれもしないのにぬがせて乾かしてやるのも、ヘンですね。で、Kはもともとどうしたかったのかと言うと、

> 彼は、いま夜陰にまぎれて、だれにも気づかれずに、バルナバスの案内で城に忍びこみたかったのだ。それも、これまで自分が想像していたようなバルナバス、この村でいままでに会っただれよりも身近かな感じがすると同時に、見かけの地位よりもはるかに城と密接なつながりをもっているらしくおもえたあのバルナバスに案内してほしかったのである。しかし、いまここにいるバルナバスは、完全にこの家の一員であり、事実すでに家族の者といっしょにテーブルをかこんでいた。この一家の息子としてのバルナバス、おどろいたことに、城で泊ることすら許されていないバルナバス――このような男につれられてまっ昼間《ぴるま》に城へ行くことは、とてもできない相談であり、ばかばかしいほど希望のない試みであった。

要は、Kがバルナバスの「城」でのステータスや役割を読み違えていたということですね。Kは、バルナバスが長官クラムの側近で、いろいろ重要な任務を与えられているので、彼と仲良くなれば、「城」に入れると思っていたのですが、バルナバスは、「城」に泊まりがけで詰めているような、「城」の中核部に属する存在ではなく、普段は実家にいて、用事があった時だけ、臨時に仕事をするだけの周辺的な存在であり、見方によっては、K自身より「城」から遠いとも言えます。この小説では、その後も、Kがこいつは「城」の中心部に近そうだと、収集した情報から、ある意味常識的に推論して行動した結果が、裏切られる、というパターンが続きます。『審判』のヨーゼフ・Kは、自分ではあまり積極的に行動しないで、弁護士や画家から、

裁判所の中核部に近いところに働きかけるためのいろんな可能性を聞かされるけど、それが成功しているというはっきりした証拠を見せてもらえないので、次第に焦るわけですが、この作品のKは、自分でコネを作って利用して、失敗を繰り返します。

オルガが、Kが泊っているのとは別の「縉紳館 Herrenhof」という近くの宿屋に行くというので、連れていってもらうことにします。〈Herr〉というのは、先ほどお話ししたように、「旦那」とか「主」とか「紳士」という意味で、〈Hof〉は「庭」とか「園」「宮殿」という意味です。上流の人たちが利用してそうな名前ですね。

> 宿屋までの道のりは近かったが、Kは、オルガの腕にぶらさがり、ほかにどうしようもなかったので、先刻バルナバスにそうしてもらったように、ほとんど引っぱられるような格好でついていった。歩きながら聞いたところでは、この縉紳館というのは、本来は城の人たちだけが使用するところで、彼らは、村で仕事があるようなとき、ここで食事をしたり、ときには泊ることもあるということであった。オルガは、Kと低い声で、まるで親密な間柄どうしのように話をした。彼女といっしょに歩くのは、いかにもたのしかった。Kは、この快感に抵抗しようとした。が、それを消し去ることはできなかった。

ヨーゼフ・Kが廷丁の妻や看護師のレーニに対する欲望を刺激されたように、Kもオルガに対して欲望を感じはじめたわけですね。しかも、この場合は明らかに、自分の方から「快感 das Wohlgefühl」を感じにいっているわけです。

「縉紳館」に辿り着くことはできましたが、この宿屋も前の宿屋と外見的にはあまり違いないようにも見えます。にもかかわらず、「城」の人間以外は泊まれない、と断られてしまいます。Kは簡単には引き下がらず、自分は「城」の人たちと近付きになる必要があるのだと強調します。今日は、「城」の人たちが複数泊っているのかと尋ねると、「クラムです」と亭主が答えます。Kにはクラムに直接接するチャンスが出てきたわけです。

第三章、第四章――長官クラム、闇に包まれた「峡谷」

そして第三章は、「縉紳館」の酒場のシーンから始まります。Kはオルガの腕を取ってすわりますが、そこに別の女性が登場します。

> ビールをジョッキに注《つ》いでいるのは、若い娘で、フリーダという名前であった。あまり人目を惹《ひ》かない、小柄な、ブロンドの髪をした娘で、眼に悲しみの色をうかべ、頬はやせこけていたが、その視線だけは、なにかはっとさせるものがあり、独特な高慢さと優越感をたたえていた。Kは、その視線に出会ったとき、自分の一身上のいくつかの運命がすでにこの視線によって決定されてしまったような気がした。彼自身は、この視線によって左右されねばならぬよ

うな運命があるとはまったく知らずにいたのだが、この視線は、彼にそのような運命の存在を確信させるだけの力をもっていた。

ここは珍しく、普通の小説っぽい、解説っぽい書き方ですね。解説の余地ないですね。オルガとフリーダはそれほど仲良しのようではなく、あまり会話しません。

Ｋは、ふたりにもっと話をさせたいとおもったので、いきなり、「あなたは、クラムさんをご存じでしょうか」と、たずねた。

するとオルガが、声をたてて笑った。

「なぜ笑うんだね」と、Ｋは、腹をたてた。

「あら、笑ったのじゃなくってよ」と、オルガは答えたものの、なおも笑いつづけた。

「オルガは、まだほんのねんねですね」Ｋは、そう言って、カウンターごしに身をのりだして、フリーダの視線をもう一度自分のほうにしっかりと引きつけようとした。しかし、フリーダは、眼を伏せたまま、低い声で、「クラムさんにお会いになりたいのですか」

Ｋは、そうしてくれるように頼んだ。フリーダは、自分のすぐ左手にあるドアをさした。

「あそこに小さな覗《のぞ》き穴があります。そこからごらんになれますわ」

「で、ここにいるほかの連中のことは気にしなくていいんですか」

フリーダは、下唇《したくちびる》をゆがめて、ひどくやわらかい手でＫをドアのところへ引っぱっていった。この小さな覗き穴は、あきらかに隣室の様子を見るためにくり抜かれたもので、ほとんど部屋全体を見わたすことができた。部屋の中央におかれた仕事机をまえにして、快適そうな、まるい安楽椅子に腰をかけ、眼のまえにぶらさがった電燈《でんとう》の光にまぶしいほど顔を照らしだされているのが、まさしくクラム氏であった。中くらいの背たけをして、ふとった、鈍重そうな男である。顔にはまだしわができていないが、頬《ほお》は、すでに年齢の重みでいくらかたるんでいた。黒い口ひげは、長くぴんとはねていた。ななめにかけた、反射のつよい鼻眼鏡に隠されて、眼はよく見えない。クラム氏がまっすぐ机のほうを向いて腰をかけていたら、Ｋにはその横顔しか見えなかったであろう。ところが、Ｋのほうにからだを半分以上向けていたので、顔がすっかり見えた。クラムは、左肱《ひだりひじ》を机につき、ヴァージニア・シガーをもった右手を膝《ひざ》の上においていた。

オルガが笑ったことについては、ベタに解釈できますね。Ｋの下心を見抜いたわけです――一応、そう解釈しておきましょう。Ｋの方もそれがわかって、「オルガは、まだほんのねんねですね Olga ist noch ein recht Kindisches Mädchen」と露骨な言い方で、オルガの邪魔を逆手に取って、大人の魅力があるフリーダとの会話に繋げようとしたわけです——かなりベタですね。

しかし、フリーダは、意外にもKの言葉にそのまま反応します。ただ、その後のフリーダのKの手を取って、「覗き穴 Guckloch」へと誘導するという動作はエロティックですね。この「覗き穴」のイメージは、「クラム」という名前が意味する「峡谷」、山と山の間の狭間というイメージに通じていますね。それに、覗く対象は「クラム」というくたびれたオジサンだけど、「覗く」という行為自体がエロティックですね。「クラム」の身体自体は到底魅力的とは言えないけれど、そういう情けない身体をこんなにじっくり細部にわたって見つめることは滅多にないですね。ヘンな欲望が発動しているように見えます。権力への欲望と、性的な欲望がねじれて癒着しているような妙な場面ですね。


　フリーダは、クラム氏をよく知っているようです。どうしてかというと、

「さっき、オルガが笑ったのをおぼえていらっしゃらないの」

「おぼえていますとも。不作法な女です」

「でもね」と、フリーダは、なだめるように言った。「あれは、笑う理由があったのよ。あなたは、わたしがクラムを知っているかっておたずねになったでしょ。だって、わたしは——」と、ここで彼女は、無意識にからだをすこしのばして、いま話していることとなんの関係もない、例の勝ちほこったような眼つきでまたもやKを見た。「——わたしは、クラムの恋人なんですもの」

「クラムの恋人ですって」と、Kは、問いかえした。彼女は、うなずいた。

「それじゃ、あなたは」と、Kは、ふたりのあいだがあまりに堅苦しい雰囲気《ふんいき》にならないように微笑まじりに、「わたしにとってたいへんなご名士でいらっしゃるというわけですね」

「あなたにとってだけではありませんわ」と、フリーダは、親しみをこめて答えたが、Kの微笑には応じなかった。Kは、相手の高慢の鼻をへし折る妙手を心得ていたので、さっそくそれを応用して、

「あなたは、城にいらっしゃったことがありますか」

　しかし、せっかくの質問も、的はずれだった。というのは、フリーダは、「いいえ。でも、この酒場にいるだけで十分じゃありませんか」


　オルガが笑った直接の理由はかなり意外でしたね。それにしても、自分で、「城」のお偉方の「恋人」だと名乗るというのは大胆ですね——原語の〈Geliebte〉は、「愛人」という意味にも取れます。普段から公言しているのでしょう。フリーダのこの態度が強がりではないとすると、この界隈では、長官の愛人であることは、恥ではなくて、むしろ自慢できることなのでしょう。また、「長官の愛人」でも「城」に行ったことがないと

いうのは、「城」へのアクセスの難しさを改めて示唆しているように思えます。このフリーダは、『審判』の弁護士の愛人レーニと同じような印象を与えますね。愛人であることを見せつけて、Kの関心を引いているわけですから。

　彼女はもともと、橋屋（Wirtshaus zur Brücke）という宿屋の家畜係の女中だったということですね。そこからすると、この酒場を任されるのは結構な出世のようです。

「フリーダさん、もうひと言だけ言わせてください。家畜係の女中からはじめて、酒場のホステスにまでこぎつけるのは、なみたいていのことではないし、よほどの力が必要でしょう。ですが、あなたのような人にとっては、それでご自分の究極目標に到達したと言えるでしょうか。ばかげたことをおたずねしているかもしれません。フリーダさん、どうか笑わないでください。あなたの眼は、過去の勝利よりも、むしろ未来の戦いを語っています。しかし、世のなかには、いろいろと大きな障害があります。目標が高ければ、それにつれて障害も大きくなるものです。ですから、しがない、つまらぬ人間かもしれませんが、あなたとおなじように戦っている男の後楯《うしろだて》を確保しておくことは、けっして不名誉なことではありません。たぶん、いつかふたりきりで、多くの眼にじろじろ見られないところで、静かにお話できることがあるかもしれません」

何を言いたいのかわかりにくいですね。混乱している感じです。少し後のやりとりからわかるように、「クラムを捨てて、わたしの恋人になってください」、ということなのですが、これはフリーダがそれだけ魅力的だということか、それとも「城」の象徴である「クラム」と張り合っているような気持ちになっているのか、あるいは、やはりフリーダを通じてクラムと接点を持とうとしているのか。

　フリーダが、いったんオルガと一緒に出て下さいと言うので、出ていこうとしますが、百姓たちがオルガを中心に踊りを始めていて、なかなか彼女を離してくれない。

「ああいう連中をわたしのところへよこすのですわ」と、フリーダは、怒ったようにうすい唇をかんだ。

「あの連中は、何者ですか」

「クラムの従者たちです」と、フリーダは答えた。「いつも連中をつれてくるのです。あの連中がいると、こちらまで頭がこんがらかってしまいます。測量師さん、きょうあなたとお話ししたことも、ほとんどおぼえていないくらいですわ。お気にさわったでしょうが、どうかお許しくださいね。あの連中のせいですわ。あれは、わたしの知っているかぎりの最も軽蔑《けいべつ》すべき、最もいやらしい連中です。だのに、あの連中にビールを注いでやらなくてはならないのです。つれてこないでほしいと、これまでなんどもクラムに頼みましたわ。城のほかの人たちの従者に手を焼かされるのだったら、クラムも、すこしはわたしを気の毒におもってくれるかもしれませんが、いくら頼んでも、あの連中のことは聞き入れてくれません。クラムがここへ着く一時間ほどまえになると、家畜小屋にはいりこむ豚かなんぞのように、きまってあの連中がなだれこんでくるんです。でも、そろそろあの連中にふさわしい家畜小屋に追いこんでやりますわ。あなたがいらっしゃらなかったら、あそこのドアをあけてやるところなんですが。そしたら、クラムがきっと連中を追いだしてくれるでしょう」

「クラムは、連中の騒ぎがきこえないのですか」

「ええ。クラムは、眠っていますもの」

「なんですって！」と、Ｋは、叫んだ。「眠っているんですって！ さっきあの部屋をのぞいたときは、ちゃんと目をさまして、机にむかっていましたよ」

「いつまでもあんなふうにすわっているのです。あなたがごらんになったときも、すでに眠っていたのです。でなかったら、あなたにのぞかせなんかしなかったでしょう。彼は、いつもあんな格好で眠るんです。お城の人たちは、じつによく眠ります。ほとんど理解に苦しむほどです。いずれにしても、あれくらいよく眠らなければ、どうしてこの連中に我慢できるでしょう。でも、いいかげんに自分で追いだしてやらなくてはなりませんわ」

「クラム」がどんな人間なのかますますわからなくなってきましたね。「長官」なので部下が複数付いているのはおかしくありませんが、フリーダは部下ではなく、「従者 Dienerschaft」と言っています。まるで、クラム自身も封建貴族のようです。伯爵が、中世の大貴族のような存在なら、そういうこともあり得たでしょうが、「城」はそれほど広大な領域を支配しているのか。で、クラムはその「従者」たちを何のために連れ歩いているのか。クラムが部屋にいる間遊んでいて、しかも、彼の愛人にちょっかいを出している。そのうえ、クラム自身はずっと部屋の中で寝ている。その目的の一端は、面倒な「従者」たちから解放されることにあるようです。ということは、「従者」と言いながら、むしろ、クラムにたかって、クラムを支配している面倒な存在ではないのか。クラムをはじめ、「城」の連中はいろいろあって疲れ切っているので、「縉紳館」に来て眠るのはいいとしても、眠り続けているのなら、フリーダと関係がもてるのか。単に、面倒な「従者」の相手をさせているだけではないのか、という疑問が生じますね。

　最初は、Kにつんけんしている感じのフリーダですが、八八頁を見ると、「好きな人！　わたしの大好きな人！」、とKにささやいていますね。こういう、自分が世話になっている「愛人」をだしにして、Kの関心を引くところがレーニみたいですね。その後、フリーダはKと、Kのもとにやって来た二人の助手をつれて、「橋屋」に行きます。そこでKとフリーダは、フリーダ用らしい部屋に入ります。二人の助手が入ってきます。Kが追い出してもしつこく入ってきます。

第四章で、橋屋の女将さんが、Kにフリーダとの関係をどうするのかと問いただします。いつのまにか、Kとフリーダが結婚するということになっています。Kは当たり前のように、何とかすると約束します。あれっ、Kには「女房子供 Frau und Kind」がいて仕送りしないといけないんじゃなかったのか？ Kはこれまでの世界と縁を切るつもりになったのか、それとも自分がどういう人間か忘れたのか？ Kは、結婚を確実するために、「クラム」に会わねばならないといって、仲介を女将に頼みこみますが、予想されるようなよくわからない理由をつらつらと並べて、「クラム」に会うのは不可能だと言い渡されます。その一方、Kと関係を持ってしまったことが知られたフリーダは、これまでの全てを失ってしまったようです。

第五章から第九章まで——官僚機構の落とし穴

第五章では、村長を通じて「伯爵府 die gräflichen Behörden」——正確に訳すと、「伯爵（領）の諸官庁」——と接点を持とうとしますが、その村長によると、自分たちの村にはもともと、測量師を必要とするような仕事はなかったのに、何年か前に、測量師を雇うことになったので、そのための書類などの準備をしておけ、という「訓令 Erlaß」が「城」のある「部署 Abteilung」から送られてきたそうです。何年も前なので、当時はKが想定されてはいなかった、というわけです。その通りだとすると、大分時間差があって、いろんな人との交渉の後に、Kにお鉢が回ってきたことになります。一三一頁に、Kの「招聘 Berufung」をめぐる面倒な経緯についての、村長の〝説明〟があります。

「[…] しかし、さしあたり経緯《いきさつ》だけなら、書類なんかなくったってお話できますよ。すでにお話ししました訓令にたいして、わたしどもは、せっかくだが測量師は要《い》らないという旨《むね》の返答をしたのです。ところが、この回答は、訓令が発せられたもとの課——かりにA課とよんでおきましょうか——そのA課へは戻らず、まちがってべつのBという課へ行ってしまったらしいのです。したがって、A課にすれば、いくら待っても梨《なし》のつぶてというわけです。ところが、困ったことに、B課も、われわれの返書を完全に受けとったのではないのです。書類の中身がわれわれのところに残されたままになっていたのか、あるいは、途中で紛失してしまったのかはわかりませんが——あちらの課で紛失したのではないことだけは確かで、これは、わたしが保証します——とにかく、B課へとどいたのも、書類の封筒だけでしてな、それには、この封筒の中身（といっても、実際にはなにも封入されていなかったわけですが）は測量師の招聘に関する文書であるということしか記してありませんでした。そのあいだ、A課では、われわれの返答を待っておりました。A課には、この問題に関する記録はとってあったのですが、こういうことは、おわかりのようによくあることでして、また、決裁をどんなに精密にやっていても起るものでしてね、われわれのことを担当している連絡係は、そのうちこちらから回答が行くだろうとあてにして、回答がありしだい測量師を招聘するか、必要に応じてさらにこの件に関してわれわれと連絡をとるかすればよいと考えておったのです。その結果、彼は、備忘録に書きとめておくのをおこたり、問題全体が彼のところで忘れられてしまう羽目になったのです。ところで、B課では、例の封筒は、良心的なことで知られている連絡係の手に渡りました。彼は、ソルディーニと言って、イタリア人ですが、事情に通じているわたしから見ても、彼ほどの能力にめぐまれた人物がなぜいつまでも下っぱといってよいほどの地位にとどまっているのか、理解に苦しむほどです。このソルディーニは、当然のことながら、中身が欠けているからといって封筒をわれわれのところへ送り返してきました。ところが、そのときは、A課から例の最初の文書がとどいてから、何年もとまでは言えないにしても、すでに何カ月という日時がたっていました。といいますのは、おわかりいただけるでしょうが、書類というものは、規則どおりに正しい道順をたどっていきますと、おそくとも一日後にはめざす課にとどき、その日のうちに片がつきますが、いったん道をまちがえると——そして、役所の組織がすぐれておればおるほど、書類は、そのまちがった道を文字どおり必死になってさがしつづけなくてはならないものです。でないと、道がありませんからね——とにかく、いったんこうなってしまうと、もちろん、非常に手間どるわけです。

[…]

こういう書類の行ったり来たりは、『審判』にもありましたね。『審判』の場合は、弁護士と裁判官の間の書類のやりとりでしたが、ここでは、役所の中の官僚主義的な縄張りのせいで、書類が迷子になってしまう、〝正確さ〟が仇になるという話なので、組織のなかで働いたことのある人の多くが、何度か体験したことがあると思います。それにまた、イタリア人ですね。『審判』では、法廷画家と、Kが市内観光に付き合うイタリアのビジネスマンが重要な枠割を果たしていましたね。カフカが最初に勤めたのが、イタリア系の保険会社なので、イタリアと官僚組織のイメージが彼の中で結び付いていたのかもしれません。ここでは、ソルディーニは優秀な人物ということになっていますが、一三二〜三六頁の、村長の長台詞を見ると、ソルディーニは書類がどこかに行っていることに気付いていたのに、立場上他所の部署に問い合わせることができなかった、ということです。これ、日本で縦割りの行政の典型として批判されるパターンですね。

村の住民たちも、「測量師」を雇うという決定におとなしく従ったわけではなく、いろいろ確執があった、ということですね。ラーゼマンの義理の兄弟に当たるブルンスウィックという男が、伯爵府のいろんな部署とコネを持っていて、いろいろ画策したという話が出てきます——ここではどっちに画策したのかよくわからない曖昧な書き方になっていますが、第十三章での彼の息子とKの会話から、測量師を招く方に画策したのだということがわかります。こういうのも日本でよく聞く話ですね。一四二頁で、村長が「城」の官僚機構の一般的な性格について説明します。

われわれの行政組織は、その精密さに比例してきわめて鋭敏にできています。たとえばですね、ある問題が非常に長期にわたって検討されているような場合、検討がまだ終ってもいないのに、どこかある予測もつかない、あとからではもうさぐりだすことができないような場所で不意に稲妻のように決定がくだされ、それがたいていは正しいのですが、それでも勝手にこの問題にけりをつけてしまうというようなことが起りうるのです。たとえて言ってみれば、おそらくそれ自体としてはとるにも足りないおなじ問題に何年ものあいだ緊張させられ、刺激されることにしびれをきらして、行政組織自体が役人たちの助けなどを借りずに自分で決定をくだしてしまったのだとでも言いましょうかね。むろん、奇蹟《きせき》が天から降ってきたわけじゃありません。いずれだれかある役人が決済文書を作成したか、文書にしなくても、そういう決定をくだしたにちがいないのですが、どちらにせよ、すくなくともわれわれこちらのほうから見ると、いや、役所から見てさえも、この場合決定をくだしたのはどの役人であるか、また、どういう理由からであるかということは、どうにも確かめようがありません。それを確認できるのは、監督局だけですが、それもずっとあとになってからの話です。しかし、それは、もうわれわれには知らされませんし、そのころには、ほとんどもうだれもこの問題に興味なんかもっていませんからね。

いよいよ、『審判』の裁判所システムに似てきましたね。散々、書類があっちこっち行きかった挙句、どこかで急に「決定 Entscheidung」が下される。『審判』と少し違うのは、裁判官たちにも実体がよくわからないずっと上の方で、神の啓示のように決まるのではなくて、君主であろう伯爵の決定でもなくて、どこかの部署の役人の一人がたまたま決定した、ということだけはわかっている点です。そのため、神的な存在というより、「行政組織 der behördliche Apparat」自体が意志を持って、役人のうちの誰かを動かして決着を付けたという、システム論っぽい言い方になっていますね。

あと、村長の立ち位置も興味深いですね。「城」の行政組織のことを「その精密さに比例してきわめて鋭敏 Entsprechend seiner Präzision ist er auch äußerst empfindlich」と評価するとか、誰が出したのかわからない「決定」が「たいていは正しい meistens sehr richtig」と断定するとか、官僚機構の代弁をするようなことを

村長の立ち位置

中途半端、間に入る人。
「城」の行政組織、官僚機構の代弁をするようなことを言っていたかと思うと、役所での「決定」について第三者的に分析→役所の側、もしくは住民の側になったりする人。

言っていたかと思うと、役所での「決定」について第三者的な分析を示している。中途半端ですね。こういう役所の側になったり、住民の側になったりする人は、リアルに存在しますね。

更に村長は、シュワルツァーも彼が電話で話をしていたフリッツという下級城代のことも知らないと言い、Kに「あなたは、まだわれわれの役所とほんとうに接触されたことは一度もないのです」、と突き放します。更に、「電話」での会話が当てにならないものであることを示唆します。

「[…] 城では、電話は、すばらしい働きをしているようです。話によると、城内では、ひっきりなしに電話をかけているそうです。むろん、そのために仕事は、大いにはかどるわけです。城内でたえまなしにかけているこの電話の声は、村の電話で聞くと、なにかざわめきの音や歌ごえのようにきこえるのです。これは、確かあなたも聞かれたにちがいありません。ところが、このざわめきと歌ごえこそ、村の電話がわれわれに伝えてくれる唯一《ゆいいつ》の正しいもの、信頼するに値するものでしてね。それ以外は、すべてあてにはならんのです。こちらと城とのあいだには、きまった電話回線もないし、こちらからの呼びだしをつないでくれる交換台もありません。こちらから城のだれかに電話をかけると、あちらで下級の課のあらゆる電話のベルが鳴りだすのです。
[…]」

電子メールや携帯が普及し始めた頃、新しい機器になじめない人のリアクションはこういう感じだったかもしれません。初期の電話はかなりつながりにくかったはずなので、雑音にしか聞こえなかった人もいたかもしれません。それにしても、「ざわめきと歌ごえ」にしか聞こえないのに、それが「唯一の正しいもの、信頼に値するもの das einzige Richtige und Vertrauenswerte」だと言っているのが妙ですね。どうして聞き取れないものが、正しくて信頼に値すると言えるのか。でも、組織のなかで働いていると、こういうことを言ってしまう感覚わかりますね。上の方でどういうやりとりがあるのかわからないけれど、自分たちのところには〝正解〟が降りてきている、ということにするしかない、そうしておかないと、収まらない。

第六章では、橋屋の女将が自分も昔、クラムと関係があったと言い出して、クラムについて長々と話をします。当然、クラムと会うのに必要そうな話は聞き出せません。第七章では、小学校の教師だという男が訪ねてきて、Kの処遇は「城」から出された書類が見つからない限り、何も決められないので、村長の判断で当面小学校の小使い（Schuldiener）をしてもらうことになった、と言います。最初は断ろうとしますが、フリーダに言いくるめられて、引き受けることになります。第八章では、輪郭がぼやけてきた「城」を近くから観察しようとしたKが「縉紳館」に近付いて、フリーダの後任のペーピーや、クラムの馭者や、宿の常連らしい若い紳士と話をして、結局、ここでクラムと会える機会を待っても無駄と言われ、ますます孤立して終わる、というわけです。第九章では、若い紳士が「城」の「在村秘書 Dorfsekretär」のモームスという人物だということがわかります。クラムは、モームスに改めてクラムに会わせてくれるように頼みますが、モームスはまず、Kに「尋問 verhören」して「調書 Protokoll」を取らないといけない、と言います。「調書」を取ったら、クラムに会えるのかと聞くと、そういうわけでもない、と言われて、Kは断り、余計にぎくしゃくします。それにしても、尋問して調書を作って報告する「在村秘書」なるものが実在し、本当に機能しているのなら、どうしてKを「村長」の部下にして、人間関係の面倒を増やす必要があるのか。これはお役所仕事でありそうな話ではありますが、ここまで齟齬が多いと、本当に「クラム」は一人の人物として実在するのか、Kが覗き見したのは本当に、ただ一人の人間として存在する「クラム」だったのか、疑問になってきますね。

第一〇章まで――無限ループする「文書の道」

この小説は二〇章で構成されていますが、本講義では折り返しになる第一〇章まで見ておきましょう――ちなみに、この小説は未完なので、二〇章という章分けはマックス・ブロートによるものです。Kは、クラムからの手紙を持ってきた、バルナバスと出くわします。二四一頁を見ると、その手紙では、Kが既に測量師としての仕事をしていて、それに満足している、と述べられていました。Kは間違った報告がクラムの所に行っていることに困惑します。それでクラムに、この件に関するメッセージを届けてほしいと頼みます。「[…] 手紙は書きたくないんだ。手紙にすると、ほかの文書と同じように、またしても際限なく盥まわしにされるのがおちだからね」と言っていますね――「際限なく盥まわしにされる」、原文では、〈den endlosen Aktenweg gehen〉、「無限の書類の道を行く」という表現になっています。口頭にした方が伝わりやすいという発想には、根拠がありませんが、気持ちはわかりますね。Kは不思議な態度を取っているように見える反面、能率の悪い官僚組織にうんざりして、やけになった人が取りがちな行動を取っているだけの場面も多いですね。

そこで、彼は、バルナバスの心覚えにするために、一枚の紙きれを助手の背中に当てて、いま述べたことをなぐり書きしたが、そのあいだもうひとりの助手は、灯《あか》りを照らしていた。しかし、K自身でさえも、バルナバスに口授してもらわないと、書きとおすことができなくなってしまった。バルナバスは、全部をちゃんとおぼえていて、助手たちが横合いからはさむまちがった文句になんか頓着《とんじゃく》せずに、小学生のように正確に暗誦してのけたのである。

誰かの背中を下敷きにして、殴り書きするというのはかなりおかしな行為ですね。書かれる側が別に気にしなかったり、むしろ喜ぶとしても、生き物の肉体の上では字を書きにくいので、普通、背中で書きたいなどとは思いません。この場面は、何となく、『流刑地にて』を想起させますね。囚人の背中に刑罰として判決文を書き込んでいく。これは、囚人という特殊なカテゴリーの人間だけではなく、文字によって伝承される文化のなかに生きる人間の身体は、自然のままではなく、不可避的に何かの意味が深く刻印されていて、それが「法」である、というようなことが暗示されているように思えますね。それをなぞっているようにも思えます。

この場面に何か象徴的な意味があるとすれば、バルナバスがちゃんとメッセージを記憶していて、しかも、Kは文書を信用していないと言っているにもかかわらず、わざわざ、バルナバスの身体の上で、念のために文書を書くというのは無意味な行為です。それをやらないと気がすまないのは、Kが文書＝エクリチュールの世界、人間の身体にまで「文」が書き込まれた世界の住人で、生の声＝パロールを信用し切ることができないためではないか、と考えられます。だとすると、Kは無限ループする「文書の道」から抜け出すことはできないでしょう。

これ以降も、同じようなパターンが何度か繰り返されます。Kは「城」に近そうな人間に出会い、その人間との関係を通じて「城」にアクセスしようとしますが、実はその人間も「城」の中枢部についてはっきり把握していない。Kは、そういう人物に振り回され続け、いつのまにか彼らと同じように「城」を実体視し、「城」との関係を自分の生活の中心にするのを当然視するようになっていくように見えます。しかも、どんどん「測量」をするという本来の仕事からズレていきます。

■質疑応答

Q　測量師という職業が象徴的です。Kは境界線を区切る職業でありながら、いろいろな障害にあって、自分の居場所の境界線がわからなくなっていく経緯を辿っている、という印象を受けました。

A　そもそも彼がどこから来たのか全く言及されていませんし、妻子のことにも少し触れただけで、本当にいたのかどうか曖昧になっていきます。二人の助手も元から雇っていたのか、「城」あるいは「村」から割り当てられたのかわからなくなりますね。おっしゃるように、アイデンティティを形成するのは、自分と多数の他者の間に、関係性に応じて複数の分割線を引いて、強化することだと見ることができます。Kが自分のアイデンティティを見失いつつあるのは間違いないですが、元からなかったのか、「城」の力の圏内に入ったせいでそうなったのか、わからないですね。Kという名前は、本名を隠すためのイニシャルというより、本当に、苗字か下の名前かわからないKという存在だったのかもしれません。ただ、いずれにしても、今のKには、関係ないでしょう。自分が何者だったのか、自分を再確認するにはどうしたらいいのかわからなくなりつつあるのですから。

　土地を区画する測量師でありながら、この地域の権力関係に巻き込まれ、自分自身を輪郭付ける境界線さえ失いつつあるKは、電話や手紙・書類、声といった媒体に頼りますが、それでかえって深みにはまっていく感じですね。ヘンな音を出すだけの電話が信用できないで、形に残る手紙・書類に依拠しようとしたら、それらは無限ループすることがわかった。そこで、生の声に頼ろうとしたけど、生の声だと消えていくし、その声を自分や周りの人たちがちゃんと記憶しているか定かではない。女性に対する欲望を露骨に見せるようになるのは、公的な行政システムによって保護されず、ホモ・サケル的な状態になったので、それまで彼の欲望を抑えていた象徴界の規制が弱まり、欲望がむき出しになった、と見ることもできますが、電話や公文書という公式のメディアが使えないので、女性の身体をメディアとして頼るようになった、と見ることもできます。単に象徴的代替物にするというのではなく、メディアとして利用するという意味で。だって、フリーダはクラムの愛人だという触れ込みだし、彼女を通じて、橋屋のおかみさんたちとコネもできます。それも結局うまくいかないわけですが。

　どうしても「城」に入っていけず、Kのアイデンティティが次第に怪しくなっていくわけです。村上春樹の小説や宮崎アニメだと、自我が徐々に削りとられるような試練をいくつも克服して、混沌の中枢に入っていくことに成功すれば、それで失ったものを一気に回復したうえ、なぜそのような試練にあったのか、その意味が明らかになるわけですが、カフカの世界では、そういうことは起こりそうにないですね。

Q2　舞台が冬ですが、この設定には特に意味があるのでしょうか。

A2　冬に意味があるとすると、人が家に引き籠もる時期だということ、中東欧の山村だと、雪が積もって歩行が困難になるし、見通しが悪くなります。そうした要因が、土地を俯瞰的に見なければならない測量師であるはずのKが、「城」の実体を見極められず、自分の居場所を確保することもできず、道を歩くのにさえ難儀するという状況を生み出すことに寄与していると言えるでしょう。無論、冬でなくても、そうなっていたでしょうが、冬というのは、そういうKにとって不利な状況を強化していると言えるでしょう。南イタリアっぽい情景で、こういう展開を描くのは難しいと思います。不自然なことと、自然なことの境界線を曖昧にしているのが、この小説の特徴なので、露骨に不自然な設定にはしにくいかもしれません。ひょっとすると、雪のせいで、外との交通も遮断されて、緊急事態宣言のようになっているかもしれません。

冬の辺鄙な、「城」という封建的な組織の支配下にある村落にいることで、Kは、他者の身体との接触もかなり制限されているわけです。それによって、彼が普段どういうメディアに頼って、社会と接点を保っているのかが、改めて浮き彫りになっているのかもしれません。

［講義］第4回

不特定多数の人を巻き込みながら作用する「権力」——『城』後半

『審判』との構造比較

前回も『審判』と『城』の構造を随時比較しましたが、後半に入るに当たって再度比較してみましょう。『審判』の主人公ヨーゼフ・Kは銀行員で、市民社会の一員であり、通常の意味での法に従って生きてきました。そこに、「審判＝訴訟＝プロセス」という形を取って、これまで姿を隠していた「法」が介入してきます。Kの生活に干渉し、振り回すようになります。Kは最初、その「プロセス」を動かしているのが普通理解されている意味での法だと思って、常識的なやり方で対処しようとしました——彼の態度は、当初から、普通の人のそれから結構ズレていますが。しかし、彼が「プロセス」を止めようといろいろ動いていくなかで、「プロセス」の源泉である「法」それ自体が捉え難く、直接アクセスするのが困難であることが判明します。やがて「プロセス」について様々な決定を行い、Kのような人物を一度獲物として捕らえるとなかなか放そうとせず、呪縛し続ける「裁判所」がいたるところにあること、しかしそれらは独自の判断だけで動いているわけではなく、どこにあるのかわからない高次の審級、現代思想風に言うと、超越論的審級とか、大文字の「法」あるいは「他者」と言うべき存在が、最終的決定をしているらしいことがわかってきます。「プロセス」が暴力的にプライベートな空間に侵入してくることによって、Kの欲望を隠していたフィルターが壊され、彼の隠された欲望や衝動、特に性的欲望が露わになり、彼は、遭遇する女性たちと妙な関わり方をすることになります。明らかに自然界の法則に反しているとしか思えない現象も起こりますし、読者から見ていると、これは法のプロセス＝訴訟ではなくて、精神病

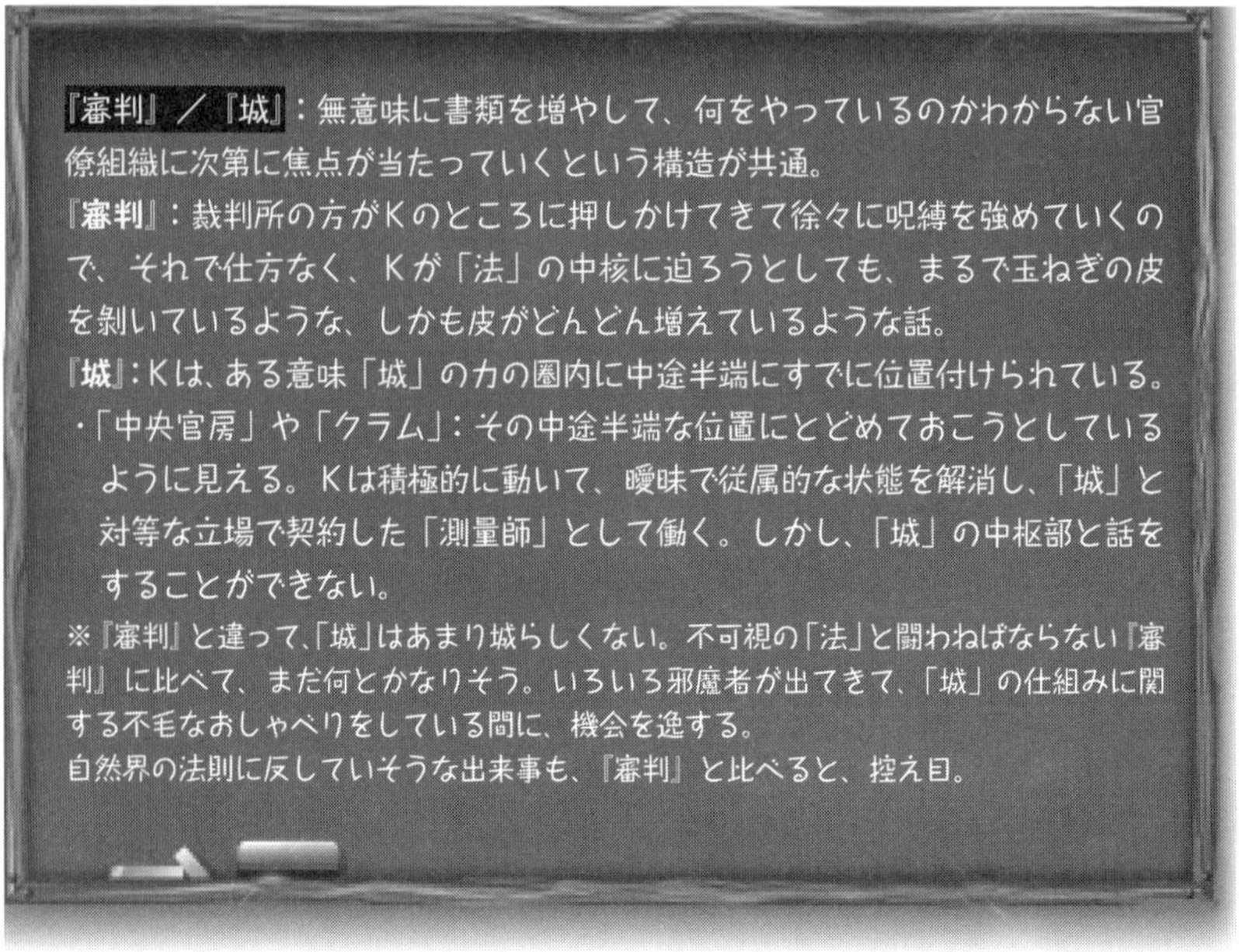
『審判』／『城』：無意味に書類を増やして、何をやっているのかわからない官僚組織に次第に焦点が当たっていくという構造が共通。
『審判』：裁判所の方がKのところに押しかけてきて徐々に呪縛を強めていくので、それで仕方なく、Kが「法」の中核に迫ろうとしても、まるで玉ねぎの皮を剝いているような、しかも皮がどんどん増えているような話。
『城』：Kは、ある意味「城」の力の圏内に中途半端にすでに位置付けられている。
・「中央官房」や「クラム」：その中途半端な位置にとどめておこうとしているように見える。Kは積極的に動いて、曖昧で従属的な状態を解消し、「城」と対等な立場で契約した「測量師」として働く。しかし、「城」の中枢部と話をすることができない。
※『審判』と違って、「城」はあまり城らしくない。不可視の「法」と闘わねばならない『審判』に比べて、まだ何とかなりそう。いろいろ邪魔者が出てきて、「城」の仕組みに関する不毛なおしゃべりをしている間に、機会を逸する。
自然界の法則に反していそうな出来事も、『審判』と比べると、控え目。

理的なプロセスではないかと思えてきます。

大都市の下宿と勤め先、そして、貧しい人たちが居住する郊外らしい場所、大聖堂などを舞台とする『審判』に対して、『城』では、中東欧っぽい辺鄙な田舎、その地域一帯が「城」の支配下にある、前近代的・封建的な雰囲気がある地域が舞台です。作品に直接出てくる登場人物たちは決して少なくありませんが、みな「城」の共同体の一員として何某かの接点があるか、顔見知りのように見えます。彼らのアイデンティティは、何か曖昧で、簡単に匿名的な存在、村人AとかBになってしまいそうなのに、何故かKを除いてみんな慣れあっている感じがしますね。そして、この地域全体が外の世界から隔離され、独自の社会システムを構成しているかのような様相を呈しています。主人公Kは地理的にその閉鎖圏内に入っていて、書類上は、村長の管轄下に入れられますが、本来の仕事はさせてもらえず、本当は相手にしてもらえてないような状態が続きます。

官僚組織、「城 Schloß」、「法 Gesetz」

『審判』と『城』は無意味に書類を増やして、何をやっているのかわからない官僚組織に次第に焦点が当たっていくという構造が共通していますが、『審判』の場合、裁判所の方がKのところに押しかけてきて徐々に呪縛を強めていくので、それで仕方なく、Kが「法」の中核に迫ろうとしても、まるで玉ねぎの

「城」原語：〈Schloß〉。この名詞の動詞形は、「閉じる」という意味の動詞〈schließen〉、同じ系統の名詞に、「鍵」という意味の〈Schlüssel〉もある。

皮を剝いているような、しかも皮がどんどん増えているような話になるわけですが、『城』のKは、ある意味「城」の力の圏内に中途半端ではありますが、既に位置付けられていて、「中央官房」や「クラム」はその中途半端な位置にとどめておこうとしているように見えるのに対して、Kの方から積極的に動いて、曖昧で従属的な状態を解消し、「城」と対等な立場で契約した「測量師」として働くために、自分から「クラム」との接触を求めます。しかしなかなか「クラム」に会えないし、「城」の中枢部と話をすることができません。『審判』と違って、「城」はあまり城らしくありませんが、遠くから見ることはできるし、「クラム」はその姿を覗き穴から見ることができるし、その愛人や部下と接点を持てている、つまり可視的な位置にいるので、どうにかなりそうな感じがするのに、いろいろ邪魔が入って、「クラム」に直接会えません。不可視の「法」と闘わねばならない『審判』に比べて、まだ何とかなりそうですが、いろいろ邪魔者が出てきて、「城」の仕組みに関する不毛なおしゃべりをしている間に、「クラム」と接する機会、「城」に行く機会を失います。自然界の法則に反していそうな出来事も、『審判』と比べると、控え目です。

「城」は原語で〈Schloß〉ですが、この名詞の動詞形は、「閉じる」という意味の動詞〈schließen〉です。同じ系統の名詞に、「鍵」という意味の〈Schlüssel〉もあります。つまり、「城」は閉じられた領域を暗示しているわけです。これは、この領域が世界の他の地域から閉鎖されていることと、その中核にある「城」が、Kのような官僚機構に属していない者に対して閉鎖されている、という二重の閉鎖を意味します。そこに「土地測量師 Landvermesser」であるKがやってきて、「ナイフ Messer」で切り裂くように、切れ目を入れて、その輪郭を描き出そうとするわけですが、「城」の茫漠としているようで、やんわりと侵入者を押し返すシステムに阻まれ続けます。「クラム Klamm」という名前は、峡谷、硬い岩盤の間の狭い隙間という意味ですが、Kはその狭い隙間にくさびを突っ込んで、どうにかこじ開けようとするわけですが、いろいろ障害物が出てきて入っていけません。

『審判』も『城』も、人々を支配する「法 Gesetz」が重要な役

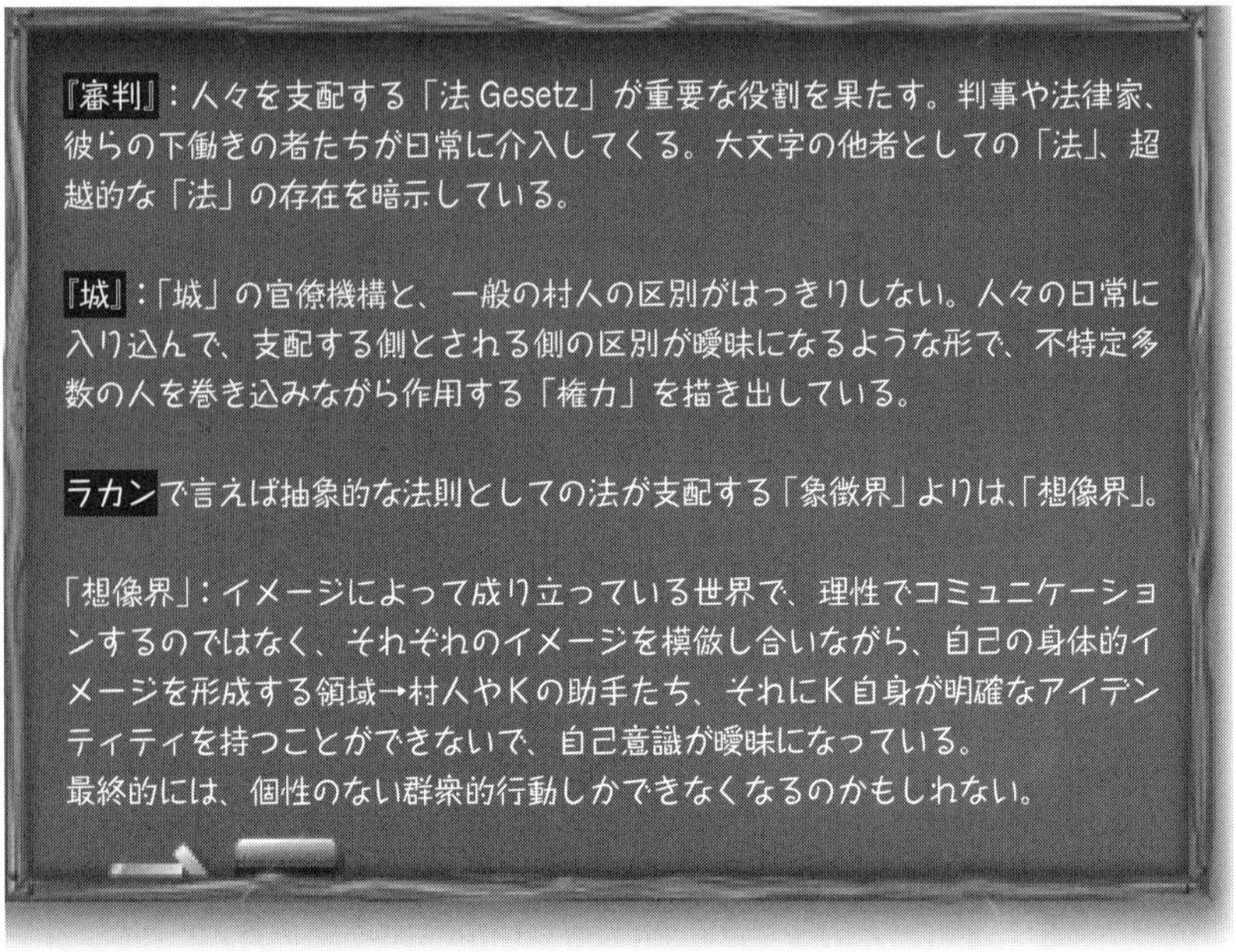

『審判』：人々を支配する「法 Gesetz」が重要な役割を果たす。判事や法律家、彼らの下働きの者たちが日常に介入してくる。大文字の他者としての「法」、超越的な「法」の存在を暗示している。

『城』：「城」の官僚機構と、一般の村人の区別がはっきりしない。人々の日常に入り込んで、支配する側とされる側の区別が曖昧になるような形で、不特定多数の人を巻き込みながら作用する「権力」を描き出している。

ラカンで言えば抽象的な法則としての法が支配する「象徴界」よりは、「想像界」。

「想像界」：イメージによって成り立っている世界で、理性でコミュニケーションするのではなく、それぞれのイメージを模倣し合いながら、自己の身体的イメージを形成する領域→村人やKの助手たち、それにK自身が明確なアイデンティティを持つことができないで、自己意識が曖昧になっている。

最終的には、個性のない群衆的行動しかできなくなるのかもしれない。


割を果たしますが、『審判』では、判事や法律家、彼らの下働きの者たちが日常に介入してくるのに対し、『城』の場合、「城」の官僚機構と、一般の村人の区別がはっきりしません。登場人物が、「城」の意向で何かをやる場合、組織に属する役人として職務を執行しているのか、「城」から命じられたので、その通りにやっただけなのかはっきりしません。『審判』が、先ほどお話ししたように、大文字の他者としての「法」、超越的な「法」の存在を暗示しているとすれば、『城』は、人々の日常に入り込んで、支配する側とされる側の区別が曖昧になるような形で、不特定多数の人を巻き込みながら作用する「権力」を描き出していると言えます。ラカン（一九〇一—八一）で言うと、抽象的法則としての法が支配する「象徴界」よりは、「想像界」が優勢になっているような気がします。「想像界」は、イメージによって成り立っている世界で、理性でコミュニケーションするのではなく、それぞれのイメージを模倣し合いながら、自己の身体的イメージを形成する領域です。村人やKの助手たち、それにK自身が明確なアイデンティティを持つことができないで、自己意識が曖昧になっています。最終的には、クラムの従者たちのように、個性のない群衆的行動しかできなくなるのかもしれません。

　ここで働いている「権力」は、露骨に暴力を行使して、力ずくで従わせるようなわかりやすい権力ではなくて、フーコーが問題にしているような、人々の日常意識に巧みに入り込み、直接脅さなくても、「力」のありそうなものに同調しないとみんなの輪から排除され、生活できなくなりそうなので、「城」の名において出される命令は概ね正しいと信じているふりをして従うふりをする。そういう人が多いと、結局、みんなが順応することになるわけです。

また、城代の息子のシュワルツァーが警官のような真似をしていることや、クラムの使者であるはずのバルナバスが、任務終了を「城」に報告することなく、家に帰るとか、クラムが従者を引き連れて宿屋に愛人に会いに行くとか、私的なものと公的なものが混同されていて、そのおかげで「城」の権力が効率的ではないけれど、領域全体に浸透している、という妙に現代日本的な状況になっています。

「ブルシット・ジョブ」と官民癒着

デヴィッド・グレーバー（一九六一―二〇二〇）の『ブルシット・ジョブ』（二〇一八）の議論とも関係していそうに思えます。タイトルから、いわゆる「汚い仕事」――グレーバーはそういうのは「シット・ジョブ shit job」と呼んでいます――を連想しますが、そういう意味ではありません。「ブルシット・ジョブ bullshit job」とは、何のためにやっているのか意味がわからないけれど、やり続けねばならない仕事のことです。ある人がやった仕事がきちんとなされているか確認する仕事や、ガイドラインに合っているか、法令を遵守しているかチェックする仕事、役所に提出するための中長期の業務計画を書く仕事、その実施状況について報告書を作る仕事など、本来の仕事ではなくて、それをサポートするために存在する仕事が増加しています。単に増加しているだけではなくて、本来の仕事のために割くべき時間労力、予算がそれに取られ、そういうことを専門にする職種の人が登場します。それでも、その職種の人が働くことによって安全性が高まるとか、ハラスメントがなくなるとか、顧客対応がよくなる、といった実益があればいいのですが、実際には、何の役に立っているのかやっている本人もよくわからない、書類を作ったり、見回りをしたりするといったことをひたすら続ける仕事で、給料は結構いいのだけれど、本人も、露骨に役に立たない仕事をすることに苦痛を覚えているようなものが、「ブルシット・ジョブ」です。●●コーディネーター、▽▽ファシリテーター、◇◇点検評価室長……といった、何をしているのかよくわからないけど、偉そうに見える職名のものがその典型です。

『城』の世界でも、カフカがどこまで意識していたかわかりませんが、城の官僚機構は一体何のために仕事をしているのかわからない様相を呈しています。請願書一つにしても、それが誰の手に渡り、誰がどのような処理をしているのかまったくわかりません。役人たちも、自分の役割を明確に意識している印象がありません。大して大きな領地があるわけでもないのに、多くの城代とか、中央官房とか、長官とかやたらに役職が多いですし、Kの一件に関してだけでも、いくつもの部署から違う指示が来て混沌としてきます。村には、村長がいるにもかかわらず、クラムの在村秘書なるものがいる。ごく普通に考えて、無駄に名前だけ大げさで、複雑さに比例するように非効率的になる組織を増殖しているように見えます。一体、本当のところ何人役人がいるんだろうという感じですが、一方で、官僚機構と村人たちが癒着しているおかげで、生活がなり立っているように見える人もいます。

「城」を中心とした人間関係

前回、第四〜第十章を要約したので、そうした「城」を中心とした人間関係がよく出ている箇所をいくつか見ておきましょう。まず、一六三頁、第六章の、橋屋の女将やフリーダと、クラムについて語っている場面です。

「このショールも、クラムからもらいましたの。それから、ナイト・キャップもね。さっきの写真とショールとナイト・キャップ――この三つは、わたしがもっているクラムの記念の品ですわ。わたしは、フリーダのように若くもなければ、野心もありませんし、感じやすくもありません。フリーダは、とても感じやすい子です。要するに、わたしは、人生というものと折れあうことができます。そのわたしでさえ、打明けて申しますとね、この三つの品がなかったとしたら、宿屋のお内儀の生活なんかにこんなに長いあいだ我慢してこれなかったでしょう。それどころか、おそらく一日だって耐えられなかったでしょう。この三つの記念の品は、あなたから見たら、おそらくつまらぬものばかりかもしれません。でも、フリーダを見てごらんなさい。あの子は、クラムとあれほど長く交際をしていながら、ひとつの記念品ももっていません。あの子に文句を言ってやったんですが、あの子は、夢想的すぎて、おまけに満足するということを知らないんですわ。ところが、わたしは、クラムのところへ呼ばれたのはたった三度なんですよ。その後、あの人は、ぱったりとわたしを呼んでくれなくなってしまいました。その理由は、いまだにわかりません。それでも、わたしは、自分の幸福が長くつづかないことを予感したのか、この記念の品をもって帰ってきたのです。もちろん、自分でそうこころがけなくてはだめです。クラムは、自分からはなにもくれはしません。しかし、なんでも適当なものを見つけたら、頼んでもらってくることはできるんです」

意外な感じですが、女将はクラムの愛人であったことを自分のアイデンティティの基礎にしているような感じですね。クラムの公的な地位とその威光によって、自分の心を落ち着けている感じですね。この「記念品 Andenken」をねだって、大事にしていることからすると、クラム自身に愛情を抱いているというより、クラムという高位の人物と自分がつながっていたという既成事実が、彼女の村でのステータスを決めるので、それに固執しているように見えます。もっとも、普通の恋愛にもそういう権力的要素が絡んでいるのかもしれません。それから、この女将の長台詞は、フリーダに同情しているように見える一方、クラムから三つも記念品をもらっている自分を自慢しているようにも見えますね。

女将が亭主を持ちながら、クラムに対しても「貞節 Treu」を尽くしていると理解したKは、フリーダもそうだったら耐え難いと思い、その点を女将に尋ねます。

「いったい、これが貞節というものですか。わたしは、良人《おっと》にたいしては貞節を守っています——が、クラムに貞節を尽しているとおっしゃるんですか。クラムが一度わたしを恋人にしてくれた以上、この名誉ある地位をいつかわたしが失うというようなことがありうるでしょうか。ところで、あなたときたら、フリーダと結婚してからこのような事実にどうして耐えていったらよいのかとおっしゃる。ああ、測量師さん、そういうことをおたずねになるなんて、まったくたまげた人ですね」

クラムとの関係で与えられた「名誉ある地位 Rang」を誇りにしているわけですね。それと夫への「貞節」は別だと考えているわけです。そういう風に本人が考えるのはそれほどおかしなことではありませんが、公的な立場にあるクラムにとっても、相手の女性にとっても、普通なら隠しておくべき恥ずかしい関係、本来の意味で〈privat(e)〉な性質のものである愛人関係が、「記念品」をこれ見よがしに呈示して誇るべき関係になり、もらった女性の社会的ステータスになっている、いわば、「公共的 öffentlich=public」な意味を持っていることが、この共同体の特徴になっているように思えます。

少し先、一七七頁を見ると、クラムという存在について、女将とKの間で妙な、あまり嚙み合っていない会話が交わされています。

お内儀は、口をつぐんだまま、さぐるような眼つきでKをじろじろと見つめていた。やがて、口をひらくと、「あなたの胸にわだかまっているものをみんな落着いて聞いてあげましょう。わたしに悪いなどと気をつかわないで、ざっくばらんに話してくださいな。ただ、ひとつだけお願いがあります。どうかクラムという名前を口になさらないで。クラムのことを話すときは、〈彼〉とかなんとかと呼んで、名前は言わないようにしてください」

「承知しました。しかし、わたしが彼からなにを求めているかということは、簡単には説明しにくいことですね。まず第一に、彼を近くで見たいとおもいます。つぎに、彼の声を聞きたい。それから、彼がわたしたちの結婚にたいしてどういう態度に出るかを彼の口から訊きだしたい。その上さらに彼に頼まなくてはならないようなことがあるかどうかは、ふたりの話のなりゆきしだいです。おそらくいろんなことが話に出るとおもいますが、わたしにとっていちばん大事なことは、彼と対面するということです。というのは、わたしは、まだほんとうの役人と話をしたことがないからです。これは、考えていたよりもむずかしいことのようですね。けれども、わたしには彼と一私人として話をしなければならない義務があるんでして、わたしの考えじゃ、このほうがはるかにやさしいことだとおもわれます。役人としての彼に会おうとすれば、どうやらわたしなんか入れてもらえそうにもない彼の事務所、つまり、城中か、これはどうも疑わしいのですが、例の縉紳館の一室で会うしかないのです。ところが、私人としてなら、家のなかであろうと、街頭であろうと、彼と会えるところなら、どこでも会うことができます。そのさい、ついでに役人としての彼に対面することになっても、こちらの歓迎するところです。しかし、これは、わたしの第一の目的ではありません」

「クラム」の名前を、直接口にしてはいけないというのは、十戒の三つ目、「神の名をみだりに唱えてはならない」をもじっているような感じがしますね。その権威ある存在と接した証拠があることが、極めて誇るべきことで、夫婦関係や宿屋の経営にもいい影響を与えているように思えるのに、その名をみだりに唱えてはいけないというのは、神ですね。ハリー・ポッター・シリーズで、ヴォルデモート（Voldemort）――Vol+de+mort(死の飛行）――も、悪の魔法使いたちにとって、そういう存在でしたね。その後のKの台詞にあるように、公の存在＝役人としてのクラムの姿はなかなか見ることができないとなると、やはり神めいてきますね。「役人 Beamter」としてのクラムと「私人 Privatmann」としてのクラムの違いというのも興味深いですね。普通、有力者や著名人ほど、プライベートな部分が少なくなるはずです。天皇とか首相、アメリカの大統領、法王とかがそうですね。私人としてのクラムには結構頻繁に出会えるのに、役人としての彼に会えないというのは、ひょっとすると、「役人としてのクラム」は実在しないか、「役人としてのクラム」とは全く別人が「私人としてのクラム」として認知されているのではないか、後者は前者の分身（Doppelgänger）、今風に言うと、アバターではないのか、という気がしてきますね。

　この公／私に関して、Kと女将の間で、更に面白いやりとりがあります。

［…］「もし話をしたいというあなたの希望をわたしの力でクラムのほうに伝えてあげることができたら、彼から返事が戻ってくるまでは自分勝手にはなにもしないと約束してくださいな」

「あなたの願いどおりに、あるいは、あなたの気まぐれどおりにしてあげたいのは山々ですが、その約束はできません。というのは、事態は急を要するのです。とりわけ、村長と談判してまずい結果になってしまいましたのでね」
「そんなことをおっしゃっても、むだというものですわ」と、お内儀は言った。「あの村長は、まったくとるに足りない人物なんですよ。あなたほどの人がお気づきになりませんでしたの。奥さんが万事を切りまわしてくれているからよいようなものの、もし奥さんがいなかったら、村長の首は、一日でもつながっているかどうかあやしいものですわ」

公職にあるのは村長であって、村長夫人にはそういう地位はないはずですが、実際には、村長の妻という私的な立場で、村の仕事を仕切っているということですね。「クラム」に関しては公／私がはっきり区分されているのに、村長夫妻に関しては、公私が混然一体となっているわけですね。狭い意味での「城」の閉ざされた領域だけが、純粋な公的領域で、「村」は、むしろ公私の区別がはっきりしない権力関係によって動いている感じですね。そこでは、クラムとの私的なつながりが重要な意味を持っているようです。

「私」へ介入する「公」

第七章でKは、村長の使いでやって来たという小学校の教師と話をします。

「あなたは、村長さんに無礼なまねをされましたね。あれで功績のある、経験を積んだ、尊敬すべき老人なんですがね」
「わたしの態度が礼を失していたとはおもいませんが」と、Kは、顔をふきながら、「しかし、わたしとしては、礼儀作法などよりもっとべつなことを考えなくてはならなかった、というほうが正しいかとおもいます。自分の存在にかかわる問題だったのですからね。わたしの存在は、あのけしからん役所の官僚主義のためにおびやかされているのです。あなたご自身がこの官庁の仕事にたずさわっていらっしゃる一員ですから、こまかいことまで申しあげるにはおよばないでしょうが。村長は、わたしのことで苦情をこぼしていましたか」
「あの人が苦情をぶちまけることができるような相手があるでしょうか。それに、たとえ相手があったとしても、いったい、苦情をこぼすような人でしょうか。わたしは、村長さんの口授によって、あなたがたの会談の内容を簡単な調書に作成しただけなんですが、それによっても、村長さんの善意とあなたの応答ぶりを十分知りましたよ」

先ほどKは、「本当の役人 ein wirklicher Beamter」には会っていないと言っていました。ところが、ここでは村長だけでなく、学校の先生も、村長や学校の先生が「(この) 官庁の仕事にたずさわっている一員 ein tätiges Glied dieser Behörde」だと言って、その「官僚主義」を批判しているわけですね。実際、この先生は、村長の書記のような仕事を引き受けているわけです。ただ、「本当の役人」というのを、私的な関係抜きに、役所内で与えられた仕事を、組織内の規定通りにこなす、純粋にこなす役人というような意味で言っていたとすると、筋は通るかもしれません。ただ、そんな役人は実在しない、ということになりそうな気もします。

一般的に、公立学校の先生というのは、官僚と一般市民の間の微妙な存在です。先ほどフーコーに即してお話ししたように、権力が日常の中に入り込んで、人々の間にその権力に特有の関係性や振る舞い方を形成するよう、例えば、人々に性道徳に関心を持たせ、家族の中で互いの性生活を監視し合うような関係を生み出し、おかしな人間と思われないように公共の場での振る舞い方を自主的にコントロールするよう、仕向けるような仕方で作用するとしたら、学校というのは、そうした規律権力が働く基礎ができる場所です。学校自体は公共な場で、先生たちは公務員ですが、生徒はそうではない。先生と生徒、生徒同士が公式のプログラムには収まらない関係を結び、それを通して生徒たちは「正常＝普通 normal」に振る舞うことを身に付けます。Kは村長から、公私を横断する「権力」の基礎が形成される場である学校という場の「小使い Diener」になるよう提案されます。「城」と対等の立場で契約したつもりのKにとっては、屈辱でしょう。〈Diener〉は英語の〈servant〉と同じ意味で、

「権力 pouvoir」-「知 savoir」-「快楽 plaisir」

〈pouvoir〉：英語の〈power〉と同系統の言葉で、政治や法などの社会的な「権力」だけでなく、自然の力など、物理的な力を意味する。
〈savoir〉：フランス語の〈savoir〉は、生きる知恵とか技法のような、生活に密着した知、あるいは能力。
〈plaisir〉：「性的快楽」。ただし、この「快楽」というのは男女の間のセックスだけでなく、同性愛、サド・マゾヒズム、動物との関係、フェティシズム、幸福の本質を「快楽」と見たという時の「快楽」とか、「テクストの快楽」なども含む。

知＝権力

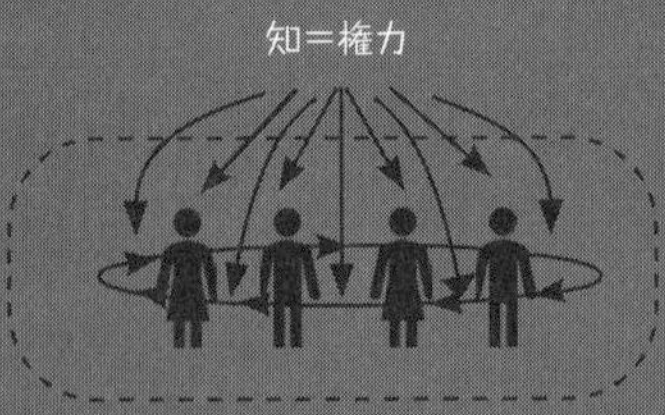

「権力が人々の日常に入り込んでくる」

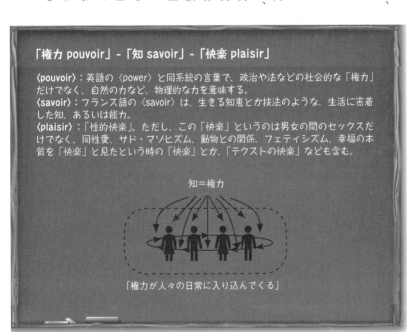

「召使い」あるいは「下僕」ですね。

「[…]あなたが小使の仕事に心得がないことを度外視するとしても、わたしたちの校舎は、教室がふたつあるだけで、控え室もなにもありません。したがって、小使は、家族とともにどちらかの教室に住み、夜もそこで眠り、たぶん炊事《すいじ》もしなくてはならないでしょう。むろん、こういうことになったら、教室がきれいになるどころじゃありません。けれども、村長さんは、この地位は困っているあなたを救うことになるのだし、だからあなたも全力を尽して任務をまっとうするように努力なさるだろう、とおっしゃいました。さらに、村長さんの考えでは、あなたを雇うことによって、あなたの奥さんとふたりの助手の力も得られるのだから、校舎だけでなく、校庭も文句がないほどきちんと整備されるだろう、というのです。わたしは、こうした意見を手もなく反駁《はんばく》してみせました。とうとう村長さんは、あなたのためになにも弁論できなくなり、しかたなく笑いながら、なんといっても測量師なんだから、校庭の花壇を特別美しくこしらえることぐらいはできるはずだ、とだけおっしゃいました。冗談にしっぺ返しをするのも、芸のない話です。それで、村長さんの意を受けてお邪魔にあがったしだいです」

日本の地方行政のいいかげんさを極端にしたような感じの話ですね。田舎の小規模の学校、特に分校だと、教師や職員の私生活と学校の公的仕事の境界線が曖昧になりがちなのは仕方ないことですが、夫婦+助手二人が教室で寝起きするというのはかなり異様ですね。そもそも、助手を使って仕事をする技術者が、学校の用務員として住み込むというのがかなりおかしいですね。教室に住めば、授業が終わった後、生活空間になるので、生徒にとってもKたちにとっても汚くなるのは不可避ですし、Kとフリーダにとっては、生徒や先生たちがいつくるかわからないし、教室の中に助手たちと同居するのですから、プライバシーなんてないですね。カフカは、プライベートなものがむき出しになったときに、人間がどうなるかに関心がありそうですね。

Kは小使いになるつもりはないと言いますが、そこへフリーダがやってきて、Kを宿屋の屋根裏部屋に引っ張っていき、女将がKの態度に腹を立てており、城の当局からの直接の依頼がない限り、「きょうじゅうにも、いや、いますぐにでもこの家を出ていってもらいた」がっている、と伝えます。そういうことなので小使いの地位を受け入れてほしいと言います。そして教師に向かって言います。

[…]「わたしたち、学校の職をお受けいたします」

「結構です」と、教師は言った。「ですが、このポストは、測量師さんに提供されているのです。測量師さんがご自分の口から返答していただかなくてはなりません」

フリーダがKに助け舟を出してくれた。「もちろんですわ。この人がお受けするのです。そうでしょう、あなた」おかげでKは、簡単に「そうだ」と答えただけで意思の表明をすますことができたが、この返事は、けっして教師にむけられたものではなく、フリーダにむかって言ったのだった。

教師は一応、K自身が仕事を依頼する相手だということをはっきりさせようとしているわけですが、これだと、実質的にまだ、正式の妻でもないフリーダが決めている感じですね。こういうのは田舎だと当たり前のことかもしれませんが、Kに関する特殊な設定で、こうした公私混同が際立っているわけですね。というより、Kは私的な生活のためのプライヴェート（私秘的）な場所を与えられていないですね。

ちなみに、教師が「ポスト」という言葉を使っているので、小使いさんに「ポスト」なんて大げさな、と思ってしまいますが、これは訳というか、ドイツ語の用語法の問題です。「ポスト」の原語の〈Stelle〉は、「場所」「位置」というのが本来の意味で、そこから「地位」という意味も出てきました。英語だと、〈post〉とか〈position〉に相当します。ただ、ドイツ語では、この言葉を「職探し」とか「職に就く」と言う時の「職」の意味でも使います。お手伝いさんやバイトでも、〈eine Stelle suchen（職を探す）〉という言い方をします。それを、「ポスト」と訳すから変な感じになるのでしょう。もっとも、ドイツ語は、どんな仕事でも、それに固有の「場」を有している、というような発想をするので、こういう表現が出てくる、という穿った見方をすることもできるでしょう。一九四〜一九五頁にかけての教師の説明も、公的な装いをしながら、妙にプライベートなところに突っ込んでいます。

教師は言った。「それでは、わたしに残された任務は、あなたに勤務上の義務をお知らせすることだけになりました。こういうことで今後、絶対に意見の食い違いが起らないようにしておきたいのです。測量師さん、あなたの仕事は、毎日ふたつの教室を掃除してストーヴを焚《た》いておくこと、校舎の簡単な修繕、さらに教室で使用する道具や体操用具を修理すること、校庭の通路を除雪しておくこと、わたしと女の先生のために使い走りを引受けること、また、あたたかい季節になったら校庭の手入れをしていただくことなどです。そのかわり、あなたは、ふたつの教室のうちのどちらかお好きなほうに住む権利があたえられます。ただし、同時に両方の教室で授業がなされず、たまたまあなたが住んでいらっしゃる教室のほうで授業がある場合は、もちろん、もう一方の教室に移っていただかなくてはなりません。学内で炊事《すいじ》をすることは、許されません。そのかわり、あなたとご家族の食事は、村が費用を負担してこの宿屋でしていただきます。あなたは、学校の品位にふさわしい振舞いをなさらなくてはなりませんし、とくに子供たちに、授業中はなおさらのことですが、あなたの家庭生活上のおぞましい光景を見せつけるようなことをしてはなりませんが、これはついでにご注意申しあげただけで、他意はありません。と言いますのは、教養のあるあなたにはよくおわかりのはずだからです。それと関連してもうひとつ申しあげておきますが、あなたとフリーダ嬢とのご関係をできるだけ早く合法的なものになさることを、われわれはつよく要望せざるをえません。以上すべてのこと、さらに若干のこまごましたことに関しては、雇傭《こよう》契約書を作成しますが、学校へ引っ越されしだい、それに署名していただかなければなりません」

一応、「雇傭契約 Dienstvertrag」の体を取っていますが、結果的に、Kたちは、普段生活する場所は学校の事情次第、炊事・食事の場所まで指定されるという事態、プライバシーなどなきに等しい状態に追い込まれるわけです。「家庭生活上のおぞましい光景 unliebsame Szenen in Ihrer Häuslichkeit」とは、何のことかはっきりしていますね。はっきりセックスと言う場合より、口に出すのもおぞましいという感じが露骨になりますね。そもそも夫婦に教室に住まわせること自体が変なのですが、こういう言わずもがなのことの露骨な念押しは、かえって、エロティックなことをお互いに意識するきっかけになりそうですね。フーコーは『性の歴史』第一巻で、近代の権力は、性科学的言説によって性に対する人々の関心を喚起することで、要するに、性的欲望というのはなかなか管理し切れない厄介なものだと煽ることによって、自らが働き得る余地・回路を作り出す、ということを指摘していますが、これはそういうマッチポンプ的な物言いですね。

第十章で、バルナバスがクラムからの手紙を持ってきた場面にも、前回お話しした以外にも面白い描写があるので見ておきましょう。

「橋屋の測量師どの！　あなたがこれまでにおこなった測量の仕事を、わたしは高く評価している。助手たちの働きぶりも、賞讃に値する。あなたは、彼らに仕事をさせるすべを心得ておられる。今後とも彼らの熱意が低下しないようにしていただきたい。仕事を最後までやりとげていただきたい。未完成のまま中断されては、わたしの不満を招くことになるであろう。とにかく、安心されるがよい。あなたの仕事が完了したときに支払われるであろう報酬に関しては、近く決定される見込みである。わたしは、あなたを

「ビッグブラザー」を想像したポスター（ⓒ Frederic Guimont. Free Art license.）

――つねに見まもっている者である」

　橋屋に滞在しているという細かいことは知っていながら、肝心の測量の仕事をちゃんとやれていると思い込んでいるところがいかにもアンバランスですね。注目して頂きたいのは、「つねに見まもっている」という台詞です。ジョージ・オーウェル（一九〇三―五〇）の『一九八四年』（一九四八）の「ビッグブラザー」のように聞こえますね。原語の〈Ich behalte Sie im Auge〉は、直訳すると、「あなたをまなざしの中に保持している」となります。

　しかし、「つねに見まもっている」と言いながらKは実際には仕事をさせてもらっておらず、学校の小使いさんになる契約をしているわけですから、かなり間が抜けていますね。ただ、こういう間が抜けている発言は実はわざとやっていて、実際には、ちゃんと見ていた、というオチも考えられます。では、何故そんな一見して無駄なことをしているのかというと、それなりに説明できそうですね。「城」の権力に敵対するとどういうことになるか、見せしめにするとか。

信頼できない仲介者

　クラムに実情を知らせたいものの、またメッセージが歪んで伝わるのではないか、と心配するKに、バルナバスは自分がその役割を果たしましょう、と申し出ます。


「ああ」と、Kは言った。「きみは、クラムに伝えましょうと約束してくれるが、いったい、きみの言葉をほんとうに信用していいのかね。おれは、信頼できる使者がとても必要なんだ。これまで以上に必要なんだ」Kは、いらいらして唇《くちびる》をかんだ。

「あなた」と、バルナバスは、首をやさしげにかしげた。Kは、そのしぐさにほだされて、あやうくバルナバスの言うことを信じそうになった。「わたしは、そのことを間違いなく伝えましょう。それから、このあいだ言いつかったことも、確かにお伝えしましょう」

「なんだと！」と、Kは叫んだ。「あのことをまだ伝えてなかったのか。あくる日に城へ行ったのじゃなかったのか」

「ええ。なにしろ、うちの父親は、年をとっておりましてね。これは、あなたもごらんくださったとおもいますが。それに、あいにくあのときは仕事がたくさんあって、父親の手つだいをしてやらなくちゃならなかったのです。でも、近いうちにまた城へ行くつもりをしていますから」


　親が死んだとか危篤だとかいうわけでもないのに、通常の家の事情で、長官の使者としての仕事を何となく先延ばしにし、それを自分が担当しているKに伝えようともしないというのは、通常の怠け役人の閾を超えていますね。「城」の命令に従って生活しているという割には、この地域の人たちは命令をいつど

のように実行するかについては、かなりルーズなようですね。
次に、Kが紙で書いたものはもはや信用できないので、バルナバスに口頭に伝えるように指示した手紙の内容を見ておきましょう。

「もうそんなことで言い争うのはやめにしよう。使いの用件というのは、こうだ。〈測量師Kは、親しく長官どのと面談することをご許可くださるようお願い申しあげます。Kは、このような許可にともなう条件がいかにきびしいものであろうと、もとより覚悟のうえであります。あえてこのようなお願いにおよぶにいたらざるをえなかったのは、これまで仲介の役をつとめた人物が完全に無能であったからにほかなりません。その証拠として、Kはこれまで測量の仕事をすこしもしていないし、村長から申し渡されたところにしたがえば、これからもけっしてしないであろうという事実をあげることができます。したがって、Kは、長官どののこのたびの書面を拝読して、慚愧《ざんき》と汗顔の思いを禁じえませんでした。この件に関する唯一《ゆいいつ》の策は、長官どのと親しく面談申しあげることしかないと存じます。測量師は、このようなお願いがいかに法外なものであるかをよく承知しておりますし、長官どのにできるかぎりご迷惑にならないようにあらゆる努力を惜しまないつもりであり、どのような時間上の制約にも従い、会談のさいに使用することを許される語数にしましても、必要とみとめられる決定に服する所存であります。たとえ十語しか許されなくても、それで十分に用が足せると信じております。貴下のご決定をふかい尊敬とはげしい焦慮をもって鶴首《かくしゅ》しております〉というんだ」

仲介役が信用できないというメッセージを、仲介役を介して伝えるというのは、矛盾していますね。そんなことはわかっているのでしょうが、いろいろ手を尽くしてもうまく行かなくて、かなりヤケになってくると、今度の仲介役はひょっとすると、比較的ましな人間であるのではないかという期待を持って、こういうメッセージを送りたくなりますね。プロバイダーとかAmazon とかの末端の顧客対応に腹が立って、上層の責任者に苦情を入れようとすると、こんな感じの文言を入れたくなりますね。「十語 zehn Worte」しか発するのを許されないとしても、というのは、当然、何とか会うためにへりくだった態度を見せようとする必死のアピールにすぎないでしょうが、気持ちはわかりますね。本心から一〇の言葉で十分だと思っているわけではなく、クラムも生身の人間のはずなので、面と向かって必死に訴えたら、心動かしてくれるかもしれないという期待で、幼稚なことを口走ってしまった、というところでしょう。

第十一章、第十二章――主体＝服従化 (assujettissement)

第十一章から学校が主な舞台になります。助手たちも付いてきて一緒に生活することになります。

　Kは、夜中になにか物音がして目をさまし、ねぼけた、おぼつかない動作でまずフリーダのほうを手さぐりしてみると、フリーダのかわりに助手のひとりが自分の横に寝ていることに気がついた。これは、たぶん神経質になっていたためもあろうが（突然目がさめたのも、きっとそのせいにちがいなかった）、Kがこの村へ来てから体験した最大のおどろきであった。彼は、大声をあげて上半身を起すなり、前後を忘れて助手に一発びんたをくらわせたので、相手は、泣きだしてしまった。ところで、事情は、すぐにあきらかになった。まず、フリーダは、おそらく猫だったのだろうが、なにか大きな動物が胸の上にとびかかってきて、すぐまた逃げ去った——すくなくとも、彼女にはそうおもわれた——ので、目をさました。彼女は、起きあがるなり、ろうそくを持って部屋じゅうその動物をさがしまわった。助手のひとりが、その隙《すき》を利用して、しばらくのあいだでもわらぶとんの寝ごこちを味わおうとしたのだった。おかげで、助手は、手痛い罪ほろぼしをさせられた。

一見、無邪気な助手の罪のない短絡的な行動のように描写していますが、よく考えると、フリーダがそこに寝ていることを知っているはずの助手が、寝心地のよさだけを求めて、布団にもぐり込んでしまうというのはヘンですね。子供だったら、いざ知らず。ただ、殴られて泣くのだから、子供みたいなメンタルなのかもしれません。でも、それじゃあ、助手の仕事はできそうにありませんね。『審判』だと、Kを逮捕しに来た二人の監視人が、態度が大きいくせに、子供みたいなところがありましたね。彼らがビュルストナー嬢の部屋を荒らしたせいで、まるでKの仕業のような感じになり、結果的に、K自身、ビュルストナー嬢に対する性的な欲望を爆発させることになります。

　第十二章も、露骨に性的な話が出てきます。教師が〝懸念〟していた「家庭生活上のおぞましい光景」の問題が生じます。

　翌朝、一同が目をさましたときには、すでに早く来た生徒たちが、いかにもおもしろそうにこの寝床のまわりに立っていた。なんとも具合のわるいことだった。というのは、もちろん朝になったいまではふたたび寒さが感じられるほどになっていたが、夜中は暑すぎたために、みんな肌着以外はぬいでしまっていたからである。そして、ちょうど一同が服を着はじめたとき、女教師のギーザ嬢が教室の入口のところに姿を見せた。ギーザは、ブロンドの髪をし、背が高く、美人であったが、からだの線がいくらか硬《かた》かった。彼女は、あきらかに新米の小使に会う心がまえをし、おそらく男の教師から指図《さしず》を受けてきたらしかった。というのは、敷居のところに立つなり、こう言ったからである。

「これは、我慢がなりません。なんとも結構なご世帯ですこと。あなたたちは、教室で眠る許可があたえられているだけです。しかし、わたしには、あなたたちの寝室で授業をしなくてはならない義務はないのですよ。朝おそくまで寝床でごろごろしている小使の一家なんて、前代未聞《みもん》だわ！」

いかにもよりによって、という感じですが、Kの方もギーザ嬢もヘンですね。言動が子供っぽい助手たちはともかく、Kとフリーダは子供に見られたら大変だと思って、服くらいはすぐに着るはずなのに、登校の直前まで服を着ようとしないでのんびりしているという感覚がまともでないし、ギーザ嬢の方も、子供がヘンなことに興味を持つのを極力避けるという教師の使命からすれば、こんなことをその場で口にして、騒ぎを大きくするのは異様です。漫画やドラマのコメディだとありそうですが、現実にいきなりこういう騒ぎ方をする先生がいるとしたら、その人もおかしいでしょう。普通の感覚だったら、生徒たちにちょっと教室の外で待っていなさい、と指示して、Kたちには、小声で急いで下さい、と言うだけにしておいて、授業が終わるまで怒りを抑えるでしょう。それができないで、いきなり騒ぎ出すというのは、本当は彼女自身が欲求不満ではないのか、とフロイトを引き合いに出すまでもなく、感じてしまいますね。こういう貞潔を強調しすぎて、かえって淫らな感じを出しているのは、『審判』だとビュルストナー嬢とその友達のモンターク嬢のコンビですが、この二人が一緒になったような感じかもしれません。Kが覗く側だったのが、今度は、覗かれる側に逆転しているわけですね。

昨日の食事の残りを教卓の上に残していたせいで、ギーザ嬢にそれを定規ではたき落とされてしまい、コーヒー・ポットはこなごなになってしまいます。フリーダがごくわずかな家財道具がなくしたのを嘆くのは当然ですが、定規ではたき落としてわざわざ教室を汚し、子供たちを喜ばせるギーザ嬢はかなりエキセントリックですね。

Kは、彼女を慰めるために、すぐに村長のところへ出かけ、代償の品を要求して、もらってきてあげよう、と保証してやった。フリーダは、それでやっと気持ちを落着けて、シュミーズとスカートを着ただけの格好のまま、平行棒と木馬でこしらえた囲いのなかからとびだして、せめてテーブル・クロースだけでもとりもどして、これ以上よごされるのを防ごうとした。女教師は、彼女をおどそうとして、定規でいらいらさせるような調子でたえず教卓をたたいたけれども、彼女は、首尾よくとりかえしてきた。Kとフリーダは、身ごしらえがすむと、これらの出来事のためにぽかんとしてしまっているらしい助手たちに服を着ろと言って、命令したりこづいたりしたばかりでなく、一部は手までかして服を着せてやらなくてはならなかった。さて、準備がととのうと、Kは、つぎにする仕事の割りふりをした。助手は、薪《まき》をはこんできて、ストーヴを焚《た》きつけること。しかし、となりの教室から先にすること。となりには、さらに大きな危険が待ち受けていたからである。というのは、

――そこには、たぶんもう男の教師が来ているにちがいないからだ。

ギーザの態度はやはりヘンですね。どうして定規で音を立てて、フリーダを脅す必要があるのか。これは明らかに、夫婦が自分たちのものを片付けるのを邪魔して、騒ぎを長引かせる行為ですね。それに、着替えの手伝いまでしてやらないといけない助手たちは、一体どういう精神状態なのか。測量師を補佐するどころか、日常生活に介護が必要な人たちではないのか。薪を運んだり、ストーブを焚くというのはそんなに難しい作業ではないですが、それさえちゃんとできるか怪しいですね。それに、事情を知っているはずの男の教師がどうして危険になるのか。理屈としてはおかしいけど、想像はできますね。ここに出てくる人たちは、とにかく幼稚で、その時々の気分で動いている感じですね。

ギーザは自分の猫があんたたちのせいで怪我をしたといって大げさに苦情を言い、ネコの世話にかかり切りになります。既に大騒ぎしていた子供たちは、ギーザのヒステリックな反応とは関係なく、騒ぎ続けます。妙なものを見て子供たちが騒いでいるのに、ネコにばかり気を取られているというのは、やはり感覚的におかしいですね。

二六五頁を見ると、今度は、助手たちと、男性教師の間でトラブルが起こります。男性教師は助手たちの襟首を捕まえていますが、その原因は、彼らが薪小屋に押し入った、ことにあるようです。ストーブを焚くには、薪を取りに行く必要があるので、学校の中の小屋に取りに行くのは至極当然のような気がしますが、二六六頁のフリーダの弁解からすると、問題は小屋に鍵がかかっていたのを、扉を壊して入ってしまったことのようです。どうして壊したのかというと、カギを預かっていなかったからだということです。これも妙な話ですね。ストーブを焚いておけと言いながら、薪小屋のカギを預けないということがあり得るのか。ただ、現実には、そういう考えられないくらい粗忽な人はいますね。

フリーダの言い分によると、Kは鍵がかかっているのは、教師が出勤してくるまではストーブを焚いてはならないということだと解釈し、そのままにしていたけれど、フリーダはそれではダメだと思って、自分の判断で壊したのだということです。

ただ、実際、誰が鍵を壊したのかは曖昧ですね。助手たちは、「旦那さん」です、と言いますが、それに対してフリーダは声を立てて笑います。

「わたしたちの助手は、まるで子供みたいでね、もういい年をしているくせに、まだこの学校の椅子にすわらせていただきたいほどですわ。だって、これでもわたしは、夕方ごろ斧《おの》で薪小屋の扉をひとりであけましたの。それくらい、造作のないことですわ。助手なんか要りもしませんでした。この人たちに手つだってもらったって、邪魔になるばかりだったでしょう。やがて夜になって主人が帰ってきて、破損具合を調べ、できるだけ修繕しようとおもって出かけていきますと、助手たちも、あとを追いかけてきましたの。たぶん、ここでふたりきりで残っているのがこわかったためでしょう。そして、主人がこじあけた扉のところで仕事をしているのを見たのです。それで、さっきみたいなことを言うのですけれども――これじゃ、まるっきり子供ですわ」

本当にフリーダが壊したのか、自分がやったことにして、丸くおさめようとしているのかわかりませんが、とにかく助手たちが子供のようなものだということを強調しているわけです。子供のような連中だから、彼らの〝証言〞なんか気にしないでくれ、ということかもしれません。

すると、教師が、助手たちにそうかお前たちは小使いに罪をなすりつけたのだな、と言って怒ったそぶりを見せます。助手たちは全然発言権がなくて、フリーダと教師の交渉のネタにされている感じですね。

「それじゃ、さっそくきさまらをたたきのめしてやろう」と、教師は言って、生徒たちのひとりにとなりの教室へ藤《とう》の鞭《むち》をとりにやらせた。やがて教師が鞭をふりあげると、フリーダは、「助手たちの言ったことが、ほんとうですわ」と叫ぶなり、やけ気味に雑巾をバケツに投げこんだので、水が高くはねあがった。彼女は、平行棒のかげに走っていくと、そこに身を隠した。

「この嘘つきどもときたら！」と女教師が叫んだ。彼女は、ちょうど猫の足に包帯を巻きおわったところで、猫を膝《ひざ》の上に抱いてやった。彼女の膝にとって、この猫は、ほとんど大きすぎるくらいだった。

「じゃ、小使さんは、ここに残ってもらおう」と、教師は言って、助手たちを突きのけ、Ｋのほうを向いた。Ｋは、さっきからずっと箒《ほうき》にもたれかかって、じっと聞いていたのだった。「この小使さんときたら、自分の悪事がまちがって他人に転嫁《てんか》されるのを、臆病《おくびょう》なためにだまって許しておくのだな」

「まあ、そういうことになりますね」と、Ｋは、答えたが、フリーダがあいだに割ってはいったおかげで、手のつけようもない教師の怒りがやわらいだ事実を見のがさなかった。「たとえ助手たちがすこしばかり折檻《せっかん》されたところで、わたしは、気の毒だともおもわなかったことでしょう。これまでに折檻されてあたりまえのところを十回もこらえてやったのですから、彼らにしてみれば、こんどは折檻される理由はなかったにしろ、とにかく一回で十回分の罪ほろぼしができるわけですからね。しかし、そうでなくても、先生、わたしとあなたとが直接衝突することは避けられたでしょうから、わたしにとってはありがたいことだったでしょう。もしかしたら、あなたにとっても、そのほうが好ましいことかもしれませんね。しかし、フリーダがこんどは

躾、訓練の核（フロイト＝フーコー的な言い方）

性的なことや身体的なものを中心とした、極めてプライベートなものは、公の場では、隠すべきだと身をもってしること。
近代の規律権力は、直接体で覚えさせるというより、教室のような空間で、効率よく監視し、記録し、評価することで、ノーマル＝普通であることを学ばせる。

助手どものためにわたしを犠牲にしてしまったものですから――」ここで、Kは、ちょっと間《ま》をおいた。すると、しずまりかえったなかに掛けぶとんのかげでフリーダのすすり泣く声がきこえた。「当然のことですが、いよいよ問題に片をつけなくてはならなくなりました」

本当のところはどうかわかりませんが、一応、Kがカギを壊した犯人だと判明したわけです。それにしても、フリーダが助手たちに同情して、Kを差し出したのは意外でしたね。第十一章の夜のハプニングがあっただけに、読者は、助手たちと彼女の間に何かあったのか、と疑いたくなりますね。

　鞭打ちによる折檻の場面は『審判』にありましたね。というより、『審判』では実際に二人の監視人が鞭で打たれて、泣き叫び、それを見たKは、こんなのを見させられるくらいなら、自分が鞭打たれた方がましだと言い、やめてくれるなら、金を払ってもいい、とまで言います。それがここでは、むしろ、助手たちを自分の代わりに折檻させようとし、本当なら、自分が彼らを一〇回鞭にしてやってもいいくらいだ、と言ってのけます。「折檻」することに対する態度が逆転している感じですね。ただ、いずれの場合も、Kの「折檻」という行為が、Kのサド＝マゾヒズム的な欲望につながっている、と考えると、それなりに一貫性があるのかもしれません。

　この流れだと、いずれにしても、Kたちの誰かが、学校の秩序を乱したかどで、生徒たちの見ている前で、鞭打ちの罰を受けることになりそうですね。学校という場所は、子供に、社会の秩序に従って、正常＝規範的（normal）に振る舞えるようになるよう躾けるところです。その躾、訓練の核にあるのは、フロイト＝フーコー的な言い方をすれば、特に、性的なことや身体的なものを中心とした、極めてプライベートなものは、公の場では、隠すべきだと身をもって知ることです。物心ついてない子だと、下半身を見せることに無頓着だし、平気で唾を吐くし、幼稚園から小学校低学年くらいの男の子だと、排泄物の話を大声でしますね――大学生になっても、やっているのがいますが。フーコーの言う近代の規律権力は、直接体で覚えさせるというより、教室のような空間で、効率よく監視し、記録し、アガンベン「ホモ・サケル homo sacer」：
ある神によって呪われているため、その共同体の法や宗教の枠外にあり、既にある神のものになっているので、他の神への犠牲に捧げることもできない。その者を殺害しても、法的・道徳的責任を問われない存在。

評価することで、ノーマル＝普通であることを学ばせるわけですが、この教室には、鞭という折檻の道具が置かれているわけです。子供の躾に使うものとしてそこに置かれていた鞭が、Kたちの誰かに対して振るわれようとしているわけです。西欧諸国で学校での躾としての鞭打ちが禁止になるのは第二次大戦前後で、本格的に廃絶しないといけないという風潮になったのは、英米やドイツでも一九七〇～八〇年代頃のようです。この小説が書かれた頃は、鞭があること自体は全く普通であったわけです。

そうした時代背景・舞台設定のもとで、子供ではなく、Kかフリーダ、あるいは助手たちが、鞭打ちの罰を受けることの意味を考えてみましょう。そうすると、助手たちの子供っぽさが強調されたことが意味を持ってくるでしょう。身体的な躾を十分に受けずに、身体だけ大きくなると、いい年してこんなだらしのない人間になり、あまり考えもなく小屋を破壊して、自分のやったことにも責任を取れなくなってしまう。だから、子供の時に受けるはずだった折檻を今、みんなの前で受けることになる。そういう意味で、効果的な見せしめになるでしょう。

子供たちの前で、彼らとは無関係な大人を鞭で叩くという行為は、見方によっては、サド・マゾヒズム的な欲望を彼らの内に喚起する行為かもしれません。自分たちが叩かれる場合、あるいは、その可能性がある場合、恐怖の方がまさって、性的欲望が喚起されても自覚しないかもしれません。純粋に見世物として、（夜中にセックスをやっているかもしれない）大人の鞭打ちの場面を見せられると、自分の内の性的欲望が刺激されるのを感じやすくなるかもしれません。教室に夫婦を住まわせたら、性的な行為の痕跡を子供たちの目に晒す可能性が高くなるわけですが、それに加えて更に、わざと小屋に鍵をかけたままにして、折檻をする機会も用意していた、と穿った見方をすることもできるでしょう。

助手たちの子供のような自立性のなさについては、別の見方もできます。Kとフリーダはいろいろ自分で言いわけできます。実際、教師はKを鞭打ちにしようとはせず、その代わりに解雇を言い渡します――Kは村長の口からそれを聞かない限り、受け入れられません、と言って、頑張るわけですが。それに対して、助手たちは、ほとんど自分の口で弁解することができず、フリーダ、K、教師の間の交渉のネタにされていて、彼らのやりとり次第では、言い訳もないままに、Kかフリーダの身代わりに鞭打ちされていたかもしれません。彼らは、アガンベンの言う「ホモ・サケル homo sacer」、ある神によって呪われているため、その共同体の法や宗教の枠外にあり、既にある神のものになっているので、他の神への犠牲に捧げることもできないけれど、その者を殺害しても、法的・道徳的責任を問われないような存在かもしれません。もっとも、K自身、ちょっとしたきっかけで、ホモ・サケルになってしまいそうですね。

「城」の官僚機構と、「村」での私的な人間関係がはっきりわかれているかのように公式的な説明とは裏腹に、官僚機構の末端である「学校」では、子供たちを、権力に従うメンタリティを植え付けるべく、私的な欲望や身体性がむき出しにされているわけですね。無論、こういう小説なのでかなり誇張されて描かれていますが、学校では多かれ少なかれ、公／私が混合した形の規律訓練で、主体＝服従化（assujetissement）が図られているわけです。

第十三章――「ビッグ・ブラザー」からは逃れられない

第十三章では、助手たちにこれ以上我慢できなくなり、追い出します。彼らは、Kに考え直してもらうため、窓を叩いたり、手を合わせたりしましたが、Kは無視します。

Kとフリーダは、クラムの愛人であったフリーダがKと一緒になったせいで、クラムからの援助を打ち切られ、二人揃って、クラムに会うことさえできないまま惨めな状態に置かれている現状を確認します。フリーダが、Kがクラムに会う目的は自分のためだと思っているのに対し、KがそれだけではないとKに率直に認める点で、食い違いはありますが。

フリーダがここでの生活には耐えられないので、「わたしたちは、どこか南フランスかスペインへでも移住しなくちゃならないわ」と言いだします、それに対してKは、

「ぼくは、移住するわけにはいかない。この土地に定住するために、はるばるとやってきたんだ。ぼくは、ここにとどまるだろう」Kは、そう言って、この言葉と辻褄《つじつま》があわないのだが、それを説明しようとはしないで、まるでひとりごとのように、こうつけくわえた。「定住しようという望み以外に、こんな荒れはてた土地におれをひきつけるものは、いったい、なんだろう」

Kがクラムと会う目的が、測量師としての仕事をちゃんとやらせてもらうためか、フリーダとの暮らしを改善するためなのかはっきりしなくなったと思ったら、そもそも、Kがこの土地にやってきた目的があやふやになったというか、記憶が書き換えられた、という感じですね。もともとは、待っている妻子のために測量師の仕事を引き受けたはずだったのに、いつのまに

か、「この土地に定住する hierbleiben」ことが当初からの目的になっている。ただ、この独り言のように付け加えた一言からすると、K自身、自分の動機がわからなくなって、適当なことを口にしているだけかもしれません。Kは、「城」をめぐる匿名化するシステムに思った以上に深く巻き込まれて、固有のアイデンティティをかなり失っているのかもしれません。

もし移住してしまったら、「ただ、きみにはクラムがいなくなる Nur Klamm fehlt dir」というKの発言に対して、フリーダは不思議なことを言います。

「クラムがいなくなるとおっしゃるのですか。この土地には、クラムなんか、掃いて捨てるほどたくさんいますわ。わたしはクラムからのがれるために、ここを出てしまいたいんです。クラムじゃなくて、あなたがいなくなってしまうのよ。わたしが出ていきたいのは、あなたのことがあるからなの。だってね、ここじゃみんながわたしを引っぱりだこにして、あなたを十分に自分のものにできないんですもの。あなたのそばで平和に暮すことができるためなら、美しい仮面がはぎとられて、わたしのからだがみすぼらしくなったってかまわないわ」

Kは、ただひとつのことしか聞きとらなかった。「クラムは、依然としてきみと関係を保っているのかね」と、すかさずたずねた。「いまでもきみを呼ぶのかね」

「クラムのことなんか、知るもんですか。わたしがいま言っているのは、ほかの連中のこと、たとえばね、あの助手たちのことですわ」

「へえ、助手どもだって！」と、Kは、眼をまるくした。

「やつらは、きみをつけまわすのかね」

「お気づきじゃなかったの」

「この土地には、クラムなんか、掃いて捨てるほどたくさんいますわ von Klamm ist hier ja Überfülle, zu viel Klamm」というのは、ごく普通に考えると、彼女を付け回している人間を比喩的にクラムと呼んでいるだけ、と解釈すべきでしょうが、こういう小説なので、「クラム」というのは、もともと特定の人物の名前ではなく、ある行為をする人、ある属性を持っている人の総称だと言っているようにも取れますね。『審判』で、Kがティトレリに「裁判所」はいたるところにあると言われて、愕然とする場面がありました。このやりとりはそこまで決定的ではありませんが、物語の終わりがそういう方向に向かって行く予兆のような感じがしますね。

それに、助手たちがつきまとっていることを、フリーダがKに告げていなかったというのも気になりますね。助手たちに対する態度を見る限り、フリーダは性的にルーズな感じがします。先ほどのドアを壊したのはKだという証言も、正直さの表れとも取れますが、自分を好きになってくれる男性についつい甘くなってしまう。二八〇〜八一頁のKとフリーダのやり取りでも、Kが、フリーダが助手たちに対して「あまりにもやさしすぎる

allzufreundlich」ことに腹を立てているのに対し、フリーダは、私はあなたを愛しているのだけど、彼らが私に向かって手を合わせるので仕方ない、という主旨のことを言います。こういう感じの人っていそうですね。断れない性格が、性的なことにまで及んでいそうですね。

それだけですまず、フリーダは二人の助手が「クラムから派遣された人間 Abgesandte Klamms」だと言い出します。もともとは、Kがここに来る前に雇ったはずだったのに、ここでも初期設定と大分ズレてきましたね。ここまで来ると、Kは本当に他所の土地からやって来たのか、という疑問が生じてきます。実はKというのは過去の記憶をなくした人間で、「城」や「村」の人間がそれをいいことに、グルになって適当にいたぶって、ストレス解消しているのではないかと、映画『トゥルーマン・ショー』（一九九八）のような状況を想像してしまいますね。周りの人が偽の環境を作って騙すというのは、SFによくある設定ですが、周りから疎外されていると感じると、みんなから騙されているのではないか、という妄想を抱いてしまうことありますね。

［…］「ただ、あの人たちが何者であるか、わたしたちにはわかりません。クラムから派遣された人間だと言いましたが、それは、自分の頭のなかで勝手にそう考えただけのことで、本気でそう言ったわけではないのですけど、もしかしたら、ほんとうにそうなのかもしれません。あの人たちの眼、単純だけどきらきら光っているあの眼は、どこかしらクラムの眼を思いださせます。ええ、確かにそうですわ。ときおり彼らの眼からわたしの全身に図走《ずばし》るもの、あれは、クラムの視線ですわ。あの人たちのことが恥ずかしいなんて言ったのは、わたしの間違いですわ。あの人たちのことで恥ずかしい思いをできるほうがましだとおもったにすぎないのよ。これがどこかよその土地か、ほかの人たちのことであれば、おなじ振舞いをされても、ばかげて、不愉快なことだのに、あの人たちの場合は、そうじゃないのです。尊敬と驚嘆の念をもってあの人たちのばかげた行動を見ていなくてはならないのです。でも、あのふたりがクラムから派遣された人間だとしたら、だれがあの人たちからわたしを解放してくれるでしょうか。それに、そうだとしたら、そもそもふたりから解放されることは、いいことでしょうかしら。このさい、すぐにもふたりを呼びもどさなくてはならないのではないでしょうか。そして、ふたりが戻ってくれたら、もっけのさいわいではないでしょうか」

フリーダの発言はかなりぶれているので、本当に勝手な想像なのか、胡麻化したのかわかりませんが、今回の発言にちゃんと意味がある、という前提で考えると、フリーダは、自分を見つめる者の「眼 die Augen」を、「クラムの眼 die Augen Klamms」「クラムの視線 Klamms Blick」だと感じる心理状態に追い込まれているわけです。事実かどうかは別にして、「クラムの視線」から逃れられなくなっているわけです。これは、「ビッグブラザー」が内面化した状態、フーコーの「パノプティコン（衆望監視装置）」の完成形と見なせるような状態だと考えられます。自分にまとわりつく視線が全部クラムの視線に見えて、不安で仕方ないので、その視線の持ち主を傍に置いておいて、ちゃんと管理しておきたい、と思っているわけです。本当に、そういう不安から「助手」に甘くなっているのか、それとも本当は、権力者である「クラム」に愛されたいという欲望を抱いているから、それを正当化しようとして、「視線」の妄想に囚われているのか。そういう風に考えると、フリーダの曖昧な態度が理解できるような気がしますが、本当にそう感じるようになっているとしたら、かなり病的ですね。

　現代思想的に凝った見方をすれば、クラムは、いたるところに感じられる「視線」を通して、人々に不安を抱かせたり、自分の性的な欲望を〝自覚〟させたりして、結果的に暴力をつかわずに、「城」に従うよう仕向ける、大文字の他者のような存在かもしれません。

「きみの言葉は、助手たちに関するぼくの判断をますます強めてくれるだけだ。ぼくは、自分からすすんで彼らを入れてやるようなことはけっしてしないだろう。だって、彼らを追いだしてやったという事実は、事情しだいでは彼らをこちらの思いどおりに支配することができるということを立証していることになるし、したがってまた、彼らがクラムと重要な関係なんかもっていないということをも証明しているんだからね。昨晩やっとクラムから手紙を受けとったのだが、その文面から見ると、クラムは、助手たちのことに関してまったくまちがった報告しか受けていないことがわかるし、さらに、そのことから考えると、助手のことなどクラムにとってはどうだっていいのだと、結論せざるをえないね。というのは、もしそうでないとしたら、クラムは、助手たちについていくらでも正確な情報を手に入れることが、できたにちがいないだろうからね。だけど、きみが彼らのなかにクラムを見ているということは、なんの証明にもならないよ。というのは、きみは、残念ながら、あいかわらずあのお内儀《かみ》の影響から抜けだせずにいて、いたるところにクラムの面影ばかり見ているからさ。きみは、依然としてクラムの愛人であって、まだまだぼくの妻じゃない。ぼくは、そうおもうと、ときどき悲しくなって、すべてを失ってしまったような感じがする。そういうとき、いまやっとこの村にやってきたばかりのような気持になる。それも、実際この村にはじめて着いたときは希望にみちていたものだったが、こんどはそうではなくて、ぼくを待ちうけているのは幻滅ばかりで、その幻滅をつぎつぎに最後の一滴にいたるまで飲みほさなくてはならないというような予感がするのだ。もっとも、こんな気持になるのは、ほ

――んのときたまにすぎないがね」

　Kの言っていることは一見こんがらがっているように見えますが、要は、第十章のクラムの手紙を根拠に、「クラムの視線」の遍在性を論理的に否定して、実際には、フリーダが意識過剰になっているだけだ、クラムが君を追いかけているのではなくて、君の方が「クラム」を意識しすぎているのだ、と指摘しているわけです。しかも、そうやって「クラム」を意識するようになったのは、橋屋の女将の影響だというわけです。ちゃんと説明していないですが、おそらく、女将がクラムの愛人だった証拠のおかげでうまくやっていられるということを吹き込み、そのせいで、力に憧れるフリーダが自分もそうなりたいと思って、クラムの面影ばかり見るようになっている、と考えているのでしょう。これは、ラカンの言う「他者の欲望を欲望する」という現象だとすれば、Kの分析はそれほど突飛ではありません。

　この後、隣の教室からハンス・ブルンスウィックという少年がやって来て、Kたちの境遇に同情したと言って、話しかけてきます。この少年は、第一章で出てきた皮屋のラーゼマンの家で、乳飲み子を抱いてぐったりした感じで、椅子に座っていた女性の足もとで、遊んでいた二、三人の子供の一人で、その女性は彼の母親で、盥で湯に浸からせてもらうために、ラーゼマンの家に行っていたのだ、という――結構現実的な――説明をします。彼の父ブルンスウィックは、第五章でのKと村長の会話に出てきた、伯爵府といろいろコネを持っていて、測量師の招聘に関していろいろ妨害工作をしていたという人物ですね。ハンスの話だと、彼の父は靴屋で、バルナバスの父にも仕事を回してやっているということです――世間が狭いですね。ハンスから、彼の母がKに同情的であることと、彼女は転地療養しさえすれば、よくなるとわかっているのに、父親が妻が他所の土地に行くことを拒んでいると聞くと、Kは、この母親の件で相談に乗るふりをして、ブルンスウィックに近付き、自分の立場をよくすることに利用しようと画策します。このハンスとの会話が二八七～三〇五頁にかけて、長々と続きます。そして、三一〇～二七頁にかけて、今度は、ハンスとKの会話を聞いていたフリーダが、Kは結局、クラムに会うために私を利用しただけではないのかと、今更なことを言って、Kを攻め続けます。

第十四章、第十五章――「官服」の謎

　第十四章で、例の末席城代の息子のシュワルツァーが学校にやってきます。彼はギーザが好きで、コネを使って助教員（Hilfslehrer）にしてもらい、彼女につきまとっている感じですが、彼女の方はあまり相手にしない感じです。

　三三五頁で、Kはバルナバスの家を訪ねます。家には年老いた両親とアマーリアしかいませんでしたが、彼女は、Kがフ

リーダと婚約したと聞いたらオルガが悲しむ、あなただってオルガに気があっただろう、と言い出します。アマーリア自身が何かに苛ついている感じで、Kに対して攻撃的になっているようです。第十五章で、アマーリアに代わって、どういう経緯かわかりませんが、いきなりオルガが登場しますが、二人の間の恋愛話ではなく、バルナバスの城の仕事について長々と話します。オルガは特に、服装の問題に妙にこだわります。

「ああ、あの上着のことですか。いいえ、あれはね、あの子が使者になるよりまえに、アマーリアがこしらえてやったんです。でも、あなたは、だんだん痛いところを突いていらっしゃいますわ。バルナバスは、お仕着せなんかじゃなく(城にはお仕着せなどないのです)、もうとっくにお役所から服を支給されていなくてはならないんです。事実、官服を支給するという確約さえあったのです。ところが、こういう点になると、お城の仕事ぶりは、じつにおそいのです。しかも、困ったことには、こんなにおそいのはどういう意味なのか、ついぞわかりようがないのです。それは、この問題が目下事務的に処理されつつあるということを意味しているかもしれません。あるいは、まだとりあげられていない、したがって、たとえばバルナバスをまだ依然として試《ため》してみようということなのかもしれません。しかし、最後には、事務上の処理はすでに終り、なんらかの理由でさきの確約は取消しになり、バルナバスは服を支給してもらえないということを意味しているのかもしれないのです。それ以上くわしいことは、知りようがありませんし、たとえ知ることができたとしても、ずっと後になってからのことです。当地には、こんなことわざがあります。おそらくもうご存じかもしれませんが、〈お役所の決裁は、若い娘っこの返事のように煮えきらない〉というんです」

確かに、なかなか決まらないお役所仕事の典型のような話ですが、たかが「お仕着せ Livree」の話にこんなに関心を持つオルガもヘンですね。ただ、こういう組織の範囲も、意志決定の流れも曖昧な官僚機構だと、「お仕着せ」でもない限り、本当に「城」の人間かどうか判別できないということがあるのでしょう。一般に「制服」というのは、その人の社会的アイデンティティを、外に対して示すものです。制服を見ることで、その人は組織の一員として〇〇をする権限や義務を持っていると認知されます。また、本人にとっても制服を着ていることで、個人としては、気が弱くて他人に話しかけられないような人が、組織の権威をまとったつもりになって、思い切った行動を取ることができます。バルナバスのような人は、お仕着せでもなければ、どこの誰か識別してもらえないかもしれません。

「[…] どうして官服を支給してもらえないのかしら、とわたしたちは自問するのですが、答えは見つかりません。ところが、この問題全体は、それほど簡単なことではないのです。たとえば、お役人たちは、およそ官服というものをもっていないようです。わたしたちが村で知るかぎりでは、また、バルナバスから聞いたかぎりでも、お役人たちは、りっぱではありますが、ふつうの平服を着て歩きまわっています。そうですわ、あなたは、クラムをごらんになったのでしたね。ところで、バルナバスは、もちろん、役人ではありません。いちばん下っぱの役人でもありませんし、そんなものになりたいというような分限をこえたことも考えていません。しかし、高級な従僕、もちろん、村ではこの人たちの姿を見かけることもできないのですが、この人たちも、バルナバスの話では、やはり官服をもっていないそうです。それならばいくらか慰めになるじゃないか、と早合点なさるかもしれませんが、それは嘘《うそ》です。と言いますのは、バルナバスは、高級な従僕でしょうか。ちがうのです。彼にどんなに好意をよせていても、そんなことは言えません。彼は、高級従僕ではありません。彼が村へ降りてくる、それどころか、村に住んでさえいるという事実だけでも、そうでないことの明白な証拠ですわ。高級従僕は、お役人たちよりも近づきがたい存在です。これは、当然のことかもしれません。たぶん、あの人たちのほうが、ふつうの役人よりも身分も上なのでしょう。それを証拠だてるような二、三の事実がありますわ。高級従僕ともなれば、あまり仕事もしないのです。そして、バルナバスの話によると、この屈強な、えりぬきの大男たちが廊下をのそりのそりと歩きまわっている様子は、見るもすばらしい光景だということです。バルナバスは、彼らのそばでは、いつも小さくなってかしこまっているのです。つまり、バルナバスが高級従僕だなんてことは、まったく問題にもならないのです。[…]」

クラムのような最上級の官僚が平服で顔パスなのはよくあることで、私たちはそんなにヘンなことだと思いませんが、オルガは、一番下っ端に入れてもらえているかどうかさえわからないバルナバスや、クラムや「高級従僕 die höheren Diener」たちが同じ外見なのはどうしてだろう、というある意味、社会学的な疑問を口にしているわけです。それにしても、今度は「高級従僕」です。そんなに大きな「城」ではないはずなのに、「城」に属するいろんな立場の人が出てきますね。「この屈強な、えりぬきの大男 diese auserlesen großen starken Männer」とか「見るもすばらしい光景 ein wunderbarer Anblick」といった言い方は、「掟の前」の、先に行くほどどんどん強くなっていく、門番たちの話を思い出しますね。

ここでのオルガの言い方だと、一般の「役人 Beamter」には制服があるように聞こえますが、それがどういう服装か全然話題になりません。着た状態で村を歩き回っていたら、Kの目にも入っているはずです。

「[…]ところが、下級従僕たちは、すくなくとも村へやってくるかぎりでは、まさしく官服を着ているのです。それは、ほんとうのお仕着せというようなものではありません。まちまちな点もたくさんあるのです。それでも、とにかく服装を見れば、お城の従僕だってことがすぐにわかります。あなたも、縉紳館《しんしんかん》でそういう連中をごらんになったはずですね。彼らの服装のいちばん目だった特徴といえば、たいていからだにぴったりとくっついているという点です。百姓か職人だったら、あんな服は使いものにならないでしょう。[…]」

この「下級従僕 die niedrige Dienerschaft」というのが、通常の「役人」のことなのか、説明がないのでわかりませんが、これだと、彼らが着ている「官服 Amtskleid」は、単に窮屈なだけで、あまり識別するための役に立っていないですね。実際、Kはクラムの従者たちを、フリーダからそう言われるまで、ただの百姓としか思わなかったわけですから。何だか、本当に「官服」を着た「役人」なるものがいるのか、それどころか、「役人」とか「高級従僕／下級従僕」「城代」「長官」といった役割が実在するのか、周りの人間が勝手にそう思っているだけであって、役人と呼べるような仕事をしている者などいないのではないか、役人っぽい名称で呼ばれている——特定の個体群に対する名称かさえ定かでないけれど——存在がいるだけではないか、という根本的な疑問が生じてきます。

バルナバスは誰からの使者か

「[…] そういうときにわいてくる疑問は、いったい、バルナバスがしていることはお城にたいするご奉公だろうか、ということです。確かに、彼は、官房にはいっていきます。でも、これらの官房は、ほんとうのお城でしょうか。官房がお城の一部だとしても、バルナバスが出入りを許されている部屋がそうでしょうか。彼は、いろんな部屋に出入りしています。けれども、それは、官房全体の一部分にすぎないのです。そこから先は柵《さく》がしてあり、柵のむこうには、さらにべつの部屋があるのです。それより先へすすむことは、べつに禁じられているわけではありません。しかし、バルナバスがすでに自分の上役たちを見つけ、仕事の話が終り、もう出ていけと言われたら、それより先へいくことはできないのです。おまけに、お城ではたえず監視を受けています。すくなくとも、そう信じられています。また、たとえ先へすすんでいっても、そこに職務上の仕事がなく、たんなる闖入者《ちんにゅうしゃ》でしかないとしたら、なんの役にたつでしょうか。あなたは、この柵を一定の境界線だとお考えになってはいけませんわ。バルナバスも、いくどもわたしにそう言ってきかせるのです。柵は、彼が出入りする部屋のなかにもあるんです。ですから、彼が通り越していく柵もあるわけです。それらの柵は、彼がまだ通り越したことのない柵と外見上ちっとも異ならないのです。ですから、この新しい柵のむこうにはバルナバスがいままでいた部屋とは本質的にちがった官房があるのだと、頭からきめてかかるわけにもいかないのです。ただ、いまも申しあげました、気持のめいったときには、ついそう思いこんでしまいますの。そうなると、疑惑は、ずんずんひろがっていって、どうにも防ぎとめられなくなってしまいます。バルナバスは、お役人と話をし、使いの用件を言いつかってきます。でも、それは、どういうお役人でしょうか、どういう用件でしょうか。[…]」

「柵 Barrieren」が本当に「柵」として機能しているかわからないということだし、「別の部屋（官房）andere Kanzleien」も「監視 beobachten」も怪しいですね。オルガはバルナバスがちゃんと「城」の仕事をしていると信じようとしながら、疑ってしかるべきことは疑っているわけですね。三五五頁を見ると、バルナバス自身、自分がちゃんと「使者」の仕事をしているのか疑問に思っていそうな台詞をもらしているようですね。

「[…]ご存じのように、フリーダは、わたしをあまり好いていません。それで、クラムを見る機会をあたえてくれなかったのです。でも、もちろん、彼の外貌は、村じゅうに知れわたっています。なかには、彼を直接見た人もいますし、噂《うわさ》だけなら、だれでも聞いています。そして、そうした目撃談や噂、それに、事実を捏造《ねつぞう》しようとする下心もいくらかくわわって、いつしかクラム像がつくりあげられてしまいました。このクラム像は、たぶん本物とだいたいのところは合致しているでしょう。しかし、あくまでだいたいにすぎないのです。[…]」

これでは、「クラム」の存在自体が都市伝説みたいですね。「だいたい in den Grundzügen」という言い方自体が怪しいですが、「だいたい」と言える根拠もないわけです。それからまた延々と、クラムの外見や官房と呼ばれている部屋についての、憶測による話が続きます。三六〇頁から、「手紙」の扱いについての話がありますが、かなりヘンというか、見方によっては、超常現象的なものの介在を匂わせる扱いです。バルナバスが、事務室で何時間も待たされた挙げ句、「書記 Schreiber」が多くの書類や手紙の山から、K宛ての手紙を探し出し、それをバルナバスに渡すのだ、と言います。その手紙が本物だと言えるのは、その場で書いたのではなく、ずっとそこに置いてあったからだとオルガは言いますが、これまでの流れからすると、そのバルナバスの記憶自体が怪しいし、「書記」と呼ばれている人物が、「クラム」の名を使って自分で書いたものを、ずっとそこに置いていた可能性だってありますね。この件について、三七二頁でKもかなり妙な反応をしています。

「[…]ぼくたちは、手紙を手に入れている。ぼくは、それをたいして信用しているわけじゃないけど、バルナバスの言葉よりはずっと信用している。それは、古い、価値のない手紙かもしれない。おなじように無価値なたくさんの手紙のなかからいいかげんに引きぬいたものかもしれない。年の市で運勢占いのおみくじをカナリアを使って任意に引かせるのとおなじようないいかげんさで引っこぬいたものかもしれない。そうだとしてもですよ、これらの手紙は、すくなくともぼくの仕事になにかしら関係をもっている。たぶんぼくの利益になるように書かれたものではないかもしれないにしても、確かにぼくあてに書かれたものです。[…]」

第十章では、書かれた手紙は信用できないと言っていたのに、今度は書かれた以上、自分に関係しているはずだ、と真逆のことを言っていますね。真逆というより、もっと切羽詰まっている感じですね。第十章では、測量師としての仕事に関わる自分の要件が伝わる伝わらないにこだわっていたのに、ここではむしろ、自分と関係してさえすればいい、とにかく何でもいいから「城」に関わりたい、という感じになっていますね。

この書記の手元にあった、K宛ての手紙はボルヘス（一八九九―一九八六）の『バベルの図書館』（一九四一）か、サール（一九三二―　）の「中国語の部屋」の部屋を連想させますね。『バベルの図書館』は、これまでに書かれた、あるいはこれから書かれる全ての本と、そのあらゆる翻訳、解説書、偽書、それらの落丁、乱丁、誤訳の全てのパターンが収められています。

つまり、どんな文字の連なりの本も見つかる、ということです。サールの「中国語の部屋」は、ＡＩが人間と同じ理解力を持つということを否定するために考え出された思考実験装置で、外から見えないようになっている部屋の中には中国語がわからない人間がいて、漢字で書かれた文字が入力されると、その人物は、その漢字の形だけ見て、予め与えられた指示に従って、○▽◇□と並ぶ漢字の列を見たら、●▼◆■と並んでいる漢字の列が書かれた紙を探してきて、それを出力するという作業を行います。それを高速でやると、外から見ている人は、この部屋には中国語を理解する能力があると思うかもしれないけど、実際には、決まった作業を繰り返しているだけ、ということです。現実には、そうした膨大な無駄な該当文書のストックから、瞬時に相手への返事としてぴったりしたものを選び出すというのは、奇蹟ですが、こういう小説だから、そういう設定になっているとしてもさほど、もうそれほど違和感はないですね。物理的にはそんなに大きな「城」ではないはずなのに、いろんな役職の人間が詰め込まれ、どういう役に立っているのかわからない事務作業を延々と続けているわけですから。

あと、ここの訳ではオルガに対して敬語を使っていますが、二人称は、親しい間柄で使う〈du〉で、フリーダに対するのと同じです。オルガに対しても、馴れ馴れしくしていると考えた方が自然でしょう。

「アマーリアの秘密」、「アマーリアの罰」、「オルガの計画」

三七七頁に「アマーリアの秘密」という小見出しが出てきますね。どんなすごい話なのかと思ったら、ソルティーニ（Sortini）という役人がアマーリアに一目ぼれして手紙を送ってきた、ということです。オルガは、第五章に出てきた、B課のソルディーニ（Sordini）とは別人ということになっていますが、こういう流れなので当てにならないですね。オルガは単に苗字の〈r〉と〈d〉が違うだけではなく、性格も役所での立場も大分違うようですが、これだけ登場人物のアイデンティティが怪しいと、それも疑わしいですね。アマーリアはソルティーニから、「縉紳館」に来るように言われますが、それを拒否して、いろいろ嫌がらせを受けた、と言います。何でそんなことを言い出したかというと、アマーリアとソルティーニの間に起こったのと同じようなことが、クラムとフリーダの間に起こったのではないか、と推測しているわけです。Kは必死にそれを否定しますが、彼がムキになるほど怪しいですね。

四〇八頁からの「アマーリアの罰」では、そのせいで、家族、特に父が仕事関係や消防団での地位に関して不利益を被ったという話が出てきます。オルガは「城」の影響でそういうことが起こったと推測していますが、Kは彼女が具体的な関与について語らないので、疑います。気持ちがわからなくもないですね。「城」にそんなに力があって、私的な恋愛関係でそんなにこじれているとしたら、自分がやっていることも無駄になるかもしれない、と不安になって、否定したくなる。四二七頁からの「請願 Bittgänge」というところでは、あくまでも「城」の圧力に抵抗しようとするアマーリアに対して、父をはじめとする家族は彼女に隠して、「城」の役人たちに訴えますが、門前払いを食らい続けます。そもそも役所では彼の「罪 Schuld」に関する記録がないので、何を赦してほしいのかわからない、と言われます。そこで、彼は役人に渡す金が少ないので、何の「罪」か教えてくれないのではないかと思い込み、金でどうにかしようとしますが、無駄に金を使うだけです。なのに、彼はそれが正解だと思い込んで、中毒症のようになって、どんどんのめり込んでいきます。そうこうしているうちに父は寝込んでしまいます。

四四一頁からの「オルガの計画 Olgas Pläne」では、問題は、「ソルティーニからの使者 der Sortinische Bote」を侮辱したことにあると言われていることに注目したオルガが、その使者を捕まえて、宥めるという計画を立てますが、そもそもその「使者」がどういう外見なのかはっきりわかっていないので、捕まえようがない。世間では、ソルティーニもその使者も見かけなくなった、と言われている。そこで、バルナバスが、その「使者」の仕事の負担を和らげるべく、「城」に出かけて仕事をするようになった、という経緯が明らかになりますが、これでバルナバスが本当に「クラム」自身に任命された「使者」なのかますます怪しくなりますね。Kは当然、余計に疑いを深めます。この辺のすれ違いは面白いですね。Kもオルガも、「城」のやっていることに対して疑問を持っているけれど、オルガは、「城」には自分たちが思っているのとは違う実体があると思っていろいろ手を打とうとするのに対し、Kは「城」と呼ばれているものの働きが、実はかなりの部分幻想ではないかと疑っている、だけど、全て幻想だということになってしまうと、自分が誰なのかわからなくなってしまいそうなので、完全には否定しきれない。

第十六章、第十七章――「助手」、フリーダの思惑

四六四頁の半ばで、小見出しなしで話が変わって、「助手」の一人フリーダの言いつけで、Kを探しに来ます。第十六章で、バルナバスの家から道路に出たKは、家の前でうろうろしていた「助手」に話しかけます。

「だれをさがしているのかね」と、たずねながら、Kは、太腿《ふともも》で柳の枝のしなやかさをためしていた。
「あなたですよ」助手は、近寄ってきながら答えた。
「きみは、いったい、だれかね」Kは、だしぬけにたずねた。どうも助手ではないようにおもえたのである。助手よりもっと年をとり、疲れたようで、しわが多かった。もっとも、顔はまるまるとしていた。歩きかたも、助手たちのあの敏捷《びんしょう》な、関節に電気をかけられたような歩きかたとはまるでちがっていた。男は、のろのろとし、すこしびっこを引き、どこか病弱な上品さがあった。

お互いの個体認知がかなり怪しくなっていますね。もっとも、日常的にこういう体験ありませんか。ほぼ毎日接していて、よく知っているつもりの人の容貌を思い浮かべようとしたら、はっきりしたイメージが浮かばないとか、その人の顔を改めてつくづく見ると、こんな顔だったっけなあ、と思ってしまうことありますね。Kにはそういう体験が連続的に急激に襲ってきたということでしょう。

この「助手」はイェレミーアスの方で、アルトゥールの方は「助手」を辞めたということです。それから、四六九頁を見ると、二人の「助手」を派遣したのは、クラムの代理の「ガーラター Galater」から派遣された、ということがわかります。そして、それまでとは打って変わって、これまでの弱々しい態度やフリーダに気があるそぶりを見せたのも芝居であった、という風なことを言います。テレビのミステリーだと、そういうのはよくある話ですが、この場合は、何のためにそんな芝居をするのか意味がわかりませんね。バカのふりをして、Kの元に探りを入れても得られそうな有益な情報なんてほとんどないし、Kに不信感を抱かせてかえって、情報を入手しにくくしているわけですから。ちなみに、〈Galater〉は、ドイツ系の普通の名

前ではありません。名詞としては、ケルト人の一派で、紀元前に現在トルコになっているアナトリア半島のガラティアという地域に住んでいた人たちの呼称で、『新約聖書』の「ガラティア人への手紙」はこの人たち宛てだとされています。「イェレミーアス Jeremias」——英語だと、〈Jeremy〉——は、ドイツ系の苗字及びファースト・ネームとしてさほど珍しくありませんが、『旧約聖書』の預言者エレミアに由来します。

そういう会話をしているところへ、バルナバスがやってきて、Kの手紙をなかなかクラムに届けることができなかったが、クラムの「第一秘書のひとり einer der ersten Sekretäre」である「エルランガー Erlanger」とだったら、話ができそうだと伝えます。エルランガーが「縉紳館」に来ると言っていたので、会いに行くつもりだとバルナバスが言うと、イェレミーアスは、Kより先にエルランガーに会うべく、「縉紳館」に向かって駆け出します。

第十七章では、エルランガーに会おうとして多くの人が、「縉紳館」の前で待っています——『審判』の裁判所みたいですね。そこにはクラムの在村秘書のモームスも来ていますし、イェレミーアスは、自分はこの宿の部屋付きのボーイだと言って、先に部屋に入れてもらいます。第十八章で、Kは「縉紳館」の廊下でフリーダを見かけます。フリーダは、Kが自分を裏切って、二人の娘に執心しているので、また「縉紳館」で雇ってもらったのだと言います。Kは説得しようとしますが、フリーダは聞き入れません。「助手」たちに対する評価も一八〇度変わってしまったようです。

第十八〜第二十章——「つながり Verbindungen」

フリーダと別れて、エルランガーの部屋に行こうとしますが、どの部屋かわかりません。一つの部屋のドアを開けると、そこには「フリードリヒ」という人物の秘書「ビュルガー」がベッドに寝ています。目を覚ましたビュルガーは今は四時ですよ、と言いながら、Kの話を聞いてやったうえ、秘書の働き方、夜中に訪問するとどういうことが起こるかについて延々と説明します。それを聞いているうちに、Kは寝てしまいます。その時、エルランガーが壁を叩いて、そっちに測量師はいませんか、と言ってきたので、第十九章で、Kはエルランガーと会うことができます。何か進展があると思っていたら、エルランガーは、クラムの仕事に支障が生じないよう、フリーダにはこの宿屋に戻って酒場で働いてもらうことになったので、フリーダを返してほしいとだけ言われました。肩透かしを食わされたKは、廊下で、部屋のなかにいるらしい役人と従僕が書類のやりとりをしているのを観察します。そうこうしているうちに、宿の主人と女将がやって来て、Kに食ってかかります。廊下にずっと居座ったことがだめだったようです。亭主は、役人たちはまともな人間で、おかしいのはKの方だということをこんこんと説教します。それに対してKが言い訳した後、眠気がさしてきた彼は、枕を出してもらって、酒場で寝込み、第十九章が終わります。

第二十章で、目を覚ましたKが、フリーダの後任で酒場の仕事をしていたペーピー（Pepi）から、フリーダに対する不満と、どうしてフリーダなんかではなく、自分を選ばなかったのか、という恨み言を聞かされます。ペーピーはフリーダの容姿にかなりこだわっています。五七七頁を見ると、フリーダの容姿はかなり「お粗末 kläglich」で、本人も本当はわかっているけれど、自分を「絶世の美人 die Allerschönste」だと思い込み、他人にもそう思わせるやり方を心得ていると言っています。五七八頁を見ると、クラムとの関係も、せいぜいビールをクラムのところに持っていって、お勘定をもらってくるだけなのに、あたかもクラムと特別な「関係 Verhältnis」があるかのように装っていたのだ、と言います。しかし、本当のクラムの恋人だとしたら、クラムが彼女をいつまでもそのまま酒場にいるのはヘンだということにみんな気付いているのだということです。世間は次第に彼女に対して次第に「無関心 gleichgültig」になり、彼女はいてもいなくてもいい（entbehrlich）人間になっていく。そこで彼女は、人々の注目を引くべく「スキャンダル Skandal」を起こそうと決意した。それがKとの関係だったというわけです。今まで、フリーダの思い込みを示唆する話はいろいろ出てきましたが、ペーピーの言う通りだとすると、彼女の妙な振舞いにそれなりに説明がつきます。

五九四頁で、ペーピーはフリーダの実体について微妙なことを言います。

しかし、あのいけ好かないフリーダは、だれにもわからないいろんなつながりをもっているのです。わたしがあるお客さまに言葉をかけるときは、あからさまに言いますから、となりのテーブルにもきこえます。フリーダは、なにも言わないのです。ビールをテーブルの上に置くと、そのまま行ってしまうのです。彼女がお金をかけた唯一《ゆいいつ》の品物である絹のスカートが、さらさらと衣《きぬ》ずれの音をたてるだけです。しかし、たまにお客さまになにか言うときは、からだをまげて、こっそり耳打ちをするので、となりのテーブルの人は、耳をそばだてなくてはなりません。彼女が耳打ちしたことは、たぶんくだらないことなのでしょう。しかし、いつもくだらないことだともかぎらないのです。フリーダは、いろんなつながりをもっていて、それぞれのつながりを別のつながりによってささえているのです。そして、たいていは失敗しますが（だって、だれがいつまでもフリーダのことなどを気にとめているでしょうか）、それでもときどきどれかひとつのつながりをしっかり握りしめているのです。

フリーダの言っていることははったりで、実体はないと言いながら、その一方で、誰も知らない「つながり Verbindungen」

――「コネ」とも訳せます――を持っているとなぜか信じている。ある人については、こういう矛盾した認識を持つことはそんなに馬鹿らしくないと思いますが、先ほどもお話ししたように、登場人物のアイデンティティが曖昧になり、身の上話が二転三転し、物語の構図が複線化して読みにくくなると、滑稽というより、不気味な感じがしてきますね。読者の想像力が暴走させられそうな書き方をしていますね。

Kはペーピーの話を聞いていますが、それは君の妄想だ、フリーダはそんな人ではない、という感じで否定しますが、ペーピーは当然納得せず、あなたはフリーダに逃げられたから、彼女に惚れてしまったんだ、と言います。そして、自分や自分と同居している他の二人の女たちのところに来てほしい、と懇願しますが、Kは春になるまでそのつもりはないらしいことを示唆します。

アイデンティティの最後のよりどころとしての服

そこへ宿の女将がやってきて、Kと会話して終わるのですが、その会話の中身が意外です。第十九章の終わり、五六四～六五頁で、女将を凝視していたKは、あなたではなく、「お召し物Kleid」を見ているのですと言っていますが、その話を女将が蒸し返します。女将は、Kの仕事を聞き、「測量師」とは何かという説明を求めます。なぜか、Kの説明に納得せず、

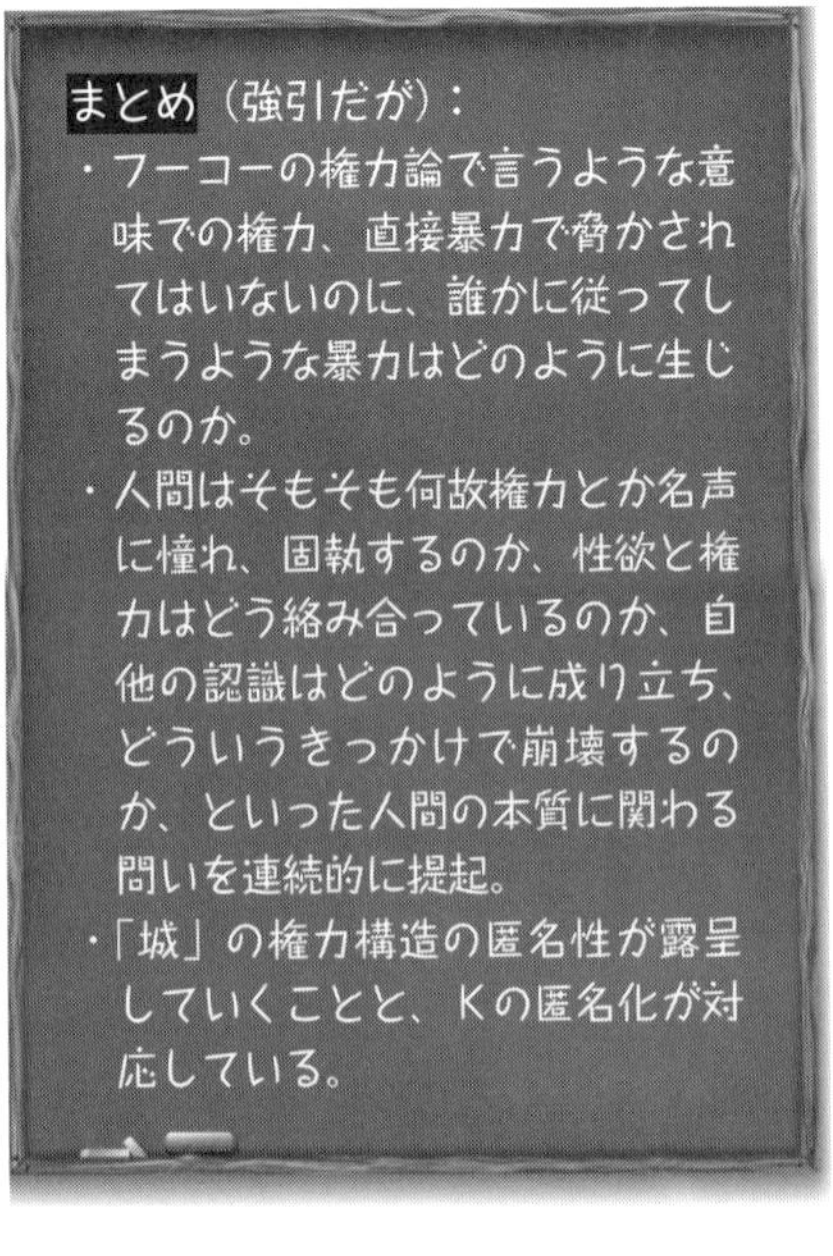
まとめ（強引だが）：
・フーコーの権力論で言うような意味での権力、直接暴力で脅かされてはいないのに、誰かに従ってしまうような暴力はどのように生じるのか。
・人間はそもそも何故権力とか名声に憧れ、固執するのか、性欲と権力はどう絡み合っているのか、自他の認識はどのように成り立ち、どういうきっかけで崩壊するのか、といった人間の本質に関わる問いを連続的に提起。
・「城」の権力構造の匿名性が露呈していくことと、Kの匿名化が対応している。

> 「あなたは、ほんとうのことをおっしゃらないのね。なぜほんとうのことを言ってくださらないの」
> 「あなただって、ほんとうのことをおっしゃっていませんよ」
> 「わたしがですって！　あなたは、またぞろずうずうしい口をききはじめましたね。仮にわたしがほんとうのことを言わなかったとしても――いったい、あなたのまえでその釈明をしなくてはならないのでしょうか。どんな点でわたしがほんとうのことを言っていないとおっしゃるの」

何かすごい話が最後に出てくるのか、と一瞬期待しますが、案の定、そういうことにはなりません。

「知りたいとおっしゃるのなら、申しあげましょう。あなたの服は、上等の布地でできていて、ずいぶん高価でしょう。しかし、時代遅れで、ごてごて飾りすぎて、何度も仕立てなおしをし、着古していて、いまではあなたのお年にも、あなたの容姿にも、あなたの地位にも似つかわしくありません。あれは一週間ほどまえだったでしょうか、ここの玄関ではじめてお目にかかったとき、すぐに眼についたんです」
「図星ですわ！　この服は、おっしゃるとおり、流行遅れで、ごてごて飾りすぎて……それから、なんでしたかしら。ところで、そういうことをどこでお習いになったの」
「見ればわかるだけのことです。教えてもらう必要なんかありません」

それで、Kは女将の衣装ダンスを見せてもらった後、出て行かされます。ただ、今作らせている新しい服ができたら、また呼びにやるかもしれない、と言われます。本当に肩透かしですが、「衣服」というのはこの小説で重要な役を担っていたのかもしれません。だって、顔を見た印象での個体識別があやしいとなると、服で区別するしかありません。自他のアイデンティティ、自分の個体識別能力や記憶さえ不確かになったKにとって、「服」に関する知識が最後のよりどころになってしまったのかもしれません。

これはどういう小説か、強引にまとめると、フーコーの権力論で言うような意味での権力、直接暴力で脅かされているのではないのに、誰かに従ってしまうような暴力はどのように生じるのか、という問題を起点にして、人間はそもそも何故権力とか名声に憧れ、固執するのか、性欲と権力はどう絡み合っているのか、自他の認識はどのように成り立ち、どういうきっかけで崩壊するのか、といった人間の本質に関わる問いを連続的に提起している、作品だと思います。Kが体験していることは部分的には、私たちが日常的に体験していることですが、通常は引き返せないくらいひどいことになる前に、何となく辻褄が合うように修復され、日常が帰ってきます。Kは自分のアイデンティティに疑いを持ってしまいそうなことと立て続けに遭遇し、どんな人間かわからなくなってしまいます。「城」の権力構造の匿名性が露呈していくことと、Kの匿名化が対応しているような感じになっていますね。

■質疑応答

Q　権力論って何となくわかったつもりになっていたんですが、よく考えてみると、先生のおっしゃるわかりやすい権力を何となくイメージしているだけだったような気がします。今日おっしゃっていたような権力について、お勧めの本があれば教えてください。

A　ひと昔前、大澤真幸さん（一九五八―　）とか宮台真司さん（一九五九―　）が、社会学者としてデビューした頃は、理論社会学というか、哲学っぽい社会学として権力論が全盛で、彼らもそういう所から出発したと思います。ただ当時流行っていた社会学の権力論は、社会システムという抽象的な次元で「権力」を捉えていたので、『城』に出てくるような、日常的な場面での特異な現象にフォーカスを当てるものではなかったと思います――社会学者の人たちは、そんなことはない、自分たちはちゃんと個別なミクロの現象も分析した、というでしょうが。

細かく言うと、それだけで一冊の分厚い本になりそうなので、思い切り端折りますが、フーコーの規律権力や生権力論は、カフカと親和性が高いです。フーコーが関心を寄せたのは、日常に深く入り込み、他人と同じように振る舞い、社会の中での自分の与えられた地位と自発的に同化するよう、主体＝従属化するよう仕向ける権力です。『監獄の誕生』（一九七五）と『性の歴史』の第一巻が、一番関係ありそうな気がします。囚人の背中に判決文を機械で書きつけてゆく『流刑地にて』の物語は、『監獄の誕生』で描かれている規律権力の寓意になっているように感じられます。

近代の官僚制の研究というと、マックス・ウェーバー（一八六四―一九二〇）が有名ですが、ウェーバーの研究は官僚制の合理性に焦点を当てるものです。ここではその官僚制が合理化路線を進んでいるつもりで、かえって非効率、不条理を生んでいる、というある意味、現代の状況に近い逆説が問題になっています。そういうのをわかりやすく解説してくれているものとして、反グローバリズムの活動家としても知られた文化人類学者デヴィッド・グレーバーの『官僚制のユートピア』（二〇一七）や冒頭でも挙げた『ブルシット・ジョブ』があります。

登場人物が何となくよく似ていて、時として区別がつかなくなるということで言うと、人々が意識的・無意識的に互いを模倣し合うことがあらゆる社会関係の基本であると主張するガブリエル・タルド（一八四三―一九〇四）の『模倣の法則』（一八九〇）や、人は、他人が欲しがるものを欲しがる、つまり欲望の模倣を論じたルネ・ジラール（一九二三―二〇一五）の『欲望の現象学』（一九六一）が関係してくるかもしれません。

〔講義〕第5回

アメリカに行ったことがないのに書いた小説——『失踪者』

『アメリカ』か『失踪者』か

タイトルについて少し説明します。以前の角川文庫の訳だと、『失踪者』ではなく、『アメリカ』となっていた理由を、白水社のuブックスで訳者の池内紀さん（一九四〇―二〇一九）が解説してくれています。もともと未完の作品でしたが、例によって、友人でカフカの主要な著作をカフカの死後に出版したマックス・ブロートが、生前のカフカとの会話をヒントに『アメリカ』というタイトルを付けました。その後、カフカの日記や手紙から、カフカが、日本語で「失跡者」もしくは「失踪者」と訳すことのできる〈Der Verschollene〉――男性名詞に付く定冠詞〈der〉から、男性で、失踪した状態の（verschollen）人だとわかります――というタイトルを好んでいたらしいと判明して、一九八三年にフィッシャーという出版社から出ている版以降、《Der Verschollene》という名称が、ドイツ文学者の間では常識になっています。

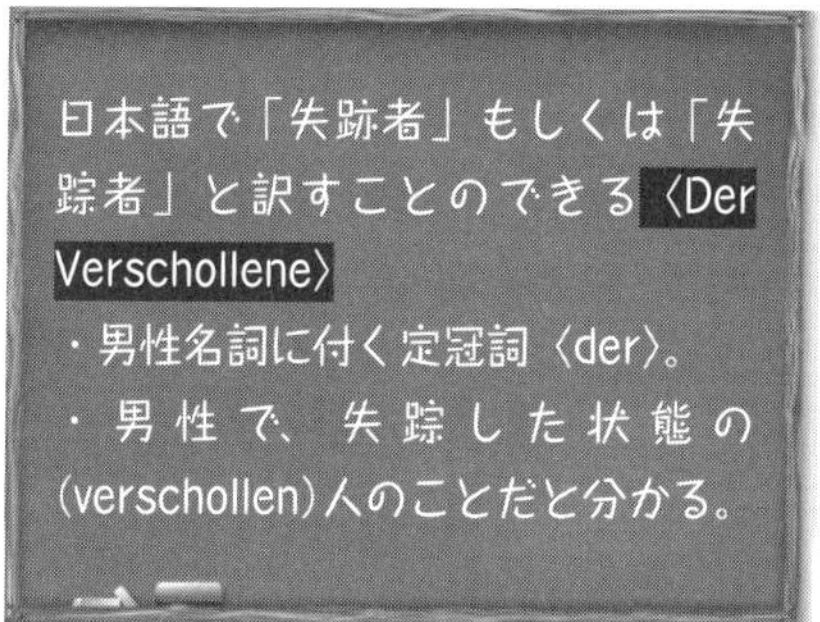
日本語で「失跡者」もしくは「失踪者」と訳すことのできる〈Der Verschollene〉
・男性名詞に付く定冠詞〈der〉。
・男性で、失踪した状態の(verschollen)人のことだと分かる。

採用しているテクストの構成自体も結構違います。前の方は『アメリカ』でも『失踪者』でもほぼ同じですが、第六章の「ロビンソン事件」以降、どのテクストを採用しているかが違います。『アメリカ』では、この『失踪者』の目次だと、本体に組み込まれず「断

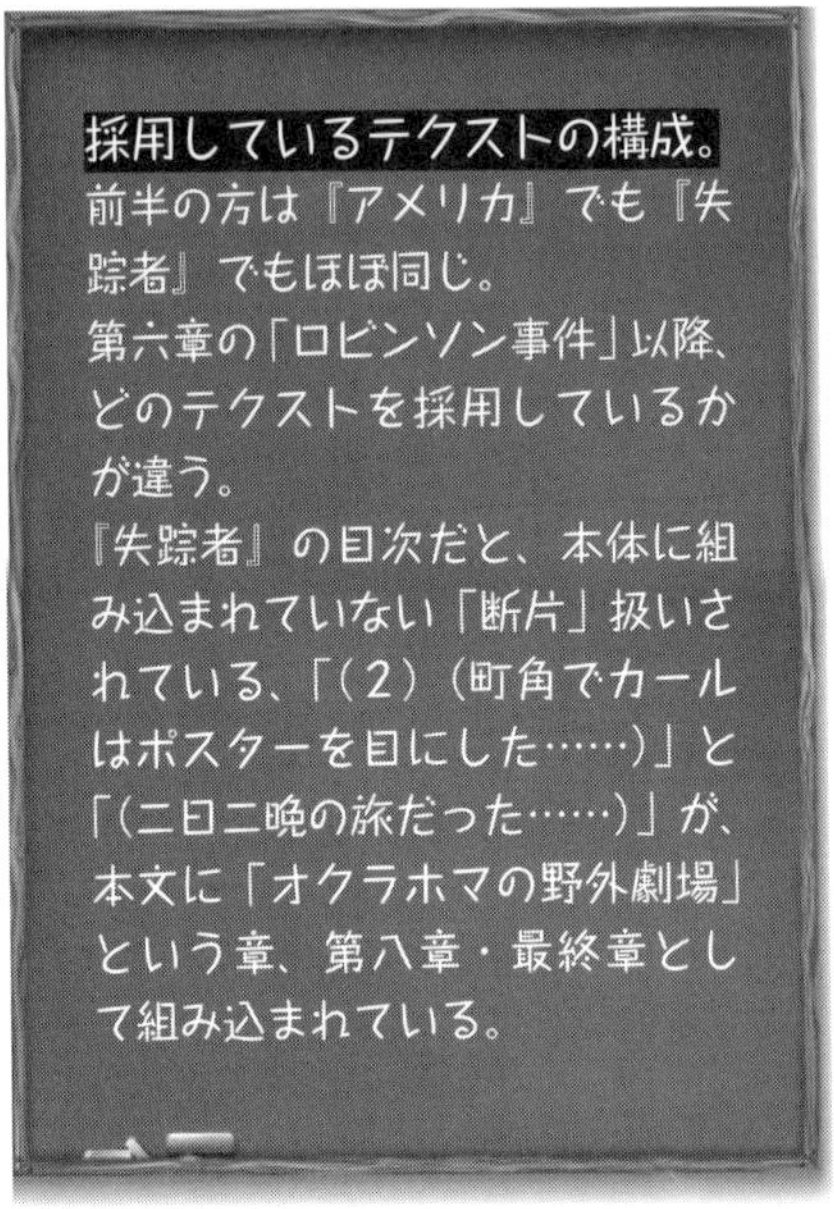
採用しているテクストの構成。
前半の方は『アメリカ』でも『失踪者』でもほぼ同じ。
第六章の「ロビンソン事件」以降、どのテクストを採用しているかが違う。
『失踪者』の目次だと、本体に組み込まれていない「断片」扱いされている、「(2)(町角でカールはポスターを目にした……)」と「(二日二晩の旅だった……)」が、本文に「オクラホマの野外劇場」という章、第八章・最終章として組み込まれている。

片」扱いされている、「(2)(町角でカールはポスターを目にした……)」と「(二日二晩の旅だった……)」が、本文に「オクラホマの野外劇場」という章、第八章・最終章として組み込まれています。

その野外劇場がいろんな人材を募集していると知ったカールがその募集に応じ、劇団員としての人生を送るべくオクラホマに旅立つ、という、ゲーテの『ヴィルヘルム・マイスターの修業時代』のような展開がこれから待っているのか、と思わせるようなオチになっています。その方が普通の読者には受け入れやすいでしょう。ただ、この白水社の訳だと三二七頁に出てくるファニー(Fanny)という女性がいきなり登場することになります。なので一応完結しているつもりで、注意深く読んでいる人は、「あれ?」、と思ってしまいます。『アメリカ』ではあと、『失踪者』では六章の後に続いている、「(車がとまった……)」というタイトルのない章を、「隠れ場所 Asyl」というタイトルで第七章にして、『失踪者』では、更にその後に続いている「(「起きろ、起きろ……」)」の章というか、短い断片を採用していません。そのため『失踪者』では、とりあえずドラマルシュという人物の使用人になってしばらく様子を見ることにする、というあまり希望がなさそうな雰囲気で終わる感じになっています。

オクラホマ劇場のくだりで締めくくられると、主人公カール・ロスマンがそれまでの境遇から解放され、本来のアメリカらしい広大で自由な空間の中に旅立つような感じになるので、確かに『アメリカ』というタイトルが相応しいように思えます。しかし、この訳のような終わらせ方だと、カール・ロスマンは行き場を失って、『城』のKのように、そのままどこかに埋もれていきそうな感じになり、『失踪者』が似合っている感じになる。

〈der Verschollene〉の基になった〈verschollen〉という単語は、過去分詞に由来する形容詞ですが、法的な「失踪宣告」等の時に使うもので、日常的に頻繁に使う言葉ではありません。過去分詞の形をしているのですが、その元になった動詞〈verschallen〉は今ではほとんど使われていません。名詞の〈Schall〉

やそれをストレートに動詞化した〈schallen〉は現在普通に使われているドイツ語ですが、「響き」「響く」という意味です。〈schallen〉に〈ver-〉という接頭辞が付くと、「響きが途絶える」とか「音信不通になる」という意味になるわけです。ただ、この小説は、主人公であるカール・ロスマン本人の視点で書かれていて、誰かに宛てた手紙とか伝聞の形にもなっていないので、「音信が途絶える」というのは妙な気がします。誰に対してなのか。それとも、カール自身が誰かからの音信を失った、ということなのか。カフカの時代には、〈verschollen〉のオリジナルな意味は意識されなくなっていたかもしれないし、生前タイトルとして正式決定したわけでもないと考えれば、そんなにヘンなことではないかもしれませんが、カフカのような言葉の意味にこだわる作家が、安易に法律用語的なものを取りあえずのタイトルにしたとは、あまり考えたくないですね。やや強引な解釈になりますが、最初の方で、彼と性的関係を持っていた女中が、こっそりと彼の伯父に手紙を送っていたことが明らかにされます。古い大陸のヨーロッパと新大陸アメリカとの間で、彼に関する音信が成立していたわけです。そうした彼をめぐる大陸間、あるいは大陸内の「音信」が途絶えた、あるいは、それから拡大して、アメリカ人がヨーロッパから持ってきた人間関係のネットワークの中での、各人の●●系で、■■の時期に移住してきた、▼▼といったアイデンティティを登録抹消されて、どこにいるのかわからなくなった、というような意味合いが込められているかもしれません。

カールは、女中との間で問題を起こしたので、その罰のような感じで、アメリカへ送られます。両親との音信が途絶えると思っていたら、ニューヨークの伯父のところに、先ほどの女中から連絡が入っていました。しかし、その伯父との連絡も絶たれることになります。伯父との間にも不都合ができ、彼は出て行くことになり、伯父や家族とのつながりが途絶えます。そこで、妙な二人組に捕まってしまいます――この二人は、アイルランド系とフランス系です。この二人から離れて、カールが働くことになる、ホテルの名前「ホテル・オクシデンタル」も象徴的ですね。いかにも「西洋」とつながっているような名前で

〈der Verschollene〉の基になった〈verschollen〉という単語について

過去分詞に由来する形容詞。法的な「失踪宣告」等の時に使うもので、日常的に頻繁に使う言葉ではない。

過去分詞の形をしているが、その元になった動詞〈verschallen〉は今ではほとんど使わない。

名詞：〈Schall〉をストレートに動詞化した〈schallen〉は現在普通に使われているドイツ語。「響き」「響く」という意味。

〈schallen〉に〈ver-〉という接頭辞が付くと、「響きが途絶える」とか「音信不通になる」という意味になる。

『審判』：「法」と呼ばれているメカニズム「プロセス Process」がKの日常に侵入。

『城』：権力構造の中心に主人公が入っていこうとする→中心がどこにあるのか見えない、そもそもあるのかどうかもわからなくなっていき、本人のアイデンティティが次第に曖昧に。ある意味、人格として消滅。


『アメリカ』もしくは『失踪者』：親元から追い出されて、旧大陸で居場所がなくなるというのが出発点なので、『城』の場合よりも、更に遠心力は強い。

しかし、伯父に出会い、彼の影響圏に囚われるけど、機嫌を損ねて追い出される。
※捕まっては追い出される、という『城』的な運動と、『審判』的な運動が交互に現れる。

『審判』『城』『アメリカ』あるいは『失踪者』三作品に共通
要所要所で、必ず女性が登場。

「部屋」あるいは閉鎖空間の活用→家の中が、この世界とは異質な特殊な広がりの空間に。最もプライベートな場であるはずの自分の部屋の中に突然侵入され、そこで主人公のエロス的な欲望が露わになる。

法や権力の特殊な作用によって、公的空間と私的空間の境界線が不安定化する。

権力や法が入ってこないはずだと思っていたところに、急に入ってこられると、身体・空間感覚が混乱。

すね。そこで彼が出会う二人の女性はどちらもドイツ系です。主人公と、旧大陸との繋がりが、アメリカという新大陸の中でどういう形で変容していくか、彼はどこかに新しく繋がることができるのか、そうしたカールの、次第に誰に対してなのかわからなくなる消息を暗示するタイトルです。

あと一つだけ書誌的なことを言っておくと、池内さんの解説にあるように第一章の「火夫 Heizer」の部分が、カフカの生前独立の短編小説として発表されており、岩波文庫のカフカ短編集にも収録されています。主人公の年齢設定が若干異なります。

具体的に読み始める前に、『失踪者』もしくは『アメリカ』と、この講座で講義した『審判』および『城』が、物語の構図としてどこが違い、どこが似ているのか見ておきましょう。

『審判』では、「法」と呼ばれているメカニズムというか「プロセス Process」がKの日常に侵入してきます。最初はちょっとプライバシーを乱される感じでしたが、いろいろヘンなことが起こるうちに次第に強く絡め取られていき、最後は何故か処刑される場面で終わります。『城』はむしろ、権力構造の中心に主人公が入っていこうとしますが、中心がどこにあるのか見えない、そもそもあるのかどうかもわからなくなっていき、本人のアイデンティティが次第に曖昧になっていきます。ある意味、人格として消滅します。

『アメリカ』もしくは『失跡者』の場合は、どうか？　親元から追い出されて、旧大陸で居場所がなくなるというのが出発点なので、『城』の場合よりも、更に遠心力は強そうです。しかし、伯父に出会い、彼の影響圏に囚われるけど、機嫌を損ねて追い出されます。捕まっては追い出される、という『城』的な運動と、『審判』的な運動が交互に現れるような感じです。また、この二作品と共通しているのは、要所要所で、必ず女性が登場することです。何かの力に囚われたり、あるいは、逆に主人公が新たな権力関係に入っていく時、必ず女性とのエロティックな関係が浮上してきます。権力とエロス的な関係が妙に結び付いた形で進行していきます。

この三つの小説に共通する要素として、「部屋」あるいは閉鎖空間の活用ということがあります。家の中が、この世界とは異質な特殊な広がりの空間のようになっていたり、最もプライベートな場であるはずの自分の部屋の中に突然侵入され、そこで主人公のエロス的な欲望が露わになる。法や権力の特殊な作用によって、公的空間と私的空間の境界線が不安定化する。リベラル系の政治哲学では、公の領域と私的領域の区分が、自由主義的な国家が成立する条件だとされています。コロナ・ウイルスの件でも、本来、公的領域でなければ命令できないはずのこと、家の中でもできるだけマスクを着用しろとか、濃厚接触者がいたら家の中でも隔離しろとか、私的領域に関しても通用させようとした面がありますね。権力や法が入ってこないはずだと思っていたところに、急に入ってこられると、身体・空間感覚が混乱します。

『失踪者』の舞台は、「アメリカ」で、だだっぴろい大陸のはずですが、主人公はなぜか旧大陸に由来するつながりのある人と関わりを持ち、妙な力関係が作用するサイクルに巻き込まれていく。

冒頭を読みましょう。

> 女中に誘惑され、その女中に子供ができてしまった。そこで十七歳のカール・ロスマンは貧しい両親の手でアメリカへやられた。

『審判』でも『城』でも主人公Kは大人で、『審判』のヨーゼフ・Kは三〇歳と限定されていましたが、この作品では主人公の年齢が一七歳とかなり下がっています――これが『アメリカ』や『火夫』だと一六歳、池内さんの解説にあるように、カフカの準備稿では一五歳のヴァージョンもあるようです。『城』『審判』では、大人同士の関係なので、どちらが誘惑したのかはっきりしない描写が多かったですが、ここでは設定年齢が低いこともあって、女中の方から誘惑したと明言しています。年齢が低いからといって、自分から誘惑したとは限りませんが、「誘惑され」という簡潔な表現は一方的な感じを出していますね――厳密に言うと、原文は、受動態ではなく、女中が彼を「誘惑した verführt」という言い方になっています。

とにかく、性的問題のおかげで、旧大陸から追い立てられたわけですが、よく考えるとヘンですね。淫らなことをやった罰だとしても、どうしてアメリカなのか。勘当して、家から追い出せばすむことではないか。どういう意味があるのか。オーストラリアであれば、一八六八年まで流刑地になっていたので、オーストラリア送りだと、そういう意味合いになりそうです。カフカには、『流刑地』という短編もありますね。カフカが影響を受けたディケンズの『大いなる遺産』（一八六一）や『デイヴィッド・コパーフィールド』（一八五〇）では、流刑地としてのオーストラリアが重要な背景要因になっています。アメリカにも、同じような意味合いが与えられていたかもしれません。実際、アメリカも独立するまでは流刑地として利用されていましたし、ご承知のように、ピューリタンの亡命の地でもありました。カールは、いろんな意味で「流刑」にされているのかもしれません。罪、恐らく、性に関する罪を犯して神のもとから追放され、地上を彷徨うよう運命付けられた、というユダヤ＝キリスト教的な意味での流刑も含めて。ちなみに、カールもイニシャルはKですね。『城』のKもひょっとすると、ファースト・ネームがKだったかもしれませんね。

> 速度を落としてニューヨーク港に入っていく船の甲板に立ち、おりから急に輝きはじめた陽光をあびながら、彼はじっと自由の女神像を見つめていた。剣をもった女神が、やおら腕を胸もとにかざしたような気がした。像のまわりに

ドラクロワ（1798-1863）の『民衆を導く自由の女神 La Liberté guidant le peuple』（1830年、ルーヴル美術館所蔵）

「自由の女神」像

——爽やかな風が吹いていた。

「腕を胸もとにかざした」という表現はエロティックな感じがしますね。ただ、ニューヨークの「自由の女神」が持っているのは、剣ではないですね。カールの抱いたイメージということでしょう。剣を持っている女神というと、ニューヨークの自由の女神が持っているのは松明なのでイメージがずれますね。ドラクロワ（一七九八—一八六三）の『民衆を導く自由の女神 La Liberté guidant le peuple』（一八三〇）は、右手に旗を掲げ、左手に銃剣付きのマスケット銃を持って、乳房を出しているので、こっちに近いかもしれません。あるいは、法廷のシンボルの「正義の女神」は、右手に剣を掲げて乳房をはだけているものが多いので、そのイメージが被っていそうな気がします。『審判』では、法廷画家の描く絵で、「正義の女神」と「勝利の女神」が被っていて、それに更に「狩猟の女神＝アルテミス」のイメージが被っているという話がありましたが、それからすると、ニューヨークの「自由の女神」に、ドラクロワの「自由の女神」や、「正義の女神」がオーバーラップしてもおかしくありません。

ただ、この訳には少し問題があります。原文では、「胸」という言葉はなく、「剣をもった腕 ihr Arm mit dem Schwert」を、「かかげる empor…ragen」と言っているだけです。「胸」という言葉がないので、剣を持っているとしても、本当の「自由の女神」のように、胸から少し離して、まっすぐ上に掲げている可能性もあります。片手——〈Arm〉は単数形です——に剣を持っている場合、胸に引き寄せるのは不自然です。ただ、もともと胸がはだけているような服装だと、腕を上げるだけで胸の膨らみがさらに強調されるでしょうし、腕を上げている途中であれば、肘を胸に近付ける形になると思います。訳者の池内さんはそういう風にイメージしたのでしょう。話の流れ、カフカの作品における「女性的なもの」の扱いからすると、不当な飛躍とも言えませんが、やりすぎの気もします。

——「ずいぶん大きいんだな」

誰にいうともなくつぶやいた。

わりと普通のことを言っているようですが、女中に誘惑されたことや、女神の胸元（？）の描写の後だと、意味あり気に思えますね。一七歳にもなっていれば、女中の方が体が大きくても、彼を力ずくで犯すということは物理的に無理でしょうが、気持ちのうえではそうなっていたかもしれません。だとすると、自由の女神を見て、巨大な女性、グレート・マザー的なもの、『ワンピース』で言うと、ビッグ・マムのような感じのものに飲み込まれてしまうような印象を受けたのかもしれません。

カールは自分の傘を忘れたのに気が付いて取りに戻ります。その際、自分のトランクを知り合いに預けていきました。おかげで傘もトランクもどちらも見失う羽目になります。これは、いかにもという話ですね。単に、物事の優先順位が曖昧で、人を見る目がないドジな少年だというだけのことかもしれませんが、この先、この判断力の悪さで、お人よしのせいでいろんなトラブルに巻き込まれることを暗示しているようですね。

「火夫 Heizer」

二つとも見失ってしまったカールが、もう一度探してみようと船室に降りて行き、そこで「火夫 Heizer」に出会います。船のボイラーの係ということです。この火夫がドイツ人だと聞いて、カールは「(いい友人がみつかるまで、この人をたよりにするのはどうだろう)」と思います。大人になり切っていない、というか、大人になったつもりのない彼は、誰か頼りになる人を求めているみたいですね。しかし、その頼ろうとする人物のせいで、カールはその都度トラブルに巻き込まれるわけです。

カールがトランクを預けたのはフランツ・ブッターバウムという人物で、船の中では知り合いだったわけですが、「火夫」に言わせると、

「船の作法ってやつは港ごとに変わるもんだ。きみのブッターバウム君とやらは、ハンブルクではちゃんと見張りをしてくれた。しかし、ここではとっくに、トランクもろとも姿を消しているだろうぜ」

ありがちの一般論のようですが、少し変形すると、重要な意味を持ちます。船の中だと、同じドイツ系で、周りにもドイツ語を話す人が多いので、ブッターバウム君もカールに信頼できる友人として接していたけど、船という閉鎖空間から出て、新大陸で、今までのつながりを断ち切って、自分にとって未踏の地へ足を踏み入れるのだから、もうドイツ系のつながりなんて気にしなくていい。ブッターバウム君はそういう風に態度を変えたのではないか、そう火夫は示唆しているわけです。ベタな話ですが、ローカルな関係性を前提に成り立っていたモラルが、その関係性がない土地に行くと、雲散霧消してしまうわけです。これは近代化・都市化に伴う一般的現象ですが、未開の地に行く時でも同じように、人間関係が解体し、モラルがいったんゼロになるわけです。この作品は、それを、主人公のアメリカへの追放という形で象徴的に表現していると考えられます。

一二頁でカールは、火夫に対して、「スロヴァキアの人と相

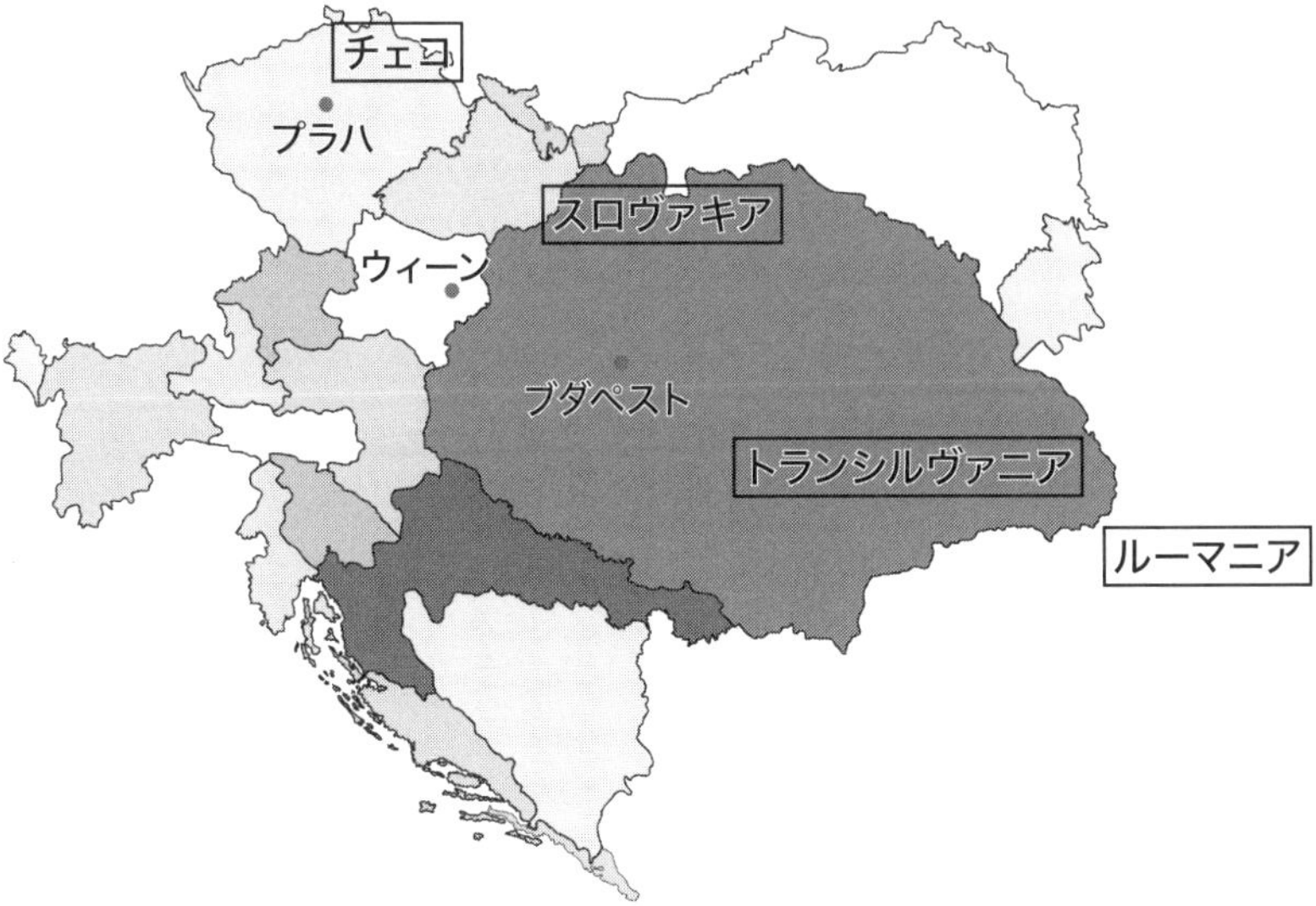

当時のオーストリア＝ハンガリー二重帝国

部屋でした」と言っています。これも意味あり気です。カフカはチェコ人、ユダヤ系チェコ人です。『火夫』が単独の小説として発表されたのは、一九一三年で、まだ第一次大戦も始まっておらず、「チェコスロヴァキア」という国は存在しませんでしたが、オーストリア＝ハンガリー帝国のドイツ寄りの比較的北部地域に住むスラブ系民族として、両民族がかなり近いことははっきりしています。ちなみに同じ二重帝国でも、チェコはオーストリア側で、スロヴァキアはハンガリー王国に属してしました。

で、スロヴァキア人は近い民族なので親近感を感じていたのかというと、一七頁を見ると、カールは、二つ先のベッドのスロヴァキア人がどうも自分の荷物を取ろうとしているようで心配で、夜っぴて見張っていたので、寝不足になっていたと言っています。後でわかりますが、カールはプラハ出身で、自分のことをチェコ人でもユダヤ人でもなく、ドイツ人だと言っています。これは、ドイツ語を母国語としているという意味でしょうが、カフカのような立場の人は、何を基準に○○人が決まるのか。本人が話している言語か、本人の自覚か、それとも、親族に継承されてきた民族的な伝統か。ドイツ帝国の市民だけが、「ドイツ人」だとすると、カールはドイツ人ではありません。「火夫」によると、この船はもともと「ドイツ人向け deutsch」です。

――「じゃあ、教えてやるが、この船はドイツ人用の船なんだぜ。ハンブルクとアメリカを往き来している。だのにどうしてドイツ人でないやつを雇っているんだ。機関長はルーマニア人で、シューバルって野郎だ。ひどい話じゃないか、ルーマニア野郎がドイツ人用の船にいて、ドイツ人をこき使っているんだ」

この言い方だと、ルーマニア人は外国人のように聞こえますが、当時、ルーマニアの北東部のかなりの面積を占めるトランシルヴァニア――ドラキュラの出身地です――はハンガリー王国領で、南東のワラキアとモルダヴィア――ロシアの民族問題でよく出てくる「モルドバ」は「モルダヴィア」の東部です――が、オスマン＝トルコから独立して、ルーマニア王国という独立の主権国家を形成していました。トランシルヴァニア出身だとすると、シューバルは、少なくともプラハ生まれのカールとは広い意味での同国人になるわけです。そもそも、「火夫」が言っている「ドイツ人」と、カールが考えている「ドイツ人」は範囲が一致しているのか。この辺は、オーストリア＝ハンガリー二重王国とドイツ帝国が支配する中東欧の複雑な民族的アイデンティティを意識した記述になっているのでしょう。カフカの作品の共通のテーマと言える「アイデンティティの曖昧化」は、オーストリア＝ハンガリーとドイツの（旧）支配圏における、アイデンティティの複雑さ、不安定を反映しているのかもしれません。プロイセン、ハプスブルク朝、ロシア、オスマン＝トルコの勢力争いや、国籍・宗教政策の影響があるのではないかと思います。

つながりの再帰――自己チューな伯父

カールは傘とトランクを探す目的で船室に戻ったはずですが、「火夫」と話して、彼がちゃんと給料をもらっていないと聞かされると、その不当性を主張するために船長のところにシューバルの元に同行することになります。カールには妙な二面性があります。まだ幼くて人に頼ろうとするのですが、頼る相手が自分よりもっと弱く駄目な人間のように見えると、自分がその人の問題をどうにかしてあげなければという気になり、それでより大きな問題に巻き込まれていきます。このパターンは何度も繰り返されます。

カールは事務室に行って、「火夫」に給料を払うように大声で主張し、とりあえず、船長に話を聞いてもらえることになります。すると、火夫が何か非難されたと誤解して、カールと言い合いをはじめます。すると、二七頁で、その場にいた紳士に「あなた、なんてお名前ですね？」と聞かれるのですが、その時、シューバルが登場するなどどさくさに紛れてしまってすぐには答えず、先に進んで三一頁になってようやく、「カール・ロスマンです」と名乗ります。それで、そのヤーコプという紳士が伯父で、しかもアメリカの上院議員であることが明らかになります。これはさすがに、ご都合主義的ですね。いくら疎遠になっているといっても、上院議員をやっている伯父がいることを、カールがまるで知らなかったというのは考えにくい。カフカの小説では、この手のリアリティはあまり重要でないようですね。

三三頁で、伯父である上院議員が、周りの人に向かって自分とカールの関係について説明します。

「この私がご当地アメリカに滞在するようになりまして、すでに長い歳月がたちました――いや、滞在などという言葉は、もはや生粋のアメリカ市民というべき私には不適当でありましょう――この長い歳月のあいだ、ヨーロッパにおりますところの血縁とは、まったく疎遠にすごしてまいったのであります。その理由はあらためて述べるほどの筋合でもありませず、それに述べようといたしますと、いろいろこみあげてくるものがあるのでありまして、この点、いずれわが愛する甥に語ってきかせなくてはならない日がくるかと思うと、こころ重い次第であります。なにぶん好むと好まざるとにかかわらず、当人の両親なり、家のことなりを避けてとおるわけにもまいらないのでありましてね」

このもったいぶった演説から、甥をダシに自分の苦労話をするような、ずるい男で、この男に関わるとろくなことになりそうにないことが既に予感できますね。ただ、彼の発言から、アメリカにやってくるということが、それまでのアイデンティティを一度断ち切ることを意味している、ということがわかります。そのうえ矛盾していますね。自分はアメリカ人に成り切っていると言いながら、縁がなくなっているはずの甥に妙にこだわり、可愛がろうとするような身振りをする。実際には、感情的なつながりを断ち切れないというのもあるでしょうが、この初めて会った甥との関係を強調することで、「私はもはや生まれた時からの血縁に基づくつながりのない人間だ」、という印象を強めることができるという逆説的効果に気付いたのかもしれません。少し現実的に深読みすると、この小説の時代設定が、カフカがこの小説を発表したのとほぼ同じ頃、第一次世界大戦の少し前、ヴィルヘルム二世（一八五九―一九四一）の強硬対外政策の影響でドイツ帝国と同盟関係にあるハンガリー＝オーストリア二重帝国と、他のヨーロッパ諸国の間で緊張が高まっていて、アメリカが巻き込まれる可能性がある時期だとすると、アメリカの上院議員としては、ドイツ系の人とのつながりはちゃんと切れていると言っておかないとまずいのかもしれません。

「つまりこの甥は、ヨハンナ・ブルマーと申しまして三十五歳にもなろうかという女中に誘惑されたのであります。《誘惑される》などと申しますと甥自身には面白くないかもしれないのですが、ほかに言いようもありませんでしてね」

「誘惑する verführen」というのは、セックスをしたということですが、〈verführen〉という動詞は、「導く」という意味の〈führen〉に、「歪める」というニュアンスを与える接頭辞〈ver-〉を付けた形なので、「間違った方に導く」という意味合いを持っている言葉です。英語だとおそらく〈seduce〉に相当しますが、語源であるラテン語の動詞〈seducere〉まで遡ると、誤った方向へ（se-）＋導く（ducere）というニュアンスが出ますが、普通の会話で、語源まで遡った意味を読み取るというのはありそうにないですね。ごく普通に考えると、彼は英語で話しているはずですが、〈seduce〉という言葉によって、女中に誤って導かれたのを自分が正しく「導く」というニュアンスをうまく出せた、とは考えにくいです。この小説では、いろんな民族が出てくる割には、言語の違いによるコミュニケーション不全の問題はスルーされていますね。

それにしても、この伯父はかなり自己チューですね。相手の身分や年齢、しかも名前までわざわざ多くの人の前で話す必要ないですね――いかにもドイツ人っぽい名前で、女中だと言うと、周囲の人が、アメリカにいる貧しいドイツ移民の女性を思い浮かべるのかもしれません。しかも、その当の女中が頼りにして打ち明けてきたことを。この伯父は、かなり自己チューで、カールを血のつながった甥というより、可哀そうな捨て犬のような感じで、プライバシーなんか無視していい存在みたいに扱っていますね。『審判』では、下宿の部屋に押し入られることで、Kの隠されていた欲望が次第に露わになり、『城』では、Kが個人の都合なのか役所の仕事なのかよくわからないことに巻き込まれ、Kの性的欲望が次第に顕在化していきましたが、この小説では、新大陸に追放され、ヨハンナと伯父の間で勝手に彼の秘密が共有されていたわけです。

カールは上院議員の伯父に引き取られることになりますが、彼は「火夫の件はどうなりますか？」とこだわります。「正義Gerechtigkeit」の問題だとさえ言います（四〇～四一頁）。世間知らずの青年の大げさな大言壮語のようにも聞こえますが、これは、『審判』にも通じる重要なテーマだと考えることもできます。裁判とか政治とはほとんど直接の縁がない、普通の人は、自分は法律のことはよくわからないし、役人には悪いことをするやつもいるだろうけど、法制度があるのだから概ね、「正しいこと」が行われていて、自分のような平凡な人間が、法の細部の歪みに巻き込まれることはないと思っているけど、『審判』では、Kが突如その歪みに襲撃を受け、もたついている間にどんどん「プロセス」が進んでいく、という感じでしたね。

カールは恐らくもともと正義感の強い少年だったのでしょうが、いろんな因習が残り、民族的な格差・差別もかなり残っているオーストリア＝ハンガリーから、あらゆるアイデンティティに対してオープンなはずのアメリカにやって来た彼は、給料を払うというような当たり前のことは、この船の中の小さな、ドイツ系の共同体の中ではいざしらず、アメリカのような万人にとっての正義を標榜する国、しかも、自分の伯父でもある上院議員がその場にいるのだからすぐに実現するだろう、と思ったのかもしれません。アメリカについて基本的にいいイメージしか持っていない外国人は、そう思うでしょう。K自身にそれほど正義感がなくても、伯父がその場にいることで、「正義」が実現されるのを見たい、という願望があったのかもしれない。

しかし、

「事態をきちんと見なくてはならん」

上院議員がカールに言った。

「正義の問題かもしれないが、同時に規律の問題でもある。このニつのうち、とりわけ後者が船長の判断によるのだからね」

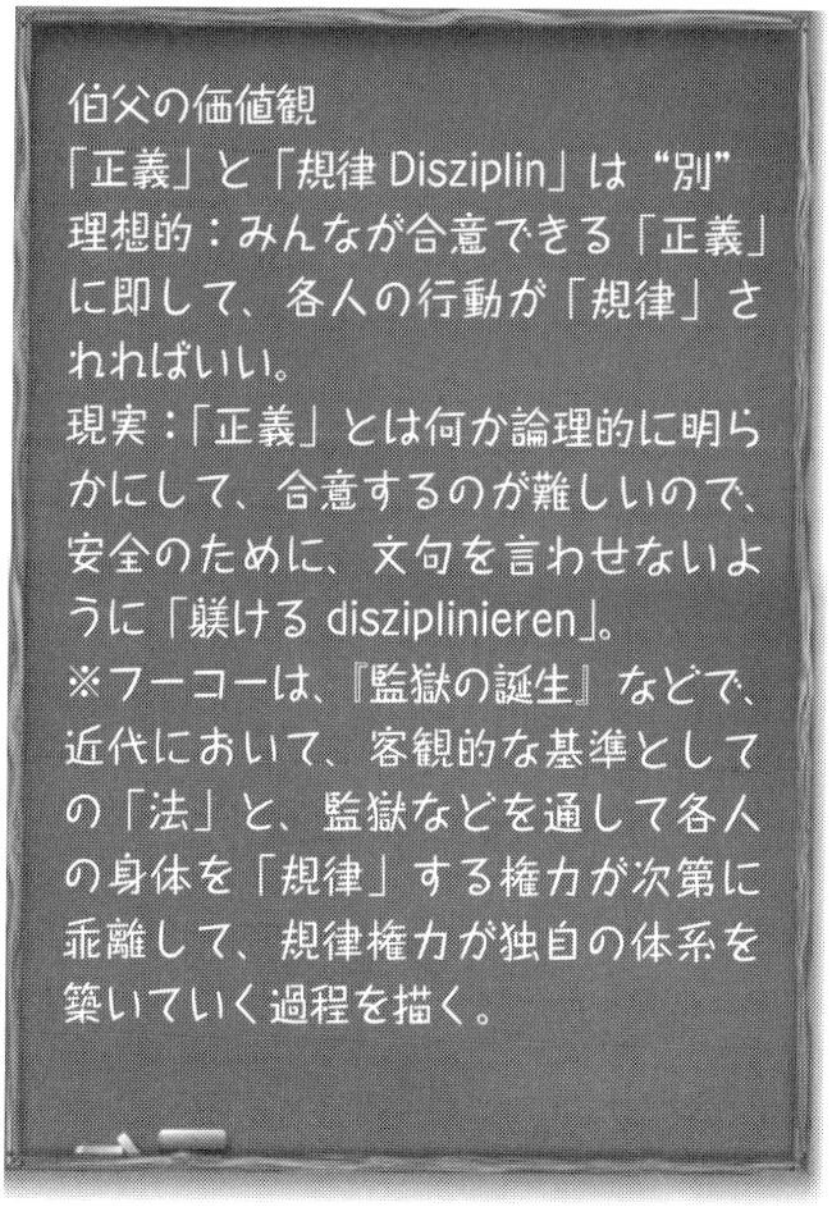

伯父の価値観
「正義」と「規律 Disziplin」は“別”
理想的：みんなが合意できる「正義」に即して、各人の行動が「規律」されればいい。
現実：「正義」とは何か論理的に明らかにして、合意するのが難しいので、安全のために、文句を言わせないように「躾ける disziplinieren」。
※フーコーは、『監獄の誕生』などで、近代において、客観的な基準としての「法」と、監獄などを通して各人の身体を「規律」する権力が次第に乖離して、規律権力が独自の体系を築いていく過程を描く。

伯父の中では、「正義」と「規律 Disziplin」は別もので、対立することもあるようですね。「正義」と「規律」がどういう関係にあるのかは、哲学的に興味深いテーマです。理想的には、みんなが合意できる「正義」に即して、各人の行動が「規律」されればいいのですが、現実には、「正義」とは何か論理的に明らかにして、合意するのが難しいので、安全のために、文句を言わせないように「躾ける disziplinieren」。フーコーは、『監獄の誕生』などで、近代において、客観的な基準としての「法」と、監獄などを通して各人の身体を「規律」する権力が次第に乖離して、規律権力が独自の体系を築いていく過程を描いています。こういう風に言うと、哲学的誇張に聞こえるかもしれませんが、公に通用している「正義」の実現を求める人と、主として私的領域で実行される「規律」による秩序を重んじる人が対立するのは、それほど珍しいことではないでしょう。最後は、伯父に「自分の立場 deine Stelle」を「わきまえ begreifen」ねばならない、と言いくるめられ、ボートに乗って上陸します。

『失踪者』という長編小説の冒頭の一章だと考えると、「火夫」というのは一体、カールにとってどんな存在かというのはさほど気にしなくていい存在、カールを伯父と引き合わせるきっかけを作った、ちょい役くらいの位置付けでもいいような気もしますが、もともと独立の短編小説だったわけですから、何か固有の意味がありそうです。ドイツ語の〈Heizer〉は直訳すると、「熱する者」「熱くする者」という意味です。船の中は、カールの無意識の象徴で、火夫はその中を連れ回し、無意識の奥に眠

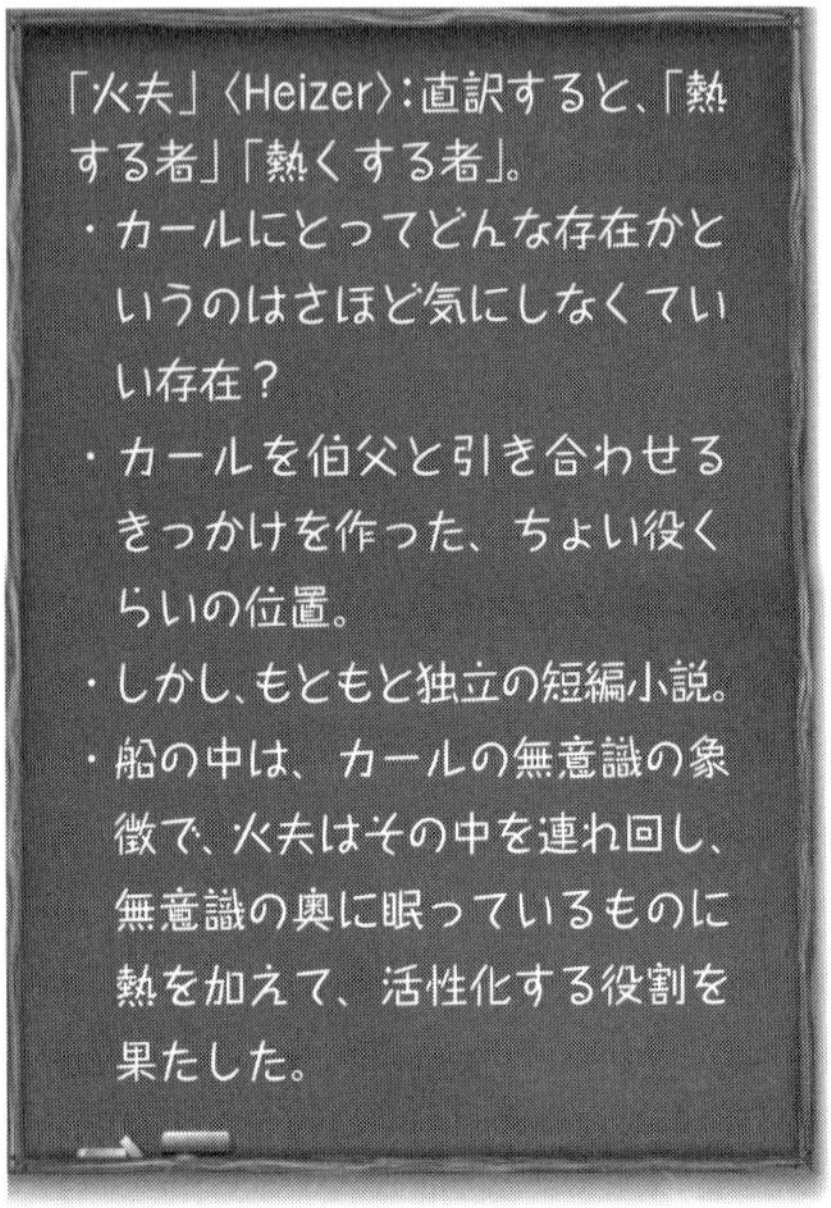
「火夫」〈Heizer〉：直訳すると、「熱する者」「熱くする者」。
・カールにとってどんな存在かというのはさほど気にしなくていい存在？
・カールを伯父と引き合わせるきっかけを作った、ちょい役くらいの位置。
・しかし、もともと独立の短編小説。
・船の中は、カールの無意識の象徴で、火夫はその中を連れ回し、無意識の奥に眠っているものに熱を加えて、活性化する役割を果たした。

っているものに熱を加えて、活性化する役割を果たしたと見ることができるでしょう。仮に「火夫」がいなかったとしても、身一つで新大陸に送り込まれることで、カールの潜在的な傾向はいずれ表に出てくると考えられますが、「火夫」が船の中を連れ回したおかげで、カールは、民族の絡んだ歪な人間関係、規律∨正義という現実を見せられ、一足早く、無意識に眠っていたものが解放されてしまったのかもしれません。例えば、「正義」を掲げて、「規律」を打ち破ろうとする、反抗的な気質。穿った見方をすると、不良っぽい人物と共依存的な関係になり、わざわざ一緒にトラブルに巻き込まれて、運命共同体になろうとする願望。そうしたものが、「火夫」との接触によって喚起されたのではないか。

Ⅱ章――「歪な欲望」にあふれる街、ニューヨーク

Ⅱ章「伯父」は、カールが暮らすようになった伯父の家を中心とした、新しい生活環境の描写からはじまります。伯父の家は、一部事務所を兼ねているとはいえ、七階建てです。

〔…〕カールは目を丸くした。貧しく、みすぼらしい移民として上陸していたら、はたしてどんなところに住まなくてはならなかっただろう？　いや、そもそも上陸すらおぼつかなかったはずである。伯父が移民法にふれながら言ったとおり、ただちに母国送還となっていた。当人には、もはや帰るべきところがないことなど一顧だにされない。ここでは同情はあてにできないのだ。この点、カールは本で読んで知っていた。よそよそしい顔に囲まれて幸せを味わえるのは、恵まれた人たちだけにかぎられる。

そもそもカールは違法移民だったので、伯父がいなかったら、上陸さえできなかったわけですね。アメリカでチャンスを得て成功できる移民はごく少数だということもわかっているようですね。伯父のおかげで豊かな生活ができそうだけど、伯父の気持ち次第でどうなるかわからない、不安定な身分であることを自覚しているわけですね。

――部屋にそって狭いバルコニーがついていた。郷里の町だ

と、さぞかしもっとも高い眺望台というものだが、ここでは大通りがほんのちょっぴり望めるだけで、鋭角で切りとったかたちの建物が二列に並んでいた。まるで遠くへ逃げようとしているふうで、ぼんやりした霧のなかに聖堂がニョッキリとそびえている。朝と夕方、また夜の夢のなかで、大通りにせわしない雑沓が往きかいした。上から見ると、ひしゃげたような人と、さまざまな形の車の屋根がまじりあって、とめどなく流れていく。そこに騒音と埃と臭いとがまじり合い、強い光が刺すように射しかける。あらゆる事物から発光する光が、すべてを運び去り、また運びこんでくるぐあいで、眺めていると目がチカチカしてきた。まるで大通り全体を大きなガラスが覆っていて、それがたえまなく巨大な腕で粉みじんに砕かれているかのようだった。

　ここはカールの心象風景を描いているような感じですね。カフカの作品は全体が寓話的で、わざと具体性を乏しくしている描写が多いのですが、ところどころこういう、風景に、主人公の気持ちを投影させる描写が入ってきます。要するに、カールの目には、ビルの間を、ひしゃげた（verzerrt）ような人と、ヘンに歪んだ車が濁流になって物凄い勢いで流れていて、そこから騒音や悪臭が漂ってくるように映っているわけですね。希望と栄光に満ちたきらきらしたニューヨークのイメージではなく、あまり美しくない群衆がたむろしているイメージですね。

　後にベンヤミンが、『パサージュ論』（一九二九―四〇）で描いた一九世紀のパリ、表通りのショーウインドー（パサージュ）には人々の欲望を喚起する魅惑的な商品が陳列され、洒落た格好をした遊歩者（Flaneur）たちがダンディっぽく散歩しているが、裏通りには、売春婦とかくず拾いとか乞食とかがたむろしているパリは、裏と表が一体となって欲望を生産するシステムを形成していたわけですが、カールがここで見ているのは、裏に押し込められていた歪な欲望が表にあふれ出て、そこに二〇世紀の工業生産の象徴である自動車も加わった、資本主義的な欲望が凝縮したような流れを生み出す「通り Straße」です。「通り」からカールのもとに射してくる「強い光 ein mächtiges Licht」は、展望を広げてくれるのではなく、目が痛くなるような光、まるで、空間を押し潰してしまうように見えているわけですね。

　マルクス（一八一八―八三）は、『資本論』（一八六七）で、人間が作り出した商品が、その価値の根源が人間自身の労働であることを隠蔽して、魔術のように人々を魅惑することを、「幻燈装置的 phantasmagorisch」と形容しました。一九世紀には、光の加減で、平凡なオブジェが壁に映る影を化け物のように見せる――言ってみれば、プラトンの洞窟の比喩のパロディ――幻燈装置が流行っていたようです。ベンヤミンは、個々の商品というより、人々の欲望を吸い上げながら成長するパリのパサージュ全体が「ファンタスマゴリー」効果を出していることを示そうとしたわけですが、カールは、ニューヨークの最先端の「ファンタスマゴリー」のまがまがしい輝きを目に受けて、耐えきれないと感じたのかもしれません。カフカの主人公には、ファンタスマゴリーにちゃんと幻惑されないで、オブジェが歪んで見えてしまうので、苦しくなる、というタイプが多そうな気がします。

「観光客」としてのカール

何ごとにも慎重な伯父はカールに、あまり小さいことに気をとられるなと助言した。何であれ検討して、よく見なくてはならないが、それに気をとられてはならない。ヨーロッパからアメリカに来たての最初の日々は、新しい誕生と似ている。よけいな不安をもつことはないにせよ、しかし、誕生のときよりもずっと迅速に世の中に慣れようとするもので、だからこそ忘れてはならないのだが、第一印象というのが、いかにあやふやな根拠にもとづいているかということだ。にもかかわらず、それが将来の判断に影響しかねない。そのため、さきざきに厄介なことが起こる。伯父自身も、終日、バルコニーに佇んで、道に迷った羊のようにぼんやりと通りを眺めていた新参者を知っているが、そんなことは絶対してはならない！　この騒然としたニューヨークの街を、ぼんやりと眺めて暮らすなどのことは、旅行者には許される。無条件にというわけではないが、そんなふうに過ごしてもかまわない、しかし、こちらに住みつく人間には、身の破滅になりかねない。

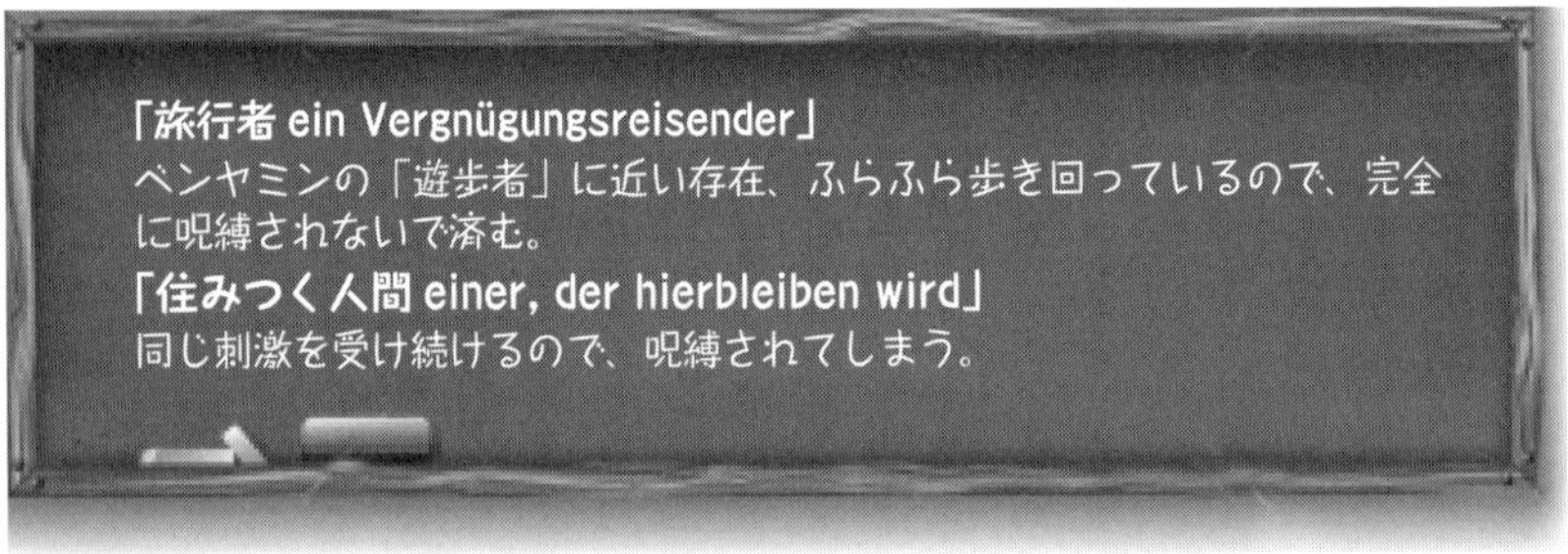
「旅行者 ein Vergnügungsreisender」
ベンヤミンの「遊歩者」に近い存在、ふらふら歩き回っているので、完全に呪縛されないで済む。
「住みつく人間 einer, der hierbleiben wird」
同じ刺激を受け続けるので、呪縛されてしまう。

適当なおためごかしのようにも聞こえますが、アメリカ到着に際して、それまでの人間関係がリセットされ、新しいアイデンティティ形成が始まるはずなのだけど……というのが、この小説のテーマだとすると、そうした「誕生のときGeburt」に知っておくべき重要な注意事項を語っていることには意味があるように思えます。それまでの人間関係をいったんリセットして、ゼロから始まるので、最初に付き合う人間に気を付けろというのはありそうな話ですが、伯父はそれだけじゃなくて、先ほどのような風景を見つめること自体が危ない、ヘンな欲望に引き込まれる恐れがある、という、ある意味哲学的・表象文化論的なコメントをしているわけですね。「旅行者 ein Vergnügungsreisender」と「住みつく人間 einer, der hierbleiben wird」の区別をしているのも哲学的ですね。この場合の「旅行者」は、ベンヤミンの「遊歩者」に近い存在、ふらふら歩き回っているので、完全に呪縛されないで済むけれど、「住みつく人間」は同じ刺激を受け続けるので、呪縛されてしまう、という考察を含んでいるわけです。東浩紀さん（一九七一―　）に『観光客の哲学』（二〇一七）という本がありますね。実際の「観光客」について論じているというより、「観光客（旅行者）」のまなざしが、対象への呪縛を免れていることを肯定的に捉えるという発想を起点にして、社会や人間に対して、そうした半分引いたような、囚われない視線を向けることを推奨しているように、彼の目から見える哲学的言説をたどっていく、という構成になっているわけですが、東氏の「観光客」への注目のきっかけになった、英国の社会学者ジョン・アーリ（一九四六―二〇一六）の『観光のまなざし The Tourist Gaze』（一九九〇）、あるいは、彼とデンマークの社会学者ヨナス・ラーセンとの共著となったその第三版（二〇一一）では、観光が資本主義の浸透、消費産業の台頭と深く結び付いていることが示唆されています。簡単に言うと、都市の労働・生活環境が資本主義化されて、息苦しい感じがしてくる中で、疎外されていない豊かな自然を求める欲望が生まれてきて、郊外などに出かける、それに伴う消費行動に新たな資本が投資され、資本主義が深化して再生産されるわけです。

海外への観光の場合、そこに植民地という要素が加わってきます。自国の自然破壊が進み、観光できる空間が減ってきたように感じられるので、海外のまだあまり破壊されていなさそうな土地、珍しい風景に目が向き、それが新たな観光産業の対象になります。一九九〇年代の、ポストモダン左派的な文脈でポストコロニアルやグローバリゼーション論が流行った時期に、こうした観点から観光とかもエキゾチシズム、オリエンタリズムなども話題になりました。博物館は、植民地で見つかる、人間性を復活させてくれるように思える珍しいオブジェを展示する場所だと考えることができます。

カールが眼にしているのは、豊かな自然ではなくて、むしろ疎外の極致のようなニューヨークの街並みですが、大都市への観光というのもありますし、ヨーロッパから見ると、もともと植民地で、西部にフロンティアが広がっています。資本主義の最先端でもあり、未開拓の大地が残っているように見えるアメリカは、ヨーロッパ人にとって観光的な関心の対象でもあったわけです。

伯父は日に一度、いつも不意にカールの部屋へやってきた。カールがバルコニーに立っているのを見ると、顔をしかめた。カールはまもなくそれに気づいたので、しぶしぶながらバルコニーに立つのはなるたけやめにした。

一時的な思いつきで言ったのではなくて、本当に心配しているようですね。外の世界には、立派なアメリカ人の正常な欲望の回路を乱す危険なものが渦巻いていると思っているみたいですね。

その一方で、伯父はカールにいろんなものを買い与え、甘やかしている様子です。ハンドル操作で変形する「アメリカ式書き物机」とかピアノとか。カールが望めば、他の楽器も買い与えてくれそうです。

五一頁を見ると、伯父はカールの英語を上達させるために、わざわざ「商科大学 Handelshochschule」の若い教師を雇い、アメリカの詩を朗誦する練習をさせます。英語が上達するにつれて伯父はカールをいろいろな人に引き合わせますが、その最初が、金持ちの道楽息子マックという人物です。マックはカールを乗馬に誘います。この人物のおかげで、カールの隠れた性的欲望が表に出て、かき乱されることになります。

ある日、伯父の友人であり一緒に商売をやっているポランダー氏とグリーン氏がやってきます。ポランダー氏は、うちの娘のクララがあなたに会いたがっていますよと言って、カールを自分の屋敷に招待します。伯父はどういうわけかそれを歓迎していない様子ですが、とにかくその晩のうちに、ポランダー氏の車に同乗して、彼の屋敷に向かいます。かなりせっかちですね。ポランダー氏は、アメリカに来たばかりの人が安易に付き合うと、欲望の回路を狂わされてしまうような危険な要素だったのかもしれません。

Ⅲ章――脆い別荘と歪んだ人間関係

Ⅲ章「ニューヨーク近郊の別荘」は、そのポランダー氏の別荘での出来事です。ちなみに『失踪者』では、物語の舞台はニューヨーク周辺、恐らくニューイングランドに限定されていると見ていいです。『アメリカ』だと、物語の末尾に、オクラホマ劇場へのオーディションのため、クレイトンという町に来るよう呼びかけがあり、カールはその町に出かけます。クレイトンという町はいくつかありますが、恐らく独立一三州の一つであるノースカロライナ州の町でしょう。一方、オクラホマは、州になったのは四六番目、一九〇七年で、小説が書かれたのは、それからまだ間もない時期ですから、フロンティアというイメージがあるわけです。伯父の人脈があるニューヨークに対して、中部でかつてゴールドラッシュがあり、インディアン人口の割合が高いオクラホマは、いかにもフロンティアという感じで、オクラホマまで実際行ったら、物語のフェイズが変わったという感じになりますね。

ポランダー氏の別荘は、ニューヨーク近郊のお金持ちが住んでいそうな地域にあります。そこにグリーン氏もやって来ます。ポランダー氏はグリーン氏がやって来るのは想定外だったようで、「ニューヨークのすぐ近くじゃあ、どうにもならない。すぐに邪魔が入る［…］」と言っています。こうしたやりとりからすると、ポランダー氏とグリーン氏は、カールの伯父と微妙な利害関係にあるけれど、ポランダー氏とグリーン氏の思惑が一致しているわけでもないようです。ポランダー氏はグリーン氏を出し抜く形で、伯父との間の交渉を有利にするために、自分の娘をダシにして、カールを利用しようとしたが、それをかぎつけたグリーンが割り込んできた、ということでしょう。そういう設定でないと、伯父と一緒ではなく、カール一人だけ強引に招待する意味はないし、こういう人物がいないと、カールはなかなか伯父の屋敷から出してもらえそうにないので、もっともな設定ですが、カフカらしくないちょっとリアルな設定ですね。

グリーン氏は、ポランダー氏よりもがさつで、欲望むき出しの感じで、カールはそれが気にいらないようです。ポランダー氏の娘クララは、それも察して、カールを誘惑するようなことを言います。

「よかったら、わたしの部屋においでくださいな。グリーンさんとはなれていられるし、パパはお相手をしなきゃあならない。わたしの部屋でピアノを弾いてくださらない。とてもお上手だってパパから聞いたわ。わたし、まるでダメなの。とても音楽が好きなのだけど、ピアノには手がとどかない」

明らかに性的なことをほのめかしていますね。カールが苦手に思っているらしいグリーン氏をダシにしているのも巧妙ですね。ただ、カールはクララと二人きりになるのではなくて、ポランダー氏にも来てほしいと思って、グリーン氏とポランダー氏が話し合っているところへ戻ります。そこでグリーン氏は、振る舞いがかなりがさつな食べ方をし、クララの顎を触るとか、下品な振る舞いを続けます。最後は、クララに引っ張られるように出ていきます。廊下は、二〇歩いくごとに、お仕着せのようなものを着た使用人が燭台を持って立っています。この家は最近手に入れたばかりで、食堂にしか電気が通っていないということです。それだけの使用人を雇っているのに、電気工事がまだというのは、何かアンバランスな感じがしますね。そもそも廊下を明るくするだけなら、使用人を立たせておく必要はないはずです。カフカの作品には、何か意味ありげな妙な人間関係がいろいろ出てきますが、これも何かヘンですね。一番簡単な解釈としては、人間の身体が技術的な「資本」の代わりになっている、機械と人間に互換性があることを示唆している、と言えるでしょう。

クララは自分の部屋へ連れて行こうとしますが、カールは自分の寝室がどこか教えてもらうと、そこに飛び込み、座りこんでしまいます。カールが出てこようとしないので、「来るの、来ないの、どちらなの？」とクララが喚き立てます。

そしてカールの胸をドンと突いた。故意か、それとも興奮したせいかわからないが、カールはあやうく墜落しかけた。あわててからだをそらして、すべり下りて両足を床に

――つけた。

これくらいだと、気が強くて、自分がふられることに我慢ならない、アメリカのお嬢様という印象ですが、それだけではすまないようです。

クララは実際、カールにつかみかかってきた。スポーツで鍛えたしなやかなからだで、カールをかかえあげた。あっけにとられたあまり、カールはふん張ることを忘れていた。窓辺で腰をひねって身をもぎはなし、逆にクララを両手でつかまえた。

ひと呼吸おいたのち、やにわにクララが逆襲してきた。スルリと抜け出し、両手をのばしてカールを羽がいじめにすると、レスリングの要領で両脚をあてがい、大きく息をつきながらカールを壁へと押しつけていく。

これくらい強いとは予想外ですね。女性の方が男性より腕っぷしが強くて、セックスの場面でむしろ女性の方が主導権を握るというのは、例えば、モーパッサン（一八五〇―九三）の短編小説『田舎娘の話 Histoire d'une fille de ferme』（一八八一）の主人公のように、下層階級の女性であれば、そういう設定はありますが、大金持ちの令嬢が鍛えた技でそれをやるというのは、想定外という感じですね。ちなみに「レスリング」と訳されていますが、原語は〈eine fremdartige Kampftechnik〉で、直訳すると、「見慣れぬ戦闘技術」です。アメリカでは、南北戦争前後に英国から入ったレスリングが盛んになり、二〇世紀にかけていろんな技や試合のスタイルが発展し、プロレスの興業が組織化されていったということや、抱え上げるとか羽交い絞めにするといった動作がいかにもレスリングっぽい、ということから、はっきり「レスリング」と訳したのでしょうが、「レスリング」と言ってしまうと、既によく知っているスポーツのような響きになります。恐らく、上流の若い女性を含めてアメリカ人の間で流行っているらしい、妙な格闘技というニュアンスで「見慣れぬ格闘技」と言っているのでしょうから、そのまま訳した方がいいでしょう。少し後、七九頁でまた、「レスリング」という言葉が出てきますが、ここの原語は〈Ringkampf〉で、「レスリング」と訳していいでしょう。しばらく経って、あれが「レスリング」というものだと気付いた感じでしょう。

あるいは、クララが強いというより、カールが弱すぎるのかもしれません。カールと妊娠した女中との関係はどうだったのかほとんど描写されていませんが、カールが若い女の子に組み伏せられてしまうくらい腕力＋気力が弱いのだとしたら、女中との関係でもほとんど強姦されるような感じだったかもしれません。

クララはカールを殴ってやろうかと脅しますが、興奮してしゃべっているうちに、マックに話したらどう言うかしら、と自問する台詞を口にし、その自分の言葉によって落ち着きを取り戻します。普通だと、マックとクララは恋人関係にあるのではないかと疑うところですが、そうはならない。

女に組み伏せられたのは、恥ずかしいかもしれないが、あちらはながらくレスリングの練習をしてきているのだ。きっとマックが手ほどきをした。クララは言わなかったし、こちらもたずねなかったが、そんなことはお見通しだ。もしマックの指導を受けるなら、自分のほうがクララなんぞより、はるかに覚えが早いのだ。ひと修行して、そのあかつきに、ここへやってくる。招かれなくても押しかけてくる。場所のことも大切だ。クララは部屋をよく知っていたから、有利だった。クララをつかまえ、あの寝椅子に倒れこんでおさえつける。そっくり今夜のお返しをする。

マックに「レスリング」をちゃんと習ったら、自分の方が強くなっているはずなのに、というのは何かヘンな発想ですね。これは、彼が女中を妊娠させたわりに、幼くて男女の関係に疎いということなのか、それとも、同性愛的なものが働いているのか。あるいは、マックにレスリングを習って、クララを克服することが、精神分析のエディプス・コンプレックスの省略ヴァージョンになっているのかもしれません。「父＝マック」に同化することを通して、自分のものにならない「母＝クララ」を獲得する。通常のエディプス・コンプレックスと父と私の間に葛藤があり、母を取り合い、象徴的に父殺しをし、最終的に獲得する女性は、母とは一応別人であるのが基本ですが、欲望の回路がショートして、「父」に伝授してもらう技で直接「母」を屈服させようとしている。そう見ることができますね。

知覚を惑わす建物

『審判』や『城』では、通常の空間ではあり得ないような奥行きの建造物が登場します。この作品でも、そういう現象が起こるようです。

いまやどうやって広間にもどるかが問題だった。あのときぼんやりしていて、広間のどこかに、うっかり帽子を置いたらしいが、それがどこか思い出せない。むろん、ローソクをもっていくつもりだが、明かりがあってもあやしいかぎりだ。この部屋が広間と同じ階なのかどうかさえわからない。こちらに来るとき、クララがやみくもに引っぱってきた。まわりを見まわすひまがなかった。グリーン氏のことや、燭台をもった召使のことも気になった。階段を一つのぼったのか二つのぼったのか、それとも全然のぼらなかったのか。外をうかがうかぎりでは、部屋はかなり高いところにある。だから階段をのぼったような気がするのだが、玄関のところにすでに階段があったのだから、高いところにあって当然なのだ。せめて廊下のどこかから光が洩れているとか、遠くからでも声が聞こえていれば、いいのだが。

どんな広いお屋敷でも、自分が何階にいるのかもわからなくなるとか、強引に引っ張ってこられたとしても、一つの家の屋敷の中でほんの少し前、自分がやってきた方向がわからなくなるというのはあり得ないことですね。単なる建物の構造の問題ではなく、複雑な人間関係なのか、権力なのか、空気なのか、とにかく何かカールの知覚を惑わしてしまうものがあるようです。

廊下に出ると、風が強くてロウソクが消えてしまいます。うろうろしているカールのところに、年老いた召使いがやってきます。

「どうしてこんなに風があるんだろう」

廊下を進みながら、カールが言った。

「只今、建て替え中でございますよ」

と、召使が答えた。

「とりかかったきり、なかなか終わらなくて。それにごぞんじかもしれませんが、職人がストライキをしてましてね。こういうのは厄介ですよ。あちこちに穴をあけて、それをふさいでいませんから風が吹き放題です。耳に綿をつめてなくては、寒くてやりきれません」

本当に古い屋敷なのかもしれませんが、大金持ちがそんな不便な屋敷を別荘として使い、客を招き、多くの召使いを無駄に配置する理由がわかりませんね。そんなに穴だらけの建物でどうやってくつろぐのか。何かを暗示しているのでしょうか。ごく普通に考えると、この屋敷はポランダー氏の力を示していると見るべきでしょう。家の中で風が吹き通しているというのは、その力の基盤がもろくて、いろいろ抜け穴があり、いつ崩れるかわからない危うさがある、ということの寓意だと考えると、とりあえずしっくりきます。職人がストライキをしている、というのは、資本主義のもろさの端的な現れでしょう。マルクス主義者でなくても、労働者が本格的に反逆したら、資本主義が崩壊することは承知しているでしょう。アメリカは、伝統に囚われず、自由な経済活動によって飛躍的に発展した国家で、カフカがこの小説を書いた頃には、英国を抜いて世界一の経済大国になったということが広く認識されていたはずですが、そのアメリカの繁栄も、労働者を安く使う資本主義というシステムに依拠して盤石ではない、ということが暗示されている。無論、カフカにとって、資本主義というのは、その脆さの一部であって、もっと複雑な人間の行動パターンを変えるものがあると考えて、それを描き出そうとしているのでしょう。

「礼拝堂はなかなかのものです」

と、召使が言った。

「あれがなかったら、マックさんはこの屋敷を買ったりしなかったでしょう」

「マックさん？」

カールがたずねた。

「ぼくはてっきりポランダー氏のものだと思ってました」

「なるほど」

召使が答えた。

「買うと決めたのはマックさんです。マックさんをごぞんじですか?」

「知ってますとも」

と、カールは言った。

「ポランダー氏と、どういう関係なんですか」

「クララさんの花むこでございますよ」

これはさすがに、びっくりする展開ですね。カールは、自分とマックの関係は、彼とクララの関係よりずっと強い、マックは自分のものだくらいに思っていたのに、実はマックはクララの許嫁で、ポランダー氏が自分の屋敷のように使っている建物自体が、実はマックの所有物のようです――この召使いの証言だけだと、マックが自分でお金を出したのか、ポランダー氏が将来の娘の夫のために金を出したのかわからないですね。クララは既にほとんど家族の一員になっている婚約者がいるにもかかわらず、その婚約者の友人を性的に挑発するようなまねをし、父親のポランダー氏も二人の関係を促すようなまねをしている。マックとクララが既に夫婦同然だとすると、バレないはずはないのに、彼らは何を考えているのか。

「事情を知っていないと、とんでもないまちがいをする」

「どうしてあなたさまに、そのことを告げておかなかったのでしょうか」

確かにマックにレスリングの術を習い、クララを組み敷いていたら、とんでもないことになっていましたね。

先ほどの家の所有者の話に戻りますが、もしマック自身がこの家の購入のための資金を出していて、ポランダー氏は屋敷を使わせてもらっているだけだとすると、彼の経済力はそれほどでもなく、マックというただの遊び人のような人物に操られている、ということになりますね。確かに、大勢の使用人を使っている割に、グリーン氏にやたらに気を使っているとか、婚約者のいる娘に美人局のようなことをやらせるとか、実は懐が苦しいのではと思わせるところがありますね。

カールはポランダー氏のところへ行って、「すぐいま、今夜にも家へ帰らせてください」と言います。

「[…] ポランダーさんはきっと、ぼくと伯父との関係を正確にはごぞんじないでしょう。だから、せめて主だったことを話しておかなくてはなりません。ぼくの英語はまだ不完全ですし、商売の実務にも、まだ精通していないのです。血のつながりがあるというだけで、全面的に伯父におぶさっています。そろそろ自分のパンぐらい稼げるだろうとお思いかもしれませんが――とんでもない――まるでダメなんです。これまで受けた教育が、問題になりません。ヨーロッパの学校で四学年を修了しましたが、ごくふつうのできでした。それはつまり、金を稼ぐなんてことでいうと、ゼロにもひとしいのです。なぜって、ヨーロッパの学校の教科ときたら、おそろしく遅れていますから。何を学んだかお話しすると、きっと笑い出されますよ。[…]」

何でヨーロッパの教育が遅れているなんていう、どうでもいい話をしはじめるんだ、という感じがしますが、この台詞を最後まで読むと、結局、自分はアメリカで一人で生きていけるだけの才覚がないので、伯父に頼らざるを得ない、だから伯父の言いつけに背いて見捨てられたくない、と言いたいということがわかります。このまわりくどい言い方はカールの性格を表しているような気がしますね。言い訳がましいのか、あるいは、自分の立場を要領よく説明することができないのか。

ここで同席していたグリーン氏が手紙を取り出して、いじくり出します。この時点では何の手紙かはわかりません。カールと関係がある手紙なのかはわかりません。

カールを送っていく車がないとポランダー氏が言うので、とにかく徒歩で駅まで行って帰ろうとします。すると、グリーン氏が、その前にクララさんのところへ行きなさい、とかなり強く勧め、そのあと、夜一二時にここに戻ってくるように言います（九四頁）。これも変な話ですね。許嫁のいる女性の元へ真夜中に挨拶に行け、と両者にとってのアカの他人が高圧的に勧める、というのはどういうことか。そんな変なことを勧められたら、あっさり断ったらよさそうなものなのに、カールはクララの部屋に行って、クララに頼まれてピアノを弾きますが、しばらくして、一〇一頁で、隣室から大きな拍手が聞こえてきて、クララはマックだと言います。実際、ドアを開けるとマックがいます。どうやらその部屋で、クララとマックは寝ていたようです。自分は邪魔者だと察したらしいカールは、マックとクララに手を差し出し、別れの挨拶をして、出て行くことになりますが、それにしても、途中で拍手するくらいなら、何で隣室に潜んでいたのか。単に悪趣味で、カールがクララにもてているつもりになっていい気になっているのを観察して、後でからかってみたかっただけかもしれません。

唐突な勘当の謎

一二時近くになったので、カールが慌てて外に出ると、待ちくたびれたグリーン氏が廊下で待っていて、カールの伯父から託されていたという先ほどの手紙を、カールに渡します。一二時という時刻が指定されていたようです。手紙は衝撃的な内容でした。

甥よ！

残念ながら共に暮らしたのは短期間だった。その間に私が原理を尊ぶ人間であることは気がついていただろう。まわりの者たちに、また当の自分にも、すこぶる厄介な原理信奉だが、まさにこれによって現にあるところのものを築きあげてきた。だから何びとにも、これを否定するのは許さない。愛する甥にもだ。そしておまえは、私の原理に歯むかった最初の人間だ。この名を記し、のちのちのために記録して賞讃したいところだが、さしあたっては、その必要はない。今日の出来事にてらして、断固としておまえを放逐せねばならない。今夜、決してわが前に現われないこと。手紙も、使者も許さない。おまえの意志によって、そして私の意志に反して今夜、わがもとから離れたのであれば、みずからの決意のもとにとどまることだ。それが男の決断だ。この伝達を友人グリーン氏に委嘱する。グリーン氏が助言をしてくれるだろう。いまの私は、その気になれない。グリーン氏は世慣れた人物なので、おまえの自立の門出に際し、助言と助力を惜しむまい。別離にあたり、また手紙を閉じるにあたり、改めて述べていく。おまえの家族から届くものは、ろくでもないことばかりだ。グリーン氏が忘れるかもしれないので、あえて触れておくが、おまえのトランクと傘を返しておく。では、元気で。

伯父ヤーコプ

伯父からいきなり縁を切られたわけです。伯父はカールが招待に応じるのを好んでいないようでしたが、明確にダメだとは言っていなかったように思えます。ひょっとすると、五九頁で、「明朝の英語のレッスンは家で受けるんだな」と強い口調で言っているので、暗に、「招待に応じたとしても、日帰りだぞ、さもないと……」と脅したつもりだったのかもしれません。だとすると、夜一二時を区切りにするのも一応わかるような気がしますし、ポランダー氏とカールが懇意になり、カールを通じて、ポランダー氏が上院議員との関係を更に深めることを阻止するために、伯父に手紙を書くようにそそのかし、その手紙の内容を秘密にして、カールが勘当されるように仕向けた、ということも考えられます。一〇七〜八頁を見ると、カールはグリーン氏がわざと時間切れを狙ったのではないか、と疑っています。しかし、グリーン氏の思惑で、唯一の身内として世間に向かってアピールするのに使っていた甥をこんなことで放り出してしまう、というのはやはりヘンですね。何か特殊な事情があったのか。

「トランクと傘」の話も妙ですね。船の中でこの二つをなくしたことが原因でうろうろしているうちに、伯父と出会うことになったわけです。盗んでいった人間は、カールが上院議員の身内だと知るはずはないし、仮に知っていたとしても、盗んだものをなぜ、大分後になって返還するのか、しかも本人ではなくて、伯父のもとに。伯父とカールを結ぶきっかけになったものが、伯父が縁切りを決断した瞬間にカールの手元に戻ってくる。「トランクと傘」は、グリーン氏が持ってきていました。

あまりにおあつらえ向きですね。何か裏がありそうです。実はカールが知らないところで彼を翻弄する秘密のネットワークがありそうな気がしてきますね。そもそも上院議員が本当の伯父だったのかさえ怪しい気がしてきますね。「トランクと傘」を隠して、彼を甥に仕立てて、利用しようとしただけかもしれない。

Ⅳ、Ⅴ章——ホテル・オクシデンタルとヨーロッパの影

〝伯父〟の隠れた思惑によるのか、グリーン氏の策略によるのかわかりませんが、とにかくカールは、伯父の家にも戻れなくなります。カールは当てもなく歩き出します。一一〇頁からの第Ⅳ章のタイトルは「ラムゼスへの道 Weg nach Ramses」ですが、「ラムゼス」というのは、次の章に出てくるホテルがある町の名前です。「ラムゼス」というと、古代エジプトの王様の名前ですね。何か意味ありげですね。

ある食堂が宿屋にもなっているのを見つけて、そこに泊まることにします。トランクを開けると、中が引っ掻き回されているのがわかって、ショックを受けます。今更という気もしますが、〝伯父〟のところから追い出されて、いきなりアメリカの上流階級の一員から無一物の浮浪者になってしまった彼にとっては、故郷から持ってきた「トランクと傘」が、「トランク Koffer」は、プライバシーの場である自分の部屋を失ったカールにとって、自分の内面の欲望を隠せる唯一の空間になっていたのかもしれません。その「トランク」の中にさえ侵入を受けたと知って、ショックだったということか。

カールは宿の部屋で寝ていた、アイルランド人のロビンソンとフランス人のドラマルシュの二人の修理工と知り合います。二人とも同じ移民ではあるけれど、今度はドイツ系ではないですね。本格的な「アメリカ」体験がこれからスタートする感じですね。

> 一人がアイルランド人というのが少し気になった。どんな本だったのかは思い出せないのだが、家で読んだ一つに、アメリカではアイルランド人に気をつけるようにと書いたのがあった。伯父のもとにいるあいだ、実地にたしかめるのに絶好の機会だったのに、つい安心していたあまり、チャンスを逃してしまった。カールはもういちどローソクをつけて、アイルランド人をじっと見た。フランス人よりも、むしろ好感のもてる顔つきで、頬にあどけなさがのこっており、眠ったままやさしくほほえんでいる。

アイルランドは、イギリスの産業革命時代に安い労働力の供給源になっていました。安い賃金で汚い仕事でもあまり文句を言わずに働くということで強制労働をさせられていた、という話がマルクスやエンゲルスの著作で触れられています。そうした悲惨なアイルランド人像と表裏の関係で、手癖の悪いアイルランド人というイメージもあるわけです。ディカプリオ（一九七四― ）主演の『ギャング・オブ・ニューヨーク』（二〇〇二）は、ギャングを中心にしたアイルランド系の人たちの生き方に焦点を当てた作品です。新しくアメリカに移住する人は、カールのような誇張されたステレオタイプのイメージを抱きがちということでしょう。ただ、この二人は、かなり質が悪くて、カールをいいように利用します。トランクに入れていたサラミ

をとりあげて食べてしまうとか。親分格は、フランス系のドラマルシュの方ですが。

　一一八頁でカールたちはトラックの車体に貼り付けられた広告を目にします。《港湾労働者募集中　ヤーコプ運送会社》。これが、実はカールの〝伯父〟の会社です。ドラマルシュによると、この会社は人を詐欺同然に雇うということで、アメリカ全土にわたって悪評が広がっている、ということです。それは裏を返せば、この運送会社はニューヨーク近辺だけでなく、全米規模で事業展開していて、カールの動向は常に監視されている可能性がある、という暗示かもしれません。そういうコネクションのおかげで、「トランクと傘」が都合がよいタイミングがなくなって、別のタイミングで都合よく出てきたりするのかも……と想像してしまいますね。

　カールはあれやこれや、故里のことを思い出した。このままニューヨークを出て、内陸部に入ってしまっていいものだろうか。ニューヨークは海に面しており、いつなんどきでも故里めざして出発できる。カールは立ちどまり、ニューヨークにとどまっていたいと二人に言った。ドラマルシュがかまわずせき立てると、頑として動かず、自分のことは自分で決める権利があるはずだと言い張った。アイルランド人が割って入って、バターフォードはニューヨークよりもずっといいと説明した。さらに二人してたのまれたので、カールはふたたび歩きだした。ふと思い直したからだ。故里に帰ることを思えば不便なところのほうがいい。よけいなことを考えず、しっかり働いて、何かをつかむことができるだろう。

　アメリカの内陸に入っていくと、ヨーロッパとのつながりが薄くなるというのは、単なる心理的イメージにすぎないように思えますが、今と違って飛行機がないので、とりあえず港のある東海岸まで移動しなければならないので、カールのイメージにも一定のリアリティはあります。迷った挙句、わざと不便な場所で生活して、アメリカに定住したいという気持ちを持ちにくくしよう、と自分の将来の意志決定を縛る――セイレーンたちの歌声が聞こえる岬の前を通りすぎる時に、自分の体をマストに縛り付けさせたオデュッセウスのような――決心をしたのは、カールの中で、アメリカに吸い込まれてしまうような不安が働いていたのかもしれません。考えてみると、カールは好きでアメリカに来たのではなく、女中との不祥事で流刑にあったのだから、居場所を見つけられなかったら、故郷に帰りたいと思っていても不思議はありません。

　二人はカールがお金を持っていそうだと思って、食事の支払いなどでカールにたかります。カールもそれをわかって、結構心配しているのだけれど、彼らを振り切れない。やはり優柔不断で、たかり屋だとわかっていても、誰かと一緒に行動しないと不安になる性格のようですね。しばらく歩いて、一二五頁で、「ホテル・オクシデンタル」という看板が目に入り、カールはこのホテルへハムとパンとビールを買いに行かされますが、ホテルのビュッフェでは、大勢の客の間を給仕が走り回っていて、どう注文したらいいのかわかりません。外国に行くと、どう注文したらいいのかわからないというのは、ありがちな状況ですね。カールがアメリカに慣れていないよそ者であることを強調する描写ですね。

「少しはなれたところに、ひと目でホテルの人とわかる中年の女がいて、客の一人と笑顔で話していた」ので、その人に話しかけると、彼女は親切に対応してくれました。彼女に、何故ホテルに泊まらないのかと尋ねられ、そうしたいのだけど、仲間がいる、ひどい奴らだけどおいていけないと話すと、女性はその仲間も連れてきたら、と言ってくれます。それで、二人のところへ戻ると、二人は勝手にカールのトランクを開けて中身を出していました。カールもさすがに腹を立てます。興味深いのは、カールが両親の写真が見つからないと言っていることです（一三九頁）。アメリカに流刑にされたカールは両親のことなんてどうでもよくなっているのではないかという感じがしていましたが、両親とのつながりはずっと意識していたわけですね。彼が故郷に帰りたいという願望を抱いているのも、故郷が両親のいる場所だったからということでしょう。

カールは二人を振り切って、「ホテル・オクシデンタル」に行こうとしますが、ドラマルシュがどうしていくんだとつめ寄ってきます。そこに、先ほどの女性＝調達主任（Oberköchin）からの使いだというホテルの給仕がやってきたので、二人は引きました。大した悪党ではなかったのでしょう。それでカールはホテルに行くことにします。「オクシデンタル」という名前には、大西洋を経てヨーロッパとつながっているという意味合いが込められていそうですね。

「お仲間は？」

「べつべつです」

と、カールは答えた。

「きっと明朝早くに出発したいのよ」

調理主任は自分に納得させるように言った。

（こちらも同じく早く出発するものと考えているかもしれないな）

そんなふうにカールは思ったので、打ち消すために言いそえた。

「仲たがいしたので、別れました」

調理主任には、それはうれしい知らせのようだった。

「すると、自由ってわけ？」

「ええ、自由です」

「自由 frei」という言葉が出てきましたが、今までのカールの歩みを考えると、本当に「自由」になったのか、何からの「自由」なのか疑問ですね。「自由の女神」の国に来たはずなのに、移民の頂点ともいうべき上院議員の地位に上りつめた伯父とその周囲の上流階級の連中、親友だと思っていたマックとその婚

約者、カールと同じ底辺移民である二人に縛られる。次は誰に縛られるのか、という気がします。

「ラムゼス」というのはアメリカによくある地名ではありません。どうしても古代エジプトを思い浮かべてしまいますが、そこに、「自由」という言葉が加わると、モーゼの「出エジプト」を連想します。モーセが、イスラエルの民を率いてエジプトを出た時のファラオは、ラムセス二世（前一三〇三—一二一三）だという説があります。「自由」になるといいながら、ラムセスの町に入るというのはどういう意味を持つか。ホテル名「オクシデンタル」が「西方」を暗示しているとすると、モーゼがエジプトを出て東のカナンの地に向かったのに対し、カールはその逆に西のラムセスの町に入った。実際、カールは海岸沿いにあるニューヨークから、内陸、つまり「西方」に向かっています。「オクシデンタル」にはこの他、西洋文明というニュアンスも込められているかもしれません。伯父の元から追い出されて、荒野をさまよっていたカールが、西洋文明の真っただ中に入っていく。ユダヤ＝キリスト教の伝統では、ファラオの支配するエジプトは、物質文明が繁栄し、純粋な信仰を保つのが難しい国としてイメージされることが多いです。

調理主任さんに「ドイツ人でしょう？」と聞かれると、カールは「ボヘミアのプラハ」の出身だと答えます（一四六頁）。カフカと同じですね。プラハ出身であれば、カフカ自身と同じように、ドイツ語を話すユダヤ系の可能性もありますし、普段はドイツ語を話していても、自分はチェコ人だと思っている可能性もありますが、とにかくカールは「ドイツ人（系）」だと名乗っているわけですね。調理主任の方は「ウィーンの生まれ」だと言います。同じハプスブルク帝国の中の人ですね。更に、調理主任がタイプの仕事を頼んでいるテレーゼという女性が登場しますが、クララほどでないけど積極的なところがあり、夜分にもかかわらずドアをノックしてカールの部屋に入ってきて、話し相手がほしいと言って、部屋の中で話し込みます。彼女は「ポンメルン Pommern」の生まれだと言います。バルト海沿岸に沿ってドイツの北東部とポーランドにまたがる地域で、この小説の書かれた当時は、ドイツ帝国‐プロイセン王国領でしたが、当然、東の方はポーランド人が多く居住している地域です。旧東ドイツの地域から編入したドイツの州にメクレンブルク＝フォアポンメルンというのがあります。ちなみに、犬種の「ポメラニアン」という名称は、ポンメルンの英語名「ポメラニア」から来ています。彼女は、ポンメルン出身の建築の現場監督をやっている男の私生児で、男は彼女と母親をアメリカから呼びよせた後、二人を置き去りにして勝手にカナダに行ってしまったということです。プラハ、ウィーン、ポンメルン。いずれもドイツ語圏の周辺部です。冒頭でルーマニア人、スロヴァキア人もいましたから、この小説の中でカールは、ドイツ語圏周辺部出身者との関わりが強くなる運命があるようです。ドイツ語圏の船に乗ってきて、いかにもドイツ人っぽいアクセントで、それらしい行動パターンだと、そうなって当然かもしれませんが。調理主任は、カールがドイツ系であると認識して世話しているわけで、ドイツ系の連帯感のようなものが働いているようです。

このホテルでカールはエレベーターボーイとして仕事をはじめます。同僚にプレイボーイ風のレネルという男がいますが、ホテルの前でドラマルシュという男に話しかけられたとカールに伝えます（一七一頁）。まずいことになりそうな雰囲気ですね。

Ⅵ章――「ロビンソン事件」

一七四頁から「ロビンソン事件」という章がはじまります。ロビンソンがドラマルシュの使いでカールを連れに来ます。そして羽振り良さそうな雰囲気を出す相手に対して、カールは、いい加減にしてほしいという感じの態度を取ります、ロビンソンは「おれたちは仲間だろう」と、自分たちのところへ戻ってくるよう誘います（一七六頁）。ドイツ語圏の人脈によって一応安定したように見えるカールを、別の危ない関係性に引っ張っていこうとしているわけですね。ドラマルシュとロビンソンは、『審判』の冒頭で、Kを逮捕しに来た二人の男と、何となく似ていますね。

彼に「金をくれ」とせがまれ、カールはお金をあげて縁を切ろうとしますが、ロビンソンは気分が悪いと言い出します。どこかで酒を飲んできたようです。それでロビンソンをホテルの従業員たちが寝ている部屋に連れていきます。このへンが少し妙ですね。仲間ではないと思っているなら放っておけばいいのに。彼が勝手に来たことにしておけば、それほど問題にはならなかったでしょう。昔の悪い知人が来て悪態をついていたら相手にしない方が無難です。しかしカールは相手にしてしまう。放っておけば何か言いふらすかもしれないと危惧したのかもしれませんが、そういう人間を職場に連れて行けば余計問題が大きくなりそうですね。カールは、関係を絶つと言いながらわざわざ問題が大きくなる方向に持っていってますね。ベッドが空いていたのでそこにロビンソンを寝させますが、その間カールが持ち場を離れているのを、通りかかったボーイ長が見つけます（一八三頁）。ヤーコプ伯父さんに縁切りされた時と似たような状況が生じます。ボーイ長の部屋に出頭すると、カールに対してもともと良くない印象を持っていた門衛主任もそこにいました（一八五頁）。

「おまえは許可なしに持ち場をはなれた。それがどういうことか、わかっているな？　クビだ。言いわけは聞きたくない。事実だけで十分だ。持ち場にいなかった。一度でも大目にみると、つぎには四十人のエレベーターボーイ全員が持ち場をはなれる。五千人の客に階段をのぼらせるのか？」

ボーイ長が普段からこれだけ厳しい人だったのか、それともカールに対して特別な不快感を抱いていたので難癖を付けたのかわかりませんが、とにかくカールの地位はもともと安定したものではなかったのでしょう。それにしても、またもや、いきなり追放ですね。

このボーイ長は調理主任のことが好きらしく、このことを一応彼女に連絡します。調理主任とテレーゼが一緒にやってきます。テレーゼは、もうダメだと思って泣き出しています。調理主任は何とか取り成そうとしますが、ロビンソンが従業員の共同寝室にいることがわかってしまいます。ホテルの従業員が雑魚寝している場所に余所者を一人入れただけのことで、なぜそこまでの問題になるのかよくわかりません。ひょっとすると、そこは従業員オンリー、外に対して閉ざされた秘密の空間という意味での〈privat〉な空間かもしれません。そこによそ者を入れることは許さない、掟のようなものがあるのかもしれません。悪いことに、ロビンソンにお金を渡すとカールが約束したことを、ボーイ長と門衛主任は曲解して、客の金をくすねるという意味に取ってしまいます。ロビンソンを連れてきて尋問すればよさそうですが、ボーイ長と門衛主任は完全に思い込み、調理主任ももうかばい切れないと諦めてしまいます。

カールはまた追い出されます。追い出される前に、門衛主任から泥棒扱いされ、力ずくで身体的検査されます。外へ出ると、ロビンソンが声をかけてきました。もともと酔っ払っていたところに、ホテルでボーイたちに殴られて、ふらふらしていたので、カールはタクシーを呼んで、ドラマルシュのいる家にまで連れて行ってやります。この辺の行動も、お人よしすぎて理解に苦しみますね。単にお人よしなのではなくて、わざわざ危ない人に引き寄せられている感じですね。第三者的に見ると、そういう人間なのかもしれません。

〈車がとまった……〉――構造がおかしなアパート

二二四頁で、章が変わっています。このヴァージョンではタイトルなしですが、『アメリカ』では「隠れ場所 Asyl」というタイトルが付けられています。これまでの経緯から、ドラマルシュも貧乏生活しているのではないか、と予想しますが、彼は大きなアパートの最上階のバルコニーに、ナイトガウンを着て、オペラグラスをかけ、傍らに一人の女性を従えた姿で登場し、カールたちを見下ろします。この小説では、建物の内外での視線の拡がり、あるいは、方向付けが物語の展開上重要な意味を持っているようですね。

カールは帰ろうとしますが、ドラマルシュが追いかけてきます。そこに警官がやってきて身分証を見せろと言います。トランクをホテルに置いてきて、後で送ってくれるようテレーゼに頼んでおいたカールは、パスポートを見せられません。ホテルに問い合わされると、先ほどの騒ぎの件を告げられてまずいことになりそうなので、ごまかそうとしますが、警官に追いかけられることになり、ドラマルシュに助けてもらって、結局、ドラマルシュの住んでいるアパートに居候することになります。

二人は長くて狭い通路を抜けていった。黒っぽい、なめらかな石が敷きつめてあって、進むにつれ右や左に階段の入口があったり、やや幅の広い通路がのぞいたりした。大人はほとんどいなくて、子供たちだけがひとけのない階段で遊んでいた。手すりのところで女の子が泣いていた。

[…]

いくつか中庭を通り抜けたが、どこもほとんど人影がなかった。ときおり店の従業員が二輪の荷車を押していた。女がポンプで水を汲んでいた。郵便配達人がゆっくりと通っていった。

これだけだと決定的ではありませんが、少しヘンですね。ドラマルシュは、ある建物の中にカールを引き入れ、脇の通路に通じているドアを閉めて、錠を下ろした（二三八頁）ことによってカールを助けたのですが、そうした勝手を知っていることや、警官と追っかけっこをしているカールの先回りを出来たことからすると、自分のアパートかそのすぐ近くだと考えたくなりますが、この描写だと、相当離れているような感じですね。

「もうすぐだ」

階段を上りながらドラマルシュはなんども言ったが、ちっともたどりつかない。一つの階段を上りきると、またべつの階段があって、ほんのわずかずつ方角がずれている。カールは思わず足をとめた。疲れのせいではなく、その果てしなさに閉口してのことだった。

「ずいぶん高いところだ」

またもや歩きだしたときに、ドラマルシュが言った。

「いいこともある。外に出る気がしない。いつもガウンでいられて気楽なもんだ。こう高いと、訪ねてくるのもいない」

[…]

閉まったままのドアの前にロビンソンがいた。やっとたどりついたわけだが、階段はまだ終わりではなく、薄暗がりのなかにつづいていて、いったい、どこで行きどまりになるのかわからない。

この階段の描写は明らかにヘンですね。どんなに高い建物でも、この当時のアメリカに数百メートル級の超高層マンションのようなものがあるはずないのだから、入る時にどの程度の高さか検討が付くはずだし、そんなにくたくたになるような上層階があるなら、普通の人は住めません。先ほどのホテルの話でエレベーターが出てきましたが、この当時は既にエレベーターがあったので、そんなに高い建物ならエレベーターがついていそうなものです。わずかずつ方角がずれているというのも妙ですね。構造的にヘンですね。少なくとも階段の周囲だけでかなり無駄なスペースを取っていることになります。

動物への「生成変化」

二四四頁で、ようやくドラマルシュの部屋に入ります。部屋は真っ暗で、窓がなく、むっとするような感じのようです。

> ソファーの上に女が横になっていた。さきほどバルコニーから見下ろしていた女である。まっ赤な服は下のところが少しからまって、床に裾が垂れていた。膝まで足が剥き出しで、白の厚ぼったい靴下をはいていた。履物はつけていなかった。
> 「ドラマルシュ、とても熱いの」
> 壁から顔を向け、だるそうに腕を上げた。ドラマルシュはその手をとってキスをした。カールの目には、女の二重顎がよく見えた。顔を動かすと、二重顎もゆれた。

ぐったりした女性が暗い部屋の中にいるという設定は、『城』で、大きな洗濯部屋＋浴室で、赤ん坊を抱えた――後で、ハンス少年の母親とわかる――女性がぐったりしている場面と似ている感じがしますね。ただ、このブルネルダという女性は、二重顎が目立つくらい太っているようですね。

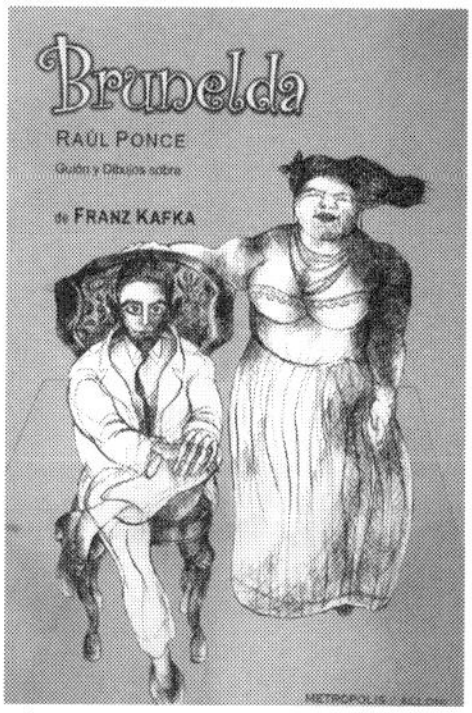

ブルネルダとカフカを描いた表紙。ブルネルダに焦点を当てたラウル・ポンセの絵本より

> 「どうして知らない人を住居に入れたの？」
> 「お小姓役がほしいって、ずっと言ってたじゃないか」
> ドラマルシュがひざまずいた。ソファーは大きくて幅もあるが、ほとんどブルネルダひとりで占められていた。

太っているというより、巨体という感じですね。こういう太った女性が出てくるのは、カフカの作品では珍しいですね。「お小姓」の原語は〈Junge〉で、これは単に「若い男」という意味ですが、訳者の池内さんは、ブルネルダがお姫様あるいは女王様的に扱われていて、そういう高貴な女性は少年の従者を従えたがる、というイメージを思い浮かべたのでしょう。この段階での訳語としては想像しすぎの気もしますが、読み進めていくと、ブルネルダがお姫様扱いされているのがわかってきます。

ブルネルダが服を脱いでシャワーを浴びたいというので、カールとロビンソンは、バルコニーの外に出ていかされます。そこでカールはしばらく寝入ってしまい、半日くらい寝たところで、ロビンソンに起こされます。ロビンソンはカールが寝た寝椅子の下から、食べ物を取り出して食べ始めます。

> 「飢え死にしたくなければ、こんなふうに備蓄をしておくんだ。おれはよけい者なんだ。いつも犬みたいに扱われていると、いずれ自分でも犬のような気がするんだな。おまえがそばにいてくれて、ありがたいや。少なくとも話がで

きる。ここでは誰もおれとしゃべってくれない。憎まれている。ブルネルダのせいだ。むろん、いい女だとも。いいか、ロスマン――」

自分用の食糧を隠しておくというのは、ドストエフスキーの小説に出てくる流刑地の囚人みたいですが、言葉を交わすことができないので、犬になったように感じるというところまで行くと、アウシュヴィッツの収容所で、回教徒の礼拝のように見える仕草を続けるので、ムーゼルマン（Muselmann）と呼ばれた、人間性を失いかけている囚人を連想させますね。こういう意味で「犬」になるのだとすると、ドゥルーズ＋ガタリが『千のプラトー』で、「動物」への「生成変化」の例としてカフカの作品がしばしば参照される――拙著『ドゥルーズ＋ガタリ〈千のプラトー〉入門講義』（作品社）をご覧下さい――ことの意味がよく理解できますし、次回読む、動物を主人公にした二つの作品の寓意も理解できるような気がしますね。とりあえず、「動物」というのは、人間扱いを受けず、人間としてのコミュニケーションを絶たれることで、ヒトが落ちていく極限の状態と考えることができるでしょう。この発言からわかるように、ロビンソンにはブルネルダが非常に魅惑的に見えているようです。ブルネルダは有名な「歌手」だということですが、ブルネルダは太っているので自分ではコルセットをはめられないし、階段を上がることもできません――多分、オペラ歌手なのでしょうが、そんな状態で、舞台に出られるのか。彼女は物乞いに来たドラマルシュを気に入って、一緒に暮らすようになり、おまけでロビンソンも召し抱えますが、ロビンソンは二人から召使い扱い、どころか家畜扱いされ、ブルネルダの気紛れで、バルコニーに出ろと言われたらずっと出ていなければならず、室内に入ろうとしたら、ドラマルシュに鞭で打たれるということです。そんな目に遭いながら、ブルネルダの傍にいられることが嬉しいようです。

「グレート・マザー」ブルネルダ

ブルネルダはドラマルシュとこの郊外の住居で一緒に生活するため、全財産を売り払い、それまでの召使いを全て解雇しました。その代わりにロビンソンを使うことにした、ということです。たまに手伝いにもう一人雇うことがあっても、長続きしない。それで一人で召使いをやっていたのだけど、ブルネルダはロビンソンの働きぶりが気にいらない。そこで代わりの召使として、ホテルにいるカールを捕まえに行ったという事情のようです。では君はどうするのかと、カールはロビンソンに聞きますが、彼は答えず、召使いの仕事を説明します。カールは長居していると仲間になってしまうと感じ、出ていこうとしますが、その時、外で多くの人の声がし、ドラマルシュとブルネルダがバルコニーに出てきて、カールはブルネルダの太った体で手すりに押し付けられます――彼女が太っていたことに、こういうストーリー展開上の意味があったわけですね。

外の通りを、太鼓やトランペット、提灯を持った人たちの行列が通っているわけですが、ドラマルシュから地区判事の選挙だと教えてもらいます。候補者が近くに来て演説していて、それを反対派が激しくヤジっているようです。立法府の議員や行政府の長だけでなく、判事や検事まで選挙で選び、その選挙がお祭り騒ぎのように盛り上がるというのもアメリカの文化の特徴でしょう。カールがそれに関心を持って見ている間に、ブルネルダの体に押さえ付けられ、身動き取れなくなります。これは、心理的にも、圧力を感じて身動きがとれなくなっていることの寓意でしょう。ブルネルダが太っていることには、やはり意味がありそうです。二七八頁の記述に、そうした物理的なものと心理的なものの絡み合いがはっきり読み取れます。カールが逃げるのをドラマルシュが遮ろうとすると、

「かまわなくていいの」

ブルネルダがドラマルシュの手を払いのけた。

「この子、出ていかないわ」

そう言って、カールをさらに強く手すりに押しつけた。

その手から逃れるためには、ブルネルダと取っ組み合いをしなくてはならない。それをやりとげたとしても何になるか。左にはドラマルシュがいる。右にはロビンソンが頑張っている。三方を囲まれて逃げ場がない。

心理的な関係が、物理的な位置関係に実体化しているわけです。ブルネルダのこの台詞は、自分が既にカールを心理的に捉えている、という実感の表れでしょう。彼女は、ユング心理学で言うところのグレート・マザー（太母）、『ONE PIECE』のビッグ・マムのような存在かもしれませんね。

欲望の「機械」に取り込まれるカール

とたんにカールは、もはや下を見たいとも思わなくなった。ブルネルダに押しつけられているので、やむなく少し手すりから身をのり出した。自分のことが気にかかり、ぼんやりした目で下の人々をながめていた。二十人ほどのグループごとにレストランの前へくると、いっせいにグラスをとりあげ、ついでやおらまわれ右をして候補者に向かって差し上げる。党の名を叫ぶなり、一気に飲みほした。何やらしゃべっているが、上までは届かない。

伯父の家のバルコニーのときみたいに、物理的に混沌とした風景を見ることで、その風景に魅入られ、欲望・関心がそこに引き寄せられていくというメカニズムが作動しているようですね。実際、私たちはその対象や出来事がどういうものか知的に理解してから、その対象に関心を持つのではなく、理解できないけど、なにか圧倒されるようなことが起こっているのに気付き、見ているうちに、それが次第に欲望に転化されるということがありますね。この場合、ブルネルダの圧迫によって、アメ

機械

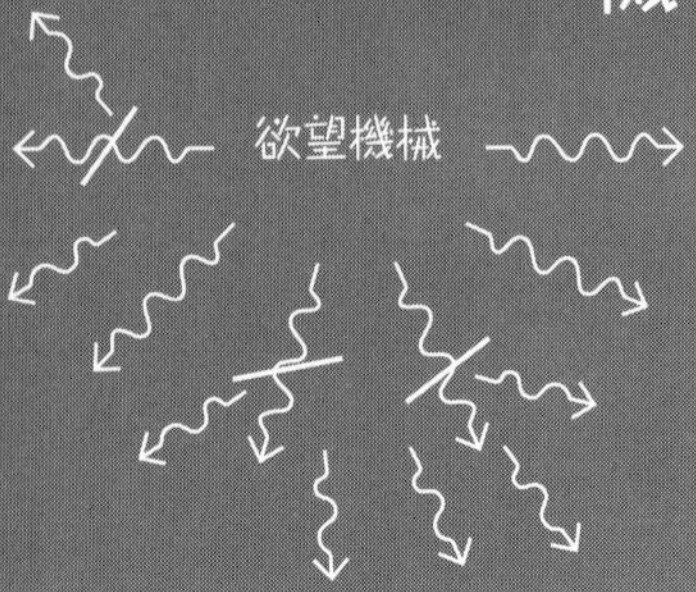

⟺

普通の「機械」

「機械」（ドゥルーズ＋ガタリ）
自動的に運動を続けるユニット全般をさす。
※「欲望機械」――何らかの形で、人間の欲望を循環させている「機械」。

アレンジメント

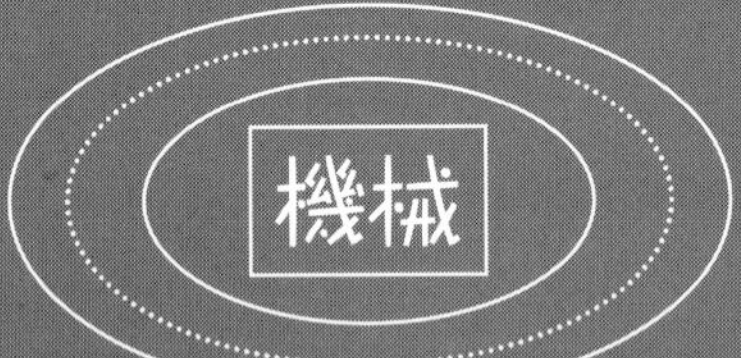

「機械」が運動するための周囲の「配置」
※原語のフランス語は〈agencement〉。英語の〈arrangement〉とほぼ同じく、「配置」とか「編成」「割当」といった意味。

リカの日常の一部になっている、お祭りとしての政治に関心を向けるよう仕向けられたわけですね。二八〇頁を見ると、カールは両陣営が大騒ぎしている風景を見て興奮していたようです。息をはずませて、何が起こっているのか質問していますね。カールは結局、伯父の警告に逆らって、アメリカ的な猥雑な欲望のシステムと関わりを持ったせいで、次から次へとアメリカ的な欲望のシステム、ドゥルーズ＋ガタリ的に言うと、「機械」に取り込まれることになったのでしょう。

カールは鍵を見つけて部屋から逃れようとしますが、ドラマルシュに力ずくで抑え込まれます。彼は伊達男であるだけでなく、暴力男でもあったわけですね。

二八五頁で、目を覚ましてバルコニーに出たカールは、隣のバルコニーの学生と会話をします。学生はデパートで売り子のバイトをしながら学問をやっているということです。彼は学問に打ち込んでいる一方で、アメリカではいいかげんな学者が量産されていることも承知しています。彼は、カールにドラマルシュの元に留まるように言います。

（「起きろ、起きろ！」……）――本文の最後の場面

二九八頁で、章が一応変わっています。またタイトルなしですね。『アメリカ』では、この部分は「隠れ場所」の章にも、その後の「オクラホマ劇場」にも採用されていません。朝起きると、ブルネルダはロビンソンに体を洗わせながら、タオルがない、水がない、ここが痛いと、やたらに騒ぎ、それに同調してドラマルシュが怒鳴ります。すると、既にここに留まると決めていたらしい、カールは、ロビンソンとドラマルシュを積極的に手伝いますが、家の中が滅茶苦茶なので、なかなかうまくいきません。次に朝食の準備です。別の部屋で、アパートの大家の女性が調理に当たっていますが、なかなかカールたちの番が回ってきません。強引に割り込んで、残り物を手に入れて戻ってきます。

「手ぎわがいいじゃない」

もぐもぐと食べながらドラマルシュに言った。ドラマルシュは櫛をブルネルダの髪に差したままにして、かたわらの椅子に腰を下ろした。ドラマルシュも目の前の食べ物に大満足で、二人の手が忙しくいきかいして、ともにガツガツ食べていく。ここでは何よりも量がものをいうことにカールは気がついた。そして調理場の床に、まだ食べられる残り物がちらばっていたことを思い出した。

「はじめてなので、どうすればいいかわからなかったのです。このつぎはもっと上手にやりますよ」

話しているあいだやっと、誰に向かって声をかけたのか気がついた。事柄そのものに、あまりに気をとられていたからだ。ブルネルダは満足げにドラマルシュに向かってうなずきかけ、カールにはご褒美として一握りの菓子をくれ

―た。

　これが『失踪者』の本文の最後の場面になります。この食事の描写を見ると、ドラマルシュとブルネルダがかなり欲望のままに生きていて、動物化しているという印象を受けますね。その後に収められている断片で、カールがブルネルダを手押し車に乗せて外出する場面や、オクラホマ劇場の募集に応じる場面が描かれていますね。ブルネルダはひょっとすると、カールの子供を身ごもったという女中と似ているのかもしれません。

　いずれにしても、この小説にちゃんとした続きがあるとすると、同じようなパターンが繰り返されることが想像できます。アメリカは開かれた国というイメージがありますが、カールは何度も狭い空間の中の息苦しい人間関係に閉じ込められます。嫌がっているようで、本人が望んでいるようにも見える。そこに性的な問題も絡んでくる。

　最初は、旅行なのでしょうがないとも言えますが、狭い船の中での妙な人間関係に巻き込まれて、引き回される。その発端は女中を妊娠させたことです。そこから出て、実業家である伯父の勢力圏に入るけど、ストリートの妙な欲望に触れないように注意される。しかし、ポランダー氏の屋敷を中心とする、伯父の所とはある意味対立関係のある勢力圏と必要以上に関わってしまい、怒った伯父が一方的に縁切り宣言する。そこに、クララとマックが絡んでくる。伯父の所を出ると、ドラマルシュとロビンソンという悪い仲間のミニサークルに入れられる。しかし、たまたま入ったオクシデンタル・ホテルで、調理主任さんとのドイツ系つながりのおかげで雇われることになった。

　ホテルの権力関係に入ることができたわけです。ここでも、テレーゼという女性と仲良くなりましたが、離脱したと思ったミニサークルに属しているロビンソンが闖入してきたため、職場放棄と窃盗を疑われ、また縁切りを言い渡されます。そして、ドラマルシュとブルネルダを中心とする、かなり動物的で狭い権力関係に囚われてしまう。ブルネルダは名前からイタリア系ですし、ドラマルシュはフランス系、ロビンソンはアイルランド系で、書かれた部分を見る限り、ドイツ系はいません。なじみのあるドイツ語の世界と完全に縁が切れてしまった、ということなのか。

本文以降――本当の〝フロンティア〟

『アメリカ』ではこの後、ドラマルシュとブルネルダを中心とする権力関係から逃れて、オクラホマというアメリカの内陸部、本当の〝フロンティア〟に向かって行こうとするわけですが、行く先が「劇場」なので、様々な出自の人間がいてオープンである反面、抑圧的で閉鎖的な権力構造が現れてきそうですね。カールとどういう関係なのか不明だけど、親しそうなファニーという女性が登場するので、この女性も劇場での人間関係をややこしくする要因になりそうですね。

この小説でも、どういう寓意なのかよくわからないけど、同じようなパターンの印象的な出来事が何度も反復されますね。はっきりしているのは、カールが拒否しているように見えながら、狭い権力関係の中に取り込まれ、逃れられなくなる、ただし、その権力関係は安定していなくて、何かのきっかけでカールは、別の権力関係へと引っ張られていく。『千のプラトー』に倣った言い方をすると、アイデンティティが確定していないヒトを、一定の傾向の運動を繰り返す機械状アレンジメントへと誘い込んで、主体化する「顔貌」の働きと、そのアレンジメントからの逃走線が浮上して、カールが次のアレンジメントに引っ張られていく過程が交互に現れる。カールは、自由を求め

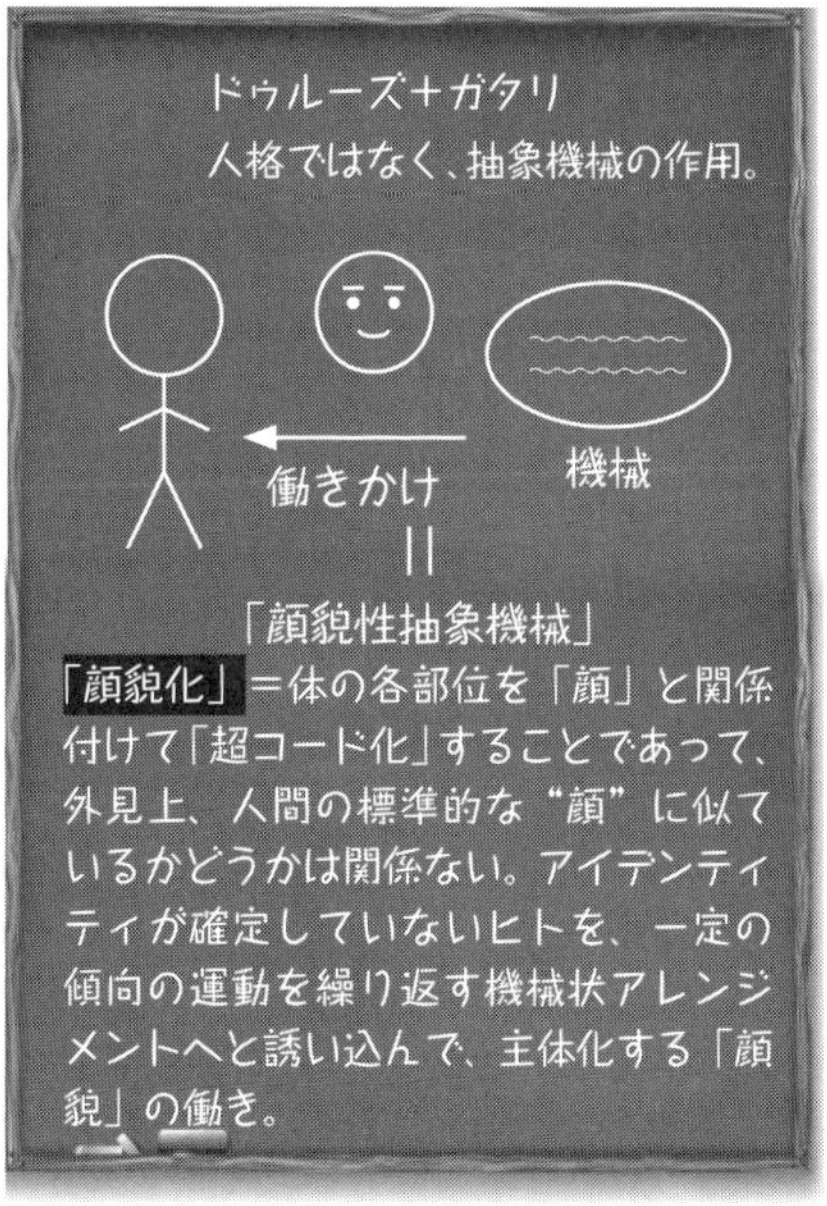

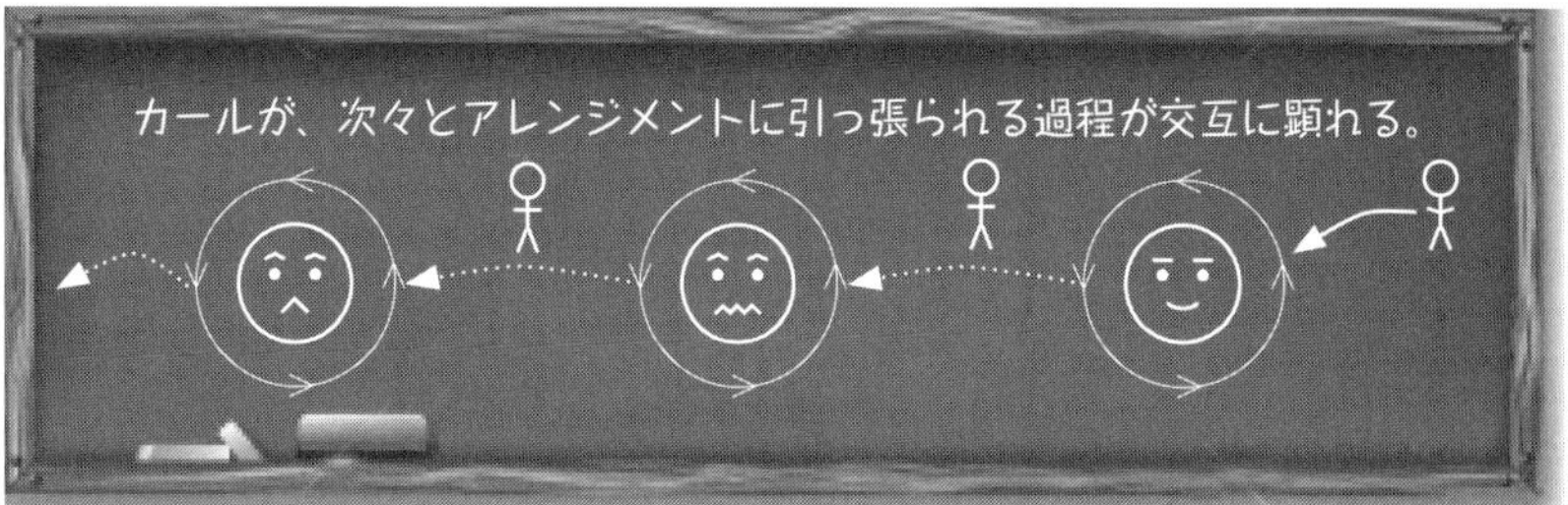

ているようで、家族を思わせる妙に密な人間関係に引き寄せられてしまう。

カフカはアメリカに行ったことはありませんが、家族や故郷、民族とのつながり、そして言語が自分にとってどのような影響を及ぼしているのか、それらとのつながりがどのように解体していくのかを想像するために、「アメリカ」という未知の大地を利用した作品だったのでしょう。カフカの分身とも言うべきカールは、古い人間関係から離脱して、新しい自由な関係を築こうとするけれど、どうしても、望んでいないはずのべったりした、依存し合うような閉ざされた関係に入り込んでしまう。そういう運命なのかもしれない。というより、そういう運命を招き寄せるような欲望を抱き続けていて、自分から人間関係の罠

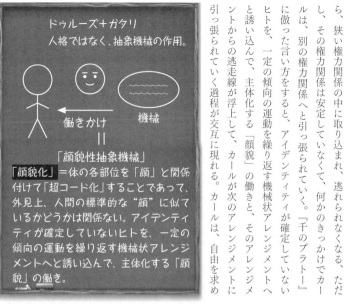

に陥っているような感じですね。『判決』に出てくるような父の下から追い出され、その支配から自由になったと思ったら、全て管理しないと気がすまない伯父の支配下に入り、最後は追い出される。

情緒不安定な感じの火夫に付き合って船の中を駆けずり回ってようやく伯父のおかげで解放された後、伯父のもとから追い出されたら、火夫よりもっとたちが悪そうなドラマルシュとロビンソンのコンビに出会う。暴力的なマックとクララのカップルにいいようにからかわれたにもかかわらず、ホテルを追い出された後、ドラマルシュとブルネルダの動物的な欲望むき出しで、露骨に暴力的なカップルにつかまってしまった。他人の欲望機械に巻き込まれる状態が連鎖していく。

■質疑応答

Q　ブルネルダは何故あんな太った女性に設定されているのでしょうか。

A　簡単に言うと、肉体的な欲求に逆らわず、節操なく食べて寝てばかりいる生活をしている、アメリカ的な生活様式の権化のような存在でしょう。かつ、先ほどお話ししたように、その圧倒的に巨大な肉体で男を物理的に抑え込めてしまう。子供を捉えて離さない母親の寓意にも見えてしまいます。カールが関係を持った女中の容姿はわかりませんが、三五歳でカールと無理やり関係を持ったと描写されているところから連想すると、体格がいい女性を思い浮かべますね。モーパッサンの『田舎娘』のような。しかも、妊娠しているので、お腹が大きい。ブルネルダの太った肉体は、妊娠を連想させますね。クララはお嬢様なので細い女性を連想しますが、容姿にはほとんど触れていませんね。ひょっとしたらレスリングをやるのに相応しいくらいごついのかもしれません。

ブルネルダはドラマルシュたちがいないとおそらく生きていけません。自分では階段を上り下りできないのに高いところに住んでいます。彼女が高い場所にいるおかげでカールとロビンソンは下に降りていって、いろいろ用事をしなければなりません。それは、彼らが用事をいいつかって降りていく時に、逃げられる可能性もあるということです。ドラマルシュは身軽だけど、ブルネルダの傍にいないといけないので、彼らが本気で逃げようと思えば逃げられるチャンスはいくらでもあるけれど、彼らはそれを生かそうとしない。狭い空間の中で、ブルネルダの肉体で圧迫されるような感覚が実は好きなのかもしれません。

太っているけど魅力的という女性は、ゾラの『ナナ』（一八七九）の主人公のナナとか、モーパッサンの『脂肪』（一八八〇）のエリザベート・ルーセとかいますけど、ブルネルダの場合、本当に押し潰してしまいそうな大きさがあるわけですね。いろんな欲望の渦が絶えず回転し、すごい勢いで押し寄せてくる、開かれた空間に耐えられないカールは、自分を圧し潰してくれるグレート・マザー的なものを欲しがっていたのかもしれません。

Q　訳者あとがきでは、ロスマンはアメリカに行って失踪すると書いてありますが、読んでみると必ずしも主人公は失踪していないと思います。

A　誰に対する失踪か、という問題ですね。最初にお話ししたように〈verschollen〉という言葉の元の意味は、「響きがしている」です。カールの発している音を聞いている人がいて、それが聞こえなくなったら、一応「失踪」でしょう。ごく普通に考えると、女中と文通していた伯父のもとを追い出された時点で、故郷とのつながりが完全に切れて「失踪した」と考えられますが、ドイツ語圏との繋がりということで言えば、「オクシデンタル・ホテル」で再び回復した、と言えるわけです。物語の始まりでは、ドラマルシュとロビンソンは登場していませんが、ホテルに入る前から、この二人がカールの消息に関心を持ち始め、第二の家族みたいになり、彼らに対する「消息」が意味を持つようになったのかもしれません。あるいは、カールはアメリカに着いた時点で、失踪者になるはずだったのに、伯父に会うことができて、消息がつながったし、伯父の会社は全米的なネットワークを持っているようだから、ひょっとすると、ホテルとかオクラホマ劇場、場合によっては、ドラマルシューブルネルダも伯父と何らかの関係があったというオチかもしれない。結局、「失踪者」になりたくてもなれない、というオチ。

Q　私はカフカ作品の中で一番これが読みやすかったです。ゲーテのビルドゥング（教養）小説の逆版のようです。行くごとに悲惨な目に遭いますが、カフカなりのゲーテに対するアンチなのでしょうか。

A　主人公の市民社会の中での人格形成を描くビルドゥングロマン（Bildungsroman）を変形しているのは間違いないと思います。ゲーテの『ヴィルヘルム・マイスターの修業時代』は、主人公が旅の一座に参加して、旅の過程でいろんな人と関係を持ちながら、人生と社会のいろんな面を学び、「人格」を形成していくわけですが、カールが「オクラホマ劇場」に参加するのであれば、マイスターとの関係を連想しますね。いろいろ経た後での劇場参加ということになりますが。マイスターが旅を通して人間関係を広げていくのに対し、カールは、旅をするほど、どんどん狭い人間関係に捕らわれ、最後は、ドラマルシュ、ブルネルダ、ロビンソンの住む部屋に押し込まれることになる。

Q　他の作品に比べて経済的な話が多いです。伯父さんの仕事の話、お金のことも出てきて貨幣論的に読もうと思えば読めるのでしょうか。

A　労働問題、移民・民族問題、貧困問題、都市化など経済・社会的な要素がはっきり出ていますね。『城』や『審判』でも、そうした要素はありました。弁護士への依頼とか、ちょっとした賄賂のような話とか。ただ、経済・社会的な背景を感じさせるような出来事が起こっても、何かの寓意であるような感じがして、その背景にあまり関心がいかないようになっています。恐らく、システム内に入り込んでしまった一人の人間の視点で書かれているから、寓意性が際立つのでしょう。カフカ自身がシステムにしっかり巻き込まれていて、違和感を感じても抜け出せない人なのでしょう。彼は法学博士で保険会社の社員でしたね。この作品では、「アメリカ」という自由な空間と、カフカ自身よりかなり低い年齢で、家族とのつながりをいったん断たれ、生きていく糧のない主人公として設定されたことで、むしろ、一つのシステムの中に居続けられない不安定さが強調され、読者が、どうしてこのシステムの中に居続けられなかったのか、という疑問に関心を向けるように誘導しているわけです。一つのシステムから追い出される時、生活するためのお金が問題になるわけです。カフカは「アメリカ」を、共同体的な絆がない分が、貨幣によって補われる社会として描いてみたかったのかもしれません。ゲーテの『ファウスト』（一八〇八、八三二）には、近代の錬金術である紙幣の発行によって、世界を再構築していくという裏のモチーフがあります――拙著『教養としてのゲーテ入門』（新潮社）と『ゲーテ『ファウスト』を深読みする』（明月堂書店）をご覧下さい。「アメリカ」は、ファウスト＝メフィストフェレスの仕事が完成した異質な空間と見ることができます。『ヴィルヘルム・マイスターの修業時代』で、ヴィルヘルムの仲間たちはアメリカへ旅立つ決意をしますが、土壇場で息子フェリックスの自殺未遂というアクシデントがあって、本当に旅立ったかどうか曖昧な終わり方をしています。カフカは、ヴィルヘルムの末裔とも言うべきカールを、希望を求めてではなく、家族から追い立てられる形で、「アメリカ」に送り込みたかったのかもしれません。全米的な事業のネットワークを持つ伯父はそうした「アメリカ」的なネットワークを象徴する存在かもしれません。カールは、伯父のような商人になり切れなかったので、「アメリカ」の中で放浪することになった。ヴィルヘルム・マイスターは商人の家の息子です。

［講義］第6回

いつか動物になってしまうかも ——「断食芸人」、「歌姫ヨゼフィーネ、あるいは二十日鼠族」

短編集『断食芸人』とは？

今回読む「断食芸人」と「歌姫ヨゼフィーネ、あるいは二十日鼠族」は、もともと、同じく『カフカ寓話集』（岩波文庫）に収められている、「最初の悩み」「ちいさな女」と、四つでセットになって短編集として出版されています。『寓話集』はその辺が最後に並べられていますね——言うまでもありませんが、『カフカ寓話集』も『カフカ短編集』も、訳者の池内さんが短めの短編作品を集めたもので、カフカやブロートの編集ではありません。その四作セットの短編集全体のタイトルが『断食芸人』です。この四つの作品には共通性があります。「最初の悩み」は空中ブランコの話で、「断食芸人」もサーカスの話です。「歌姫ヨゼフィーネ」では、鼠と思しきものが登場人物ですが、

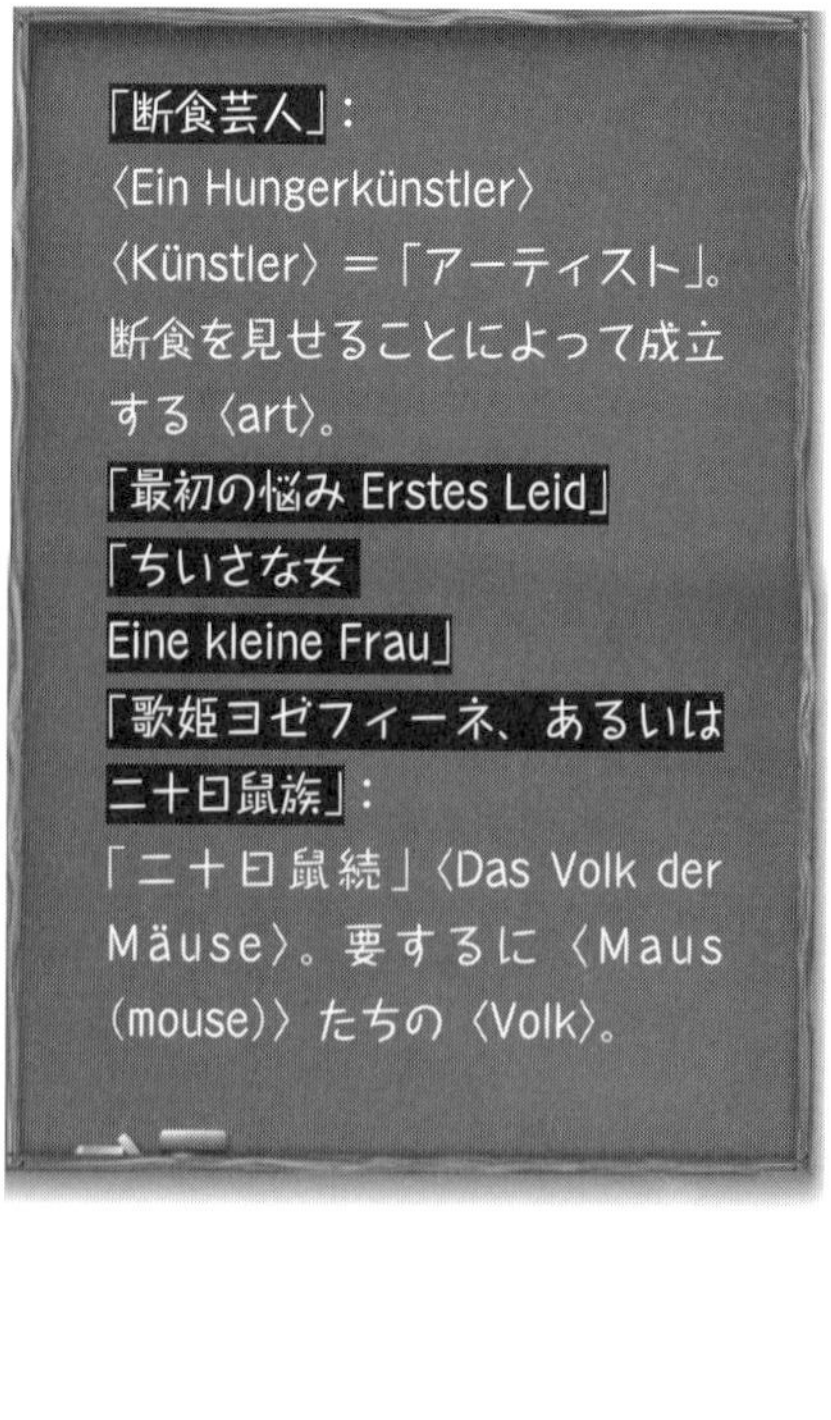

「断食芸人」：
〈Ein Hungerkünstler〉
〈Künstler〉＝「アーティスト」。
断食を見せることによって成立する〈art〉。
「最初の悩み Erstes Leid」
「ちいさな女
Eine kleine Frau」

「二十日鼠続」〈Das Volk der Mäuse〉。要するに〈Maus (mouse)〉たちの〈Volk〉。

アーティストとパブリックの関係⇒観衆からどう見られるか、それによって本人のアイデンティティがどう変化するかがテーマ。
※「他者の眼ざし」と考えると、フーコーやラカン等の現代思想で話題になる他者の眼差しを通して主体が形成されるという主題に通じる。

その中の「歌姫」が主人公なので、舞台上でのパフォーマンスを連想させますね。

「断食芸人」は原語で〈Ein Hungerkünstler〉で、英訳では、〈A Hunger Artist〉です。〈Künstler〉は「アーティスト」という意味です。断食を見せることによって成立する〈art〉があるわけですね。これらの作品では、アーティストとパブリックの関係、観衆からどう見られるか、それによって本人のアイデンティティがどう変化するかがテーマです。「最初の悩み Erstes Leid」では空中ブランコ乗りが、下に降りてこないという妙な設定で描かれています。下に降りないブランコ乗りは、下の世界＝パブリックからどう見られているかという悩みを持っています。「ちいさな女 Eine kleine Frau」は、芸術家の話ではありませんが、ちいさな女から自分がどのように見られているかがずっと気になっているという話です。

パブリックというものを観衆の問題と捉えると浅薄な大衆社会批判のように聞こえますが、これを「他者の眼ざし」と考えると、フーコーやラカン等の現代思想で話題になる他者の眼差しを通して主体が形成されるという主題に通じてきます。単に観衆を気にしているということなら大した話ではない感じがしますが、「観衆」を抽象化して、人間とは生まれたときから他人の視線を意識し、その下で自分を形成している存在だということが寓意されていると見ることができます。『断食芸人』の四編は、アーティストと観衆の関係は、主体が他者の眼差しの下でどのように形成されてくるかという問題を凝縮している、あるいは凝縮されすぎてかなり歪んだ形で表していることをテーマ化した作品群だと考えることができるでしょう。

断食とキリスト教——芸と修行の関係

まず「断食芸人」から見ていきましょう。東大の山下肇さん（一九二〇—二〇〇八）の訳では「断食行者」となっています。宗教的な断食行のパロディと見たのでしょう。実際には、サーカスに所属しているアーティストという設定なので、修行というよりは芸なのですが、宗教的な修行を暗示しているように見えるところがないわけではありません。断食芸人が「四十日」

を過ごしたと描写されていることです（一八二〜八三頁）。
イエスの荒野の四〇日をおそらく暗示しているのでしょう。イエスは正式に伝道を始める前に、聖霊に導かれる形で荒野を四〇日間引き回され、悪魔の誘惑を受けます。その間、イエスは何も食べません。それで空腹になります。そこで、悪魔が三大試練の第一、石をパンに変えよ、を受けます。イエスは、信仰を持っている人にとっては、半分神なので、四〇日断食はさほど異常なことのような感じはしません。しかし本当に、生身の人間が四〇日断食したら、見かけはかなり異様になっているでしょう。死んでしまう可能性も高い。少なくとも水は飲まないと死ぬはずです——厳密にやっていたかどうかわかりませんが、統一教会の信者にも目標達成のために四〇日断食をする人がいました。
コロナ関連で、中世のペスト大流行のとき、悔い改めのために自分を鞭打つ行者の群れが登場したという話をよく聞くようになりましたが、宗教、特に原罪に関する教義を持つキリスト教には自分の身体を虐めることによって罪と戦うという考え方があります。断食は瞬間的な痛みはありませんが、長期的に身体を痛めつけ、肉の力を弱めていく働きがあります。断食は血が飛び散ったりはしませんが、徹底的・長期的にじわじわ身体を虐め、かなりなストレスをかけます。本当に四〇日食べていなければガリガリになります。一八六頁に、この芸人の様子が描写されていますね。

とりわけ断食が進んでいる最中のことだが、とたんに断食芸人がはね起きて獣《けもの》のように檻をはげしく揺さぶり、人々を怖がらせることがあった。そんなとき、興行主は罰を与えた。お定まりの手であって見物人にこう言って詫びるのである——それもこれも断食のなせるワザであって、満腹した人間には到底わからない苛立ちとおぼしめされよ。この先いくらでも断食できるなどと豪語するのも、同じ理由からとお聞き流しねがいたい。つづいて興行主は、断食芸人の主張をとりあげ、そこに高邁なる努力と、相手をたのしませようとする善意、ならびに偉大なる自己否定の心意気を読みとってほしいと要請するのである。しかるのち何枚かの写真を持ち出してくる。四十日目、ベッドの上で息も絶えだえの断食芸人を撮ったものであって、只今当会場で即売中——これによっても断食芸人の主張が支離滅裂であることはあきらか、というわけである。

四〇日も断食していると、おそらく身体が弱るだけではなく、脳に栄養が行ってないし、体全体のバランスが狂うわけですから、精神的錯乱状態になる可能性があります。宗教では、精神的に研ぎ澄ますために断食するわけですが、やり過ぎると精神が錯乱を起こしてしまう。だとすると、修行の意味はない。しかし、ここで描かれている「断食芸」はむしろ、その狂いっぷり、ヒトとしてダメになっている様子を見世物にしているわけです。しかし、宗教の修行としての断食と、断食芸の根本的な違いは何でしょうか。単に、本人が宗教的修行としてやっているのと、商売として見せるためにやっているという違いで、前者はもっと修行僧らしい毅然とした態度を取っているはず、と考えるべきでしょうか。それとも、修行者も長くやれば同じようになっているはずなので、教団の威厳を保つために、みっともないことを見せないだけで、それを商売にしているだけなのか。だとすると、断食芸人は商売であることを意識して、過剰に醜い獣のような面を剥き出しにしているということはないのか。そうした問題を提起し、それを更に、人間の「聖性」と「獣性」の関係という、バタイユ（一八九七―一九六二）的なテーマへとつなげているように思えます。ちなみに〈Hungerkünstler〉の〈Hunger〉は「飢え」という意味で、正式に「断食」に当たるドイツ語は、英語の〈fast〉と同じ語源の〈Fasten〉です。

文中の「偉大なる自己否定の心意気」の原語は〈die große Selbstverleugnung〉で、「心意気」という部分はありません。「心意気」を付けると安っぽい感じがしますね。池内さんは、安っぽさのニュアンスがあると見たのでしょうが、私は素朴に「偉大なる自己否定」と訳した方がいいと思います。サーカスの芸に、「自己否定」という宗教的な用語を、「偉大な」という形容詞付きで使っているのが、この台詞の面白いところでしょう。確かに商売のためとはいえ、命がけだし、しょっちゅうやっていて、休みの間も体が弱っていて、ギャラをもらっても、使う機会はほとんどないでしょう。「断食芸」に徹すると、修行としての「断食」に近付くことが暗示されているのかもしれません。「息も絶えだえ」の原語は〈fast verlöscht〉で、直訳すると「ほとんど消えている」です。徹底的に痩せて、物質的に消えかかっているというようなニュアンスが込められているのかもしれません。物理的には、いくら痩せても人間が死ぬ前に「消える」ということはありえませんが、カフカだと、物理的実在性が薄くなるというような情景を描いても不思議ではありません。

団長は、芸人の写真、しかも弱り切っている場面の写真を撮って観客に見せているわけですね。つまり、芸人が、荒野の四〇日の断食後のイエスのように毅然としている様子ではなく、弱り切っているところを見たいというサディズム的な欲求を観客が抱いていると見て、そこに働きかけるため証拠の写真を利用しているわけですね。「四十日の断食」ということで、観客は当然、イエスの荒野の四〇日を連想しているでしょう。彼らが、「断食芸人」を見たいのは、イエスが本当に断食したとすれば、どんな様子だったか見たいという願望が働いているのかもしれません。オウム真理教は例外的に断食とか〝空中浮遊〟の写真を公開していましたが、通常は、宗教的修行者が激しい修行をしているところを、妄りに撮影することは禁止されます。表向きは、単なる好奇心で写真に撮ったりすると、聖なる儀礼が汚されるということでしょうが、写真に撮ることで、身体が消えかかって、振る舞いや表情が動物めいている、醜い実態がさらけ出されるからかもしれません。ベンヤミンは『写真小史』(一九三一)で、写真の登場によって、それまで絵画などの表象で人物を取り巻いていたアウラが消滅を余儀なくされたことを明らかにしています。

近年の生理学的研究で、「断食」を続けると、脳内物質の影響で、ハイの状態になることがわかってきたようですね。仕方なく飢えている場合と違って、「断食」は快楽になり得るわけです。そうした脳内メカニズムはこの時代にはそれほど明確に知られていませんでしたが、カフカは断食芸人の中に恍惚感のようなものが生じることを知って、そこから身体と欲望の関係について独自の想像を働かせたのかもしれません。

実際に流行していた断食芸

この作品の背景として重要なのは、この芸が本当にあったことです。一九世紀末~二〇世紀初頭にかけて、ヨーロッパで結構長い間公衆の関心を集めていたそうです。有名な断食芸人も存在しました。「いま一度ヨーロッパ各地を巡回した」(一八七頁)とありますが、実際の有名な断食芸人もヨーロッパ各地を巡回したようです。彼らは新聞等で紹介されかなりの人気を博しました。しかし一九二〇年代になると、断食芸の人気は陰っていきますが、第二次大戦の前後まで何だかんだ続いたようです。カフカがこの小説を書いたのは一九二四年です。本当に人気がなくなるのはカフカが亡くなった後なので、まだそれなりに注目されていた時期にこの小説が書かれているわけです。

ヘンリー・サミュエル・タナー
(1831 ~ 1918)

芸人の中には、超自然的な力を使うことができる、食料に対する欲求をコントロールすることができると宣伝した者もいました。今でもいかがわしい宗教・スピリチュアル系でいそうですね。

一八八〇年にヘンリー・サミュエル・タナー(一八三一―一九一八)というアメリカ人の自然療法を推奨する医者が実際に四〇日間水だけで生きられるか自ら試しました。自然療法の観点から、断食の効用を証明するのが主旨だったようです。彼の実験はニューヨークのクラレンドン・ホールで行われ、実験はずっと監視されました。その前にも四〇日以上の断食をやったけれど、信じてもらえなかったので、公開実験に踏み切ったということです。医学関係者だけでなく、料金をとって一般の観客にも公開されました。この点が興味深いですね。四〇日の間、何千人もの訪問者があり、金銭的な面でも成功したので、その後、タナーは何回も繰り返すことになります。どうもこれが「断食芸」の始まりになったようです。人間の意思の力で身体の要求を克服するという宗教的モチーフを半ば引き継ぎながら、医者であるので、それを医学的に証明したいという野心もあった。経済的な利益もあった。

現在は、テレビ番組で人が断食して痩せていくところを見守るという企画はさすがにありませんね。『進め！電波少年』で二十数年前に、罰ゲームとして絶食が続くというのはあったようですが、流石に、断食でわざと痩せていく所を観察するというのはないですね。カップルが誕生する状況を見守る番組や、家の中にカメラを置いて生活する様子を見せるという番組はありますね。イケメンでも美女でもない、ほとんど知られていない芸能人でも、生活の赤裸々な場面を見守るのは楽しいのでしょうか。見ている間は面白いけれど、一度聴衆から外れると何が面白いのか理解できなくなります。人間の身体や人格が変化するのを観察するのは、はまると面白いのかもしれません。カブトムシが孵化する様子や朝顔が芽を出す瞬間等であればずっと観察していたいという人は少なくないでしょうが、それと同じような欲望が働いている気がします。人間ではなく、生物だと思うと、変身する様子が見たくなるような気もしますね。この小説では最後に、豹が出てきますが、断食芸は実は、人間を動物に変態（メタモルフォーゼ）させる、ドゥルーズ＝ガタリの用語で言えば、「生成変化」させる技法なのかもしれない。カフカの一番有名な小説は、『変身（変態）』で、何らかの原因で人間性を喪失した主人公が虫に変身する話ですね。

タナーの成功がヨーロッパにも伝わり、同じようなことをする人間が出てきます。医者が行ったということもあり、医学者たちも関心を持つようになります。メディアも断食芸人に関心を持つようになります。ヨーロッパの有名な断食芸人に、ジョバンニ・スッチ（一八五〇―一九一八）というイタリア人と、ドイツ語名としてヴィルヘルム・ボーデと名乗っていた、やはりイタリア人のリカルド・サッコの二人がいます。スッチは一八八六年にミラノで断食を始めました。外国からもスッチを見にミラノに来た人たちもいました。一八八七年にはフィレンツェで医者等が監視する前で科学的実験として行われました。その結果はドイツ語等、他の言語でも公表されました。

カフカの生きたドイツ語圏だと、一八九六年にスッチがウィーンのホテルで三〇日断食のパフォーマンスをやります。断食芸人の間での競争も盛んになります。一九〇五年にはリカルド・サッコがウィーンのカフェで二一日間の断食を行い、アウグステ・ヴィクトリア・シュンクという女性がそれを超えることを目指して二三日間頑張りました。シュンクは元は悲劇を演じる俳優でした。女性の方がいざとなると、この方面での耐久力があることを証明したかったようです。カフカの少年から青年時代にかけてのことですね。

第一次世界大戦の少し前には、こうした断食芸

ジョバンニ・スッチ
(1850 - 1918)

の人気は下火になったようですが、大戦後の経済的停滞状況の中で、変わったことをやって一旗あげようとする人たちの中から、もう一度断食芸が盛り上がったようです。今度は、医学的証明とは関係なしに、単純に見せて金を稼ぐだけの出し物として。作品の冒頭で、「この何十年かの間に、断食芸人に対する関心はすっかり薄れてしまった」と述べられているのは、この小説が発表されたのが一九二二年で、もう一度盛り上がる前に書かれたことを反映しているからでしょう。カフカの死後ですが、一九二六年に、ジョリーという芸名のジークフリート・ヘルツというドイツ人が、ベルリンで四四日間の断食を行いました。三五万人の訪問者がありかなり儲けたようです。この記録に挑戦する人たちも出てきましたし、当然のことながらインチキもいくつか発覚します。インチキを見破るために訪問する客もいるでしょうから、更に盛り上がります。

カフカの伝記研究者によると、その当時カフカ自身が摂食障害になっていて、断食芸人がやっていること、芸人と聴衆との関係に関心を持っていたようです。カフカ研究者の間では、芸人のモデルについていろいろ議論されているらしく、ジョバンニ・スッチではないかという説、ドイツ人のアーノルト・エーレット（一八五六―一九二二）という人物ではないかという説もあるようです。エーレットは一九〇九年にケルンで四九日間の断食を行って、世界記録を打ち立てました。エーレットはガラスの独房のようなものに入って、人々に見物させました。エーレットは自然療法士で、食事療法のための学校を開設しましたが、カフカは自然療法にかなり関心を持っており、自然療法の協会の設立を試みていたと言われています。

カフカの描く人物が実際の断食芸人と明らかに異なるのは、ずっと檻の中で暮らしているという設定です。そのせいで、檻の中の動物に近付いていったわけです。現実の断食芸は商売なので、本人が死んだら意味がないですし、儲けた金を使えなければ仕方ないので、長期の断食のせいで人間的な生活をするのが難しくなりそうだったら、本当にダメになる前に止めなければなりません。しかしカフカの主人公はその段階を超えてしまい、亡くなります。そして動物の死体のように処理されます。

この作品の焦点は、断食芸人が人間として存在できる限界を超えてしまうということです。ヘンリー・タナーは、肉体の衝動を精神で抑えることを証明するという、宗教的とさえ思える目標を掲げました。ところがこの作品の断食芸人は、断食を続けること自体が目標になってしまい、人格が崩壊していくわけです。

人間から動物、そして道具へ

最初は、リアルな断食芸ブームに即した断食芸の紹介が続きますね。一八二頁から、この小説固有の世界観に入っていきます。断食芸人は、インチキだとか、断食はみんなが思っている

ほど大変ではないのではないか、といろいろ言われます。そこで、

> ――断食期間が終わっても――その旨《むね》の証明が交付されるのだが――彼は自分から檻を出ようとしなかった。

この芸人にとって、金儲けすることや名声を得ることよりも、自分のアイデンティティを証明することの方が大事だったわけですね。しかし「興行主 Impresario」の思惑は全く違っていた。

> 興行主は断食の期間を最高四十日と限っていた。それ以上つづけることはない。大都市での興行においても例外ではなかった。理由あってのことである。これまでの経験によると、四十日間程度なら、徐々に宣伝を高めていくにしたがって、それなりに人気をあおることができた。だが四十日以上となるとパタリと客足がとまる。この点、町であれ田舎であれ、ほとんど違いはないのである。だからして期間は四十日が相場だった。さてその四十日目、花で飾られた檻の扉が開かれる。

面白いのは、イエスの断食の期間であり、聖書でもたびたび出てくる四〇という数字を、興行主は、宗教とも芸人の体力の限界とも関係なく、お客さんの関心の持続可能な期間として考えていることですね。こういう即物的な見方をすると、聖書に出てくる七とか一〇とかの数字も実は何か実用的な根拠があったのではないか、という気がしてきますね。芸人はこの制限のため、自分の限界が設定されたことに不満でした。そのうえ、断食を終えた自分の細くなった体を興行主が触ったり、彼の体を若い女性に預けるのをひどく嫌がっているということが述べられていますね。彼の体が覆いかぶさってきた状態で、食事の場まで連れていく役割を与えられた女性が泣き出してしまう場面がありますね。一八四頁に、「この哀れな受難者」という表現がありますね。原語は〈dieser bedauernswerte Märtyrer〉で、〈Märtyrer〉は英語の〈martyr〉と同じで、むしろ「殉教者」という意味です。ここのポイントは、興行主が表面的には、断食を終えた芸人をキリストのように受難しているように見せかける演出をしているけれど、芸人はむしろ、見世物扱いされ、若い女性からキモがられることの方を苦痛と感じていたということですね。

そして先ほど見たように、興行主は彼が取り乱しているところを写真に撮ってそれを商売にしているわけですね。一八七頁で、その断食芸がもう流行らなくなった、と述べられています。年を取りすぎた芸人はもはや転職もできない。そこで彼はそれまで一緒にやっていた興行主と別れ、サーカスの一座と契約を結びます。

> 大きなサーカス一座には種々雑多な芸人や動物や道具類がつきものであり、それぞれのべつ出入りがあって、しかるべく補充される。だから、断食芸人がいてもいいわけで、その程度の必要にすぎなかった。とまれ当人ともども、合わせてかつての栄光がものをいったという点で特例という

「芸人」＝「動物 Tiere」＝「道具 Apparate」

ものだった。とっくに峠をこえた老ぼれ芸人がサーカスにひろわれたというのではない。この断食芸人の芸は歳をとっても一向に衰えない。むしろ逆であって、断食芸人が断言したところであり、かつまた実地に見せるはずの芸当は以前にもまして高まっていた。こちらの意向にまかすと約束してくれるなら、世間をアッと言わせてみせると申し出て、すぐさま約束をとりつけた。もっとも、断食芸人が熱意のあまり忘れがちな時勢というものを考えて、サーカスの面々は、ただ苦笑を洩らしただけだったのだけれど。

「芸人」「動物 Tiere」「道具 Apparate」が同じレベルの扱いになっている所が興味深いですね。

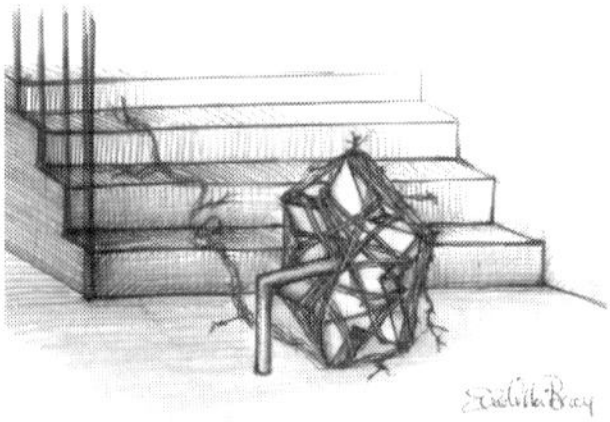

オドラデクの想像図
(Disegno originale dell'artista Elena Villa Bray)

「芸人」の原語は「人間」を意味する〈Menschen〉です。ここは、三者の同列性を強調するために「人間」と訳した方がよかったでしょう。カフカの世界では、しばしば、人間、動物、道具の区別がはっきりしなくなることがあります。同じ池内さん編訳の『カフカ短編集』に入っている「家父の気がかり Die Sorge des Hausvaters」（一九一九）という作品に出てくる、「オドラデク Odradek」という糸巻きから足らしきものが突き出していていてちょこまか動く存在、日本式に言うと、物の怪のようなものが出てきます。人間の意識は、動物のそれとどこで決定的に違うのか、また、動物の意識は、植物と無機物とどう違うのか、その境界線のような状態を描いてみたかったのではないかと思います。というより、人間が人間らしさを失って動物化し、マルクス主義で言うところの疎外や物象化といった、機械の部品のような状態になっていく、という、退行的な現象のようなものに関心があって、人間／動物／道具の境界的な存在を描いている、といった方がいいかもしれません。

「芸当」が「以前にもまして高まっていった」、とさりげなく書かれています。どういうことだろうと思いますね。これは意訳です。原文では、「芸」に当たる言葉はなくて〈ebensogut hungere wie früher〉、「以前と同じように飢える」となっています。〈hungern〉という動詞は通常は、「飢える」という受け身の意味しかありませんが、池内さんは、芸人にとっては「断食芸 Hungerkunst」という芸が成立しているので、少なくとも彼にとっては、〈hungern〉は、技能を有する積極的行為だと考えたのでしょう。ただ、先ほどもお話ししたように、ドイツ語の〈Hunger〉は普通は英語の〈hunger〉と同じく、「飢え」という意味しかありません。宗教的な「断食」は〈Fasten〉です。恐らく、カフカは、〈hungern〉という消極的な意味しかない、行為というよりは状態を表す動詞を、芸人が強引に、芸術的なパフォーマンスのような積極的な意味を持っているかのように使っているところを際立たせ、「単なる飢え」と「崇高なる断食」の境界線がどうなっているのか疑問に付しているわけですね。そういう言葉の意味の受け取り方のズレが狙われていると思うので、「断食芸人が断言したところであり……」以下は、ややぎこちなくなりますが、「断食芸人は、自分は以前と同じように飢えてみせる、それは全くもって信頼に値することだ、と断言した der Hungerküinstler versicherte, daß er, was durchaus glaubwürdig war, ebensogut hungere wie früher」、と訳した方がいいでしょう。

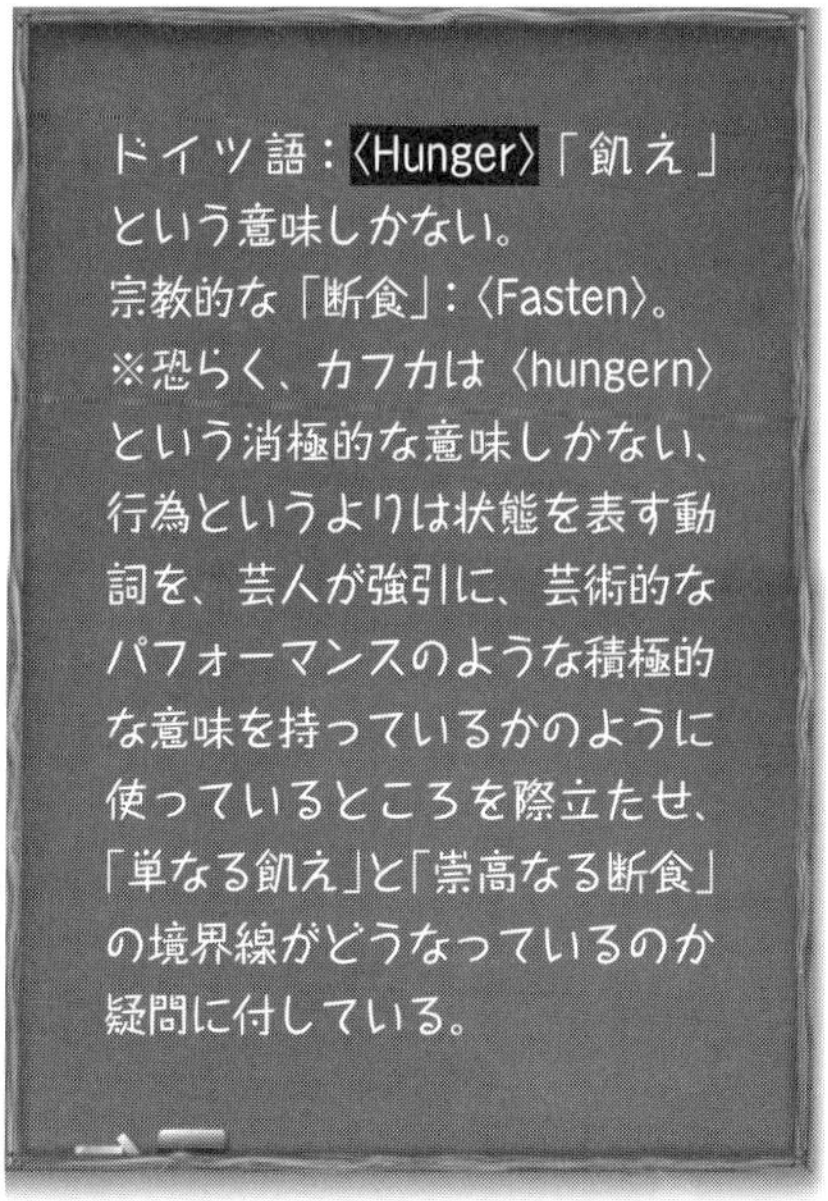
ドイツ語：〈Hunger〉「飢え」
という意味しかない。
宗教的な「断食」：〈Fasten〉。
※恐らく、カフカは〈hungern〉
という消極的な意味しかない、
行為というよりは状態を表す動
詞を、芸人が強引に、芸術的な
パフォーマンスのような積極的
な意味を持っているかのように
使っているところを際立たせ、
「単なる飢え」と「崇高なる断食」
の境界線がどうなっているのか
疑問に付している。

結局、「飢える」ことを芸だと思っているのは芸人本人だけで、サーカスの方は、そんなに金がかからないなら、出し物のレパートリーの一つに加えてやってもいい程度の扱いのようです。

とはいえ、つまるところ断食芸人もまた時勢に盲目であったわけではない。だから自分の檻が晴れの舞台ではなく、外の動物小屋の並びの通路ぎわに置かれたことに異議は唱《とな》えなかった。檻には色とりどりの派手な看板がぶら下がっていて、中の見物《みもの》を告げていた。出し物の合間ごとに観客が動物を見にやってくる。いや応なく断食芸人の檻の前を通らなくてはならず、その前で足をとめる。あるいはもっと永く足をとどめていたかもしれないが、なにしろ通路は狭いのだ。うしろから次々と押し寄せてくる。前の連中が

なぜ立ちどまるのか、うしろの者たちにはわからない。そこでやみくもに押してくる。ゆっくり立ちどまっているなどのことは無理な相談というものだった。つまりはこれが、自分の生きている目的として乞《こ》いねがった観客の訪れを、逆に恐れるようになった理由である。

断食芸人が現実的な自己認識ができているというのはいいとして、一気にかなり極端なところに行ってしまいましたね。動物小屋と同じところに並べられる、というより、動物のおまけ扱いされるのを受け入れたということですね。「生の目的 Lebenszweck」というのは大げさな言い方ですが、その目的というのが、「観客の訪れ Besuchszeiten」――正確に訳すと、「訪問の時間」――であったというのは、芸術家ぶっている割には志が低いというか、現実的すぎる感じがしますね。ところが、その低レベルそうな目的も、芸人自身がどう見られるのか気にするようになったせいで、その現実化が苦痛になってきたわけですね。これ自体は別に変なことではありません。大勢の観客から認められたいと強く思っている人が、観客が実際に自分を見たとき、どうリアクションするか怖くなって、逃げ腰になるというのはよくある話ですね。ただ、普通は土壇場で現実逃避するかどうかの選択肢がありますが、この芸人は、自分がちゃんと断食しているという証明のために檻の中で生活することを選択し、更に、サーカスとの契約でその檻が動物の檻の近くに置かれることを許容するという二重の選択の結果として、いざ観客と向き合う前に、逃げ出す、あるいは逡巡する、という選択を取れなくなったわけです。自分の芸人としてのプライドを保つための選択の結果、常にプライバシーゼロの状態で生きざるを得なくなり、そのため余計にプライドを保てない、という逆説的な状況に陥っているわけです。プライドのために自縄自縛になっていく人間はいくらでもいますが、この芸人はそういう問題を凝縮して体現しているように見えますね。

この流れからすると当然予想されるように、人々は動物を見に来たついでに、動物の檻の傍にある芸人の檻も覗くが、ほとんど関心を持たないという感じになります。一九一頁に「小さな邪魔者 ein kleines Hindernis」、それも「日を追ってますます縮んでいく邪魔者 ein immer kleiner werdendes Hindernis」という表現がありますね。「大きなサーカス ein großer Zirkus」の中の「小さな邪魔者」であると、芸人自身が感じているのでしょう。組織の中でそういう風に感じる人は少なくないでしょうが、この場合、そうした大小が空間的・身体的に現れているわけです。リアルな寓意ですね。

芸人は断食を続けますが、誰も見ていないせいで、日数の記録を係が定期的に書き換えてくれなくなります。その記録板自体が、古くなって何と書いてあるのか読み取りにくい。普段関心を持っておらず、たまたま通りかかった〝観客〟に山師呼ばわりされる。

断食芸人を殺したものはなにか?

一九二頁を見ると、監督がいつになったら今やっている断食を止めるのかと訊いていますが、芸人は止めるつもりがないようです。一九三頁の両者のやりとりは奇妙な感じがしますね。

「いつもいつも断食ぶりに感心してもらいたいと思いましてね」

「感心しとるともさ」

「感心などしてはいけません」

と断食芸人が言った。

「ならば感心しないことにしよう」

と監督が言った。

「しかし、どうして感心してはいけないのかな」

「断食せずにいられなかっただけのこと。ほかに仕様がなかったもんでね」

と断食芸人が言った。

「それはまた妙ちきりんな」

監督がたずねた。

「どうしてほかに仕様がなかったのかね」

「つまり、わたしは――」

断食芸人は少しばかり顔を上げ、まるでキスをするかのように唇を突き出し、ひとことも聞き洩らされたりしないように監督の耳もとでささやいた。

「自分に合った食べものを見つけることができなかった。もし見つけていれば、こんな見世物をすることもなく、みなさん方と同じように、たらふく食べていたでしょうね」

とたんに息が絶えた。薄れゆく視力のなかに、ともあれさらに断食しつづけるという、もはや誇らかではないにせよ断固とした信念のようなものが残っていた。

「よし、片付けろ!」

「感心 bewundern」してほしいと言ったすぐ後で、「感心」してはいけないと言うのは矛盾しているようですが、これはわからないではありませんね。自分のやっていることに「感心」して、見られたいという欲求があるものの、それがすごい特別な苦行のようなことだと思われるのは本意ではなく、むしろ自然に身に付いたこととして見てほしい、という欲求が、もう一つ下の層にある、ということでしょう。とにかく見てほしいという欲求と、正しく見てほしいという欲求の葛藤。「断食」という不自然極まりない行為について、そういう葛藤があると言われると、理解しにくくなりますが、音楽や美術、スポーツで天才と言えるかどうか微妙な感じの人だと、こういう感覚を持っていると思います。私も、学者として発言する能力とか演劇に関係した能力に関して、とにかく注目されたいけど、必死で努力しているのではなく、自然でやっているように思われたいと感じます。しかし、「断食芸」、特に、この芸人がやっているように、普段から檻の中で生活するという設定の「断食芸」だと、無理せずに自然と断食しているという体にしていないといけないということになります。ただ、本当に自然な感じでただの人間が檻に入っているだけだと、最初の瞬間は、「ヒトが入っている！」と思っても、すぐに興味を失ってしまいます。じっと観察するなら、ただの痩せて、少々ヘンな振る舞いをする人間ではなくて、動物園にいるような珍しい動物でしょう。彼が自然にやっているように見せようとすればするほど、彼の〝芸〟がちゃんとした芸として認識される可能性は低くなります。これが通常の芸術との違いです。

「自分に合った食べ物 die Speise ……, die mir schmeckt」という言い方も、何通りか解釈が可能です。まず、自分にとって断食が無理のない自然な行為であるように装いたいのではないか、と想像できます。あるいは、そう装い続けたせいで、本当に、自然に食べられるものがなくなったのかもしれません。そうではなくて、言葉通りに、彼はもともと、この世界で自分に本当に合った食べ物がなくて、探していく過程で「断食」を始めた可能性もあります。穿った見方をすれば、「食べ物」というのが私たちが通常食べ物と思っているものでなく、霊的な糧のような意味で言っているのかもしれません。一番文学的な解釈は、「食べ物」というのは食物それ自体というより、それを得るための生き方を指していた、と取ることでしょう。先ほどの台詞を言い終えると同時に、命の息吹が途絶えている、しかも目の中に、「断固とした信念 stolze Überzeugung」――正確に訳すと、「誇り高き信念」――が残っているように見えたわけですから、そういう解釈も可能でしょう。訳では、「視力」の中に「信念」が残っていた、という言い方になっているので、「信念」という抽象的なものがどこかに浮かんでいるように聞こえますが、視力の原語は〈Auge〉で、これは「目」です。目の中に、信念がまだ残っているように見える、というのはさほど奇妙な話ではないですね。

先ほどお話ししたように、彼が死んだので監督は、彼の檻に豹を入れます。豹はどんどん運び込まれる肉を貪り食い、檻の中にいながら自由を謳歌しているようにさえ見えます。芸人は「断食芸」を通して、自分は通常の肉体の欲望に縛られないことを明らかにしようとしたわけですが、お客さんはそうした脱動物的な方向の欲望に関心を示してくれない。関心を持ってもらえないとわかった時点で止めれば、よかったのですが、意地になって、自分の「芸」が本物であることを〝証明〟しようとするあまり、誰を相手に何を証明するのかわからない状態になり、それが事実上の無限断食になって、命をなくしたわけです。動物性を乗り越えようとして、かえって、動物以下の扱いを受けるよう、自分で自分を追い込んでいったわけです。「人間らしさ」を追求しすぎて、動物性を捨てていこうとすると、結局何も残らず、かえって、自分の動物性、身体的な欲求に左右される在り方が露呈してしまう、という話として見えますね。同時に、芸術の空虚さも暗示されているかもしれません。芸人は、自分だけの芸にこだわっているように見えるけど、実は、周囲の評価に過剰に反応したせいで、誰からも注目されない、何の芸も身に付けようとせず、自然のままに生きる豹よりも遥かに魅力のない存在になってしまいました。

「歌姫ヨゼフィーネ、あるいは二十日鼠族」――「鼠の民」

　では、「歌姫ヨゼフィーネ、あるいは二十日鼠族」を読んでいきましょう。タイトルにある「二十日鼠族」は原文では〈Das Volk der Mäuse〉です。要するに〈Maus（mouse）〉たちの〈Volk〉ということです。〈Volk〉は英語の〈folk〉と同じ語源で、「民」「民族」「民衆」「人民」といった意味です。池内さんは、「民族」に近い意味で解釈したのだと思いますが、話の流れからすると、民衆でも意味は通りそうです。この作品も、芸術家とそれを見ている者との関係を描いていますが、見ている者が一つの〈Volk〉を形成しているわけです。タイトルはマウスを登場させる寓話であることを示唆していますが、ヨゼフィーネやそれを見ている民が本当に、マウスかどうか曖昧です。例えば、「労働する arbeiten」という言い方が出てきます。鼠が餌を獲ることを労働と呼べなくもありませんが、どこかの民衆を鼠に譬えて、そう呼んでいるだけのようにも取れます。鼠だと考えないとヘンなのは、一九八～九九頁の「チュウチュウ鳴く pfeifen」という言い方と、「クルミ割り Nüsseknacken」くらいです。それ以外は、ある人間の歌姫とそれを取り巻く観客について語っていると考えても、おかしくありません。カフカの作品は、リアルに対象を描写するのではなく、印象的な言葉や動作、光景にだけ焦点を絞って描いていく、半抽象画的なところがあるので、人間でもマウスでも成り立ってしまうところがあります。

　この作品の特徴として、ヨゼフィーネ自身の内面には入っていかず、彼女を取り囲んでいる民の一人、あるいは一匹らしい語り手の視点から語られているということが挙げられるでしょう。マウスなので、自分の内面を語ることがないのかもしれません。無論、そこにこだわると、同族らしい語り手は何なんだ、ということになりますが、実際のマウスではなく、マウスのようにひっそり生きている人間だと考えると、辻褄が合うようにも思えます。この作品の背景に、カフカと同じユダヤ系オーストリア人の批評家カール・クラウス（一八七四―一九三六）との関わりがあるとされています。カフカはこの小説を書いた当時、クラウスの文章を関心を持って読んでいたことが知られています。彼も生

カール・クラウス（1874-1916）

まれはチェコですが、幼いときに一家がウィーンに移住し、ウィーンで活動します。クラウスの主要な読者は、ウィーンのユダヤ系の知識人のはずですが、彼は、ユダヤ系のドイツ人の話すドイツ語、イディッシュの影響の強いドイツ語を、〈mauscheln〉と揶揄して物議を醸しています。〈Maus〉っぽい話し方、普通のドイツ人にはかなり聞き取りにくく、鼠の鳴き声みたいなしゃべり方ということですね。カフカの両親も、〈Mauscheldeutsch〉を話していたわけです。イディッシュはドイツ語と、ヘブライ語、ポーランド等の東欧の言葉が混じった言葉で、表記にはヘブライ文字を使います。ただしベースはドイツ語なので、はっきりした口調で話せば、ドイツ人には何となくどんなことを言っているか検討がつきますし、ラテン系のアルファベットで表記すれば、かなり理解できます。

もし、ヨゼフィーヌの周りにいる「鼠の民」がユダヤ系ドイツ人を暗示しているとすると、他のドイツ人からするとチュウチュウ言っているようにしか聞こえない、よくわからない言葉を話している彼らは、文化的な閉鎖的な集団で、歌姫はその閉鎖された集団が、祭り上げている、国民的芸術家や国民的文学者の寓意と考えられます。独立していない「国民」ほど、そういう英雄を祭り上げる傾向があります。高校の世界史で習うようには、一九世紀は、フランス革命とナポレオン戦争の影響で、改めて「国民」が意識されるようになった世紀です。三十年戦争があった一七世紀になると、現在のヨーロッパ語に対応する各国語の区別が確定し始めますが、国民的作家と言われる人が登場して、文学的な言語のスタイルが確立するのはもう少し後です。イギリスが比較的早く、シェイクスピア（一五六四―一六一六）の時代には既に今の英語になっていた、と言っていいでしょう。一四世紀のチョーサー（一三四三頃―一四〇〇）だと、英語っぽくはあるけれど、ドイツ語やオランダ語のようにも見える変な単語や文法が目立ちますが、一六世紀末のシェイクスピアになると、今の英語の知識で大体理解できます。フランスは一七世紀、ラシーヌ（一六三九―九九）、コルネイユ（一六〇六―八四）、モリエール（一六二二―七三）等が活躍した古典主義の時代です。ドイツ語圏だと、レッシング（一七二九―八一）、ゲーテ（一七四九―一八三二）、シラー（一七五九―一八〇五）などが国民的作家として知られるようになる、一八世紀後半くらいでしょう。それまでにもドイツ語で書かれた文学作品はありましたが、今のドイツの小説とは書き方がかなり違っていましたし、文法も確立されていませんでした。

無論、これ以降が近代〇〇語による文学という境界線はそんなに明確ではありません。例えば、イタリア語は、ダンテ（一二六五―一三二一）がトスカナ地方の方言をベースにした文体をいったん確立したとされますが、その文体はあまり普及せず、一九世紀になってもう一度、ダンテ的な文体に基づいて、近代イタリア語の文法ができあがったとされています。

日本の場合、明治初期の言文一致運動の時期以降、急速に、口語に近い今の国語の文体が確立しますね。例えば括弧がきちんと使われるようになり、ここからが内面の表現で、ここからは外から見た描写という区別が明確になりました。「私」とか「君」といった代名詞が次第に確定し、以前より頻繁に使われるようになった。ほぼ全ての人が理解し、同じ洗練度とはいかなくても、それと似たような言い回しを使える言語で小説が書かれるようになったことが、国民意識の形成に寄与している。近代小説の文体と、国民意識と結びついた主体の誕生といったテーマについては、九〇年代については、小森陽一（一九五三―　）や柄谷行人（一九四一―　）といった人たちを中心に、文芸批評系論壇の中心的なテーマになっていました。今は、活字媒体を介しての国民意識の形成と、エクリチュールにおける主体の生成が結び付けて論じられることはあまりない、というか、どっちに関する議論もかなり衰退していますね。

ドイツやイタリアは、一八世紀後半から一九世紀にかけて、英仏に遅れて国民文学を形成するようになりましたが、ロシア、オーストリア、プロイセン、オスマントルコの領土になっていた中東欧の諸民族はそもそも独立した国家を持っておらず、国民としてのアイデンティティの境界線も定かではありませんでした。一九世紀の半ば、二月革命以降、そうした民族の独立運動に伴って、国民的文学を生み出そうとする機運がポーランド、ウクライナ、チェコなどで高まります。そうした状況の中で、ユダヤ人は、いろんな国に分散しているし、周りの民族から嫌がられているし、言語にしても、イディッシュとか〈Mauscheldeutsch〉が、全てのユダヤ人の統一言語にできるほど広く共有されているわけではありません。というか、イディッシュはドイツ語をベースにした言葉だし、〈Mauscheldeutsch〉はドイツ語の方言でしかありません。そういう背景を念頭に置いて、この作品の基本設定について考えてみましょう。

マイナー言語とアイデンティティ

歌手であるヨゼフィーネのような存在がいて、彼女の周りに聴衆がいることで、彼女の発する「チュウチュウ」が、一同にとってアイデンティティの尺度になります。ヨゼフィーネの「歌」を聞き取れて、それが美しいと感じられる感性を共有できるということが、その共同体の一員である記しになります。周りの人に理解できないマイナーな言語を話せれば、仲間だけで秘密を共有することができます。メジャー言語が、周囲の人がみな理解できるということによって、アイデンティティを保証するのに対し、マイナー言語は限られた仲間だけにしか理解できないということによって、自分たち固有のアイデンティティを確認し合うのを助ける。

ただ、裏を返せば、「チュウチュウ」の芸術的価値が理解できる、というのは、マイナー言語、マイナー芸術センスを共有していると思いたい人たちの幻想にすぎないかもしれません。

〈Mauscheldeutsch〉が他のドイツ語話者に聞き取りにくいのは彼らがぼそぼそ言っているだけで、大きく口を開けてしゃべれば、大体理解できてしまうでしょう。大した秘密など共有していないとバレるかもしれない。無論、歌姫の歌として讃えられているのは、言語というより、芸術センスとか音に対する感性でしょうが、それこそ、大きな声で話をしたら、大した中身がないことが露見するかもしれません。それどころか、本当はお互いによく聞こえないので、相手が意味があることを言っていると思い込んでいただけだと判明するかもしれません。〈Mauscheldeutsch〉を話す人というのは、日本で言うと、琉球語は全然話せないけど、たまに琉球語由来の言葉が混じる沖縄訛りをしゃべる人、韓国語は単語くらいしか知らないけど、若干韓国訛りの日本語をしゃべる在日の人のようなものかもしれません。独自のコミュニケーションがあるのかどうか微妙ですね。

鼠たちは日々の生活に追われているが、その中でヨゼフィーネの歌だけが例外的な扱いだった、と最初に述べられていますね。

いったい全体、音楽がどんなかかわりにあるのか、何度も考えたものである。われわれはからきし音楽がだめときている。とすると、どうしてヨゼフィーネの歌がわかったりするのか。ヨゼフィーネによれば、われわれは少しもわかってなどいないそうだから、少なくともわかった気になるのは、なぜだろう。いちばん簡単な答えはこうだ。ヨゼフィーネの歌は並外れてうるわしく、そのため、とんでもなく鈍い感覚でも、そのうるわしさに抵抗しきれないというのだ。しかし、この答えは十分ではないだろう。もしほんとうにそうだとすると、彼女の歌を前にして何はさておき、まずたえず、並外れたものといった感情を持つはずだ。彼女の咽喉から洩れてくるのは、これまでついぞ聞いたことのないものであって、自分たちは聞きわける耳をもっていない。またこれは、ただひとりヨゼフィーネにだけできて、ほかのだれにもできないたぐいのこと、——そんな思いにとらわれるはずであるが、私のみるところ、まったくそんなことはない。私自身、そんなふうに感じたことはなく、ほかの者たちも同様である。実際、親しい仲間のあいだではあけすけに、ヨゼフィーネの歌は歌として何てことはない、といったことを口にしている。

「歌」を芸術一般に置き換えて考えてもいいでしょう。神話や芸術が民族のアイデンティティを与えるものだという考え方は、ロマン主義の時代に広まりました。民族の始原においては、神話と結び付いた宗教儀礼や芸術的表象が人々を結び付けていたのに、近代ではそれが失われたとして、ワーグナーのように、それを再現しようとする人も出てきます。しかし、現代には様々な洗練された芸術のジャンル・流派がありますが、古代の宗教儀礼において全員が恍惚となって一体化するように、民族

全体が一つの芸術的感性を自然と共有しているということはありません。芸術というのは極端に言えば、わかる人にはわかるが、わからない人間にはチンプンカンプン、どこかがいいのかわからない、その他の大衆は、〝芸術によって仲間意識を高めている洗練された人たち〟と自分は違うと認めたくなかったら、〝わかっている〟人の解説に従って、国民的芸術家を崇めるふりをするしかない。同じ種族であれば、同じ発声器官を持っていて、手足を動かして何かを描く基本的能力は大差ないはずなのに、芸術家がやると特別だということになるが、凡人にはどこが特別かさえわからない。この小説は、〈Mauscheldeutsch〉のような独立言語と言えないマイナー言語の共同体の中での、文化的感性とか精神性の共有に関わる困難な状況をめぐる問題と、芸術的な感動は何によって成立するのか、種族全員に共通の芸術的感性はあるのか、というより根源的な問題を二重写しにしているように思えます。

価値が不安定な「芸術」

そもそも、あれは歌か？　音楽にうとい一族だが歌の遺産といったものがあって、遠い昔には歌をもっていた。つたえばなしがそのことを語っており、歌もまた残されている。ただもはやだれも、それを歌うことができないだけである。さらに歌というものの予感はもっており、ヨゼフィーネの歌はこの予感と一致しない。そもそもあれは歌なのか？　ことによると、単なるチュウチュウ鳴きではないのか。チュウチュウ鳴くのなら、だれにもできる。われら鼠族の特技であって、ワザなんてものではなく、われらにおなじみの生の声なのだ。みんなチュウチュウ鳴くが、それで芸をしているなどとはつゆ思わない。まるで気にとめず、注意も払われず、チュウチュウ鳴いている。チュウチュウ鳴くのがわれわれの特性であることすら知らない者も少なくない。ヨゼフィーネは歌うのではなくてチュウチュウ鳴いているだけであり、しかも私には思えるのだが、並のチュウチュウの域すら出ない──たぶん、並のチュウチュウにも力が足りないのだ。巷の土方ふぜいですら、一日中、仕事をしながら苦もなくチュウチュウ鳴きができるというのに──もしそうだとすると、ヨゼフィーネのこれみよがしな芸術家気どりは、すこぶるいかがわしいことになる。ところがかりにそうだとすると、こんどは彼女の大きな影響力が謎になる。

自分たちは昔、すごい芸術技を共有していた、という伝承された記憶がある一方、ほとんどの者はその技を再現できないし、具体的にどうやるのかわからないので、一族の中でちょっと変わった体質のものを、その技の継承者と見立て崇めるが、その人の何が本当にすごいのかわからない、というようなことが起こってくる。これは、ユダヤ民族のように、自分たちはかつて神によって直接選ばれた民であり、先祖の中には神の声を聞いて奇蹟を起こした者、強敵に勝利した者が多くいた、というような伝承を持っている民族にはありそうですね。現代において、神の奇蹟が現れている者を見つけたくなる。しかし、本当の啓示を受けた者が長いこと出ていないので、誰も啓示が起こると、どうなるのか本当のところわからない。それでいろいろヘンな預言者が出てくる。ひょっとすると、イエスも……。芸術のセンスと、啓示は、ごく少数の人しかその異才を発揮しないし、それが本当にすごいかどうか、凡人には判断ができない、というところがよく似ています。これは、偉大な過去についての記憶を継承する様々なタイプの共同体が抱える問題でしょう。

「土方 Erdarebeiter」というのがこの文脈でどういう存在を意味するのかはっきりしませんね。わざとそういう書き方をしているのでしょう。「鼠」という種族の中で、特に穴掘りを担当している者、あるいは、何らかの重労働を担っている者という意味か、それとも、鼠ではなく、人間の土方のことを言っているのか。いずれの場合も、普段体を使って疲れ切っているので、ちゃんとはっきりした声で、周りにわかるようにしゃべってない、というニュアンスを込めているのでしょう。つまり、歌姫の声というのは、体が不調でちゃんとした声が出せない人の声にすぎない、かもしれないということが示唆されているのでしょう。心身の不調のため普通でない人が、聖性を帯びているとか、異能の人であるように見えることありますね。普通の人間にはごく断片的にしか意味がわからない啓示の言葉とか前衛詩は、偉大なるインスピレーションによるものか、単に精神が壊れただけなのか判別できない、ということがよくありますね。前衛的芸術作品には、そういう、本当に病気と紙一重のものが少なくないですね。「断食芸」と重なってきますね。

しかし、ヨゼフィーネの歌の霊験を疑い始めると、彼女も他の鼠と同じく「チュウチュウ pfeifen」言っているだけということですから、彼らがちゃんと人間らしいコミュニケーションをしているのか、単に、適当にほぼ無意味な音を続けざまに吐き出しているだけなのか、という疑いが生じますね。そういう風に疑い出すと、私たちの会話の大部分は、何かの音の羅列で、ほとんど意味はないかもしれません。ＳＮＳでの〝やりとり〟なんか、雰囲気で、言葉らしきものを投げ合っているだけで、ちゃんとした意味ある言葉のキャッチボールになっている部分はたいしてないですね。まさに「動物化」ですね。「動物化」が進むと、人間の声と、動物の鳴き声の違いは次第に曖昧になっていきます。カフカは〈Mauscheldeutsch〉という特殊なドイツ語の在り方から、動物化の可能性を連想したのかもしれません。民族固有のコミュニケーションの存在の曖昧さをめぐる問題が、人間のコミュニケーションの疑わしさをめぐる問題を含意している。

「チュウチュウ」と聴衆

ヨゼフィーネが生み出すのは、ただのチュウチュウだけではない。うんと離れて耳をすますか、あるいはこのような観点から、わが耳を試してみるほうがいいかもしれないが、ほかの声にまじってヨゼフィーネが歌っているとき、おのずと彼女の声を聴きわけなくてはならない。とすると、いやでも気がつくのだが、ごくふつうのチュウチュウである。せいぜいやわらかさと弱さの点で少しめだつところのチュウチュウなのだ。だが、彼女の前に立つとなると、チュウチュウ鳴きですまない。ヨゼフィーネの芸を理解するには、聴くだけではなく見なくてはならない。たとえごくふつうのチュウチュウだとしても、そこにはまず特異な一点がある。

「断食芸人」では観客はそっぽを向いてしまいますが、ここでは、観客の方がヨゼフィーネの歌声に特別な音色、芸術的な質を見出さねばならなくなっているわけですね。現代日本でもありそうな話です。疑似宗教的なサークルで、〇〇先生の言葉から何かを感じ取ることができる者だけが仲間だ、〇〇先生の素晴らしさがわからない奴は仲間ではない。ほとんどの〝仲間〟が実際にはわかっていない、そんなすごいもの先生に備わっているかどうかさえ不確かなわけですが、そういうものがあることにして、「中心」に配置しておかないと、何も共有するものがなくなって、集団は崩壊してしまうので、それが凄いものであるかのように振る舞わないといけない。そのような振る舞いが自分たちのアイデンティティを保っている。そういう存在なので、みんなヨゼフィーネの歌に耳を傾けるだけでなく、一挙手一投足に注目しないといけない。「断食芸人」が、みんなから無視されるという、いわば、マイナスの作用で、自分のアイデンティティを固めていったのと逆に、ヨゼフィーネの場合、絶えず見られる、というか聴かれることによって、アイデンティティが決まっているわけです。聴衆の方も、じっと彼女の声に耳を傾け続けることで、彼女の歌が理解できる「チュウチュウ」仲間としてのアイデンティティを確認する。むしろ、「断食芸人」では、芸人の心の声のようなものが一部描かれていたのに対し、この作品では、ヨゼフィーネの内面が描かれていません。もっぱら、「チュウチュウ」言うだけの存在です。つまり、ヨゼフィーネには内面があるかどうかさえ定かでない。

ヨゼフィーネの「チュウチュウ」には、「特異な一点 die Sonderbarkeit」があると書かれているので、何だろうと期待しますが、先ほどお話しした、「クルミ割り」です。

私たちが単にクルミを割っていただけであるのに対し、いまや登場した新しいクルミの割り手が、クルミ割り本来の本質を示してくれたということになり、しかもクルミを割るにあたって、われわれのおおかたよりも少々ぶざまであ

――ったほうが、なおのこと有効に働く。

これだと単にクルミ割りが下手なのを、特別な「芸 Kunst」だと言い張っているだけのような気がしますね。多分そうなんでしょう。彼女の歌声が特別だという傍証が、「クルミ割り」だったのだけれど、では、その「クルミ割り」が普通と違う根拠は、と言うと、具体的なものはなくて、「少々ぶざま etwas weniger tüchtig」なところにみんなが注目しているだけ。結局、特別な存在だから、特別さの記しが何かあるはずだが、その記しが何故特別さの記しになっているかを示す別の記しがあり、その別の記しが別の記しであることを示す、更に別の……と無限連鎖していきそうですね。

ヨゼフィーネの歌も実状はそんなところなのだろう。自分たちにはまるでほめたりしないことを、彼女においては、ほめたたえる。ちなみに先の一点で彼女はまったく同意見である。あるとき私は当のその場にいたのだが、某氏が彼女に、われわれのチュウチュウ鳴きにも注目してくれといったことがある。むろん、よくあることであって、それもごく控え目にいったのだが、しかし、それですらヨゼフィーネには我慢がならない。そのとき彼女は微笑をうかべたのだが、あれほど厚かましく高慢ちきな微笑を私はついぞ見たためしがない。われらが一族の女性たちには、やさしげな姿かたちは数多く、そのなかでもヨゼフィーネはとりわけ優美さがきわだっているのだが、そのときはまったく卑しげに見えた。おそろしく感受性の鋭い彼女のことであれば、自分でも気づいたらしく、すぐさま気をとりなおした。そして自分の芸とチュウチュウ鳴きとの関連を否定した。意見を異にする者を、彼女はただ軽蔑する。

鼠の一族も自分たちがヨゼフィーネをめぐって、かなりおかしな表象体系を作っていることを自覚しているようですね。宗教や芸術って、そういうところがありますね。日常とはずれた価値評価の軸を採用していることは一応わかっている。しかし、わかっているからといって、特別なものに意味付けしようとする欲望の体系が解体するわけではない。現実と虚構の間でいろいろ辻褄合わせをしようとする。

ヨゼフィーネも一応、自分の声がどう聞こえるか自覚しているように見えますが、彼女が具体的に何と言ったのか述べられていませんね。彼女がどういうことを言った、あるいは態度を示したので、「同意（見）übereinstimmen」と取ったのか。彼女が「チュウチュウ」言っているだけなのに、周りが勝手にそう理解しただけかもしれない。「厚かましく高慢ちきな微笑 ein so freches, hochmütiges Lächeln」の方も、鼠たちが勝手にそう解釈しているだけにすぎないのかもしれません。恐らく彼女は、「チュウチュウ」という音を出しているだけで、それをどう取るかは受け取り手次第なのだから。

チュウチュウ鳴きは、われわれ鼠族の身についた習性だから、ヨゼフィーネの聴衆のなかでもチュウチュウやるのがいると思うのだが、しかし彼女の聴衆はチュウチュウをやらない。チュウともいわない。日ごろわれわれは安らぎに憧れながら自分たちのチュウチュウのせいで望みが叶わないのだが、彼女の聴衆は憧れの安らぎをやっと手にしたぐあいで押し黙っている。われわれを魅惑するのは、はたして歌なのか、むしろ彼女の弱々しい声をつつんでいる晴れやかな静けさのせいではないのか？　いちど、こんなことがあった。ヨゼフィーネが歌っている最中に、ある愚かな小娘がついうっかりチュウチュウをはじめた。それはまったくヨゼフィーネのチュウチュウとそっくりだった。かなたでは技巧のきわみにあって、なお心細げなチュウチュウであり、こちらは聴衆のなかの我を忘れた子供っぽいチュウチュウだったが、聴きわけるのは不可能というものだった。

要するに、彼女と同時に雌が鳴き始めると、区別が付かなくなる恐れがあるので禁止しているのだけれど、抑えきれないわけですね。「チュウチュウ」は鼠族の「身に付いた習性」だからです。

わが一族はほとんどいつも駆けずりまわっている。たいしてはっきりした目的もなしに右往左往している。この足をとどめ、まわりに集めるためにヨゼフィーネのすることといえば、小さな頭をのけぞらせ、口を半開にして目を高みにやること。さあ歌うぞよ、といったポーズをとるだけ。どこだって彼女はこれができる。見通しのいい広場である必要はない。どこかめだたない、そのときの気分で選んだ片隅で十分だ。たちどころにヨゼフィーネが歌うらしいという噂がひろまり、さっそく行列が押しかけてくる。

「たいしてはっきりした目的もなしに右往左往 wegen oft nicht sehr klarer Zwecke hin- und herschießend」する習性があるので、ちょっとしたきっかけで、集団で何かを始める可能性があるわけです。ヨゼフィーネはそのきっかけになるポーズを取るわけです。恐らく、他の鼠のポーズと微妙に違うのでしょう。ワイドショーなどで、スターはちょっとした仕草が違うと言っていますが、そういうのが備わっているように見えるのでしょう。ただ、それが彼女が意図的にやっていることなのか、これから歌うという合図のつもりなのか、本当のところわからないわけです。

わが一族は、どうしてこれほどヨゼフィーネに入れあげるのか？　ヨゼフィーネの歌と同じく答えるのが厄介な問いであって、それは彼女の歌そのものと関係している。もしわが一族が無条件に彼女の歌に心服していると主張できるなら、第一の問いは問題がなく、第二の問いにかかずらうだけでいい。しかし、事実はそうではない。我が一族は無条件の心服などまずもってない。何をおいても罪のないずる賢さが好きで、のべつ子供っぽくささやき交わしている。口をじっとさせていられないのだ。かかる一族は何か

> にとことん心服したりはしない。ヨゼフィーネもそれを感じているようで、弱い咽喉をふりしぼって、まさしくその問題と闘っている。

哲学的な問いに仕立てていますね。第一の問いは、ヨゼフィーネの「歌」はそもそも何なのか、どこがすごいのか、という問いでしょう。第二の問いは、一族が彼女の歌に「無条件に心服している bedingungslos ergeben」のはどうしてか、という問いでしょう。「無条件に心服している」ということ自体が事実であるとすれば、とりあえず、そうさせる性質がジョセフィーネの歌にはある、ということになる。しかし、ずる賢さを好み、じっとしていることができない、わが民族の性質からして、「無条件に心服している」のではない、と言う。しかも、既に見たように、鼠たちは、「音楽」それ自体にはあまり関心はない。何故かヨゼフィーネの〝歌〟にだけは関心を持つ。それをヨゼフィーネもわかっているとすると、彼女はみんなの関心を集め続けるために、いろいろ仕掛けをしないといけないことになります。しかし、そうなると、本当に自分の〝歌〟への関心を集めようとしているのか、それとも単に変わったことをやって自分に関心を集めようとしているのかわからないし、彼女自身の内面の声が伝わってこないので、全ては、ちょっと変わった一匹の雌と、群れの他の鼠との間で、何らかの身振りを介した相互作用がある、というだけのことかもしれません。

二〇五頁の終わりから二〇七頁にかけて、一族がヨゼフィーネを「保護 Schutz」しているように見えるという話が出ています。これも具体的にどうやって保護しているのかわかりません。食べ物を与えて養うとか、外敵から守ってやるというのがわかりやすいが、そういう具体的な言い方はしていません。そういうもやもや感を与えるところが、カフカらしいですね。

> つまり、ヨゼフィーネはまるきり逆の意見であって、自分こそ一族を保護していると信じているのだ。自分の歌が政治的にも経済的にも鼠族を劣悪な状態から救っており、だから多大の功績を果たしている。たとえ不幸を追っ払えないまでも、それに耐えるだけの力を与えている、とヨゼフィーネは思っているのだ。べつにそれをいい張ったりしない。もともとほとんどしゃべらないし、のべつまくなしにしゃべっている一族のなかで、めだって口数が少ない。しかし、目が語っている。

これは何の寓意かわかりやすいですね。国民的な〇〇は、こういうような過大な自負心を持っていそうで偉そうに見えることがありますね。「政治的」というのは、自分が政治的アイデンティティの中心になっているということで、「経済的」というのは、自分の芸術の、広い意味での経済効果のことでしょう。ただ、この〈Maus〉の「民」がどういう経済活動をして、どういう政治制度を持っているのか具体的な記述がないので、どういう効果なのか曖昧ですね。そして、いつものごとく彼女が実際にそう思っているかどうかは、彼女の様子から推測されるだけ。
　二〇九頁で、「危機 Drohungen」――厳密に訳すと、「脅威」――の時に開かれる「国民集会」が話題になっていますね。この言葉を使うと、「国民国家」と言う時の「国民 Nation」、言語を中心にしっかりとしたアイデンティティを持ち、政治的自覚を持った「国民」の話をしているように聞こえますが、原語は〈Volksversammlung〉。先ほどお話ししたように、〈Volk〉には、「民」「民衆」「民族」「人民」といったかなり幅の広い意味があります。ヨゼフィーネの周りの「民」には強い共通性があるのか、それとも、いつも右往左往し、チュウチュウやっているだけなので、単にその場に集まっただけで、すぐに雲散霧消するのか。「危機」のときに〝国民〟や〝民族〟が結束するというのはよく聞く話ですが、この場合、どういう脅威で、それを集まった群衆がどの程度認識として共有しているのかはっきりしません。主にユダヤ人のことを念頭に置いているとしたら、ユダヤ人が危機意識で英雄を中心に結束してきた歴史的事実を示唆しているように見える反面、その結束がどの程度の強さのものであるか、本当に価値観を共有しているか疑問に付しているように思えます。

同床異夢

　多くの若者がヨゼフィーネのコンサートに出かけますが、彼女自身が感じていることと、観客のそれはどうも同床異夢のようです。

> 彼女自身、自分の声調にうっとりとして死に絶えんばかりで、みずからの陶酔を利用して、さらに新たな魅惑へと駆り立てる。だが、ほかの大多数は――これは、はっきりとわかること――わが身にじっと沈んでいるのだ。闘争のあいまのわずかな休憩時間に、わが一族は夢想にふけっている。

　どうも、大多数にとってヨゼフィーネの声は、自分たちの夢想に浸るための導入剤にすぎないようですね。では、どんな夢想か。

> チュウチュウはわが民の言葉であり、生涯にわたりチュウチュウ鳴きつづけていて、それが民の言葉だと気づかない輩《やから》さえいる。天下晴れてのチュウチュウであって、チュウチュウはまたわれわれを、ほんのつかのまであれ、日々の生活のくさびから解放してくれる。だからしてチュウチュウ鳴きをやめるわけにいかないのだ。
> 　この一点と、当今の時代にあって、われわれに未知の力、ならびにその他、もろもろの贈り物をしているというヨゼフィーネの主張とのあいだには、大きなへだたりがある。

　民にとって「チュウチュウ」は、生活の中で自然に出てくる声で、彼らは普段はそういう声を出していることさえ、気付いていないけれど、そういう声を出すことで、行動にリズム感を

与えたり、声を同調させるのに合わせて、お互いの気分を同調させたりしているのでしょう。そうすることによって、自分たちは単に物質として存在しているのではなく、何か精神的なものを共有している、生きた存在、感情を持った存在だと感じることができるのでしょう。仕事の合間の鼻歌とか、コントのようなやりとりのようなものを念頭に置くと、わかりやすいでしょう。そういう前提で考えると、彼らは本当は、ヨゼフィーネの歌を聴くために集まったのではなく、彼女の〝歌〟を聴くという体で、自分たちが出している「チュウチュウ」を聴いている。彼女の〝歌声〟の内に、自分たちの「チュウチュウ」を聴いている。彼女の〝歌声〟は、音響鏡にすぎないことになるでしょう。もしかすると、コンサートの間中、小声でチュウチュウやっているのかもしれません。ヨゼフィーネが自分という存在の特異性を信じ、自意識を持っているとすれば、それを認めるわけにはいかないでしょう。

　ドゥルーズ＋ガタリの影響を受けている、ゲラルト・ラウニッヒ（一九六三―二〇一三）というオーストリアの哲学者・芸術理論家が、『知識の工場』（二〇一三）という著作に収めたこの作品に関する論考で、ドゥルーズ＋ガタリの用語で言うと、ヨゼフィーネの歌が、バラバラになりがちの民を一つの場に集める再属領化の働きをするのに対し、「民」は一つの場に留まり続けることによって、脱属領化の動きをすると述べています。再属領化／脱属領化と言っても、鼠にも鼠のようなしゃべり方をするユダヤ人にも、狭義の固有領土はないのですが、集合体を形成し、自分たちを組織化し、生活のための縄張りのようなものを持つことが領土化に当たるでしょう。無論、ヨゼフィーネ自身の振る舞いの内にも、脱属領化を促すような曖昧さはいろいろ垣間見えますし、民もヨゼフィーネの内に、集まるためのネタを見ようとしているのですから、彼ら自身にも再属領化の契機が働いていると言えるでしょう。コンサートでの振る舞いを対比すると、ヨゼフィーネが再属領化の傾向、聴衆が脱属領化の傾向を代表しているように見える、ということでしょう。

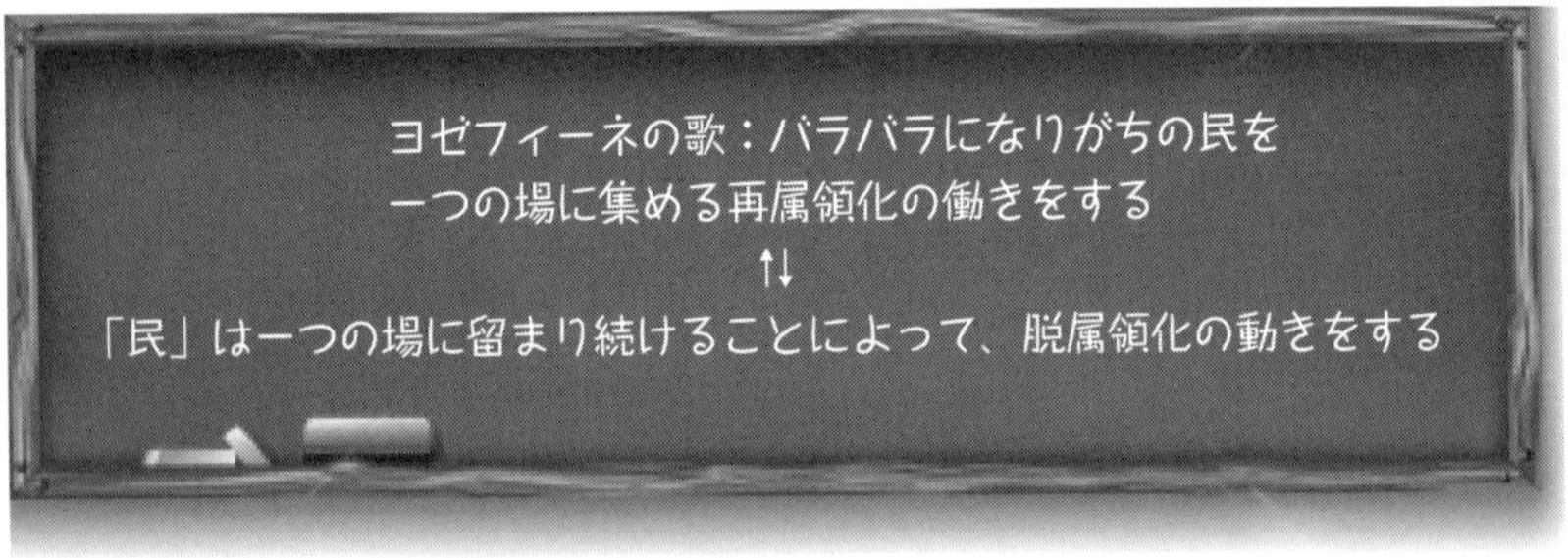
ヨゼフィーネの歌：バラバラになりがちの民を
一つの場に集める再属領化の働きをする
⇅
「民」は一つの場に留まり続けることによって、脱属領化の動きをする

　ユダヤ系のオーストリア人の話だとすると、再属領化／脱属領化という図式でかなりイメージしやすくなります。彼らの多くはユダヤ人固有の信仰や生活

慣習を捨て、ドイツ語を話し、ドイツ社会の中で生活をしています。ヘブライ語どころか、イディッシュもちゃんと話せないドイツ化したユダヤ人のアイデンティティはどんどん希薄になる。何人かで集まって、鼠のようだと形容される話し方をすると、自分たちのアイデンティティを少し意識し、仲間意識を持つ。しかし、日々の生活では普通のドイツ語で話さないといけないので、そういう付き合いも希になる。そこに、ユダヤ訛っぽい声で、ユダヤっぽい仕草で歌ったり、芸をしたりするアイドルが現れる。その子はアイドルとしてつなぎとめるのが仕事なので、自分のカリスマ性を示そうとするが、頑張りすぎると、みんなが薄く共有している、ユダヤっぽい仕草から乖離し、わざとらしさが目立つ。みんなが彼女に注目して集まると、実は彼女に特別なところはなく、みんなはユダヤ仲間の訛を求めていたにすぎないことがわかる。真の欲求がわかって、みんな更に一体化するかと言うと、そうはならず、むしろ脱属領化が進むことになる。もはや、大したものは共有していないことがわかってしまうからです。これは、人間の文化的アイデンティティについて一般的に言えることでしょう。

二一七頁を見ると、ヨゼフィーネは、歌姫である自分は「労働 Arbeit」、日々の「パンの心配 das tägliche Brot」を免れるべきと主張していると述べられていますが、これが通常人間がやるような仕事のことを言っているのかどうか曖昧ですし、実際に免除されているのかどうかも曖昧です。ヨゼフィーネにとって重要なのは、自分が歌姫として特別な存在であると認めてもらうことであって、「労働」をすることが、「歌う」ことの妨げには必ずしもならないようです。

いつ動物になるかわからない

二二〇～二四頁にかけて、ヨゼフィーネの声が衰えかけてきたので、労働のことや、コンサートのときの歌い方のこととかで、いろいろわがままを言うようになったのではないか、と取り沙汰されていることが示唆されていますね。しかし、ヨゼフィーネの声や体調がおかしくても、聴衆は変わらない調子で聞いている、ように見えるので、ヨゼフィーネも何も変わらないという風をしている。

最後はヨゼフィーネがいなくなってしまいます。歌が予定されていたのにヨゼフィーネは現れなかった。みんなで探したけど、見つからなかった。

> ヨゼフィーネは消えてゆく。最後のチュウがひと声で、それっきり。いずれヨゼフィーネは、わが民の永遠の歴史のなかの小さな逸話に収まるだろう。民は喪失を克服する。いかにしてであろうか。集会は粛々として音なしで進行するものか？　むろん、進行する。ヨゼフィーネがいたときも粛々としていたではないか。あのチュウチュウは記憶にある以上に高らかで、いきいきとしていたであろうか？

彼女がいたときですら、単なる記憶にとどまっていたのではあるまいか。わが一族はその生来の知恵により、ヨゼフィーネの歌を、現にそれがあるかぎりは高く評価していた。それだけのことではなかったか？

　きっとたいして不自由はきたすまい。ヨゼフィーネは地上の拘束から解放された。当人は選ばれた者のつもりであったにせよ、わが民の数知れぬ英雄たちのなかに、はればれとして消えてゆく。われわれはとりたてて歴史を尊ばないので、いずれ、すべて彼女の兄弟たちと同じように、よりきよらかな姿をとって、すみやかに忘れられていくだろう。

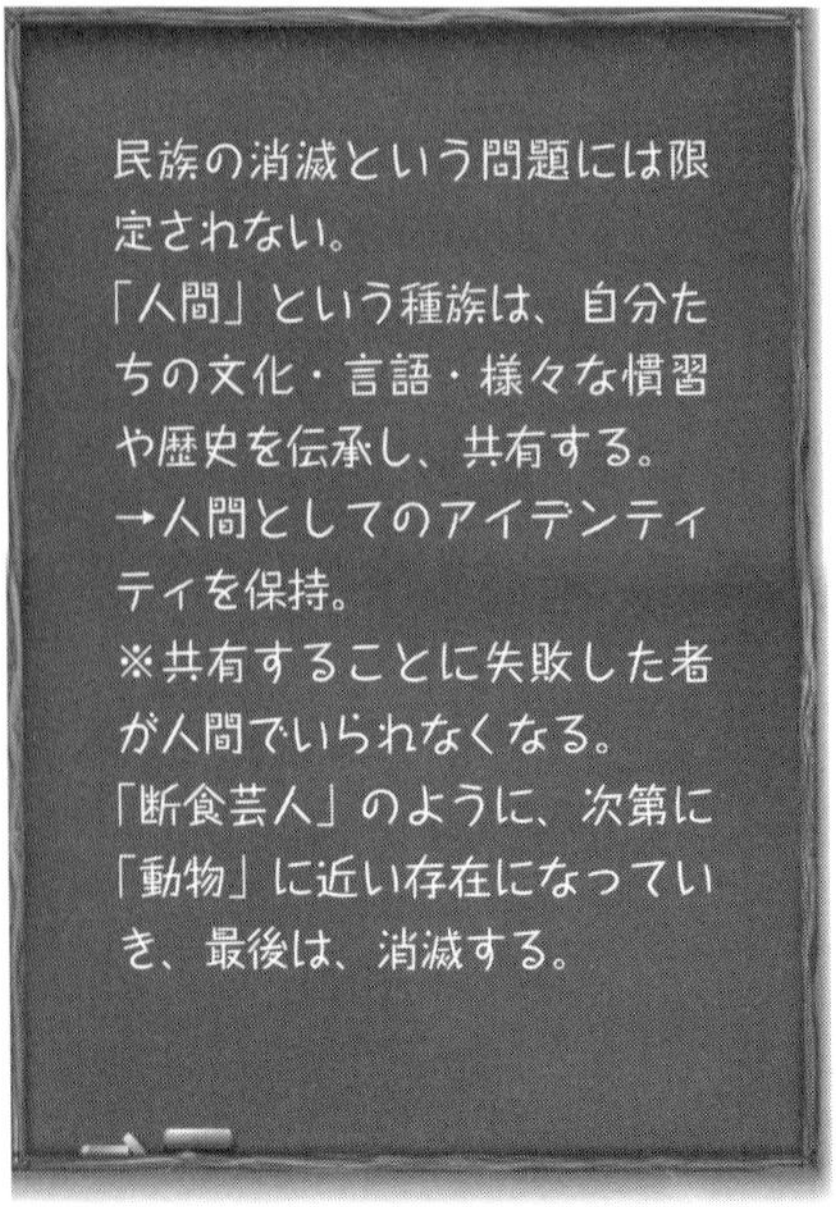
民族の消滅という問題には限定されない。
「人間」という種族は、自分たちの文化・言語・様々な慣習や歴史を伝承し、共有する。
→人間としてのアイデンティティを保持。
※共有することに失敗した者が人間でいられなくなる。
「断食芸人」のように、次第に「動物」に近い存在になっていき、最後は、消滅する。


　ヨゼフィーネがいなくても、民は「永遠の歴史 die ewige Geschichte」を保持し続けるであろうことを一応強調しているものの、肝心の「チュウチュウ」をはじめ、様々な慣習が本当に「生き生き lebendig」していたのか、単に「記憶 Erinnerung」の中でそうなっていただけなのか曖昧だということを示唆しています。いかようにも改変可能な「記憶」によって、その都度の〝現実〟を受け入れ可能な形へと調整しているのではないか、という印象を受けますね。最後は、「われわれはとりたてて歴史を尊ばない」ので、「忘れられていく」ことを暗示していますね。ユダヤ人は歴史を尊ぶと言われているけれど、まるで実際には、適当に記憶を改変し、現状を正当化しているだけ、と皮肉を言っているように聞こえますね。「選ばれた者のつもりであった」の原語は、〈die aber ihrer Meinung nach Auserwählten〉で正確に訳すと、「自分たちの意見によると、「選ばれた」者たち」で、これは明らかに、選民であることを誇るユダヤ人への皮肉ですね。「選民」であるという妄想から解放される、と言っているわけです。「よりきよらかな姿をとって」の原語は、〈in gesteigerter Erlösung〉で、正確に訳すと、「より上昇した救いにおいて」となります。忘れられていく方が、最後の時に勝利者になるという預言を信じるよりも、本当の「救い」ではないか、という揶揄ですね。

　単なる皮肉ではなく、カフカの周囲にいる〈Mauschel-deutsch〉を話している人々は、今はまだ、薄いアイデンティテ

ニーチェ：「最後の人間 letzter Mensch」の後に、「超人 Übermensch」が来る。
文化を失ったヒトは、もはや生きていけない脆弱な生き物にすぎない。
文化的アイデンティティの危機を強調すること、「人間」はいつ言語的なつながりを失って、「動物」になるかわからない、結構危ういものであるということを示唆している作品。

ィを共有しているように見えるけれど、もともと、それが民族に固有の言葉なのか怪しいのだから、いつか完全に消滅してしまう可能性がある。ユダヤ人全体の歴史はまだ消えないだろうけど、〈Mauscheldeutsch〉の記憶は完全に消えたって全然おかしくない。ユダヤ民族そのもののアイデンティティも、既に発祥の地から遠く離れて各地に分散しているのだから、アブラハムの時代からずっと同じ記憶を保持しているのか怪しくなっている。オリジナルな言語であるヘブライ語が、どのように語られていたか、それを語っていた人が本当はどう生きていたのか、記憶で再現するのは無理だと本当はみんなわかっている。

　これは民族の消滅という問題には限定されないかもしれません。「人間」という種族が、自分たちの文化の核になるもの、言語を核とする様々な慣習や歴史を伝承し、共有することで、人間としてのアイデンティティを保持しており、それを共有することに失敗した者が人間でいられなくなるとすれば、いつの日にか、もはや「人間性」を継承しているという自覚を持った者がいなくなるかもしれません。「断食芸人」のように、次第に「動物」に近い存在になっていき、最後は、消滅する。ニーチェは「最後の人間 letzter Mensch」の後に、「超人 Übermensch」が来ると言っていますが、文化を失ったヒトは、もはや生きていけない脆弱な生き物にすぎないかもしれません。文化的アイデンティティの危機を強調すること、「人間」はいつ言語的なつながりを失って、「動物」になるかわからない、結構危ういものであるということを示唆している作品です。だからこそドゥルーズ＋ガタリが注目したのだと思います。

Q　この二編は、乱暴なまとめ方をすると「断食芸人」は個人の問題、「歌姫ヨゼフィーネ」の方は集団の問題を示唆したという捉え方でいいでしょうか。

A　視点が違うだけで、同じ問題の二つの面を描いている作品だと思います。いずれも、観客である民と、彼らから「芸術家」と認められようとする存在の間の関係を通して、「人間」のアイデンティティの脆さを描いた作品です。『断食芸人』が、芸術家の観客に対する意識が次第にヘンな方向に肥大化していった自滅する話だとすれば、『ヨゼフィーネ』は、民が勝手に芸術家を作り上げ、いろいろ勝手な期待をかけた挙げ句、消滅させてしまう話です。そんなことを繰り返す、民も次第に曖昧になっていく「歴史」をいつか完全に失うかもしれない。「断食芸人」に見飽きて、生き生きした動物にしか関心のなくなった観客も、いつの日か、「人間」であることに対する関心を失って、東浩紀さんが言っているような意味で、「動物化」するかもしれません。

Q　牽強付会な言い方になりますが、『歌姫ヨゼフィーネ』を読んでベンヤミンの『歴史の概念について』（一九四〇）を思い起こしました。ベンヤミンとカフカが比べられることはあるのでしょうか。

A　というより、ベンヤミンを研究している人と、カフカを研究している人は結構かぶっています。そもそも、両方ともユダヤ系の文学者で、年齢も九歳しか離れていません。ベンヤミンは、歴史やメディア、社会現象と文学・芸術の関係を強く意識した文芸批評家で、カフカは小説家ですが、彼の作品は、全体が社会の基本的構造や人間の無意識の寓意になっているものが多いので、二人を、大雑把な言い方ですが、同時代を生きた社会哲学的な文学者という括りで捉えることができるでしょう。カフカはベンヤミンが知られるようになる前に亡くなっていますが、ベンヤミンの方はカフカを強く意識し、『フランツ・カフカ』（一九三四）という評論集を出しています。

ベンヤミンの『歴史の概念について』は、もしパウル・クレー（一八七九―一九四〇）の絵に描かれているような「歴史の天使」がいるとすれば、「進歩の歴史」がどのように見えるかを論じたものですが、『ヨゼフィーネ』の最後のくだりは、「歴史」自体が、民と共に消滅する可能性を示唆しているように見えますね。

『ヨゼフィーネ』では、芸で際立とうとする芸術家と、そこに自分たち自身の日常的なアイデンティティを見出そうとする民とが、実際にどうなのかはともかく対立している構図が描かれていますが、ベンヤミンの『複製技術時代の芸術作品』（一九三六）は、複製技術の発達に伴って、もともと宗教儀礼と結び付き、一般の民衆に対して閉ざされていた芸術が次第に観客に対して開かれたものになり、最終的に、映画において、観客は、芸術を自由に見る視点を獲得する、とされています。『ヨゼフィーネ』の終わり方は、この視点から見ると、観客がステージにおける芸術家の現前から解放され、自ら創造的に活動できるようになる兆候と見ることができるでしょう。カフカが共同体的なものが解体していくのを淡々と描いている感じなのに対し、ベンヤミンはそこに解放の希望を見ようとしていると思います。

Q　ベンヤミンとの違いについて研究者で注目している人はいますか。

A　両方を研究している人にとってはそれは当たり前すぎる話になっていて、そのためかえって強調されていないような気がします。ベンヤミンは、通常の進歩史観を拒否していましたが、「歴史」のどこかに救済があると見ていて、それをいろんなところで探していました。他の人にとっては、地獄に見えるような救いでも。

Q　ユダヤ性とメシアは離れがたきものと思いますが、カフカはメシアは信じていないということでしょうか。

A　メシアというのを、個々の魂が帯びている罪を代わりに償ってくれ、神のもとにつれていってくれる存在だとすると、ベンヤミンもメシアを信じていないでしょう。二人とも、ユダヤ教やキリスト教が前提にしていた共同体的なつながりや歴史観が解体していくことを嘆くタイプでも、それに代わる、社会の合理化や物質的な文明の進歩に待望するタイプでもない。両者とも、アイデンティティを喪失して、どこにも拠り所がなくなって、彷徨い続ける人、伝説の「彷徨えるユダヤ人」のような状況に関心を持ちますが、小説家であるカフカがそういう状況に陥っていく過程を描こうとするのに対し、マルクス主義の影響を受けた批評家であるベンヤミンは、敗北や挫折が何らかの意味で逆転する可能性を探っています。複製技術や都市の文化への関心には、ユートピア的な願望が反映していると見ることができます。人格を持ったメシアではなく、ネガティヴな意味しかなかったものにポジティヴな価値を付与する転換点を求めているとは言えるでしょう。ベンヤミンは、そういう意味作用の転換点を「メシア的 messianisch」と形容していたのだと思います。

Q　カフカが描く絶望的状況に、ベンヤミンは、メシア的なものとか共産主義を見出そうとするわけですか。

A　概ねそういうことだと思います。ただ、彼の言う「共産主義」は、生産力が高度に発達して、資本主義的生産様式の矛盾が解決して……という通常の意味での共産主義ではなく、人間の感性や身体性が、資本主義的な生産様式からも、キリスト教的な規範からも解放された、想像力の自由な作用による自己形成が可能になる状態というような意味合いなのではないかと思います。そういう可能性が垣間見えてくることを「メシア的」と言っているのではないかと思います。

Q　カフカを読んでいて思ったのですが、普通、勝者と敗北者は同じ土俵にありますが、カフカは土俵にすら乗れない人たちを書いているような気がします。そこが強烈な印象を与えているのではないか、と思います。

A　なるほど、勝ち負けがつくには、同じスタート地点に立つ、同じような条件を備えていることが必要になるけど、それを最初から備えていなかったと判明する、という構図が見えてくるわけですね。『断食芸人』や『ヨゼフィーネ』は、そういう弱者、アウトカースト的な人にフォーカスしている作品に見えますが、話が進んでいくと、弱者が弱者になってしまった原因について考えていく中で、人間のアイデンティティの脆弱さ、人間と動物の境界線の曖昧さが見えてきます。土俵の上に載っているように見える人も、実は、土俵の上にいるつもりになって行動しているだけで、何かのきっかけで、自分が動物＋αにすぎない、そのαもいつ消えるかわからないことに気付いて愕然とするのではないか。『審判』や『城』はそういう話ですね。そうやってどんどん落ちていく中で、動物との境界線が曖昧になっていくことがむしろ幸福なのではないか、というメッセージを読み取ろうとしたのがベンヤミンやドゥルーズ＋ガタリではないでしょうか。

［あとがき］

緩やかに狂った変調から生じる、「変身」

本文中で何度か述べたように、カフカの作品では「公／私」の境界線が重要な意味を持っている。（親密というよりは、秘匿的という意味での）「プライベート」な空間に閉じこもっていた、あるいは、閉じ込められていたはずの主人公が、何かのきっかけで侵入を受け、隠していたはずの、あるいは自分でも気付いていなかった欲望をむき出しにされ、調子が狂って正常なルーティン――そもそも、そういうものがあったとすれば――から徐々に外れていくというパターンがしばしば見受けられる。ドゥルーズ＋ガタリがカフカと並んで好んで参照するドイツ語圏の作家に、ヘルダリン、クライスト、ビュヒナーがいるが、この三人の描く「狂気」が、最初からあけっぴろげな空間で激しく発散する性質のものだとすれば、カフカのそれは、どこではっきりとした「狂気」に転じるのか、誰の目から見て「狂っている」のか、狂っているのは本当は誰かさえはっきりしないような形で、奇妙な事態が徐々に進行し、いつのまにか、あり得ない空間が出現していた、という感じである。

こういう風に書くと、いかにも特殊な世界観のようだが、自分では大して目立つことをせず、自分のプライベートな空間で大人しく生きているつもりなのに、何かのきっかけで、自分の世界が崩れ、とんでもない厄介事に巻き込まれ、もう元の自分に戻れなくなった、という経験がある人にはカフカ的な、緩やかに狂った変調から生じる、「変身」というモチーフがしっくりくるのではないだろうか。

何度もいろんなところで書いたことなので、詳細は思いっきり省略するが、私はほんのちょっとした出会いがきっかけで、世間でものすごく評判の悪い新興宗教の信者を一一年半やっていた。信者をやめて大学院生になり、人前で研究発表をしたり、学生や一般市民を前にした講義をしたりするようになったが、ある時、自分がどれだけ大勢の人の前でも、どんなＶＩＰの前でも、「あがる」ということが一切ないことに気が付いた。時間内に話を締めくくれとか、マイクを必ず口に近付けて話せ、とか注文を付けられると、緊張はするが、それは、他者を前にして「あがる」という現象とは違うだろう。

もともと、一目をあまり気にしない性格だったのかもしれないが、某宗教の実践として、布教とか物売りとか街頭演説とか、人前で結構――落ち着いて考えると――恥ずかしいことをいろいろやらされたし、プライバシーがあまりない集団生活を続けたので、他人の視線を意識するという感覚が深い所で麻痺してしまったのかもしれない。

私は発言内容や、気の短さから、やたらと神経質――それ自体は間違っていないと思うが――で傷つきやすい、典型的な学者気質の人だと思われがちだが、その〝反面〟、目の前に誰がいても気にせず、自由そうに話をするし、前衛演劇の役者までやったりするので、不思議がられる。別に無理をしているつもりはない。

私は、カフカの主人公たちのように、プライヴェートな空間が壊れてしまったヘンな人間なのかもしれない。『失踪者』のカールが、プライドが高そうなくせに、ヘンな「機械」に巻き込まれては、ほっぽり出され、また別のヘンな「機械」に巻き込まれる感覚が、何となくわかるような気がする。自分の居場所がありそうで、実はないのだ。気がついたら、ヘンな人になっていたという体験がある人は、カフカの作品のいずれかに何となく引かれるのではないだろうか。

ドラマトゥルク（演出家のアドバイザー）として、演劇創作に協力している吾郷賢氏に、一度『審判』をやってみたい、と言って、ポイントになりそうなところをいくつか説明したら、「それ、自分の話でしょう」、と言われた。確かに、自分と重ね合わせてヨーゼフ・Kを理解しているような気がする。断っておくが、私はあまり小説の主人公に自分を重ね合わせる方ではない。同じカフカの作品でも、『変身』のグレゴール・ザムザや、『判決』のゲオルク・ベンデマンには感情移入しにくい。生きているうちに機会があれば、自分が役者ではなくてもいいから、『審判』か『失踪者』の演出に関わってみたい。

二〇二四年一月　金沢大学角間キャンパスにて

カフカをより深く知るためのブックガイド

◎『カフカ短編集』（池内紀編訳、岩波書店［文庫］、一九八七年）

独立の短編としての「掟の門」と「火夫」の他、（フランスの海外植民地を思わせる）流刑地における、囚人の身体に判決文を刻み込んでいく不思議な「機械」について、そこを訪れた旅行者の視点から語られる「流刑地にて」、父と対立しながら、自分の生き方を模索していた息子が、弱り切った父の裁きの一言によって縛られてしまう「判決」、生を持っているのかどうかわからない不思議な存在オドラデクについて描写される「父の気がかり」、二つのボール球に付きまとわれて翻弄される男を描いた「中年のひとり者ブルームフェルト」など、哲学的な注目度の高い短編が収められている。

◎Factories of Knowledge, Gerald Raunig, Semiotext(e), 2013

脱工業化―グローバリゼーションの進行に伴う、生産体制、情報伝達、消費文化、大学を中心とする知の在り方などの変化とそれに対する対抗運動の動向を、ドゥルーズ＋ガタリの『千のプラトー』で示された「属領化／脱属領化」の交差という視点から分析することを試みた著作。『千のプラトー』でも重要な位置を与えられている『ヨゼフィーネ』に見られる「ヨゼフィーネの歌声」の属領化作用と「鼠の民」の脱属領化のせめぎ合いを、全体の導きの糸にしている。『千のプラトー』の視点から見た『ヨゼフィーネ』が、単なる社会風刺ではなく、グローバリゼーションをめぐる今日的な問題を孕んでいることが示唆されている。

◎『どのように判断するか』（ジャン＝フランソワ・リオタールほか著、宇田川博訳、国文社、一九九〇年）

カントの『判断力批判』を起点として、依拠すべき「法」が欠如した状態で、いかにして「判断」が可能なのかを問うた、リオタール、デリダ、ラクー＝ラバルト、ナンシーの六人のフランスの哲学者によるセミナーの記録。デリダの論考では、カフカの「掟の門」を手掛かりに、正しい「判断」を得ようとする主体と、門の向こうにある（とされる）、直接アクセスすることが許されない「法」の関係について、精神分析的な問題も視野に入れ、掘り下げて考察されている。『法の力』（一九八九）へと発展していくことになったデリダの問題関心の起点を見て取ることができる。「判断」と「抗争」の関係をめぐる議論を発展させていくリオタールとラクー＝ラバルトの論考、道徳的判断の根底にある定言命令（命法）が働くラクー「最終目的」と「最後の審判」の関係について考察したナンシーの論考も興味深い。

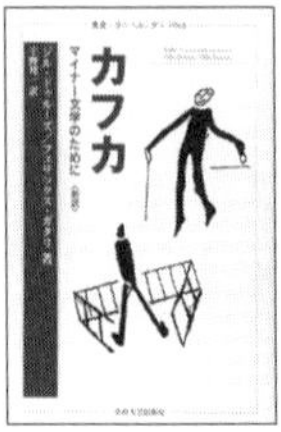

◎『カフカ　マイナー文学のために』（ドゥルーズ＋ガタリ著、宇野邦一訳、法政大学出版局［叢書・ウニベルシタス］、新訳二〇一七年）

『アンチ・オイディプス』の二年後、『千のプラトー』の五年前に刊行された、ドゥルーズ＋ガタリによるカフカ論。個別の作品を筋を追いながら解釈するのでも、カフカの伝記的要素を再確認するのでも、ユダヤ人問題や多文化主義のような歴史的・社会的背景を紹介するのでもなく、それぞれの作品の内、あるいは作品相互の関係において作用する「機械」の運動、生成変化のいくつかの線を追っていくというスタイルで書かれているので、通常の意味で〝凝った文芸批評〟として読み始めると、途方にくれさせられる。機械（抽象機械、欲望機械、独身機械、文学機械……）、アレンジメント、セリー、切片、脱属領化／再属領化、連結器、強度、逃走線……といったドゥルーズ＋ガタリの独特の用語に慣れていないと、何が語られているのかさえ把握しにくいが、これらの語法に慣れてくると、それまで作品ごと、場面ごとにバラバラに展開されているようにしか思えなかったカフカ的な文体あるいはカフカ的な形象の間に、意外な〝一貫性〟が見えてくる。単なるエディプス三角形ではなく、その生成と肥大化に焦点を当てる第二章、脱領土化の視点から「マイナー」であることを論じた第三章、「手紙」「短編小説」「長編小説」という形式の違いと、「動物になること」の関係を論じた第四章は、通常の文芸批評との接点もある程度明らかなので、〝凝った文芸批評〟好きがドゥルーズ＋ガタリの思想圏に参入する手掛かりになるかもしれない。

◎『ベンヤミン・コレクション〈2〉』（ヴァルター・ベンヤミン、浅井健二郎ほか訳、筑摩書房［ちくま学芸文庫］、一九九六年）

ベンヤミンの代表的な作品をテーマ別に編訳したアンソロジーの第二巻。収録されているのは主に、ドストエフスキーやゲーテ、ジッド等、個別の作家に焦点を当てた評論。「フランツ・カフカ」では、カフカのエクリチュール全体を通して、ひとまとまりの作用圏を形成しているように現れてくる諸形象群を、原初の「罪」に対して父や法の力が発現する「暗い部屋」、私たちが否応なくその舞台に立たせられている「世界＝劇場」の不可視性、歴史から取り残されてほぼ忘却されてしまったものたち、サンチョ・パンサ的な分別といった視点から〝まとめ〟ている。ベンヤミンの書き方は、教科書風の説明から程遠いので、カフカにもベンヤミンにも初心者である読者には何を言いたいのかわからないだろうが、カフカの主要作品に慣れ親しんで、ベンヤミンがどういう思想家かある程度わかっている人が読めば、個々の作品を熟読しただけでは見えてこないカフカの世界の一側面が輪郭を現してくるだろう。カフカと直接関連付けられていないが、この巻に収められている「翻訳者の使命」や「模倣の能力について」も、カフカ読解の参考になる。

1907	カフカ、イタリア系の保険会社に入社
1908	カフカ、労働者傷害保険協会に移る オーストリア、ボスニア＝ヘルツェゴヴィナを併合 クリムト『接吻』
1909	マリネッティ『未来派宣言』
1910	リルケ『マルテの手記』
1911	ホフマンスタール『薔薇の騎士』 第2次モロッコ事件
1912	カフカ『観察』 カフカ、フェリーツェ・バウアーと知り合う トーマス・マン『ヴェニスに死す』 カール・クラウス『(炬火)』を創刊 エゴン・シーレ『自画像』
1913	カフカ『火夫』 フロイト『トーテムとタブー』
1914	オーストリアの皇太子暗殺、第1次世界大戦勃発
1915	カフカ『変身』
1916	カフカ『判決』 『ダダ宣言』
1917	フロイト『精神分析入門』 ロシア革命
1918	ドイツ第2帝国とオーストリア＝ハンガリー二重帝国の崩壊 ＝第1次大戦の終結 チェコスロヴァキア独立 シュペングラー『西洋の没落』第1巻
1919	カフカ『流刑地にて』 スパルタクス団の蜂起 ワイマール共和国成立 バウハウス設立
1920	カフカ『田舎医者』 チャペック『R.U.R.』 ベンヤミン『ドイツ・ロマン派における芸術批評の概念』
1922	カフカ、労働保険協会を退職 シュペングラー『西洋の没落』第2巻 オスマン・トルコ帝国崩壊
1923	リルケ『ドゥイノの悲歌』『オルフォイスへのソネット』
1924	カフカ『断食芸人』 カフカ、死去
1925	カフカ『審判』
1926	カフカ『城』
1927	カフカ『アメリカ（失踪者)』

カフカ関連年表

1883	カフカ誕生 ニーチェ『ツァラトゥストラはかく語りき』(～85)
1884	エンゲルス『家族・私有財産・国家の起源』
1886	ニーチェ『善悪の彼岸』 マッハ『感覚の分析』
1887	ニーチェ『道徳の系譜』
1888	ヴィルヘルム2世、ドイツ皇帝に即位
1890	ビスマルク、ドイツ帝国宰相を辞任
1891	ヴェデキント『春のめざめ』 フッサール『算術の哲学』
1893	カフカ、ギムナジウムに入学 ドボルザーク『新世界』
1894	ドレフュス事件
1895	ヴェデキント『地霊』
1896	ヘルツル『ユダヤ人国家』 チェーホフ『かもめ』
1897	第1回シオニスト会議
1899	チェーホフ『ワーニャ伯父さん』(～1900) チェンバレン『19世紀の基礎』
1900	フロイト『夢判断』 シュニッツラー『輪舞』 フッサール『論理学研究』
1901	カフカ、プラハ大学に入学 トーマス・マン『ブッデンブローク家の人々』 チェーホフ『三人姉妹』 クリムト『ユディト』
1902	ホフマンスタール『チャンドス卿の手紙』
1903	トーマス・マン『トニオ・クレーガー』 バグダッド鉄道協定締結 『シオン賢者の議定書』刊行
1904	ヴェデキント『パンドラの箱』 チェーホフ『桜の園』 ウェーバー『プロテスタンティズムの倫理と資本主義の精神』(～05)
1905	血の日曜日事件 第1次モロッコ事件 マッハ『認識の誤謬』
1906	カフカ、大学修了(法学博士)

【著者略歴】

仲正昌樹（なかまさ・まさき）

1963年広島生まれ。東京大学大学院総合文化研究科地域文化研究専攻博士課程修了（学術博士）。現在、金沢大学法学類教授。専門は、法哲学、政治思想史、ドイツ文学。古典を最も分かりやすく読み解くことで定評がある。また、近年は、『Pure Nation』（あごうさとし構成・演出）でドラマトゥルクを担当し自ら役者を演じるなど、現代思想の芸術への応用の試みにも関わっている。

・最近の主な著作に、『人はなぜ「自由」から逃走するのか　エーリヒ・フロムとともに考える』（ベストセラーズ）、『現代哲学の論点』（NHK出版新書）
・最近の主な編・共著に、『政治思想の知恵』『現代社会思想の海図』（ともに法律文化社）、『宗教を哲学する』（塩野谷恭輔対談、明月堂書店）
・最近の主な翻訳に、クライスト著『ペンテジレーア』（論創社）、ジャック・デリダ他著『デリダのエクリチュール』（明月堂書店）、ハンナ・アーレント著『アーレントの二人の師　レッシングとハイデガー』（明月堂書店）
・最近の主な共・監訳に、カール・シュミット著『国民票決と国民発案　ワイマール憲法の解釈および直接民主制論に関する一考察』（作品社）

哲学者カフカ入門講義

2024年5月20日第1刷印刷
2024年5月30日第1刷発行

著　者　仲正昌樹

発行者　福田隆雄
発行所　株式会社作品社
〒102-0072　東京都千代田区飯田橋2-7-4
Tel 03-3262-9753 Fax 03-3262-9757
https://www.sakuhinsha.com
振替口座 00160-3-27183

装　幀　小川惟久
本文組版　有限会社閏月社
印刷・製本　シナノ印刷(株)

Printed in Japan
落丁・乱丁本はお取替えいたします
定価はカバーに表示してあります
ISBN978-4-86793-027-4 C0010

仲正昌樹の入門講義シリーズ

〈知〉の取扱説明書

改訂第二版
〈学問〉の取扱説明書

ヴァルター・ベンヤミン
「危機」の時代の思想家を読む

現代ドイツ思想講義

《日本の思想》講義
ネット時代に、丸山眞男を熟読する

カール・シュミット入門講義

〈法と自由〉講義
憲法の基本を理解するために

ハンナ・アーレント
「人間の条件」入門講義

ハンナ・アーレント
「革命について」入門講義

プラグマティズム入門講義

〈日本哲学〉入門講義
西田幾多郎と和辻哲郎

〈ジャック・デリダ〉入門講義

丸山眞男と吉本隆明
〈戦後思想〉入門講義

ドゥルーズ＋ガタリ
〈アンチ・オイディプス〉入門講義

〈後期〉ハイデガー入門講義

マルクス入門講義

ニーチェ入門講義

ドゥルーズ＋ガタリ
〈千のプラトー〉入門講義